TORMENTA

TORMENTA

C. J. TUDOR

Tradução de Thaís Britto

intrínseca

TÍTULO ORIGINAL
The Drift

COPIDESQUE
Angélica Andrade

REVISÃO
Carolina Vaz
Estéphanie Pessanha

PROJETO GRÁFICO
Larissa Fernandez e Letícia Fernandez

DIAGRAMAÇÃO
Henrique Diniz

DESIGN DE CAPA
Lee Motley

IMAGEM DE CAPA
Yolande de Kort/Trevillion Images

CIP-BRASIL. CATALOGAÇÃO NA PUBLICAÇÃO
SINDICATO NACIONAL DOS EDITORES DE LIVROS, RJ

T827t

Tudor, C. J., 1972-
Tormenta / C. J. Tudor ; tradução Thaís Britto. - 1. ed. - Rio de Janeiro : Intrínseca, 2024.

Tradução de: The drift
ISBN 978-85-510-1374-8

1. Ficção inglesa. I. Britto, Thaís. II. Título.

24-94639 CDD: 823
CDU: 82-3(410.1)

Meri Gleice Rodrigues de Souza - Bibliotecária - CRB-7/6439

[2025]

Editora Intrínseca Ltda.
Av. das Américas, 500, bloco 12, sala 303
22640-904 — Barra da Tijuca
Rio de Janeiro — RJ
Tel./Fax: (21) 3206-7400
www.intrinseca.com.br

Para minha família

ELES CERCARAM O CORPO NA NEVE. *Abutres. Ficariam felizes com qualquer coisa que pudessem arrancar do cadáver.*

Estava meio enterrado, congelado sobre o monte de gelo. Pernas e braços abertos. Um anjo de neve perfeito. Os olhos azuis brilhantes cercados de cílios petrificados encaravam o céu igualmente azul e brilhante. A tempestade tinha passado.

A certa altura, uma das aves criou coragem. Pousou no peito daquele ser humano morto e cutucou o rosto, hesitante, bicando os lábios e o nariz. Depois enfiou o bico num dos olhos azuis. Puxou, puxou, até que finalmente o olho saiu com um pequeno estalo.

Satisfeito com seu prêmio, o abutre saiu voando até um pinheiro próximo.

Encorajados, os corvos foram até o cadáver, num revoar furioso de asas negras.

Em poucos minutos, o corpo já não tinha rosto e estava totalmente irreconhecível.

Mais tarde, durante a noite, apareceriam predadores maiores. Na manhã seguinte, já não haveria nada além dos vestígios de uma carcaça.

Uma semana depois, um caçador atiraria num lobo. Um animal de aspecto doente, mas carne de lobo era tão boa quanto qualquer outra para alimentar sua família.

Pouco depois, o caçador ficaria doente e morreria. E depois toda a sua família. E então os amigos da família.

E por fim todos os corvos cairiam do céu.

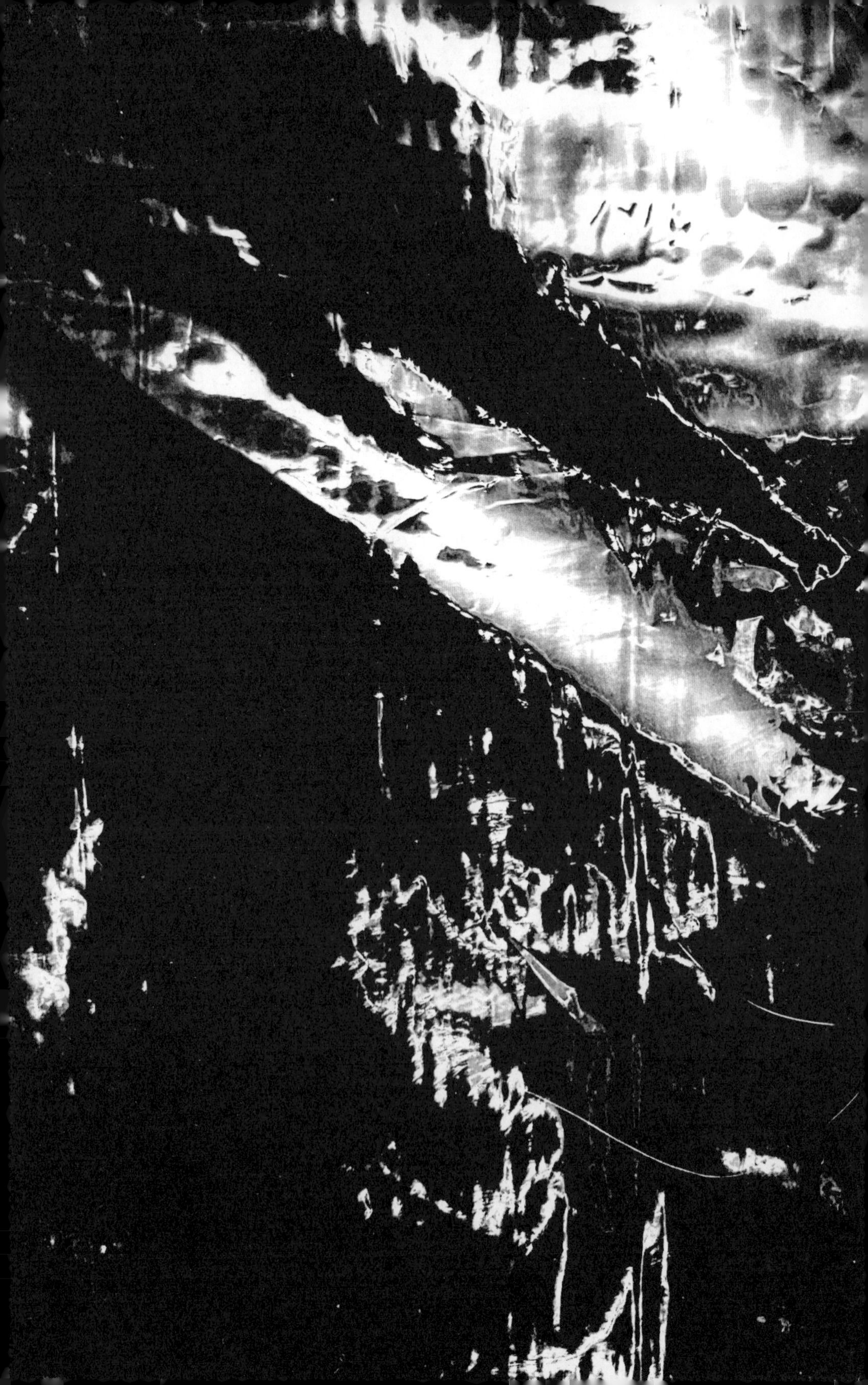

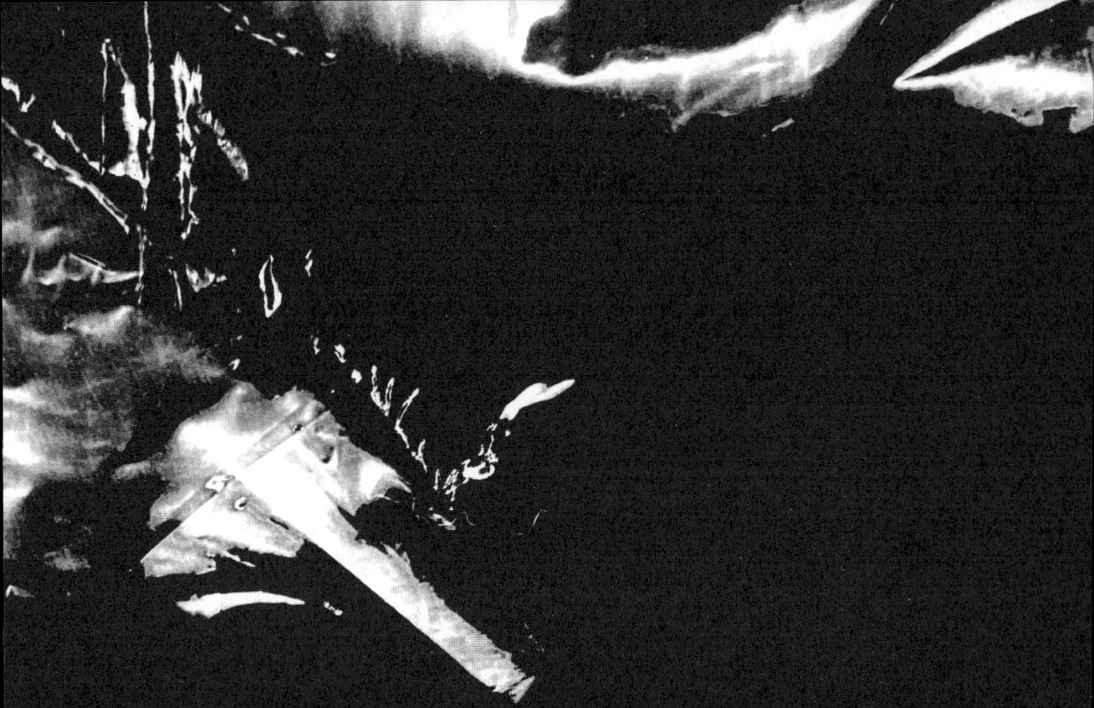

O MUNDO ESTÁ CHEIO DE MOCINHOS MORTOS

HANNAH

UM ALARME TOCAVA NUM RELÓGIO. Alguém vomitava. Bem alto, e próximo. Havia várias pessoas espalhadas, em posições estranhas e ângulos impossíveis, nos assentos que haviam sido arrancados do ônibus. Nos olhos havia poças de sangue, que também pingava das bocas abertas.

Hannah observou tudo isso indiferente, com um olhar clínico. Era a personalidade do pai vindo à tona, sua mãe teria dito. A capacidade constante de se distanciar. Às vezes, essa falta de empatia dificultava sua vida. Em outras, como naquele momento, era bem útil.

Ela soltou o cinto de segurança e se levantou. O cinto devia ter salvado sua vida quando o ônibus virou. Tinha capotado duas vezes num despenhadeiro íngreme, o que causou a maior parte da carnificina, e então aterrissou suavemente, enterrado de lado num monte de neve.

Ela se machucou. Havia hematomas e cortes, mas pelo visto nada estava quebrado. Nenhum sangramento abundante. Talvez houvesse ferimentos internos, não dava para saber. Mas, por enquanto, naquele exato momento, ela estava bem. Ou bem na medida do possível.

Havia outros se mexendo. A gritaria tinha cessado por enquanto, mas Hannah ainda ouvia gemidos e choro. Ela olhou ao redor, analisando a situação. Tinha apenas alguns estudantes a bordo. Nem era necessário um ônibus tão grande, mas havia sido a Academia que providenciara. Seu chute era que quase metade dos alunos estava morta (basicamente todos que não tinham colocado o cinto de segurança).

Havia algo mais, Hannah pensou, enquanto observava a cena. Algum problema que ainda não tinha conseguido compreender por completo. Tempestade de neve lá fora, ônibus tombado e meio enterrado na neve. O que era? Seus pensamentos foram interrompidos por uma voz que gritava:

— Ei. EI! Alguém pode me ajudar? Minha irmã está presa.

Hannah se virou. Nos fundos, um jovem acima do peso, com o cabelo cacheado bem cheio, estava agachado ao lado de uma menina ferida, com a cabeça dela no colo.

Hannah hesitou. Disse a si mesma que estava apenas coletando informações e se preparando. Não que tivesse esperanças de que outra pessoa se oferecesse para ajudar no lugar dela. Não gostava de proximidade física nem nada emocional. O problema era que ninguém mais estava bem o suficiente para ajudar e, como ela tinha conhecimentos médicos, era seu dever fazer alguma coisa. Começou a avançar, sem jeito, cambaleando pelo corredor inclinado, pisando nos corpos.

Chegou até o rapaz e a irmã. De cara, já conseguia ver, como dizem nos filmes, que a garota não sobreviveria. Aquilo não era nada parecido com as situações sobre as quais Hannah havia aprendido em sala de aula durante sua formação médica. Era uma reação pura e simplesmente instintiva. Hannah tinha quase certeza de que o irmão da garota também sabia, mas ele se agarrava à esperança, como era comum naquele tipo de situação, porque é a única coisa que se pode fazer.

A garota era linda, com a pele branca e o cabelo escuro ondulado e cheio. O tipo de cabelo que Hannah sempre quis ter, em vez daquelas mechas ralas e sem graça com as quais nunca conseguia fazer nada e que sempre acabavam presas num rabo de cavalo desarrumado. Hannah percebeu que provavelmente era esquisito sentir inveja de uma garota que estava morrendo, mas a natureza humana era imprevisível.

Os olhos da menina estavam vidrados, sua respiração, curta e chiada. Hannah viu que a perna esquerda estava presa entre dois assentos que haviam sido imprensados um contra o outro durante a colisão. Naquele emaranhado de metal retorcido e ossos esmagados, ela provavelmente tinha múltiplas fraturas. Mas a perda de sangue era o maior problema — isso sem falar do chiado irregular da respiração, que dava a impressão de que haviam outros ferimentos menos visíveis. Esses eram os piores. A princesa Diana tinha morrido por causa de um pequeno corte na veia do pulmão que ninguém sabia que estava sangrando de modo lento e fatal.

— Precisamos soltar a perna dela — dizia o rapaz. — Você consegue me ajudar a mover o banco?

Hannah olhou para o assento. Ela poderia dizer que não faria a menor diferença. Poderia dizer que a melhor coisa seria que ele ficasse com a irmã pelo tempo de que ela ainda dispunha. Mas se lembrou das palavras do pai: *Em situações extremas, sentir que você está fazendo alguma coisa faz diferença para o psicológico, ainda que não tenha qualquer efeito prático no resultado.*

Ela balançou a cabeça.

— Não podemos mover o assento agora.

— Por quê?

— Talvez seja a única coisa impedindo que a perna dela sangre ainda mais.

— Então o que vamos fazer?

— Você está usando cinto?

— Hã, sim.

— Preciso que tire e use para fazer um torniquete aqui, acima do joelho. Depois a gente move o assento, tá?

— Tá.

Ele parecia atordoado, mas mesmo assim enfiou a mão debaixo do casaco, meio desajeitado, e desafivelou o cinto. A irmã olhou para cima e mexeu os lábios, mas não conseguiu enunciar as palavras. Estava se esforçando para lutar contra a dor e absorver aqueles suspiros vitais de oxigênio.

— Você parece nova demais para ser médica — comentou o rapaz, entregando o cinto para ela.

— Estudante de medicina.

— Ah, entendi. — Ele assentiu. — Uma das alunas de Grant.

A Academia não era especializada em medicina. Na verdade, era especializada em pais ricos o suficiente para pagar mensalidades obscenas para os filhos fazerem faculdade. Mas alguns anos antes a instituição fora escolhida pelo Departamento para receber um novo centro de pesquisas médicas. Uma nova ala fora construída, e o professor Grant, um dos mais proeminentes virologistas do mundo, fora contratado para supervisioná-la. Depois disso, jovens brilhantes de todo o mundo passaram a ser selecionados para estudar no campus isolado no topo da montanha.

— Enrole o cinto aqui — orientou Hannah. — Aperte com bastante força. Isso. Está bom.

A garota gemeu um pouco, mas era um bom sinal. Se estava consciente a ponto de sentir o desconforto era porque seu cérebro ainda não tinha começado a desligar.

— Está tudo bem — sussurrou o rapaz sobre o cabelo da irmã, colocando uma mecha do próprio cabelo atrás da orelha. — Tudo bem.

— Certo. Vamos tentar levantar isso — disse Hannah.

O rapaz apoiou a cabeça da irmã no chão com cuidado e se juntou a Hannah para tentar levantar o assento. Não deu certo. O banco rangeu e cedeu um pouco, mas não o suficiente. Precisavam de mais uma pessoa. Duas para levantar e uma para tirar a perna da garota de baixo do metal retorcido.

Hannah ouvia mais vozes e sons de movimento pelo ônibus, pessoas indo e vindo, verificando se os amigos estavam vivos ou não.

Ela se virou e gritou:

— Ei, precisamos de uma mãozinha aqui! Alguém pode ajudar?

— Estou meio ocupado aqui — respondeu um espertinho qualquer lá na frente.

Mas então uma figura alta e magra se levantou e se aproximou. Tinha a pele branca, e o cabelo curto e loiro estava emaranhado num dos lados pelo sangue. O machucado parecia feio, mas Hannah sabia que ferimentos na cabeça, até os menores, sangravam muito.

— Você chamou? — Sua voz era sofisticada, com um leve sotaque alemão.

— Precisamos de ajuda para levantar esse assento e soltar a perna dela — explicou Hannah.

O rapaz loiro olhou para a garota e então de volta para Hannah, que notou o semblante frio e calculista dele. Hannah balançou a cabeça de leve, ele compreendeu e assentiu.

— Tudo bem, então. Vamos lá!

Hannah deixou que os dois rapazes levantassem o assento e se encarregou de retirar a perna da garota de baixo do metal. Tiveram que fazer algumas tentativas, mas, por fim, conseguiram.

O irmão deixou a garota numa posição ligeiramente mais confortável, tirou o casaco e o colocou sob a cabeça da irmã. Debaixo da jaqueta, ele usava um moletom largo onde se lia: *Um segundo, deixa só eu pensar demais sobre isso*. Era estranho perceber os detalhes em que se acaba prestando atenção, Hannah ponderou.

Ela sentiu um toque no braço e se virou para o rapaz loiro. *Ariano*, pensou Hannah. Se ele estivesse usando um *lederhosen* e um chapéu com uma pena não seria nem tão estranho.

— Você acha que tem quantos mortos? — perguntou ele.

— Quatro ou cinco. Outros devem estar feridos.

Ele a olhou e assentiu.

— Você lembra o que aconteceu?

Hannah tentou pensar. Estava sentada no ônibus, cochilando. Nevava forte lá fora. Então ouviu uma buzina estridente, um ranger de freios, e de repente deram uma guinada para fora da pista, rodaram, rodaram, e depois escuridão. Era muito louco que tivessem tentado fazer a viagem no meio de uma tempestade, mas a Academia queria mandar logo os estudantes para o Refúgio. Para um lugar seguro.

— Não muito — admitiu ela.

Olhou em volta de novo. Seus olhos e os corpos, as pessoas sentadas gemendo, chorando. Tentava evocar o que tinha deixado passar.

O ônibus aterrissara inclinado para o lado direito. De onde Hannah se encontrava, olhando em direção à cabine do motorista, as janelas à esquerda estavam intactas, voltadas para o céu que escurecia. A neve caía como uma renda, em flocos grandes, e já começava a acumular. O lado direito estava destruído: metal retorcido, vidro estilhaçado. Toda a lateral do ônibus enterrada sob uma montanha espessa de neve, o que significava que...

A porta, pensou ela. *A porta está soterrada. Não podemos sair.*

— Estamos presos — disse ela.

O rapaz loiro assentiu, como se estivesse satisfeito que ela tivesse chegado à mesma conclusão.

— Ainda que, mesmo se conseguíssemos sair, não fôssemos durar muito lá fora nessas condições.

— E a saída de emergência? — perguntou Hannah.

— Já tentei... Emperrada, pelo visto.

— O quê?

O rapaz a segurou pelo cotovelo e a conduziu pelo ônibus. À esquerda, três degraus levavam ao banheiro e a uma outra porta. Acima, havia um aviso onde se lia: EM CASO DE EMERGÊNCIA, PUXE A ALAVANCA VERMELHA. EMPURRE A PORTA PARA ABRIR. O rapaz loiro puxou a alavanca e empurrou a porta. Nada aconteceu.

Ele se afastou e fez um gesto para que Hannah tentasse também. Ela o fez. Diversas vezes, e sua frustração só aumentou. A porta estava emperrada mesmo.

— Merda — xingou ela. — Como?

— Vai saber. Talvez tenha sido danificada pela colisão?

— Espera aí... — Hannah se lembrou de algo. — Não era para ter um martelo para quebrar as janelas?

— Correto. Esse é outro enigma.

— Como assim? — perguntou ela, fazendo uma careta.

O rapaz deu um passo para trás e apontou para uma caixa posicionada acima das janelas à esquerda. Onde deveria estar o martelo, havia apenas um espaço vazio.

— Deveria ter outro aqui, para a abertura do teto solar. — Ele apontou para cima. — Também foi removido.

A cabeça de Hannah girava.

— Mas por quê?

O rapaz loiro sorriu, mas sem nenhum traço de humor.

— Vai saber. Talvez algum *arschgeige* tenha roubado para fazer graça. Talvez ninguém tenha conferido os itens do ônibus antes de sair...

Ele não terminou a frase.

— Precisamos pedir ajuda — disse Hannah, tentando conter o pânico.

Foi aí que ela se deu conta de mais uma coisa.

— Nossos telefones.

Todos os celulares haviam sido confiscados e guardados junto à bagagem quando os alunos embarcaram. Não podia haver qualquer comunicação durante a rota.

Ninguém podia saber aonde estavam indo.

Hannah ficou olhando para o rapaz loiro. Não havia como pedir ajuda, nem como saber quanto tempo levaria para o resgate chegar. Quanto tempo até perceberem que eles estavam desaparecidos? E, ainda assim, quem iria ajudá-los no meio daquela nevasca?

Ela olhou para o céu lá fora. A neve já se acumulava e encobria a luz fraca e cinzenta.

Estavam presos. Com os mortos. E se o resgate não chegasse logo, seriam enterrados junto a eles.

MEG

UM SACOLEJO. Suave, a princípio, quase uma canção de ninar. *Nana, neném*. E então ficou mais forte. Mais bruto. Sua cabeça bateu contra o vidro. O corpo rolou para o outro lado, e ela caiu. No chão. Com força.

— Ai. Merda.

Sentiu o coração acelerar e abriu os olhos.

— Caralho, que que aconteceu?

Passou a mão no cotovelo, que latejava, e olhou ao redor. Era como se alguém tivesse esfregado areia em seus olhos. O cérebro parecia lama.

Você caiu da cama. Mas onde?

Ela se sentou. Não era uma cama, mas um banco de madeira. Havia vários por todo o perímetro de uma sala oval. Uma sala que se movia de lá para cá. Do lado de fora, o céu estava cinzento, pincelado de flocos de neve. Vidro por todo lado. Ela tentou lutar contra a náusea.

Havia mais gente ali, espalhada pelos bancos de madeira. Quatro pessoas. Todas empacotadas em macacões azuis de neve idênticos. Assim como ela mesma, Meg percebeu. Todos ali, naquela salinha sacolejante. Açoitada pelo vento, com a neve cobrindo os vidros.

Isto não é uma sala. Salas não se movem, sua idiota.

Ela fez esforço para se levantar. As pernas estavam trêmulas. A náusea voltou. *Preciso dar um jeito nisso*, pensou ela. Não havia nenhum lugar para vomitar. Foi sem muito equilíbrio até um dos lados da sala-que-não-era-sala. Olhou para fora, com as mãos e o nariz encostados no vidro como se fosse uma criança que vê neve no Natal pela primeira vez.

Lá embaixo — *bem lá embaixo* — havia uma floresta coberta pela neve. Acima, um frenesi de flocos em meio ao céu cinza.

— Merda.

Mais sacolejos. O rugido do vento era abafado pelo vidro grosso ao redor, como um animal faminto retido atrás de grades. Novos respingos brancos atingiram o vidro e distorceram sua visão. Mas, para Meg, já era o suficiente.

Um gemido atrás dela. Mais um corpo vestido de azul acordou, esticando-se como uma lagarta pouco graciosa. Ele ou ela — era difícil adivinhar com o capuz — se sentou. Os outros começavam a se agitar também. Por um momento, Meg teve um pensamento insano de que, quando virassem o rosto para ela, estariam em decomposição, verdadeiros zumbis.

O homem — trinta e poucos anos, barba espessa — ficou olhando para ela, cansado. Tirou o capuz e baixou a cabeça, que era raspada, o cabelo escuro bem curtinho.

— Que porra é essa? — Ele olhou ao redor. — Onde eu estou?

— Num teleférico.

— Num *o quê*?

— Teleférico. Sabe? Aquele veículo que fica pendurado por cabos...

Ele a encarou com um semblante agressivo.

— Eu sei o que é teleférico. Quero saber que porra eu estou fazendo em um.

Meg o encarou de volta com uma expressão calma.

— Não sei. Você se lembra de entrar aqui?

— Não. E você?

— Não.

— A última coisa que eu lembro é... — Ele arregalou os olhos. — Você está... está indo para o Refúgio?

O Refúgio. O nome deliberadamente ambíguo fazia até soar como um spa. Mas, para Meg, não remetia a nenhuma sensação de bem-estar. Pelo contrário, ela ficava era com arrepios na espinha. *O Refúgio*.

Ela não respondeu. Olhou lá para fora de novo.

— Neste momento, não estamos indo para lugar nenhum.

Os dois encararam o vazio cinzento, mais e mais flocos de neve cobriam o vidro. Uma nevasca. Das grandes.

— Estamos presos.

— *Presos?* Você disse que estamos *presos*?

Meg se virou. Havia uma mulher de pé atrás dela, mais ou menos da sua idade. Cabelo ruivo. Rosto pálido e magro. Voz em pânico. Um possível problema.

Meg não respondeu de cara. Analisou as outras pessoas dentro do teleférico. Uma delas permanecia encolhida, dormindo, o capuz sobre o rosto. Tem gente que consegue dormir sob qualquer circunstância. As outras pessoas — um homem baixo e corpulento de cabelo escuro cacheado e outro mais velho, de cabelo branco e óculos — estavam se espreguiçando, sentadas, e olhando ao redor. Pareciam confusos, mas calmos. Bom.

— Parece que sim — respondeu para a mulher. — Deve ter sido só uma queda de energia.

— Queda de energia. Ah, que ótimo. Que maravilha.

— Daqui a pouco começa a andar de novo — disse o homem barbudo. Sua expressão agressiva já tinha sumido. Ele abriu um pequeno sorriso para a mulher. — Vamos ficar bem.

Mentira. Mesmo se o teleférico voltasse a andar, mesmo que chegassem ao destino, ninguém iria ficar bem. Mas as mentiras eram as engrenagens que faziam a vida cotidiana funcionar. A mulher retribuiu o sorriso, aliviada. Bom trabalho.

— Você disse que estamos num teleférico? — perguntou o homem mais velho. — Não me lembro de ninguém falando em entrar num teleférico.

— Alguém se lembra de alguma coisa? — perguntou Meg, olhando ao redor.

Eles se encararam.

— Estávamos nos nossos quartos.

— Eles trouxeram o café da manhã.

— Estava uma merda.

— Então... devo ter caído no sono de novo...

Mais olhares confusos.

— Ninguém se lembra de nada depois disso? Nada até a hora em que acordaram aqui? — perguntou Meg.

Eles balançaram a cabeça. O homem barbudo suspirou, devagar.

— Eles nos drogaram.

— Não seja ridículo — disse a ruiva. — Por que fariam isso?

— Bom, obviamente para gente não saber aonde estava indo nem como chegamos lá — respondeu o baixinho.

— Eu... não acredito que fariam isso.

Era engraçado, ponderou Meg. Mesmo depois de tudo o que havia acontecido, as pessoas ainda não acreditavam no que "eles" eram capazes de fazer. Mas, pensando bem, não dá para ver o olho do furacão quando se está dentro dele.

— Beleza — disse o barbudo. — Já que estamos literalmente presos aqui e precisamos matar o tempo, por que não nos apresentamos? Meu nome é Sean.

— Meg.

— Sarah — respondeu a ruiva.

— Karl. — O baixinho acenou com a mão.

— Max — disse o mais velho, com um sorriso. — Prazer em conhecer vocês.

— Acho que estamos todos aqui pelo mesmo motivo, então? — perguntou Sean.

— Não podemos falar sobre isso — lembrou Sarah.

— Bom, mas acho que já dá para sacar que...

— Não se apresse em julgar um livro pela capa.

Meg olhou para Sarah.

— Meu chefe dizia isso.

— Sério?

— É. Para me irritar.

Sarah franziu a boca. Max interveio:

— Então, o que vocês fazem... Quer dizer, o que faziam antes?

— Eu era professora — respondeu Sarah.

Quelle surprise, pensou Meg.

— Eu era advogado — contou Max. Ele levantou as mãos. — Eu sei... podem me processar.

— Eu trabalhava com castelinhos infláveis — disse Karl.

Todos olharam para ele. E caíram na gargalhada. Uma espécie de catarse nervosa repentina.

— Ei! — Karl pareceu ofendido, mas só um pouco. — Dá para ganhar uma grana com castelinhos infláveis. Pelo menos dava.

— E você? — perguntou Meg a Sean.

— Eu? Ah, várias coisas. Já tive alguns trabalhos na vida.

Uma rajada de vento fez o teleférico balançar com mais força.

— Ai, meu Deus — disse Sarah, levando a mão ao pescoço.

A ruiva usava um pequeno crucifixo prateado. Meg se perguntou quantas razões mais surgiriam para não gostar daquela mulher.

— Eu diria que somos um grupo bem eclético — concluiu Max.

— Então, mesmo correndo o risco de julgar pela capa, acho que estamos todos indo para o Refúgio, não? — perguntou Karl, as sobrancelhas grossas levantadas.

Um a um, eles foram assentindo aos poucos.

— Voluntários?

Eles assentiram novamente. Apenas dois tipos de pessoa iam para lugares como o Refúgio. Os voluntários e aqueles que não tinham escolha.

— Então agora é a hora em que falamos quais os motivos que nos levaram a isso? — provocou Max. — Ou devemos deixar para quando a gente chegar lá?

— *Se* a gente chegar lá — ponderou Sarah, com um olhar nervoso para os cabos que os mantinham suspensos.

Sean observava o vulto que dormia em um canto.

— Será que a gente acorda a Bela Adormecida?

Meg franziu a testa. Depois se levantou e foi até o homem deitado. Tocou em seu ombro com cuidado. Ele rolou para fora do banco e caiu no chão, fazendo um estrondo.

Atrás dela, Sarah deu um grito.

De repente, Meg percebeu duas coisas.

Conhecia aquele homem.

E ele não estava dormindo. Estava morto.

CARTER

— VEM UMA TEMPESTADE AÍ.

Carter resmungou e rolou no sofá. Conhecia aquela voz. Caren. *Com C*. Do jeito que ela tinha dito quando se apresentaram. Como se fizesse alguma diferença. Como se ele fosse escrever um cartão de Natal para ela ou algo assim.

— Sabe, Carter, estar de ressaca não vai liberar você de ir ao mercado.

O tom de voz de Caren estava animado. Na verdade, ela sempre parecia animada. Carter abriu um dos olhos e a encarou. É. Calça legging, colete, o cabelo preso num rabo de cavalo alto. Provavelmente estava indo para a academia. Carter fechou o olho e enterrou o rosto na almofada com cheiro de mofo.

Caren continuou com suas investidas desconcertantes.

— Precisamos estar bem abastecidos caso a tempestade nos deixe isolados de novo.

O som da geladeira abrindo e fechando, algo sendo cortado, o zunido do processador de alimentos. Depois uma batida quando Caren colocou um copo na mesinha ao lado dele.

— Bebe isso. Vai ajudar.

Carter deu uma espiada de trás da almofada. Havia um copo com um líquido vermelho em cima da mesa.

— Bloody Mary?

Caren levantou uma das sobrancelhas e saiu andando, irritada. Carter se obrigou a sentar, pegou a bebida e tomou um gole.

— *Meu Deus!*

Aquilo era praticamente fogo na boca dele. Ardido. *Meu Deus, ardido demais!* Ele se levantou e saiu correndo para a pia. Cuspiu o líquido picante, abriu a torneira de água fria e enfiou a boca debaixo para engolir o que conseguisse. Por fim, após lavar os olhos e o rosto, ficou ali parado, a água pingando no chão.

Ele se virou. Caren o encarava do batente da porta, com os braços cruzados e um sorrisinho no rosto.

— Você disse que ia ajudar.

Ela deu de ombros.

— Você está de pé, não está?

Depois de tomar banho e fazer a barba, ele se sentiu quase humano. O espelho, por sua vez, tinha uma opinião diferente.

As pessoas por ali tinham se acostumado à aparência de Carter. Não se contorciam mais de pavor quando ele se aproximava. Era fácil esquecer como seu rosto realmente era.

Uma geladura havia dizimado o lado direito de sua face. A bochecha e parte da testa e do queixo haviam necrosado. O nariz era uma cavidade oca, e os lábios eram repuxados para um lado, onde o músculo fora dilacerado. Ele babava ao comer ou beber. Apenas os olhos se mantiveram intactos. Azuis e brilhantes. Uma lembrança da pessoa que ele tinha sido um dia.

Carter se esforçava muito para não ficar de luto por essa pessoa. Nunca tinha sido bonito. Acima do peso na juventude e também depois, sempre tivera as feições meio brutas. Só que, às vezes, sonhava que seu rosto estava inteiro novamente, e, quando a ficha da realidade caía, seu travesseiro ficava molhado de lágrimas. Ele não era um homem de chorar. Não era vaidoso. Mas são as pequenas coisas que incomodam. Tipo não ter nariz.

Ele se arrastou para o andar de baixo e encontrou Nate, Miles e Julia na sala de convivência, tomando café. Havia um tabuleiro de Banco Imobiliário em cima da mesa (Miles estava ganhando de novo, com certeza) e Julia apertava um baseado — o que irritaria Caren quando ela voltasse do treino.

Jackson e Welland, os membros restantes do grupo, não estavam por ali. Jackson devia estar meditando ou fazendo ioga. Welland provavelmente estava enterrado sob uma montanha de neve. Se tivessem sorte.

Formavam um grupo bem eclético no Refúgio, um grupo reunido por força das circunstâncias e da necessidade, mas que conseguia trabalhar e viver junto sem se matar. Na maior parte do tempo.

Felizmente, o Refúgio era bem grande. E luxuoso. A sala de convivência era toda de piso de madeira polida, com tapetes grossos e felpudos, além de sofás de couro já meio gastos. Havia uma gigantesca TV de tela plana com reprodutor de DVD, consoles de videogame e um aparelho de som. Num armário de madeira ficavam pilhas de CDs, livros cheios de páginas dobradas e uma coleção de jogos de tabuleiro. A cozinha era moderna e elegante, com uma geladeira enorme com freezer e uma bancada de granito.

Os moradores do Refúgio eram bem cuidados.

Na maior parte do tempo.

Nate olhou para Carter quando ele entrou.

— Camarada, você está com uma cara péssima.

— Sei que meu belo rosto habitual intimida você.

Nate jogou um beijinho para ele.

— Eu gosto de você por causa dessa sua bundinha dura, cara.

— Para com isso. Assim eu fico com vergonha.

Nate deu uma risadinha. Mesmo de ressaca, continuava bonito naquele seu estilo surfista chapado: músculos perfeitos e cabelo descolorido pelo sol preso por uma bandana. Pela lógica, Carter deveria detestá-lo, mas de alguma maneira os dois tinham virado amigos nos últimos três anos.

— Que horas vocês foram dormir? — perguntou Julia, colocando um de seus dreads escuros atrás da orelha e adicionando um filtro ao baseado.

Californiana magrinha e tatuada, ela crescera numa comuna e ainda parecia que se sentiria mais em casa numa barraca ou protestando contra alguma coisa com um cartaz nas mãos.

Carter fez uma careta. Doeu.

— Acho que umas duas horas depois que você subiu.

Miles arqueou uma sobrancelha. Sem qualquer sinal de ressaca, estava elegante como sempre, com uma camisa polo e calça chino, como se estivesse prestes a passear de barco no Tâmisa.

— Foi um pouquinho mais tarde do que isso — corrigiu ele, com seu sotaque inglês de gente culta. — Mas acho que você já tinha desmaiado a essa altura, Carter.

— Taí o meu grande truque nas festas.

— Desmaiar? — perguntou Miles.

— Tem gente que fuma charuto com a bunda. Eu desmaio.

— Tem gente que faz isso mesmo? — perguntou Julia.

— Já vi com meus próprios olhos.

Nate deu uma risada.

— Cara, por que fazemos essas coisas?

— Será que é porque a gente não tem mais nada para fazer? — respondeu Julia.

Todos sorriram e assentiram, embora a verdade daquela frase tenha batido fundo.

É claro que havia *coisas* para se fazer no Refúgio. Tarefas cotidianas para manter o lugar funcionando. Manutenção de várias áreas, internas e externas. Cozinhar, limpar, buscar suprimentos. Todos tinham suas tarefas designadas — Miles cuidara da divisão. Havia instalações de lazer: academia, piscina, as pistas. Ah, e tinha as idas ao mercado.

Carter foi olhar a escala pregada no quadro de cortiça da cozinha. Era isso mesmo, seu nome estava ali. De novo. O tempo naquele lugar passava de um jeito estranho. Parecia correr de modo diferente.

Ele odiava fazer as compras. Até porque não era uma ida rápida até o mercado da esquina. Envolvia esquiar naquelas pistas traiçoeiras até chegar à cidade, e depois fazer uma caminhada difícil, na subida, carregando as sacolas de compras e os esquis.

Carter era, sem dúvida, o pior esquiador do grupo. Diferentemente dos outros, nunca tinha passado as férias de inverno "nas montanhas" quando era criança. Esporte de inverno para ele era, no máximo, descer uma encosta congelada no capô de um carro velho ao lado da irmã.

Ele era quem mais demorava para descer até a cidade, sem contar a subida lenta de volta. E isso antes mesmo que houvesse vida selvagem na floresta.

Ele já sentia a dor de cabeça chegando.

— Precisa ser hoje mesmo? A gente tem bastante...

— Precisa, sim — replicou Julia, assentindo. — Você sabe as regras.

As regras. É, ele sabia.

— Julia tem razão — disse Miles, com um tom de voz sensato e irritante. — Além disso, tem uma tempestade vindo aí, e não vai demorar.

Carter olhou pelo vidro da imensa janela que ocupava quase uma parede inteira do Refúgio. Era uma vista incrível, dava para ver as encostas, as vastas florestas de pinheiros até lá longe, a ponta das cordilheiras rochosas.

Depois de um tempo, virava uma espécie de papel de parede. Você nem notava mais.

E Miles estava certo. A neve já caía e havia uma nuvem sinistra ao longe. Um sinal de que uma tempestade das fortes estava a caminho. Dependendo da gravidade, eles passariam dias — talvez até semanas — sem conseguir sair dali.

— Tem que ser hoje, cara — afirmou Nate. — Tem que seguir a escala.

Seguindo a deixa, a porta de entrada do hall lá de baixo se abriu e uma rajada de vento frio e neve veio subindo pela escada em espiral até a sala de convivência. Eles ouviram o som de passos subindo os degraus.

— Cara, tá uma *merda* lá fora.

Welland. Gordo e cheio de espinhas. Aos vinte e cinco anos, era o mais novo do grupo, mas também quem mais sabia sobre o funcionamento do Refúgio. Então, ainda que fosse um merdinha insuportável, chorão e sorrateiro, eles eram obrigados a tolerá-lo.

Pelo menos, Welland chegou com alguém muito mais bem-vindo: Dexter, que entrou correndo e se jogou nos braços de Carter, lambendo seu rosto e suas mãos.

— Oi, garotão. Foi dar um passeio, é? — Carter se abaixou, enfiou o rosto no pelo frio e embolado do cachorro e sussurrou: — Fez xixi na perna do Welland? Sério? Bom garoto.

— E o gerador? — perguntou Miles.

Welland sacudiu o cabelo cacheado e embaraçado e bateu o pé.

— Tudo certo, mas não estou gostando dessa defasagem. As quedas de energia estão cada vez mais frequentes.

A positividade era outra de suas adoráveis qualidades.

— Tudo bem, não precisa surtar. Vou dar uma olhada...

— Não estou *surtando*, cara. Só estou falando. Seis segundos é tempo demais. Você sabe o que acontece se ficarmos sem energia...

— Eu *sei* — respondeu Miles, num tom de voz que deixou a sala inteira quieta.

Welland ficou vermelho e se abaixou para tirar as botas.

— Acho que estou com aquela merda de geladura — resmungou. — Só falta meu dedo ficar preto e cair. — Ele deu uma olhada para cima e viu Carter. — Ah. Merda. Desculpa, cara.

Não eram desculpas sinceras.

Carter sorriu e colocou Dexter no chão.

— Tudo bem.

Não estava tudo bem.

Mas ele nem teve tempo para se aprofundar muito nisso porque de repente — como se Welland fosse alguma espécie de oráculo peludo do apocalipse — a energia caiu com um chiado baixinho e o alarme disparou.

— Merda! — gritou Welland. — Eu avisei.

Miles levantou a mão. Olhou para o relógio que estava no outro punho. Começou a contar. Um, dois, três, quatro, cinco...

Após o barulho de um bipe, o gerador ligou e a energia voltou. O alarme parou de tocar.

Nate soltou um assobio.

— Pareceu muito tempo.

— Seis segundos e vinte e seis centésimos — respondeu Miles, baixando o braço. — É só um probleminha.

— Um probleminha de que tamanho? — perguntou Carter.

Miles pensou a respeito.

— A queda de energia teria que durar pelo menos oito segundos para ser um problema.

— Por que oito? — indagou Nate.

— No caso de corte de energia, as travas automáticas se abrem. Mas não é instantâneo. A energia residual dá um atraso de oito segundos — explicou Miles. — Quando há uma queda inesperada, o gerador *deveria* ligar de quatro a cinco segundos depois, assim as travas continuam seguras.

Parecia apertado, pensou Carter. *Apertado demais*.

— Acho que vou dar uma olhada nas travas do porão — disse Welland. — De repente reiniciar os controles lá embaixo. Se está levando mais tempo...

— *Eu* disse que vamos monitorar a situação. — Miles olhou para eles. — Está claro para todos?

Dessa vez, até Welland entendeu a mensagem.

— Sim — murmurou.

Todo mundo assentiu.

— Que bom.

— Muito bem, então — disse Nate, levantando-se. — Vou para a academia tentar suar a cerveja de ontem. Alguém mais?

— Acho que vou fazer uma meia hora de sauna.

Julia tragou o baseado e depois o apagou no cinzeiro. Os dois foram em direção ao elevador.

Welland ainda estava por ali tirando a roupa de neve.

— Vi que é a sua vez no mercado, Carter. Que merda — comentou ele.

— É, bom, todo mundo tem que fazer. — Carter estalou os dedos. — Ah, espera aí. Menos você. Você nunca fez isso.

— Eu não sei esquiar.

— Bem-vindo ao clube.

— Eu tenho asma — continuou Welland.

— Engraçado. Jamais imaginaria que alguém no seu estado passaria no processo de verificação para trabalhar aqui.

— Bom, pelo menos eu não apareci do nada, que nem...

— Vocês dois podem parar com a briguinha de casal? — disse Miles, dando uma bronca. — E, Carter, preciso falar com você antes de ir.

— Por quê?

Miles olhou para Welland, que tinha acabado de tirar as camadas externas de roupa, deixando tudo numa pilha molhada no chão, e procurava comida nos armários da cozinha.

Miles se levantou e foi andando na direção do elevador.

— Venha comigo.

— Tá bem — respondeu Carter, soltando um suspiro.

No caminho, passou por Welland, perto o suficiente para sussurrar:

— Eu sei muito bem que você não tem asma.

A porta do elevador se abriu e eles entraram. Miles passou o crachá na letra P do painel. O elevador começou a descer em silêncio.

O Refúgio fora construído na encosta da montanha e tinha quatro andares. A sala de convivência, a cozinha e a academia ficavam no primeiro andar. No segundo, estavam os quartos: dois dormitórios grandes e doze quartos individuais para a equipe. No térreo havia um corredor enorme, a piscina e as saunas. Além dos cômodos reservados para o depósito e as instalações.

O porão estava fora de alcance para todos, a não ser Miles (e quem mais fosse digno de sua confiança para ir com ele até lá embaixo).

A porta se abriu, e eles saíram num corredor branco iluminado. Estava sempre frio no porão, mas não era por isso que os pelos do braço de Carter estavam arrepiados. A iluminação era acionada por movimento e se acendia à medida que os dois caminhavam pelo longo corredor com uma série de portas à esquerda. Duas eram de escritórios, já vazios. Miles parou diante da terceira, passou o crachá em mais um painel, e os dois entraram.

Havia mesas de metal reluzente numa das paredes. Na outra, uma geladeira grande e armários de arquivo.

— Então, o que foi? — perguntou Carter, do jeito mais casual que conseguiu.

Miles o encarou, o olhar frio. Carter já tinha visto cadáveres com expressões mais acolhedoras.

— Tem alguém roubando do estoque.

— Quê?

Miles abriu uma gaveta de um dos armários. Lá dentro, havia fileiras e mais fileiras de caixas — antibióticos e analgésicos.

— Parece estar bem estocado.

Miles enfiou a mão debaixo da fileira de cima e pegou uma caixa mais no fundo. Abriu a embalagem e a virou de cabeça para baixo. Vazia.

— Eu diria que pelo menos metade das caixas foi adulterada.

— E os... — Carter fez um gesto na direção da geladeira.

— Não estava faltando nada, então resolvi testar aleatoriamente algumas das ampolas.

— E?

— Várias continham placebo.

— Tipo, não era plasma de verdade?

— Água.

Carter sentiu a tensão aumentar. A próxima pergunta era óbvia.

— Como? Só você tem acesso ao porão.

— Que a gente saiba.

Verdade.

— O que me leva a nosso outro problema — continuou Miles.

— Tem outro problema?

— Jackson desapareceu.

Carter o encarou.

— *O quê?* Tem certeza?

— Não dormiu no quarto dele ontem à noite. Não o encontro em lugar nenhum.

Carter refletiu. Jackson provavelmente era a pessoa que ele menos conhecia ali. Um cara de trinta e muitos anos, quieto, na dele. Abstêmio, vegano. Adepto de ioga e meditação. Apesar disso, Carter nunca tivera problemas com ele. Mas, pensando bem, não havia nem como os dois se estranharem. O cara era basicamente um fantasma.

— Acha que ele fugiu com as coisas?

— Talvez. Mas para onde?

Miles tinha um bom argumento. A única coisa que havia era a cidade. O campo de pouso ficava a uma hora de distância, e só dava para chegar lá por uma estradinha estreita e sinuosa. E onde Jackson arranjaria um veículo? Só sobrava a estação de teleférico. Mas aquela também não era bem uma opção.

— Talvez não seja o que parece — ponderou Carter. — Vai ver ele só foi... dar uma caminhada?

Miles olhou para Carter com uma expressão estranha.

— Sem a roupa de neve?

Outro bom argumento.

— Vamos manter isso só entre nós por enquanto — pediu Miles. — Se alguma coisa aconteceu com Jackson, vai ser ruim para o ânimo geral, principalmente depois daquele incidente infeliz com Anya.

Infeliz. Certo. Carter engoliu em seco.

— E se o encontrarmos?

Os lábios de Miles se curvaram num sorriso. Carter sentiu as bolas se encolherem quase até a garganta.

— Aí ele é um homem morto.

HANNAH

OS SOBREVIVENTES SE REUNIRAM NOS FUNDOS DO ÔNIBUS.

A maioria dos mortos estava na frente.

Hannah tinha ido checar todos eles. Cinco jovens moças e rapazes que não iriam mais fazer aniversário. A morte tinha sido repentina e violenta. Sua essência costumava ser assim. Não havia cadáveres bonitos ali. Eles raramente existiam.

De certa forma, era uma sorte que a maioria dos estudantes no veículo fossem estranhos uns para os outros, ou se conhecessem apenas de vista. A não ser pelo rapaz com a irmã, que ainda estavam abraçados nos fundos do ônibus, não havia ninguém chorando por um namorado ou melhor amigo. Por outro lado, ninguém tinha qualquer motivo para cuidar um do outro. Era cada um por si, e isso poderia ser um problema. É claro que naquele exato momento havia um problema bem maior. Mas Hannah não estava preparada para compartilhar aquilo com os outros.

Ainda não.

Além de seu ajudante ariano, da garota que estava morrendo e do irmão dela, havia outros três sobreviventes: um jovem de porte atlético com cabelo escuro e rosto bonito, de traços suaves; uma moça magrinha de óculos e cabelo castanho e curto; e um jovem alto e magro, com rabo de cavalo e piercings no rosto, o mesmo que tinha vomitado. Eles conversavam entre si.

— Como vamos sair daqui?

— Já viu a tempestade? Vamos morrer congelados lá fora.

— Talvez a gente morra aqui mesmo.

— Então o que devemos fazer?

— Não acredito que pegaram nossos celulares.

— Não acredito que ninguém trouxe um escondido.

— Quanto tempo vai levar até nos acharem?

— Ai, meu Deus. Não podemos ficar presos aqui. Não com pessoas mortas.

Hannah poderia ter dito que os mortos eram a menor das preocupações. A questão mais imediata era a queda na temperatura. Já estava ficando frio dentro do ônibus. Estavam todos com casacos grossos e calças jeans, mas não eram roupas térmicas feitas para a neve, e, se fossem ficar ali durante a noite, a hipotermia era questão de tempo.

Outra preocupação: comida. Tinham os lanchinhos preparados pela Academia e água. Mas aquilo era apenas para o almoço. Talvez tivessem que fazer as porções renderem por muito mais tempo. Havia um banheiro que, apesar de estar inclinado, ainda dava para usar, então essas necessidades estavam cobertas. Por enquanto.

Do lado de fora, a neve continuava se acumulando ao redor do ônibus e do vidro. Quanto tempo levaria para o veículo ser enterrado e sumir de vista? A tempestade poderia cessar antes disso, o que lhes daria mais opções. Mas também poderia não cessar.

— Beleza. Pessoal... fiquem quietos!

O rapaz alto e loiro se levantou e olhou ao redor. Apesar de todos os estudantes terem mais ou menos a mesma idade — os alunos da Academia tinham entre dezoito e vinte e três anos —, ele exercia certa autoridade, então o grupo foi se calando.

— Em primeiro lugar, para facilitar a comunicação, sugiro que a gente se apresente. Meu nome é Lucas — disse ele.

— Josh — respondeu o rapaz atlético.

— Ben — continuou o jovem com piercings.

— Cassie — disse a menina magrinha.

— Eu sou a Hannah.

Ela olhou para trás, na direção do rapaz que cuidava da irmã. Ele levantou a cabeça.

— Daniel... e Peggy.

— Tá — disse Lucas, assentindo. — Certo. A situação é a seguinte: não temos como pedir ajuda. Nem como sair.

— Jogando o astral lá no alto, muito bom — murmurou Ben.

— E a saída de emergência? — perguntou Josh.

— Está travada — respondeu Hannah.

— Tem certeza?

— Pode tentar lá.

Josh se levantou e desapareceu no outro lado do ônibus. Alguns segundos depois, estava de volta.

— É. Está quebrada.

— Merda — xingou Ben.

— E aparentemente não temos as ferramentas necessárias para quebrar as janelas — explicou Lucas.

— Como é que é? — perguntou Josh.

— Os martelos de emergência sumiram — explicou Hannah.

— Meu Deus do céu. — Ben revirou os olhos. — Não acredito que colocaram a gente nessa carroça de merda.

Uma observação válida, pensou Hannah. O ônibus era bem antigo. A Academia não o substituía havia tempos. Talvez não fosse uma prioridade. A maioria dos alunos chegava de limusine ou helicóptero.

— Não faz diferença — salientou Lucas. — Nenhum de nós sobreviveria lá fora com essa tempestade mesmo.

— Então o que você sugere? — perguntou Josh.

— Sentar e esperar pelo resgate.

— E se ninguém chegar?

— Aí reavaliamos. *Talvez* a gente consiga arranjar um jeito de sair. Nesse caso, escolhemos as duas pessoas em melhores condições para tentar buscar ajuda. Mas não faz sentido mandar alguém lá fora sem nenhuma chance de sobrevivência.

— Ele está certo. O melhor a fazer é esperar — concordou Hannah.

— E por que a gente deveria seguir o que você diz? — perguntou Cassie, olhando-a com frieza.

Hannah percebeu que a garota não tinha contestado a autoridade de Lucas. Com a voz serena, respondeu:

— Eu tenho experiência em gerenciamento de crise.

Na verdade, era seu pai que tinha.

— Numa situação como essa, nossa melhor opção é ficar onde estamos, pelo menos até a tempestade passar. Temos comida, abrigo e, mais importante, um ao outro.

— Vai querer que a gente se abrace? — perguntou Cassie, sarcástica.

— Vou — respondeu Hannah. — Porque nosso maior desafio se ficarmos presos aqui durante a noite vai ser o frio. Precisamos ficar o mais juntos possível para aproveitar o calor humano.

— Será que vamos ficar presos aqui esse tempo todo? — perguntou Ben, preocupado.

— Talvez. Pode não ser possível enviar o resgate enquanto a tempestade não passar.

— Eles *vão* mandar o resgate, né? — perguntou Cassie, dirigindo-se a Lucas.

— Vão — respondeu Lucas, tão enfático que Hannah quase acreditou. — Por que iam ter todo esse trabalho para nos tirar de lá em segurança só para nos abandonar depois?

Fazia sentido, mas Hannah sabia que parte do motivo de a Academia estar tão empenhada em retirar os alunos era para não assumir a responsabilidade por mais mortes.

Ben levantou a mão, o que deixou Hannah satisfeita, já que significava que o grupo estava concordando que ela e Lucas assumissem uma espécie de liderança. Isso tornaria tudo mais fácil.

— Sim? — incentivou Hannah.

— Será que a gente deveria, tipo, olhar se algum dos outros tem um celular, só para garantir?

— Quando você diz "outros", está se referindo aos mortos? — perguntou Hannah.

Ele pareceu constrangido.

— É, bom, sim. E, sei lá, eles não precisam de casaco nem de comida, né?

Hannah olhou para Lucas. Era uma boa sugestão.

— A gente *realmente* precisa de todos os recursos disponíveis — concordou ele.

— Então quem vai... sabe... — murmurou Josh.

— Eu — ofereceu Hannah.

— Eu vou com você — disse Lucas.

Ela assentiu. Os dois seguiram para a parte da frente do ônibus.

— Na verdade, eu queria falar com você — afirmou Lucas, em voz baixa.

— E eu queria falar com você.

— Tudo bem.

— Você primeiro — sugeriu Hannah.

— Você percebeu alguma coisa em relação aos mortos? — perguntou Lucas.

— Como assim?

— São todos estudantes, certo?

— Certo.

— E todos os sobreviventes são estudantes...

— Aonde você está querendo chegar?

— Cadê o motorista?

Ela o encarou. Óbvio. Deveria ter percebido isso. Onde estava o motorista? *Que descuido, Hannah.* Ela olhou ao redor, como se ele de repente fosse surgir de trás de um dos assentos. Surpresa!

— É impossível — disse ela.

— Você lembra como ele era? — perguntou Lucas.

Hannah franziu a testa. Ela o vira do lado de fora do ônibus durante o embarque, fumando, mas não prestou muita atenção. Ele era baixo, ela achava. E magro. E era só isso.

— Não muito.

— Mas você não o viu aqui?

Ela olhou ao redor de novo.

— Não.

— Então só existem duas opções. Ou tem um jeito de sair...

— Ou?

— Ele fugiu pela saída de emergência e a quebrou em seguida.

— Mas por quê?

— Exatamente. Por quê? — Lucas sorriu. — Agora, o que você queria me falar?

Hannah engoliu em seco, um pouco desconcertada com a súbita mudança de assunto.

— Temos cinco estudantes mortos.

— E?

— Quatro deles, como era de se esperar, por ferimentos causados pelo acidente.

— E o quinto?

Hannah o conduziu mais à frente. Em um dos assentos, um jovem de cabelo crespo estava esparramado, com uma fissura grande e sangrenta na cabeça.

— Ele provavelmente morreu por causa do ferimento na cabeça — disse ela.

Lucas a olhou sem entender.

— Então também morreu por causa do acidente.

— Sim, mas... Ele já estava prestes a morrer. Veja os olhos dele.

Lucas se inclinou para a frente. Ela ouviu quando o rapaz teve um sobressalto. As córneas do estudante tinham um tom vermelho e rosado. *Olho vermelho.*

Lucas ficou pálido.

— Mas não fomos todos testados?

Os testes supostamente eram infalíveis.

— Alguma coisa deve ter dado errado — disse ela.

— *Verdammt*. Você acha que...

— Não tem como saber a não ser que alguém comece a apresentar sintomas.

— Você acabou de falar para eles se abraçarem.

— A outra opção é morrer de hipotermia.

— Mas podemos infectar uns aos outros.

— É tarde demais para se preocupar com isso. Estamos respirando o mesmo ar e tocando as mesmas coisas há horas. Ou damos sorte... ou não damos.

Ela aguardou alguns segundos para Lucas digerir aquela informação.

— Então, mesmo se o resgate vier — disse Lucas, devagar —, alguns de nós vão morrer.

Ele era inteligente, mas ainda não tinha entendido.

Hannah balançou a cabeça.

— Se o resgate vier e o Departamento perceber que há uma pessoa infectada a bordo... Nenhum de nós vai chegar ao Refúgio.

MEG

O NOME DO HOMEM MORTO ERA PAUL PARKER, um sargento com quem ela havia trabalhado no Departamento de Homicídios. Mais tarde, ambos foram transferidos para o Controle de Infecção e Desordem Pública. Ou, como todo mundo na divisão chamava, "Atirar e incinerar".

Você precisa lembrar sempre que eles não são como a gente, Hill. O que fazemos é um ato de misericórdia.

Misericórdia. Pois é. Meg lembrava. Às vezes gostaria de poder queimar essas memórias. Apagá-las como numa lobotomia. Esquecer podia ser um ato de misericórdia também.

Óbvio que tudo isso era secundário naquele momento porque o nome no crachá enfiado debaixo da roupa de neve do homem dizia: *Mark Wilson — Segurança*.

— Quem é ele? — perguntou Sarah. — Ele está bem?

— O nome dele é Mark Wilson. — Meg repetiu a mentira. — E ele está morto.

Sarah levou a mão à boca.

— Meu Deus.

— Como? — perguntou Sean.

Boa pergunta. Ela tocou o pescoço dele. Não estava em busca de pulsação. Meg sabia bem quando um morto estava morto. Era mais para ter uma ideia da temperatura corporal. Frio, mas ainda não gelado e ceráceo. Ela levantou o braço dele. Estava solto e flexível. Ainda não estava em *rigor mortis*, o que significava que tinha morrido havia pouco tempo, provavelmente nas últimas duas horas.

— Pode ter sido uma reação às drogas que nos deram? — perguntou Max.

Era um bom palpite. Até bastante razoável. Meg se ajoelhou ao lado do cadáver. Era só um corpo naquele momento. Não era Paul, Mark ou fosse lá o nome que estivesse usando. Examinou o rosto e a boca. Uma boca que ela já havia beijado. Por luxúria, solidão, conveniência e desespero. Nunca amor. Nem mesmo no início. Muitas relações foram construídas sobre bases muito menos sólidas. Mas elas precisavam de mais para sobreviver.

Ela abriu os lábios do morto e olhou lá dentro em busca de vestígios de vômito, o que seria indício de uma overdose. Não havia, mas dava para ver sangue nos dentes. Dava para sentir o cheiro também. Ela franziu a testa. Então abriu o zíper da roupa de neve. Por baixo, ele usava uma camiseta térmica branca. Ou algo que já tinha sido uma camiseta branca. A frente estava tomada por uma mancha amarronzada.

— Puta merda! — exclamou Karl. — Isso é sangue?

— É.

Meg cerrou os dentes e levantou a camiseta, fazendo uma ligeira careta diante da sensação de puxar da pele o tecido grudado pelo sangue. O ferimento estava logo abaixo do esterno. Entre a segunda e a terceira costelas. *Um golpe no fígado*, pensou ela. *Preciso e fatal.*

— Ele foi esfaqueado — disse ela, sem emoção, antes de se virar para o grupo.

Estavam todos de pé ao seu redor, parecendo confusos e apavorados. A situação em que estavam, o balanço do teleférico à deriva, foi momentaneamente esquecida diante do homem morto. Meg se perguntou se algum deles já tinha visto um cadáver tão de perto na vida.

Mesmo com tudo que acontecera ao longo dos dez anos anteriores, algumas pessoas se mantiveram alheias ao horror de verdade. Viam cadáveres na TV, óbvio. Ou pelo menos viam o que a mídia queria que vissem. Mas muitas áreas rurais foram poupadas do pior da epidemia. Assim como aqueles ricos o suficiente para morar num dos condomínios privados e murados que foram construídos longe das principais aglomerações. Quem não vivia nas cidades talvez nunca tivesse chegado perto da carnificina.

— Por que alguém faria isso? — perguntou Sarah numa voz hesitante, a mão agarrando o crucifixo.

Meg deu de ombros. O fato de a mulher estar sempre à beira da histeria lhe dava vontade de ser brutalmente sincera com ela.

— Vai saber. Mas era alguém que conhecia o melhor lugar para desferir o golpe e garantir que fosse fatal. A não ser que tenha dado sorte.

— Você parece saber bastante sobre ferimentos com faca — observou Sean.

— Eu era policial — admitiu ela.

— Era? — perguntou Karl.

— Isso.

Ela olhou ao redor e encarou todos eles, como se os desafiasse a perguntar mais alguma coisa. Ninguém perguntou. Todo mundo tinha um passado. E ninguém queria discuti-lo.

— Consegue dizer há quanto tempo ele está morto? Imagino que tenha sido esfaqueado antes de embarcarmos — disse Max.

— E eles iam simplesmente colocar um cadáver aqui dentro? — observou Karl.

— Talvez ninguém tenha percebido — opinou Sean. — Todos nós achamos que ele estava dormindo, né?

Meg olhou novamente para o corpo. Era possível que ninguém tivesse percebido, mas parecia improvável. Talvez apenas não tenham se importado.

— É possível — disse ela. — Ele não está morto há muito tempo. No máximo duas horas, eu diria.

— E que outra explicação haveria? — perguntou Sarah.

— Um de nós o esfaqueou — disse Karl, olhando para Meg. — É nisso que você está pensando, né?

— Mas todo mundo estava inconsciente — ponderou Sarah.

— Em teoria, sim — disse Max.

Sarah jogou as mãos para o alto.

— Isso é ridículo. Ninguém o esfaqueou. Nenhum de nós nem o conhecia.

Meg ficou em silêncio. Sarah cruzou os braços como se dissesse: "Tudo bem, então."

Max coçou o queixo.

— É claro que a suposição de que ele tenha sido morto antes do embarque não exclui a possibilidade de um de nós ser o responsável.

Sarah olhou para ele.

— O quê?

— Ele está querendo dizer que só porque um de nós não o esfaqueou aqui dentro não significa que não o matamos lá fora, antes de entrar — explicou Sean.

— Ah, pelo amor de Deus.

Max olhou para Meg.

— Levando em conta que vamos ficar presos aqui juntos por algum tempo, eu gostaria de garantir que ninguém está armado.

— Nossos pertences foram confiscados — disse Sean. — Estas roupas nem são minhas — observou ele, olhando para o traje de neve e as botas.

Meg refletiu um pouco. Então começou a abrir o zíper da roupa de neve. Por baixo, usava um short e uma camiseta térmica. Assim como Paul. Não eram dela. Tinham trocado sua roupa enquanto estava inconsciente. Ela tirou as botas, se desvencilhou da roupa de neve e começou a tremer imediatamente.

— O que está fazendo? — perguntou Sean.

— Provando que não tenho nada a esconder.

Ela jogou o macacão na direção de Sarah.

— Pode conferir os bolsos.

Sarah parecia prestes a contestar, mas calou a boca. Revistou todo o traje de neve.

— Vazios.

— Ótimo.

Ela passou o macacão de volta para Meg, que o vestiu, agradecida.

— Muito bem. Quem é o próximo? — perguntou Meg.

Max já estava tirando o macacão. Sean se despiu em seguida. Sarah revirou os olhos, mas abriu o zíper. Eles trocaram as roupas entre si, revistaram bolsos e sacudiram tudo.

Karl foi o último. Olhou ao redor como se alguém talvez pudesse livrá-lo dessa. Depois balançou a cabeça e, relutante, levou as mãos ao zíper. Enquanto tirava o macacão, Sarah arregalou os olhos e todos viram.

Os braços e as pernas de Karl eram cobertos de tatuagens feias em tinta preta. Pelos traços grosseiros, Meg imaginou que tinham sido feitas na prisão: suásticas, caveiras, o número 1488, o círculo e o punho símbolos dos arianos, as palavras "Sangue e Hona". Não havia nenhum centímetro de pele intocada do pescoço para baixo. Todos eles sabiam o que aquelas tatuagens significavam. Símbolos de ódio e supremacia branca.

Karl encarou Meg em desafio, mas ela conseguia enxergar a vergonha em seus olhos. Sentiu que os outros a olhavam. Claro. Ela era uma mulher negra. As tatuagens deviam incomodá-la mais do que a eles. Era o fardo dela, não deles.

Ela abriu um ligeiro sorriso para Karl.

— Sabia que escreveram "honra" errado?

Ele abaixou a cabeça.

— É, eu sei.

Ela assentiu.

— Me dá o macacão.

Karl tirou a roupa de neve e entregou. Meg a pegou.

Alguma coisa fez barulho ao cair no chão do teleférico.

Uma faca pequena suja de sangue.

CARTER

ELE ESTAVA NO TOPO DA PISTA, logo após o limite do terreno do Refúgio. O letreiro antigo — aquele que ninguém usava mais — sacudia pendurado num gancho.

Carter se certificou mais uma vez de que não tinha esquecido nada e se colocou a postos. Em um dia bom, para um esquiador habilidoso, a descida até a cidade levava uns vinte minutos. Ele não era um esquiador habilidoso e aquele não era um dia bom — a julgar pelas nuvens pesadas, o vento e a neve que rodopiava sobre os óculos de proteção.

Além disso, havia a floresta. Não tinha como evitá-la. Mais ou menos no meio do caminho, fileiras e mais fileiras de pinheiros iam se estreitando de cada lado. Densa, sinistra. Cheia de coisas que observavam, sussurravam... e assobiavam.

Carter odiava bosques e florestas. Sempre odiou. Culpava o pai por isso. Quando Carter era criança, ele lhe contara uma história sobre uns garotos que conhecera e que tinham encontrado o corpo de uma menina na floresta. Ela estava desmembrada. Os braços e as pernas tinham sido escondidos sob uma pilha de folhas. O cara que a matou foi capturado, mas a cabeça nunca foi encontrada.

Carter não tinha certeza se aquilo era verdade. Seu pai falava muita merda, ainda mais quando estava bêbado. Mas aquela história ficou em sua cabeça. Carter acordava à noite em meio a pesadelos com a garota morta, a cabeça desaparecida rastejando na direção dele como se fosse uma espécie de aranha humana mutante. O pior pesadelo do dr. Moreau. Nada de bom podia acontecer numa floresta escura. Disso ele sabia.

Carter ajeitou os óculos de esqui e respirou fundo. Foda-se tudo. Deu impulso com os bastões. Não foi de um jeito elegante nem rápido, pareceu mais uma criança que está aprendendo na pista de iniciante. Odiava a sensação de perder o controle, de ser levado pela gravidade sobre o gelo cristalizado e escorregadio. Preferiria um carro ou até uma bicicleta. Qualquer coisa menos aquelas duas chapas de madeira e a porra daquelas varetas.

Imaginou Caren observando lá de cima, das enormes janelas de vidro, dando uma risadinha de seu percurso trêmulo e vacilante. Muitas vezes, ele a flagrava olhando. Não ficava alimentando nenhuma ideia maluca de que ela tivesse uma queda secreta por ele ou algo assim. A não ser que a mulher tivesse um gosto peculiar pelo grotesco. Era mais como se conseguisse enxergar através dele. Como se ele sempre estivesse nu diante dela, como o imperador em suas roupas novas.

Carter tentou abstrair os pensamentos a respeito de Caren com C e se concentrar em não quebrar o pescoço. O suor começou a escorrer e esfriar em suas costas. O vento lançava neve sobre seu rosto, e ele arriscava o próprio equilíbrio para levantar o braço e limpar os óculos. O peso do céu escuro se aproximava cada vez mais. Precisava ser rápido. Não podia arriscar ser surpreendido pela tempestade.

Chegou até um ponto plano da encosta, onde conseguiu fazer uma manobra e parar. Lá embaixo, a trilha ficava mais estreita, os pinheiros altos se aproximando mais e mais. Tentou conter aquele incômodo e deu impulso novamente, o mais rápido que ousou, mantendo os olhos fixos no caminho à frente, longe das sombras da floresta. Ainda era cedo, mas a tempestade apressava o crepúsculo, que já ia se adiantando. A caminhada de volta seria a parte mais perigosa.

Lá na frente, já dava para ver a encosta voltando a alargar e ficar mais plana, e sua respiração foi se normalizando. À direita, viu os restos enferrujados de um velho teleférico. Um dia havia sido usado para transportar as pessoas até o topo da montanha. Metade da estrutura tinha desabado, as cadeirinhas enterradas na neve, como uma criatura enorme que fora morta e trazida à terra.

Carter desviou dos escombros para chegar ao seu destino. Não era uma cidade grande, mas, em sua época de ouro, devia ter sido movimentada. Diziam que houvera um hotel-boutique sofisticado, alguns bares e restaurantes, uma farmácia e um pequeno supermercado — a Loja de Conveniência do Quinn. Vendia apenas o essencial para abastecer os esquiadores que passavam as férias na região.

Mas havia muito tempo que ninguém tirava férias. O hotel-boutique se tornara um pardieiro coberto com tábuas, todo pichado. Os restaurantes e bares estavam igualmente abandonados. A farmácia resistira por mais tempo, mas a certa altura se tornara incapaz de encomendar os remédios, então foi saqueada e ficou largada também. Só sobrara a loja de conveniência.

Carter desconfiava que, se o apocalipse nuclear viesse, as únicas coisas que restariam seriam as baratas e Jimmy Quinn.

Tirou os esquis e caminhou pela rua principal, quando de repente viu uma mancha marrom de relance pelo canto do olho: um veado correndo. Ficou tenso com a possibilidade de aparecerem predadores atrás dele — pumas ou cachorros selvagens. Mas a rua principal continuou vazia, então Carter relaxou, pelo menos um pouco.

A loja de conveniência ficava na metade da rua. A vitrine estava suja, as janelas eram gradeadas e havia arame farpado na marquise. Diversas câmeras de segurança se viraram na direção de Carter quando ele se aproximou. Ainda assim, quando abriu a porta, ouviu o barulho daquele sininho das antigas.

Lá dentro, o ambiente era pouco iluminado, empoeirado, e sempre cheirava a peixe ou algo azedo. As prateleiras estavam lotadas de comida enlatada vinda de diversos continentes, além de duas geladeiras enormes com peças de carne de origem duvidosa. Carter nunca criara coragem de perguntar o que era, com medo de virar uma delas.

O restante da loja era dedicado a uma seleção eclética e bizarra de produtos que nunca mudava. Carter passou por um mostruário com ovos de Páscoa, meias-calças femininas fio vinte, colchonetes infláveis para piscina, coqueteleiras e pilhas de fitas VHS. Não eram nem DVDs, eram VHS mesmo. Tinha Betamax também. Carter se perguntou se antigamente a loja era abastecida com itens de maior interesse, como vinhos caros e iguarias finas. Talvez não.

Quinn recebia seus produtos uma vez por mês pelo pequeno campo de pouso que ficava a uma hora de carro dali. Dois de seus quatro filhos também ficavam a postos lá, então nada entrava ou saía da cidade sem a aprovação de Jimmy Quinn. Inclusive as pessoas. O Refúgio e Quinn tinham formado uma aliança um tanto incômoda. Carter duvidava ser possível ter qualquer tipo de aliança diferente disso com Jimmy Quinn.

Uma vez, Miles contou a Carter que a família de Quinn no passado comandava uma organização criminosa no Reino Unido, e que Quinn ainda tinha contatos no crime organizado. Carter tendia a acreditar nisso, ainda que fosse um mistério como Quinn fora parar ali, a milhares de quilômetros, dono de uma loja de conveniência nas montanhas. Carter tinha a sensação de que era melhor nem saber.

Quando Carter chegou ao balcão, Quinn apareceu vindo dos fundos.

— E aí, Carter. Como está, cara? Há quanto tempo não te vejo. Achei que você tinha morrido.

Se Jimmy Quinn tinha 1,60 metro, era muito. Era um cara baixinho e atarracado, com cabelo preto e crespo e um sorriso largo que não combinava muito com os olhos duros e acinzentados. Seu rosto dizia "Seja bem-vindo" e os olhos completavam "mas fique esperto".

Carter sorriu.

— E aí, sr. Quinn. — Sempre "sr. Quinn". Nunca "Jimmy". — Não morri ainda.

— Que bom. Isso é bom, certo? É o melhor que podemos esperar, né?

Jimmy Quinn falava num ritmo acelerado, como um Yoda cheio de anfetamina. Se Yoda falasse com um sotaque quase ininteligível de Liverpool.

— Tem tudo da nossa lista? — perguntou Carter.

Miles passava a lista por telefone para Jimmy a cada duas semanas.

— Sim, sim, quase tudo. — Jimmy assentiu. — Fiz algumas substituições. Sabe como é.

Carter sabia. Jimmy Quinn uma vez substituiu latas de feijão por selante de madeira e farinha por uma planta artificial. Era inútil perguntar quais eram as substituições, então Carter apenas concordou.

— Sem problemas. Miles combinou o pagamento, certo?

— Isso. Miles é firmeza. Não é como uns e outros. Às vezes tenho que mandar meus filhos irem visitar alguns clientes, sabe como é?

Carter nunca tinha visto nenhuma outra vivalma dentro da loja de Quinn. Mas uma vez vira os restos mortais de alguém sendo arrastados por um dos seguranças corpulentos de Quinn.

Ele tirou um pacote do bolso.

— Miles mandou uns extras pelo seu bom serviço.

Jimmy Quinn olhou para o pacote, ávido, pegou e colocou debaixo do balcão.

— Bom trabalho. Miles é um rapaz bacana, né?

Não, pensou Carter. Mas tudo era relativo.

Ele esperou enquanto Jimmy desaparecia nos fundos e voltava com os filhos. Carter nunca havia sido formalmente apresentado, mas tinha quase certeza de que o cara com aspecto ameaçador e cheio de tatuagens aparecendo por cima da gola da camisa se chamava Sam e o outro, com aspecto assustador, cabelo liso penteado com gel e uma cicatriz típica de vilão do James Bond que ia do olho até o queixo se chamava Kai. Mas ele podia estar errado. Sempre pensava nos dois carinhosamente como o Coisa 1 e o Coisa 2.

— Aqui está, garoto — disse Jimmy, dando uma piscadinha.

Carter pigarreou.

— É... Será que posso usar o banheiro?

Jimmy Quinn o encarou.

— A subida de volta pela montanha é longa — acrescentou Carter.

Jimmy começou a gargalhar.

— Claro. Não quer cagar nas calças, né? — Ele acenou para o Coisa 2 à sua esquerda. — Deixa ele ir lá na privada.

O Coisa 2 acompanhou Carter até o banheiro, à esquerda do balcão. Pegou uma chave na corrente que ficava pendurada em seu pescoço e abriu a porta. O cheiro de esgoto invadiu as narinas de Carter. O Coisa 2 sorriu ao vê-lo empalidecer.

— Aproveite.

Carter entrou e fechou a porta. Então enfiou a mão dentro do macacão de neve, chegou até a cueca e pegou dois pacotes enrolados em papel-filme que tinha escondido ali. Levantou a tampa da cisterna e colocou os pacotes ali dentro. Depois deu descarga. Um sinal para Coisa 2 de que ele tinha terminado. Quando saísse, o Coisa 2 ia entrar ali e pegá-los. No dia seguinte, um dos pacotes estaria a caminho de uma cidadezinha suburbana a muitos quilômetros de distância. O Coisa 2 ia ficar com o outro.

Até em famílias como a dos Quinn não havia lealdade absoluta. O Coisa 2 e Carter tinham selado um acordo. Carter precisava enviar os pacotes sem Jimmy (logo, sem Miles) saber. O Coisa 2 ficava satisfeito de ganhar um para vender por conta própria.

Carter saiu do banheiro — o Coisa 2 nem olhou para ele — e foi pegar as compras, que Jimmy Quinn e o Coisa 1 já tinham amarrado aos esquis do lado de fora.

— Tchau, sr. Quinn.

Jimmy abriu um sorrisinho debochado.

— Até a próxima, se você não tiver morrido.

Carter riu e acenou com a mão, mesmo pensando que o que Jimmy disse não estava assim tão longe da verdade.

Enviar aqueles pacotes era um grande risco. Um risco que ele estava disposto a correr. Por ela. As coisas haviam ficado mais complicadas. Miles sabia do sumiço dos suprimentos.

A pergunta era: quanto tempo levaria até ele perceber que era Carter quem estava roubando?

***

Carter esperava estar de volta ao Refúgio antes de escurecer. Mas a tempestade que avançava tinha outros planos. Mal havia chegado o meio da tarde, ele estava na metade do caminho de volta, e a luz já diminuía de modo assombroso. Desaparecia como um adolescente mal-humorado dentro do quarto.

O vento golpeava seu corpo, tentando mandá-lo montanha abaixo. A neve chicoteava e serpenteava no ar. Não era nada agradável. Nem um pouco. Carter resmungava e enfiava os bastões com força na neve, carregando as compras amarradas aos esquis em suas costas.

Seria mais fácil caminhar mais perto da floresta. A camada de neve não estaria tão espessa, e ele ficaria mais protegido do vento. Mas a floresta estava repleta de animais, que tinham ficado mais corajosos nos últimos anos. Ter menos humanos e civilização por perto contribuiu para que ficassem mais perto de estar em pé de igualdade. Os humanos não eram mais os senhores de tudo.

E havia os Assobiadores.

Carter se pegou dando umas olhadas para a floresta. Ali, as árvores ainda estavam bem espaçadas. Mais para cima da montanha, elas ficavam mais densas, se avolumavam dos dois lados, formando sombras que pareciam cortinas surradas.

Ele engoliu em seco, tentando se concentrar na tarefa que tinha em mãos. Ainda havia um pouco de luz, apesar das nuvens escuras que se expandiam. Os Assobiadores preferiam quando a noite caía por completo. Escuridão total. O sol era ruim para a pele frágil deles. Assobiadores eram sobrenaturalmente pálidos, quase translúcidos. Como fantasmas. Só que, diferentemente dos fantasmas, eles não vagavam em silêncio. Sua chegada era precedida por um barulho horrendo e molhado de assobio, que eles faziam ao tentar puxar oxigênio para os pulmões esburacados e cheios de cicatrizes.

Pare com isso, Carter.

Ele afundou uma bota na frente da outra, apunhalou a neve com os bastões e foi se arrastando montanha acima. As nuvens estufavam o peito e brilhavam, sombrias, acima dele. A neve grudava nos óculos. Carter rangia os dentes. Limpou os óculos mais uma vez. E então algo chamou sua atenção.

Um movimento lá em cima. Uma mancha preta em meio à brancura da neve. Ele tentou enxergar. Um corvo? Grande demais. Um animal? Muito alto. Era um vulto, ele se deu conta. Tropeçava, cambaleava, caía na neve e se levantava de novo.

Carter ainda estava muito distante para distinguir se era homem ou mulher. Ou um Assobiador.

Ele parou. O vulto bloqueava o trajeto até o Refúgio.

Ele soltou da cintura as tiras que o amarravam ao trenó improvisado às costas, enfiou os bastões na neve e prendeu os esquis neles. A neve estava funda. Aquilo ia segurar por um tempo. Não queria ter que correr atrás da merda das compras montanha abaixo até a cidade de novo.

Depois de se livrar do peso, Carter foi em direção ao vulto. A pessoa não demonstrou sinal algum de tê-lo visto. Parecia confusa, andava de modo irregular, em círculos, pela neve. Perdida? Machucada? Quando Carter chegou mais perto, notou que era um homem. Cabeça raspada. Roupas escuras. Sem macacão de neve. O incômodo de Carter só aumentou. Havia manchas vermelhas na neve ao redor do homem. Ele estava sem um dos braços, que fora arrancado, deixando um toco em carne viva no lugar. Um animal o atacara. Ou talvez tivessem sido os Assobiadores.

Então o homem se virou, e Carter entendeu por que ele cambaleava tão cegamente. Ele *era* cego. Um dos globos oculares tinha saltado da órbita e estava preso, congelado, na bochecha. O outro tinha sumido por completo, junto à metade do rosto. Tudo fora comido, só restava cartilagem e osso.

Apesar da mutilação, Carter ainda o reconhecia.

Jackson.

Que porra ele tinha ido fazer ali fora? Como chegara tão longe sem morrer pela perda de sangue ou por hipotermia? Além dos outros ferimentos, a geladura já começara a carcomer a pele de Jackson. Era um milagre que estivesse vivo. Sem atendimento médico, não duraria muito.

Carter olhou de volta para o trenó improvisado. Nem se quisesse conseguiria carregar as compras *e* Jackson de volta para o Refúgio. Se voltasse sem as compras, a conversa com Miles seria curta e desagradável. Mas não podia abandonar Jackson para morrer ali fora. Não daquele jeito.

— Merda — xingou. — E então, gritou para o vazio: — MERDA!

Ou você é um mocinho, ou um sobrevivente, dissera-lhe alguém uma vez. *E o mundo está cheio de mocinhos mortos.*

Era um conselho bem relevante. Óbvio que a pessoa que lhe dera tal conselho já estava morta.

Carter tinha atirado nela.

Jackson caiu para a frente, e mais sangue vazou de seu corpo, tingindo a neve ao redor de vermelho. Tentou rastejar na direção de Carter. Daquela nova posição nada lisonjeira na bochecha dele, o olho que sobrara parecia encará-lo de modo acusatório.

Carter enfiou a mão no bolso e pegou uma arma.

A boca de Jackson se abriu, num apelo silencioso.

Ou você é um mocinho, ou um sobrevivente.

Havia momentos, Carter pensou, em que ser um sobrevivente era uma merda.

— Desculpa, cara — sussurrou ele.

E então levantou a arma e deu um tiro na cabeça de Jackson.

HANNAH

— NÃO PODEMOS CONTAR PARA ELES — DISSE ELA, COM FIRMEZA.

— Por quê? — perguntou Lucas, levantando as sobrancelhas.

— Porque podem entrar em pânico. Precisamos que todo mundo fique calmo por enquanto.

— E o que você sugere?

— Pegamos as roupas e os alimentos como planejado. Depois colocamos os mortos na parte da frente do ônibus, nos assentos, escondemos o corpo infectado por baixo e torcemos para ninguém checar.

— E torcemos para ninguém mais apresentar sintomas?

Hannah mordeu o lábio, mas assentiu.

— Concordo — disse Lucas.

Eles despiram os corpos. Nos dois primeiros, foram cautelosos, com a sensação de intrusão, de indignidade. Diversas vezes Hannah precisou refrear a vontade de pedir desculpas à pessoa morta que jogava de um lado para outro.

Quando chegaram ao terceiro corpo, já trabalhavam com mais rapidez e menos cuidado, arrancando as roupas, conferindo se havia algo de útil nos bolsos e enfiando os lanches e as garrafas de água numa sacola plástica que tinham encontrado com uma das meninas. Talvez ela fosse do tipo que ficava enjoada em viagens, pensou Hannah, e sentiu um breve lampejo de empatia. Aquela garota nunca mais viajaria. Nunca.

Ela engoliu em seco e continuou. Dependendo dos tamanhos, poderiam isolar o calor duplamente com a roupa extra. Tinham mais água, barras de proteína e frutas. Não era muito, mas iria mantê-los vivos por mais tempo. Até que o resgate chegasse. *Se* o resgate chegasse. Mas e depois? E o aluno infectado?

Se não informar o Departamento, você será cúmplice de espalhar o vírus e colocar outras pessoas em perigo, Hannah.

Tentou calar a voz do pai, mas aqueles dizeres continuavam em sua cabeça. Hannah conhecia as regras estabelecidas pelo Departamento. Seu pai, um dos principais virologistas do mundo, tinha ajudado a elaborá-las. Conter a infecção a qualquer custo. Eliminá-la. As pessoas presumiam que aquilo queria dizer isolamento, quarentena, só que aquele vírus era diferente. Espalhava-se como nenhum outro. A única maneira certeira de eliminá-lo era eliminando seu hospedeiro. Em definitivo.

Se quisessem escapar, não poderiam deixar ninguém descobrir que havia um corpo infectado.

Hannah respirou fundo e olhou para o jovem de quem tinha acabado de tirar a calça. Tirando o ângulo inusitado do pescoço, ele estava surpreendentemente ileso. Vestido apenas com uma camiseta e ceroulas naquele momento, poderia estar apenas esparramado, cochilando. Ela franziu a testa. Algo chamou sua atenção. Uma protuberância anormal na área da virilha. Ela se abaixou e estendeu a mão.

— O que está fazendo?

Ela deu um pulo e se virou. Lucas segurava uma pilha de roupas e olhava para ela, curioso.

Hannah ficou vermelha de vergonha.

— Esse aluno. Tem alguma coisa... na calça.

Uma sobrancelha se levantou.

— Sei.

Ela começou a ficar irritada.

— Olha aqui.

Ele seguiu o olhar dela.

— Ah. É verdade.

Ela se inclinou para a frente e tocou algo retangular. Era duro e metálico. Olhou para Lucas e enfiou a mão dentro da roupa de baixo do garoto, tentando ignorar o toque crespo dos pelos pubianos. Pelos pubianos *gelados*. Teve que conter um calafrio de nojo. Pegou o objeto e puxou.

Um celular.

Lucas sorriu.

— Como vocês dizem por aqui... bingo.

— Talvez.

Hannah olhou para o telefone, apertou o botão e o aparelho ligou. A tela de bloqueio tinha a foto de um outro jovem: cabelo loiro bagunçado e raspado numa das laterais, piercings na orelha toda, um no nariz e outro no lábio. Dava um sorrisinho e fazia um sinal de paz para a câmera. Um namorado, talvez? Hannah sentiu novamente uma pontada de tristeza. Aquele rapaz tinha um parceiro que o amava, que talvez estivesse naquele exato momento esperando uma mensagem, uma ligação, enquanto ela estava ali, roubando seu cadáver.

Você nunca vai se tornar uma médica competente se deixar suas emoções atrapalharem.

De novo seu pai.

Empatia é uma distração. Eles são pacientes, não pessoas. Você vai descobrir que existe um mundo de diferença entre os dois.

Tudo bem. Um argumento justo. Naquele momento, ela precisava manter o distanciamento.

— Tem sinal? — perguntou Lucas, apontando para o celular com a cabeça.

Hannah o levantou. Nenhuma barrinha. Óbvio.

— Talvez se a tempestade diminuir — disse ela. — Mas não faz diferença. Está bloqueado.

Lucas soltou um muxoxo.

— Vamos precisar de senha. *Scheisse.*

Hannah olhou de novo para o aluno morto. Seu rosto estava intacto. Os olhos abertos ainda não tinham sido embaçados pela morte.

Pacientes, não pessoas.

— Tem outra opção.

— Qual?

— Reconhecimento facial.

Lucas fez uma careta.

— Será que vai funcionar? Quer dizer, será que o programa consegue detectar, tipo...

— Se a pessoa está viva ou morta? — Hannah deu de ombros. — Só tem um jeito de descobrir.

— EI!

Os dois se sobressaltaram com o grito que veio do fundo do ônibus.

— Podem arranjar uma água para minha irmã? — perguntou Daniel.

— Eu levo — disse Lucas. — Vê se consegue desbloquear o celular.

Ela assentiu. Lucas foi para os fundos com a pilha de roupas e a sacola de lanches e água. Hannah se virou de volta para o corpo.

— Tudo bem.

Ela se agachou e segurou o celular diante do rosto do aluno. A primeira tentativa não deu certo. Droga. Segurou a parte de trás da cabeça dele e a trouxe mais para a frente. Ela se moveu sobre o pescoço com uma facilidade nauseante. Hannah posicionou o telefone na linha de visão dele. Deu certo. O pequeno cadeado na parte de cima da tela se abriu. Segurança cibernética que nada. Ela deslizou o dedo rapidamente sobre a tela para acessar o telefone e foi andando na direção dos outros. O grupo estava organizando as roupas e os suprimentos. Ergueram o olhar quando ela chegou.

— Estamos dividindo a comida e a água igualmente — contou Lucas.

— E as roupas estamos distribuindo pelo tamanho — acrescentou Josh.

— E depois pensamos em fazer um desfile de moda — debochou Cassie.

Hannah mais uma vez se perguntou qual era o problema daquela garota. Talvez quisesse estar no comando. Ou talvez tivesse um problema com autoridade — *qualquer* autoridade. Mas Hannah não tinha tempo para joguinhos de poder.

— Encontramos isso aqui com um dos alunos — disse ela bruscamente, segurando o telefone.

— Cara, sabia que alguém ia dar um jeito de trazer escondido — observou Ben, com uma risadinha.

— Eu desbloqueei, mas está sem sinal. — Hannah viu a esperança aparecer e depois sumir do rosto deles. — Talvez o sinal volte quando a tempestade diminuir — acrescentou.

— E as mensagens de texto?

Quem falou foi Daniel. Ele estava sentado um pouco mais distante dos outros e segurava a mão da irmã enquanto lhe dava água na boca. Ela ainda estava aguentando firme, pensou Hannah, mas não duraria muito. O que aconteceria com Daniel quando a irmã morresse?

— Se não tem sinal... — começou a responder.

Ele interrompeu:

— Às vezes a qualidade do sinal não é suficiente para reunir a banda necessária para uma ligação de voz, mas mesmo assim dá para enviar e receber mensagens de texto. A quantidade de banda exigida para isso é muito pouca.

Hannah ficou olhando para ele, que deu de ombros de leve.

— Eu trabalhei um tempo numa loja de celular.

— Parece que vale a pena tentar — opinou Lucas.

— Mas para quem a gente manda mensagem? — perguntou Ben.

Eles se entreolharam. Era uma boa pergunta.

— Precisamos entrar em contato com alguém que esteja envolvido na evacuação — sugeriu Lucas. — Alguém responsável.

— Tipo o professor Grant? — sugeriu Ben. — Ele é o chefe, né?

— Ah, claro — disse Cassie, debochada. — E por acaso alguém tem o número do professor aí?

Hannah hesitou. Eles não sabiam. Ela nunca contara a ninguém na Academia. Ele também não. Os dois preferiam assim.

Mas e agora?

— Eu tenho — respondeu. — O professor Grant é meu pai.

Todo mundo a encarou.

— Nossa, *isso* sim é uma revelação digna de fim de filme — comentou Ben. — Seu *pai* é o chefe do Departamento?

— Você nunca mencionou isso. — Cassie a observava com suspeita no olhar.

— Não achei necessário — respondeu Hannah. — Ninguém na Academia sabia. Eu uso o sobrenome da minha mãe, Weston.

Todos ficaram em silêncio por um momento.

— Então, se o professor é seu pai, por que você não foi com ele no helicóptero logo no início da evacuação? — perguntou Josh.

Hannah sentiu as bochechas corarem.

— Eu não queria — disse, o que era verdade. — Ainda tinha um trabalho que precisava terminar. — Já aquilo era mentira.

— Você recusou uma chance de fugir logo por causa de *trabalho*? — perguntou Ben.

Não. Foi porque o pai não a chamara para ir junto.

— Exato — respondeu Hannah.

— Não acredito nisso — declarou Cassie.

— Por que eu inventaria?

— Para parecer importante.

Hannah suspirou.

— Só estou contando agora porque é necessário. Porque talvez ajude.

— Tudo bem. — Cassie apontou com a cabeça para o telefone. — Manda uma mensagem para o papai, então.

O pai era a pessoa mais óbvia com quem entrar em contato, mas algo nela ainda resistia. *Eliminar. Conter o vírus a qualquer custo.* Mas que escolha Hannah tinha? Olhou para a tela e viu que uma das conversas ainda estava aberta.

Eram as últimas mensagens que o aluno recebera. Devia estar respondendo quando o acidente aconteceu.

`O sr. Jet está a bordo?`

`No compartimento de bagagem.`

`Sabe o que fazer?`

`Chegar, confirmar e colocar o sr. Jet para dormir.`

Um emoji de joinha. `Está se sentindo bem?`

`Estou me sentindo bem.` Seguido por três emojis: um lança-confetes de festa, uma garrafa de champanhe e fogo.

Ela franziu a testa. *Sr. Jet.* Quem ou o quê era o sr. Jet? E o que eram aqueles emojis?

— Esqueceu o número dele? — perguntou Cassie.

Hannah ergueu o olhar.

— Não. É que... essas mensagens. São meio esquisitas.

Hannah viu Cassie e Josh trocarem olhares.

— Olha aqui — disse, entregando o celular para Lucas.

Ele leu e deu de ombros.

— São alunos. Sei lá, de repente alguma espécie de piada interna?

— Podemos ver? — pediu Josh.

Lucas entregou o telefone a ele. Cassie e Ben se juntaram para olhar.

— Pode ser uma venda de drogas — opinou Ben.

— Talvez sr. Jet seja... — Josh fez um gesto como se cheirasse uma carreira de cocaína.

— Você falou *sr. Jet*? — perguntou Daniel, nos fundos.

O grupo se virou para ele. *Mesmo que relutantes*, pensou Hannah. Era como se estivessem tentando esquecer que ele estava ali, sentado com a irmã moribunda. Era realidade demais para os outros.

— Isso. Por quê? — perguntou Josh.

— Posso ver?

Ben passou o telefone. Daniel leu a mensagem. Hannah viu uma expressão apavorada surgir em seu rosto.

— O que é? — perguntou ela.

— Bom, talvez eu esteja errado... pode significar algo totalmente diferente, mas...

— O quê?

Ele olhou para Hannah. Seus olhos eram muito azuis, pensou ela. Era espantoso.

— Eu trabalhava num cinema — disse ele. — Vendendo bebidas.

— Achei que trabalhasse numa loja de celular — observou Lucas.

— Tive alguns empregos.

— Continue — pediu Hannah.

— Na maioria dos prédios públicos, existem códigos para quando é necessário retirar as pessoas dali sem causar pânico. Por exemplo, quando acontece um incêndio, o código é "sr. Sands". "O sr. Sands está no prédio."

Todo mundo assentiu. Hannah sentiu o estômago se contorcer.

— Então "sr. Jet" é código para quê?

Daniel pigarreou e olhou ao redor.

— Para bomba.

MEG

ELES FICARAM OLHANDO PARA A FACA.

— Não é minha. Nunca vi isso antes! — Karl se virou para o grupo com os olhos arregalados. — Vocês têm que acreditar em mim.

— Não temos que acreditar em nada que *você* diz — retrucou Sarah, irritada. — Caiu do seu bolso.

— Alguém deve ter plantado ela!

Sarah riu, debochada.

— Claro. Do mesmo jeito que plantaram essas tatuagens nazistas em você.

— É uma possibilidade — ponderou Max, calmo. — A faca, quer dizer. Por que Karl toparia ser revistado se soubesse que a faca estava com ele?

— Ele foi o último. Não queria tirar a roupa — argumentou Sarah.

— Por causa disso aqui, tudo bem? — Karl levantou os braços, o rosto vermelho de raiva. — Não queria que vissem.

— Sério? Para a gente não saber que estava dividindo o espaço com um supremacista branco racista?

— Acho que não existe outro tipo de supremacista branco — disse Meg, calma.

Sarah olhou para ela.

— Isso não te incomoda?

Antes que Meg pudesse abrir a boca para dizer que sim, óbvio, mas que deveria incomodar *todos* eles, Karl interrompeu:

— Não sou racista nem supremacista branco. *Fui obrigado a fazer isso*. Eu estava na prisão, tudo bem? Era o único jeito de me manter seguro. — Ele olhou ao redor, os olhos suplicantes. — Fui obrigado a fazer isso — repetiu, a voz fraca.

— Foi preso por quê? — perguntou Meg.

Um segundo de hesitação. Ele não a encarou nos olhos.

— Fraude.

— Certo. — Meg assentiu devagar. Então estendeu as roupas para Karl. — Pode se vestir.

— *Não*. — Sarah arrancou as roupas da mão dela. — Ele não vai pegar isso de volta até confessar ou se explicar.

Meg a encarou.

— Não é assim que nós lidamos com as coisas.

— *Nós?* Quem diabos é "nós"? A polícia? Caso não tenha notado, você não é mais da polícia. Só tem a gente aqui.

— E daí? Vamos abandonar todo tipo de compostura?

— Ele pode ser um assassino.

— Ele é inocente até que se prove o contrário.

— Meg está certa — opinou Sean. — Devolva as roupas do cara.

Sarah olhou para todos eles, jogou as roupas no chão e foi pisando firme até o canto mais distante possível do ambiente — que não era tão longe assim. *Esse é o problema de ter um chilique num teleférico*, pensou Meg. Não há para onde correr.

Karl pegou as roupas com cuidado e se enfiou nelas, quase tropeçando, na pressa de se vestir. Meg sentiu pena dele. O homem estava humilhado e assustado. E ela sabia muito bem o que era a prisão para gente como Karl. Pessoas fracas e novas naquele ambiente. Elas viravam alvo, eram violadas, viviam com medo constante de morrer. O único jeito de sobreviver era se juntar a alguma gangue e garantir proteção. Às vezes era preciso fazer tudo que fosse necessário para sobreviver, por pior que fosse.

A faca o incriminava, era verdade. Mas seu instinto dizia que Karl não era assassino. Sua cara de choque ao ver a arma pareceu genuína. O que significava que a faca fora plantada nele antes — ou depois — de terem entrado no teleférico. Se foi depois, alguém ali não havia sido sedado. Alguém estava mentindo.

— Eu não fiz isso — murmurou Karl de novo. — Nem conheço esse cara.

Meg podia ter dito a ele que muita gente matava estranhos. Na maioria dos casos, matar um estranho era até mais fácil. Mas normalmente havia algum tipo de motivo: raiva, álcool, dinheiro, sexo. Naquele momento, ela não conseguia entender por que um ex-vendedor de castelinhos infláveis ia querer esfaquear um ex-policial. A não ser que...

— Tem certeza de que não o conhece? — perguntou Meg.

— O quê? Tenho. Nunca tinha visto o cara até... bom, até agora.

— Segundo o crachá, ele é segurança — continuou ela. — Muitos seguranças são ex-policiais. Nunca tiveram uma briga? E aí você viu uma chance de se vingar?

Ele a encarou com mágoa nos olhos.

— Achei que você estivesse do meu lado.

— Não estou do lado de ninguém, Karl. Só quero descobrir a verdade.

— E quem foi que colocou você no comando? — perguntou Sarah, de repente.

Meg abriu um sorriso frio.

— Estamos só tendo uma conversa, Sarah. — Antes que Sarah pudesse pensar numa resposta, Meg se virou de volta para Karl. — E aí?

— *Não*, eu não o conhecia. E, mesmo se conhecesse, por que iria matar o cara aqui? Estávamos prestes a ficar presos juntos por meses. Eu teria muito tempo para colocar em prática essa "vingança". — Ele desenhou as aspas no ar ao dizer a última palavra.

Era um bom argumento.

Max estava pensativo.

— O fato de a arma estar escondida em um de nós não torna mais provável que *alguém* dentro deste teleférico tenha matado o sr. Wilson?

— Como chegou a essa conclusão? — perguntou Sean.

— Bom, se o criminoso tivesse atacado ainda lá no centro de detenção, ele ou ela teria outros lugares onde descartar a faca.

— Talvez — disse Meg. — Talvez não. Vai ver a intenção era justamente incriminar um de nós.

— Tudo bem. — Sean suspirou. — Na minha opinião, não importa quem o matou...

— Para *mim* importa — interrompeu Sarah. — Não quero ficar presa com um psicopata que vai me esfaquear quando eu estiver dormido.

— Beleza — disse Sean. — Mas o que acha que vai acontecer com a gente se chegarmos ao Refúgio com um cara morto e uma faca ensanguentada? Vai todo mundo preso, isso se não acontecer coisa pior.

— Devemos deixar as autoridades competentes lidarem com isso — opinou Sarah, e então cruzou os braços.

Sean se virou para Meg. Max olhou para baixo.

— Não sei o resto de vocês, mas não sou um grande fã de autoridades competentes — comentou Sean.

— Tenho que concordar — acrescentou Max.

— Não posso voltar para a prisão — murmurou Karl.

Sarah fixou o olhar em Meg.

— *Você* era policial. Fale para eles.

Ah, então de repente fazia diferença Meg ter sido policial. Ela olhou para o corpo de Paul/Mark. Por que estava ali com um nome falso? Por que estava ali, naquelas montanhas remotas? Meg não o via fazia anos. Ele podia ter mudado de departamento, de país. Talvez estivesse ali sob um disfarce para algum trabalho. Nesse caso, todos eles seriam suspeitos pelo assassinato de um policial.

Ela olhou de novo para a lâmina ensanguentada no chão.

— Precisamos nos livrar da faca — disse ela.

— *O quê?* — Sarah olhou para ela, incrédula. — Encobrir um crime?

— Não — disse Meg, devagar. — Mas, sem a faca, não podem incriminar nenhum de nós.

— Mas sabemos que um de nós é o culpado. *Ele* — declarou Sarah, apontando para Karl.

— Eu não o matei — repetiu Karl, começando a soar irritado. Olhou para Sarah. — Como é que sabemos que não foi você? Estava dormindo perto da gente. Pode ter esfaqueado o cara e escondido a faca em mim.

— Não seja ridículo — revidou Sarah, irritada.

— Tudo bem. — Meg levantou as mãos. — Nós não *sabemos* de nada. E, neste momento, a melhor maneira de nos proteger é nos livrando da arma do crime.

— E qual é a sua sugestão para fazer essa faca desaparecer magicamente? — perguntou Sarah. — Estamos numa cabine de teleférico suspensa a trezentos metros de altura.

— Tem um alçapão — disse Sean.

Meg olhou para ele.

— O quê?

— No chão. Para emergências. Tipo... — Ele levantou uma sobrancelha. — ... o teleférico ficar preso, por exemplo.

— Ah, que ironia — disse Meg.

— Pois é.

E então eles viram. Um pequeno quadrado no metal.

— Como abrimos? — perguntou Max.

Sean franziu a testa.

— Imagino que a gente precise de algum tipo de ferramenta para abrir. Mas acho que consigo fazer com isso — afirmou, olhando para a faca.

— Tudo bem — disse Meg.

— Será que posso dar outra sugestão? — perguntou Sean.

— Diga.

— Nos livrarmos da faca *e* do nosso falecido companheiro.

— Ah, que ótimo — disse Sarah. — Só fica melhor.

Meg olhou para Sean.

— Não falamos nada sobre jogar o corpo fora.

— Olha aqui, ninguém nunca vai encontrá-lo na neve. O corpo vai ser comido pelos predadores. Podemos dizer que ele surtou, teve um ataque de pânico, abriu o alçapão, veio uma rajada de vento e ele caiu. Se todo mundo contar a mesma história, ninguém vai poder provar nada diferente.

Meg olhou para ele com uma expressão fria.

— Estou vendo que pensou bastante a respeito.

— Só estou tentando achar uma saída boa para todos nós — respondeu ele, dando de ombros.

— A gente deveria votar. — Meg olhou ao redor. — Quem for a favor de jogar o corpo fora, levanta a mão.

Sean levantou a dele. Em seguida veio Karl.

Max franziu a testa.

— Não sei. Parece uma confissão de culpa. Eu me abstenho.

Típico advogado.

— Eu voto contra. É criminoso. Ele deveria ter um enterro adequado. — Sarah lançou um olhar maldoso para Karl. — É óbvio quem é o assassino. Ele estava na cadeia. E essas tatuagens dizem exatamente o tipo de homem que ele é. Não sei por que ainda estamos discutindo. Chegando ao Refúgio, a gente entrega ele.

— Parece que o voto de minerva é seu — disse Sean, olhando para Meg.

Ela refletiu. Havia seis anos que ela e Paul tinham terminado, cinco desde que o vira pela última vez. Tinha sido uma separação amarga. Qualquer sentimento que tivesse no passado ficara no passado. E, em última instância, sentisse ela ou não alguma coisa por Paul, ele já estava morto. Pior: era um problema. Um problema do qual podiam se livrar. Do qual *ela* podia se livrar. Se alguém descobrisse a conexão entre os dois, ela se tornaria a principal suspeita. Sean estava certo. Não podiam chegar ao Refúgio com um cadáver a bordo.

— Tudo bem. — Ela fez um sinal para Sean com a cabeça. — Vamos nos livrar do peso morto.

Sarah jogou as mãos para o alto.

— Não quero participar disso.

— Ninguém vai dizer nada a respeito — prometeu Meg. — Esse é o combinado.

Sean manuseou o alçapão e conseguiu abri-lo rapidamente ao encontrar a trava e soltá-la com um clique. Meg ficou com a impressão de que ele tinha experiência em arrombar coisas. Karl e Max carregaram o corpo e o colocaram ao lado do alçapão. Meg tentou não olhar para o rosto de Paul.

— Cheguem para trás, pessoal — ordenou Sean. — Vai ventar e ficar frio, é melhor ninguém cair.

O resto do grupo se afastou.

— No três — disse Sean para Meg. — Um, dois, três...

Juntos, eles levantaram a porta de metal, que caiu no chão com um baque. Imediatamente, uma rajada de ar gelado e neve invadiu o teleférico. O som do vento era ensurdecedor. Se já estava frio antes, naquele momento qualquer calor que tivesse restado evaporara.

— Precisamos fazer isso rápido! — gritou Meg por cima do vento.

Sean assentiu e jogou a faca para fora do alçapão. Ela desapareceu num instante. Ele se virou para o corpo.

— Pronta?

O "sim" estava na ponta da língua de Meg, mas de repente ela se lembrou de algo. Agarrou o braço de Sean.

— Espera!

— O quê?

— Nós não o revistamos.

— Para procurar o quê?

— Não sei.

Ele a olhou, exasperado, mas assentiu.

— Seja rápida. Estamos perdendo todo o calor.

Ela se agachou sobre o corpo e enfiou as mãos nos bolsos. Não sabia o que procurava. Na verdade, achou que não encontraria nada, mas então seus dedos tocaram um pedaço de papel.

Era uma foto antiga.

— Podemos ver isso depois?! — gritou Sean.

— Sim, claro.

Ela enfiou a foto no bolso. Os dois rolaram o corpo para a beira do alçapão. Olharam um para o outro. Meg assentiu. Empurraram o corpo e ficaram olhando-o ser engolido pela tempestade faminta e em segundos se transformar num pontinho preto em meio à imensidão branca.

Meg o observou, o vento arrancando lágrimas de seus olhos. E então uma rajada repentina sacolejou o teleférico. Ela caiu de costas. Outra rajada sacolejou para o outro lado. Meg sentiu o corpo deslizar em direção ao alçapão, os pés já chutando o ar. Sean segurou seu braço e a puxou de volta. Atrás deles, alguém gritou. E então tudo aconteceu muito rápido. Enquanto o carrinho balançava, Max conseguiu segurar um corrimão, mas Karl se desequilibrou e tropeçou para a frente. Sarah foi na direção dele com os braços estendidos. Seus dedos tocaram as costas de Karl... e, com um empurrão, ela o jogou de cabeça pelo alçapão aberto.

CARTER

NÃO ERA PARA DEIXAR CORPOS PARA TRÁS. Essa era uma das regras. Havia o risco, mesmo pequeno, de uma infecção de sexto grau.

Inicialmente, o vírus era transmitido pelo ar. O problema era que havia muitas variantes. Sangue, fezes, fluidos corporais, tecido, medula... Todos eram veículos para a infecção. Já havia comprovação de que até mesmo carne cozida podia conter traços da particularmente desagradável variante Choler.

Carter ficou olhando para o corpo de Jackson. Se já não estava em condições de carregá-lo vivo de volta para o Refúgio, muito menos morto. Ainda mais com a luz do dia caindo mais rápido do que as calças de um adolescente com tesão e a nevasca ficando mais forte a cada segundo. E com o uivo do vento disfarçando outros tipos de barulho.

E era óbvio que a tempestade iria ajudar. Em questão de minutos, Jackson estaria soterrado. Ninguém ficaria sabendo, e, quando o corpo fosse achado — *se* fosse achado —, já estaria tão decomposto que seria impossível precisar a causa da morte.

Carter teria se permitido um pequeno sorriso se seu rosto já não estivesse congelado com um sorrisinho falso. Abaixou a cabeça e continuou subindo a montanha.

O primeiro sinal de que algo não estava indo bem — não *mal*, uma fase que ainda estava por vir, mas definitivamente *nada bem* — foi quando Carter enfim chegou ao topo da pista de esqui. À frente, viu a cerca elétrica de segurança que circundava o Refúgio. Do lado de fora, à direita, em meio aos pinheiros, ficava o incinerador. Escondido, por razões óbvias.

Mas foi o Refúgio que chamou a atenção de Carter e fez um nó se formar na garganta dele. A janela de vidro grande estava às escuras. Carter franziu a testa. Viu que havia outras luzes acesas no prédio. Mas a sala de convivência estava apagada.

Aquilo era esquisito. Em geral, as luzes ficavam acesas o tempo inteiro. Diferentemente da maioria dos centros urbanos, não era preciso economizar energia ali. A eletricidade era gerada por uma combinação de duas turbinas de vento gigantescas mais para cima da montanha e uma série de painéis solares. Uma bateria armazenava a energia e a fornecia para o Refúgio em intervalos regulares quando era necessário.

Pelo menos era assim que deveria funcionar.

Nas semanas anteriores, Welland tinha identificado um problema. A bateria estava vazando energia. Isso significava que o fornecimento era inconsistente, o que causava picos e quedas de energia. O gerador reserva podia resolver a questão, mas eles tinham uma quantidade limitada de propano... Além disso, havia aquela defasagem no intervalo entre a queda de energia e o acionamento do gerador.

Welland pelo visto não sabia como resolver o problema. Geradores e aquecimento não eram a especialidade de Miles. Ciência e medicina, sim. Como Welland gostava de dizer: "Médicos podem até fazer cirurgias cerebrais, mas ainda precisam de alguém que consiga manter a luz acesa enquanto isso." Carter tinha que concordar.

Foi andando devagar em direção ao Refúgio. A escuridão por trás do vidro lhe trazia um mau pressentimento. Felizmente, ao chegar perto do portão, conseguiu ouvir o zunido baixo da cerca elétrica. Tirou uma das luvas para digitar o código e rapidamente a colocou de volta, os dedos formigando de frio. O portão fez um barulho, ele o empurrou para abrir e arrastou as compras que vinham atrás. Os pelos de sua nuca se eriçaram, como sempre acontecia. Cruzar a fronteira entre o perigo e a segurança. Baixar as defesas. Um último momento de vulnerabilidade antes que o portão fechasse com um clique e ele estivesse seguro.

Óbvio que a cerca e o portão eram apenas uma ilusão. Carter sabia que corria tanto perigo lá dentro quanto do lado de fora. Os inimigos eram apenas diferentes. Enquanto fosse útil para Miles, ele estava seguro. Mas Welland adoraria arranjar uma desculpa para lhe dar uma rasteira (ou jogá-lo de cima da montanha). O sentimento era mútuo. Caren o tolerava e, embora Carter gostasse de Julia e considerasse Nate um amigo, o fato era que todos ali eram sobreviventes. E sobreviver era um trabalho muito solitário.

Carter se aproximou da porta da frente, digitou o segundo código e foi arrastando as compras até o enorme hall de entrada. A porta se fechou com força às suas costas. Ele tirou as luvas e olhou ao redor, os ouvidos atentos.

O lugar estava silencioso. Silencioso demais? O alarme não estava tocando, o que era bom, ele achava. Olhou para a escada em espiral às escuras que dava na sala de convivência. Se não havia ninguém ali, de fato ele não deveria ouvir nenhum barulho. Mas ainda assim, aquele silêncio...

E Dexter?

Embora não fosse o cão de guarda mais eficiente do mundo — era conhecido por continuar dormindo quando soava o alarme —, costumava notar a ausência de Carter e ia correndo cumprimentá-lo quando ele voltava.

Em vez disso, silêncio.

Carter arrastou as compras até o depósito, soltou a sacola dos esquis e a enfiou lá dentro. Iria arrumar tudo mais tarde. Depois pendurou os esquis na prateleira, tirou as luvas, as botas e o macacão de neve. Por baixo, usava um suéter, uma calça jeans e meias grossas. Sentiu o calor do aquecimento do piso nos pés começar a se espalhar pelo corpo.

A porta que dava na piscina e no spa estava à sua frente. À direita, o depósito e a sala de instalações, onde ficavam a chave geral e os controles do sistema do Refúgio. Os elevadores e a escada estavam à esquerda. Carter foi nessa direção e então parou. Não haveria ninguém na sala se estava às escuras. Virou-se e caminhou até a porta da piscina e do spa. Abriu. Era uma porta pesada que isolava o som, como todas as outras no Refúgio.

Entrou na área de vestiário. Havia bancos de um lado e armários do outro. No meio, uma pequena área para trocar de roupa, com espelhos e secadores. À esquerda, a porta de vidro fosco que dava nos chuveiros e cabines de banheiro. À direita, um corredor curto levava até a piscina.

O vestiário estava vazio. Carter pegou a arma e foi conferindo os chuveiros e as cabines, abrindo as portas uma a uma com o pé. Não havia nada, nem mesmo um cocô boiando no vaso.

Voltou devagar para o vestiário. Ouviu o som fraco da água ondulante da piscina. Caminhou pelo corredor. No final dele, pequenos sprays lançavam água na base de um chuveiro. Carter tirou as meias e as enfiou no bolso, então lavou os pés e entrou na área da piscina.

O ar úmido se infiltrou em sua pele. O cheiro de cloro fez seus olhos arderem. O lugar estava parcialmente iluminado. Havia luzes direcionadas para cima ao longo das paredes de pedra. Espreguiçadeiras enfileiradas nas laterais. Lá no fundo, outra janela mostrava a mesma vista da sala de convivência, no andar de cima. A piscina em si era semiolímpica, porém mais estreita. A iluminação debaixo d'água lhe conferia um lindo tom de azul.

E havia um corpo no fundo da piscina.

Os longos dreads flutuavam como se fossem algas. Boiavam em meio a uma nuvem vermelha.

— Merda.

Carter chegou mais perto para ter certeza, embora não tivesse chance de ser outra pessoa. O cabelo era inconfundível.

Julia.

A Julia descolada e hipster. Os dois não eram tão próximos, mas Carter gostava dela. Achava sua companhia agradável. E agora ela estava morta.

Ele engoliu em seco e tentou ficar calmo. Como? Por quê?

Merda. Precisava encontrar Miles. Ele se virou e voltou para o vestiário, depois abriu a porta que dava no corredor. A porta para a sala de instalações se abriu.

Carter se virou, a arma em punho, o dedo tenso no gatilho.

Welland saiu lá de dentro, tranquilo, mexendo a cabeça ao som do que quer que estivesse tocando nos fones de ouvido. Olhou para cima e viu Carter.

— CACETE! — Ele arregalou os olhos. — Por que caralhos você está apontando uma arma para mim?

— O que você estava fazendo?

— Tentando resolver o problema da energia.

Carter o encarou. O cabelo preso num rabo de cavalo, as manchas de suor na camiseta sob as axilas, a barriga estufada sob o tecido manchado. Mas nada de manchas de sangue.

Baixou a arma.

— O que está acontecendo aqui, cacete?

— Eu que pergunto. A energia caiu de novo. Quando voltou, só metade dos sistemas estava funcionando. Miles pediu para eu vir aqui embaixo ver se conseguia consertar.

E ele obviamente não conseguiu.

— Você está aqui há quanto tempo?

— Mais ou menos uma hora. Acho que as luzes da Sala Principal 1 queimaram, mas sabe-se lá onde estão os fusíveis extras. Vou tentar redirecionar parte da energia...

— Julia morreu.

— *O quê?*

— Julia morreu. Na piscina.

Welland continuou olhando para ele, a boca aberta como se alguém tivesse travado seu queixo.

— Eu não... *Julia?*

Carter fez que sim.

— Afogada?

Carter pensou naquela nuvem vermelha.

— Acho que não.

— Merda.

— Onde estava todo mundo quando você veio conferir a energia?

— Er... Nate estava preparando algo para comer. Julia estava vendo TV. Não sei onde Caren estava... nem Jackson.

— Jackson já era.

— Já era?

— Ele foi embora.

— Quando? Foi para onde?

— Vai saber. Já deve ter virado comida de lobo a essa altura.

Welland encarou Carter. Como se alguém o tivesse colocado em modo de economia de energia.

— Cadê o Miles? — perguntou Carter, aflito. Não era hora de falar sobre Jackson. Ainda não.

— Ele foi lá no porão ver se estava tudo bem.

Carter sentiu um aperto na garganta.

— Quanto tempo de atraso dessa vez, Welland?

Welland o encarou de novo. Então seu rosto foi tomado por uma expressão apavorada.

— Eu *falei* para ele. Eu disse que estava piorando, cara.

— Quanto tempo?

— Oito segundos.

Depois de oito segundos, as travas automáticas do porão se abriam.

— Meu Deus. — Carter passou a mão no cabelo. — E você viu se Miles voltou do porão?

— Não, cara. Ele me falou para vir direto para cá e tentar resolver o problema.

Ah, sim, precisavam resolver o problema. A questão era: qual o tamanho do problema que tinham nas mãos?

— Precisamos encontrar os outros — sugeriu Carter.

Welland assentiu, os lábios e o queixo tremiam.

— Você viu Dexter?

Welland negou com a cabeça.

Carter o encarou.

— E tira essa merda de fone de ouvido.

Os dois cruzaram o hall de entrada. Welland foi para os elevadores. Carter segurou o braço dele.

— Vamos de escada.

— Por quê?

— É melhor não anunciar nossa chegada.

Apesar de que — Carter pensou quando começaram a subir a escada em espiral — se houvesse alguém lá, com certeza já os tinha ouvido. Olhou para cima. No topo, só havia escuridão. Ele pegou a lanterna.

— Você tem lanterna aí? — sussurrou para Welland às suas costas.

— Tenho.

Um farfalhar, resmungos, e de repente um feixe de luz ofuscante que iluminou toda a escadaria.

— Pelo amor de Deus — sibilou Carter. — Abaixa essa luz.

— Ah. Tudo bem.

A luz ficou mais fraca. Carter suspirou. Teria dado no mesmo chegar lá em cima dançando e soltando fogos.

Por fim, chegaram à sala de convivência. Do lado de fora, a tempestade uivava e caía com força; dava para ouvir até mesmo através do vidro triplo. Havia montes enormes de neve grudados na janela que quase tapavam por completo a visão do lado de fora, deixando-os como se estivessem enclausurados dentro de um túmulo branco.

O restante do cômodo estava assustadoramente silencioso. Carter iluminou os arredores com a lanterna.

— Cara, não estou gostando nada disso — murmurou Welland.

— Sério? — respondeu Carter. — Eu estou me divertindo pra caralho.

A lanterna iluminava pequenos pedaços da sala, que parecia pouco familiar por conta da escuridão. Mas Carter percebeu que a área dos sofás parecia ter sido abandonada às pressas. Havia canecas de café meio cheias em cima da mesa. Um cinzeiro com um baseado pela metade.

— Não tem ninguém aqui — choramingou Welland. — Será que não podemos...

Um gemido. Do lado esquerdo. A cozinha. Carter apontou a lanterna para lá. As bancadas estavam uma bagunça. Comida derramada, pedaços de legumes e verduras espalhados por toda parte. O que, para falar a verdade, era como Nate costumava cozinhar mesmo.

Carter andou rapidamente até lá, Welland como uma sombra suada e ofegante atrás dele. Deram a volta na bancada maior e Carter apontou a lanterna para baixo. Nate estava deitado no chão de lado, em posição fetal. A camiseta cinza estava manchada de vermelho, com sangue.

Carter se agachou.

— Nate?

Outro gemido, mas agora ele havia aberto um dos olhos. Ainda bem.

— Oi, cara. É o Carter.

— Cuh-ter? — balbuciou Nate. Parecia que tinha perdido um dente.

— O que aconteceu?

Nate se sentou com dificuldade, gemendo de dor. Havia mais sangue no chão debaixo dele. Carter colocou a mão no ombro do amigo.

— Welland, pegue água para ele — orientou.

Welland saiu correndo aos tropeços para a pia e voltou com um copo de água, que saiu derrubando em tudo. Entregou a Carter, que o colocou nos lábios de Nate. Ele bebeu metade e derramou o restante na blusa. Carter tirou o copo da mão dele com delicadeza.

— Consegue lembrar o que aconteceu? — perguntou.

Nate franziu a testa.

— Eu estava fazendo comida e...

— A luz acabou — interrompeu Welland. — Foi quando Miles me mandou ir lá embaixo na sala de instalações para ver o que tinha acontecido.

— Obrigado, isso eu já tinha entendido — respondeu Carter, irritado. Em seguida, se voltou para Nate. — O que aconteceu com você?

Nate piscou os olhos devagar. Carter não estava gostando daquilo. Olhou para a camiseta ensanguentada.

— Vou só levantar um pouco a camisa, está bem?

Nate continuou olhando para ele, sem qualquer expressão. Carter puxou o tecido úmido. O torso de Nate estava intacto. Não havia ferimentos visíveis. Talvez o sangue fosse do dente que tinha perdido. Mas havia sangue demais no chão.

— Eu estava fazendo comida — repetiu Nate, com a fala confusa.

— E Julia? — perguntou Carter.

— Julia... — Nate semicerrou os olhos, como se estivesse fazendo força para as palavras saírem.

Vamos lá, cara, pensou Carter.

— Velas — disse Nate, triunfante, como se tivesse descoberto o sentido da vida. — Ela foi... procurar velas.

Velas. Certo. Isso explicava por que Julia tinha ido lá embaixo, mas não como havia acabado morta na piscina.

— Você a viu? — perguntou Carter a Welland.

Welland negou com a cabeça.

— Não. Não vá colocar a culpa em mim.

— Julia... — disse Nate mais uma vez.

— Julia está morta — respondeu Carter, que não via sentido em suavizar a notícia. — Eu a encontrei na piscina. Parece ter sido esfaqueada.

Nate esfregou os olhos.

— Julia.

— Sinto muito — declarou Carter, com um suspiro.

Ele sabia que Nate e Julia eram muito amigos. Talvez até mais do que amigos de vez em quando.

— Nate, precisamos encontrar quem fez isso. Você viu quem te atacou?

— Eu estava...

Nate parou de falar. Então se inclinou para a frente e vomitou, um jorro de café e bile esparramado no chão. Carter deu um pulo para desviar do jato.

— Cacete, cara! — gritou Welland. — O que está acontecendo com ele, porra?

Nate continuou meio arqueado para a frente, a baba escorrendo dos lábios.

— Não sei. Talvez tenha sofrido uma concussão — respondeu Carter, sentindo o cheiro amargo do vômito. — Precisamos levá-lo a um lugar seguro e descobrir o que houve. — Ele se inclinou e ajudou Nate a se levantar. — E precisamos que a porra da luz volte — acrescentou, para Welland.

— Eu estava *tentando*, cara.

— Bom, então se esforce mais. Vamos levar Nate lá para baixo. Você fica com ele na sala de instalações. Se tranquem lá dentro.

— E você vai fazer o quê?

— Tentar encontrar o Miles.

— E a Caren?

— Ela sabe se virar sozinha.

— Miles também.

— É, só que nós *precisamos* do Miles.

Carter pendurou o braço de Nate em seu ombro e os dois foram cambaleando de volta escada abaixo até o hall de entrada iluminado. Carter sentiu que conseguia respirar mais aliviado. É muito louco o quanto nos sentimos mais seguros por causa da luz. Como se ainda acreditássemos que ela fizesse os monstros sumirem.

De volta a um ambiente iluminado, Carter conseguia enxergar Nate com mais clareza. Sua aparência estava péssima. Muito ruim mesmo. E isso vindo de um cara que não era exatamente uma obra de arte. *Aguenta firme*, pensou Carter. *Não quero perder você, cara. Já perdi muita coisa.*

— Eu só estava fazendo comida — disse Nate, a voz arrastada.

— É, você falou.

Os olhos de Nate não focavam em nada, e a bandana começava a deixar Carter preocupado. Talvez houvesse um ferimento sério na cabeça por baixo dela. Nate cambaleou. Carter conseguiu segurá-lo.

— Eu só estava fazendo comida.

— Por que ele não para de dizer *isso*? — resmungou Welland.

Carter não fazia ideia. Mas sabia que Nate estava usando uma bandana cinza de manhã.

Mas estava com uma vinho naquele momento.

— Nate, acho que precisamos dar uma olhada na sua cabeça, está bem? — disse Carter.

Nate ficou olhando para ele, a expressão perplexa. Carter desatou o nó da bandana e a tirou aos poucos, com cuidado.

O topo da cabeça de Nate deslizou e caiu no chão, fazendo um barulho molhado.

— *Caralho!* — Welland se virou, com ânsia de vômito.

Carter ficou olhando para o cérebro de Nate, que pulsava devagar. Cinzento e enrugado como uma esponja contraída. Uma parte tinha sido arrancada fora, junto ao crânio. E depois colocada de volta no lugar, como um pedaço zumbi.

Quem é que faria...

— Carter — chamou Welland.

E foi então que ele ouviu. Óbvio.

Assobios.

Os dois se viraram devagar.

Um vulto macilento usando um macacão azul manchado de sangue estava parado atrás deles. A pele era pálida, quase translúcida. Lábios rachados se estendiam sobre os dentes amarelos, e os olhos eram vermelho-escuros. Numa das mãos, segurava um cutelo, ainda incrustado com o sangue de Nate.

E esse era o *probleminha*.

Oito segundos e as travas automáticas se abriam.

E não havia apenas remédios trancados no porão.

O Assobiador arfava ao encará-los, os olhos vermelhos brilhando de ódio.

O dedo de Carter ficou tenso sobre o gatilho. Mas ele não atirou.

Não porque tivesse qualquer empatia ou solidariedade. Mas porque não podiam desperdiçar o espécime.

— Não quero matar você.

O Assobiador abriu um sorrisinho que exibia as gengivas pretas. Deu um passo para a frente.

— Não precisa ser assim — disse Carter.

O Assobiador veio para cima. Carter mirou na perna. Um tiro foi disparado. A cabeça do Assobiador explodiu. Ele cambaleou e deu alguns passos empunhando o cutelo. Um segundo tiro, e o sangue vermelho vivo jorrou do meio do macacão. O cutelo caiu no chão com um estalo, ecoando, e ele tombou. Os assobios foram ficando mais fracos, até que pararam.

Carter se virou. Caren estava no meio da escada e segurava a arma com ambas as mãos, ainda apontada para o corpo no chão.

— Por que você fez isso?! — gritou Carter.

Ela abaixou a arma e olhou para ele.

— Para salvar sua pele? Ah, de nada.

— Você sabe como funciona. Nada de matar a não ser que seja absolutamente necessário.

— Verdade. Salvar a sua vida não é *absolutamente* necessário. Mas tenho que pensar na minha.

Caren desceu a escada e foi até o corpo. Ela o empurrou com o pé.

— Fornecedor 1. Eu deveria ter imaginado — murmurou ela, e se afastou. Seus olhos pousaram em Nate. — Meu Deus.

Nate estava de pé, oscilante, a baba pingando da boca. Ouviu-se o som de água escorrendo. Uma mancha apareceu na virilha da calça de Nate e uma pequena poça se formou no chão.

— Ele mijou nas calças! — gritou Welland.

— Cadê a porra da cabeça dele? — perguntou Caren.

Nate os encarava com uma expressão melancólica.

— Eu só estava fazendo comida.

Carter sentiu o coração se partir.

— Eu sei, cara. Eu sei.

Ele levantou a arma. Mas ainda havia algum instinto de autopreservação no que sobrara do cérebro de Nate, e ele arregalou os olhos. Virou-se e foi correndo meio cambaleante para a porta da piscina. Carter disparou, mas estava longe, e o tiro pegou na madeira. Nate desapareceu pela porta.

— Merda.

— Parabéns. Feriu e espantou a presa — murmurou Caren.

Ele a encarou, furioso.

— Ele não é uma presa, porra. É meu amigo.

Eles foram atrás de Nate, passando pelo vestiário até a área da piscina. Julia ainda estava no fundo da água.

— *Merda!* — gritou Caren. — Tem um corpo na água.

— Eu sei. É a Julia — respondeu Carter.

Nate foi tropeçando pela lateral. E então parou. Ficou olhando para a piscina.

— Julia.

Carter não sabia se Nate estava sem percepção de profundidade ou se esquecera que não conseguia andar sobre água, porque ele caminhou e caiu direto no fundo da piscina. Bateu na água como se fosse uma pedra. O velho Nate sabia nadar como um campeão olímpico. Mas essa parte dele não existia mais. Ele voltou à superfície, os olhos arregalados, os lábios tentando balbuciar palavras que não conseguia encontrar, batendo na água como se estivesse tentando segurá-la para conseguir boiar.

— Eu só estava fazendo comida — cuspiu. — Comida.

Carter baixou a arma.

Nate afundou na água mais uma vez.

Caren balançou a cabeça.

— Ele já era.

Cara, ela era uma insensível do caralho.

Carter esperou. Dessa vez, Nate não voltou à superfície. Alguma coisa apertou rapidamente o coração de Carter e então, assim como Nate, se foi.

Ele se virou para Caren.

— Temos que ir lá embaixo no porão conferir as câmaras de isolamento.

— Tem certeza de que isso é uma boa ideia?

— Não. — Ele parou. — Mas precisamos ver o que mais se libertou.

HANNAH

— ELE DISSE "UMA BOMBA"?

Todo mundo começou a falar ao mesmo tempo. Vozes se sobrepondo umas às outras, querendo ser ouvidas. Não entrar em pânico claramente havia deixado de ser uma opção.

— Temos que sair daqui.

— A gente pode explodir a qualquer momento.

— Ele pode estar enganado.

— Por que alguém traria uma bomba a bordo?

— Tudo bem! Tudo bem! — tentou gritar Lucas por cima de todos os outros. Mas, dessa vez, nem seu tom de voz autoritário estava funcionando.

Um grito agudo e ensurdecedor reverberou ao redor do ônibus. Todos cobriram os ouvidos.

— Meu Deus! — gritou Hannah.

E, tão repentinamente quanto começou, o barulho parou. Daniel estava de pé nos fundos com o telefone na mão. Ele o balançou.

— Botão de pânico. Se não quiserem que eu aperte de novo, calem a porra da boca.

— Cara, foi você quem disse pra gente que tem a porra de uma bomba no ônibus — respondeu Ben.

Ele tossiu e estendeu a mão meio trêmula para pegar uma garrafa de água. Parecia pálido. Hannah guardou aquela informação.

— Não — disse Daniel, com calma. — Eu disse que "sr. Jet" às vezes é um código para bomba. Não temos certeza se é disso que a mensagem trata.

— Ele está certo — ponderou Josh, como se estivesse tentando convencer a si mesmo tanto quanto aos outros. — Pode ser só uma coincidência.

— E se não for? — perguntou Ben.

As vozes começaram a se exaltar novamente.

— Um de cada vez — pediu Hannah. — Sei que todo mundo está com medo, mas precisamos ficar calmos.

— Tudo bem — concedeu Cassie. — Vamos analisar o pior cenário, então. Se houver *mesmo* uma bomba no ônibus, o que podemos fazer... além de morrer de um jeito horrível, destroçados em pedaços?

— Por que explodir um ônibus cheio de estudantes? — perguntou Josh.

— Talvez o ônibus não fosse o alvo — sugeriu Lucas, pensativo. — A mensagem fala de *chegar*. É mais provável que o alvo seja nosso destino, o Refúgio. — Ele olhou para Hannah. — E, possivelmente, o seu pai.

Hannah refletiu a respeito. O terrorismo anticiência vinha crescendo, principalmente entre os mais jovens. Já tinham acontecido ataques na capital e em outros países. Os ativistas começaram a se organizar e batizar os grupos com nomes como Avalanches e, mais recentemente, Rems (em homenagem à banda que compôs a música "It's the End of the World as We Know It", é o fim do mundo como o conhecemos). Um local como o Refúgio, onde havia drogas novas e experimentais sendo testadas, estaria no topo da lista de qualquer um desses grupos. Assim como o pai dela.

Ela assentiu.

— Talvez seja isso mesmo.

— Tudo bem — disse Josh. — Então, se o alvo é o Refúgio... o cara que morreu devia estar planejando detonar a bomba quando chegássemos lá, o que ele não vai poder fazer porque, bom, está morto.

— A não ser que a bomba tenha um temporizador — opinou Daniel.

— Ah, que ótimo — resmungou Ben.

— E qual é a probabilidade disso? — questionou Hannah.

Daniel colocou o cabelo preto atrás da orelha.

— A maioria das bombas caseiras é detonada com temporizador ou manualmente, com sinal de telefone. Sabemos que a recepção é ruim aqui. Se esses caras são minimamente organizados, não iriam arriscar que a bomba deixasse de detonar por falta de sinal.

Hannah o encarou. Precisava admitir que subestimara Daniel. Por causa de seu peso, de sua aparência desleixada. Ela o rotulara como lento, preguiçoso e idiota. Havia sido o preconceito incutido em sua mente pela mãe desde bem cedo. *Gordinhos*, como ela os chamava, cheia de desdém, eram criaturas preguiçosas e gulosas. Passavam o dia inteiro sentados enchendo a pança. Não tinham nenhum respeito por si mesmos. Nenhum autocontrole. Nenhuma disciplina. A mãe tinha muito orgulho da própria disciplina, que mantinha a silhueta tamanho quarenta por meio de uma combinação de dieta, exercícios e pílulas para emagrecer. Um saco de ossos bem problemático, mas muito elegante.

Ela esperava a mesma disciplina de Hannah. Costumava pesar a filha constantemente, restringia sua comida e a fazia pular corda até que desmaiasse de exaustão. Aos dez anos, Hannah ainda usava roupas de uma criança de seis.

Depois que a mãe morreu, Hannah se sentou no chão da cozinha e comeu tudo que havia na geladeira: um frango frio quase inteiro, metade de uma torta inglesa, um naco grande de queijo, um pedaço de presunto, azeitonas, pizza do dia anterior e Coca-Cola normal com bastante gás. Comida sem regras que a mãe comprava para o pai, mas na qual ela mesma nem tocava. Hannah comeu até que a barriga ficou tão distendida que ela parecia grávida e mal conseguia se mover de tanta dor de estômago. De alguma forma, conseguiu chegar ao banheiro e vomitar dor e luto a noite inteira. Quando chegou do trabalho, o pai a encontrou desmaiada sobre uma pequena poça do próprio vômito.

E a deixou lá.

— Então, quanto tempo nós temos? — perguntou Josh.

Lucas conferiu o relógio, um Rotary grande que parecia caro.

— São 15h45 agora. A gente saiu da Academia ao meio-dia. Devíamos estar viajando havia mais ou menos uma hora e meia quando o ônibus bateu...

— Mas não sabemos o tempo da viagem nem a distância até o Refúgio — destacou Cassie.

— Eu sei — disse Hannah. — Fui lá uma vez com meu pai. Chuto que são umas cinco horas de estrada saindo da Academia, em boas condições, então talvez seis ou sete horas num dia como hoje.

— Então a nossa chegada seria por volta das nove da noite — concluiu Lucas. — Imagino que nosso detonador não arriscaria colocar o temporizador antes das oito, o que nos dá pelo menos quatro horas.

Não era muito preciso, mas era um palpite.

— A gente tem que encontrar a bomba e se livrar dela — sugeriu Josh.

— Óbvio. Vamos fazer isso agorinha — debochou Cassie. — Ops. Só tem um problema, cara. Estamos presos aqui e está fazendo menos dez graus lá fora.

Enquanto ela falava, Hannah percebeu uma fumacinha branca saindo de sua boca. Estava ficando mais frio dentro do ônibus também.

— Então o que *você* sugere que a gente faça? — perguntou Josh, irritado.

Cassie apontou para Hannah com a cabeça.

— A filha do professor podia avisar o papai, para começar. Depois acho que temos que procurar alguma coisa que a gente possa usar para quebrar a janela, assim alguém vai lá fora e tenta alcançar o compartimento de bagagem... se não morrer congelado antes, claro.

Eram sugestões válidas, Hannah precisava admitir. Embora quebrar a janela pudesse aumentar as chances de todos morrerem congelados *ali dentro*. Mas era um risco que precisavam correr.

Daniel estava digitando no telefone.

— O que está fazendo? — perguntou Hannah.

— Mudando a configuração de bloqueio automático para "nunca". — Ele entregou o celular de volta para ela. — Assim a gente não precisa fazer identificação facial num cadáver toda vez que quiser desbloquear.

— Valeu.

Mas na mesma hora Hannah percebeu um novo problema. A bateria já estava pela metade. Com certeza não duraria a noite inteira. Abriu a tela numa nova mensagem de texto. Talvez seu pai não respondesse para um número desconhecido. Podia pensar que era um trote, mas ela precisava tentar. Começou a digitar:

`Pai, é a Hannah. Este telefone é emprestado. O ônibus sofreu um acidente. Sete sobreviventes. Bomba caseira no compartimento de bagagem, com possível detonação às 20h. Por favor, mande ajuda o mais rápido possível. Hannah.`

Ela apertou "enviar" e ficou olhando enquanto a barrinha azul ia aumentando. Cada vez mais perto do envio completo. E então deu erro. Merda. Uma janela com um ponto de exclamação dentro de um círculo vermelho apareceu. *Falha no envio da mensagem.*

— Não foi — disse, desanimada.

— Que merda. — Ben enfiou os dedos no cabelo desgrenhado, soltando-o do rabo de cavalo. — Estamos ferrados. — Ele tossiu mais uma vez e estremeceu.

Hannah olhou para o grupo.

— Posso continuar tentando, mas a bateria já está na metade. Talvez seja melhor economizar e tentar de novo quando tivermos mais sinal?

Ela interpretou a falta de ideias melhores como um sim.

— Tudo bem. — Lucas bateu uma palma. — Plano B. Tentamos quebrar uma janela pra chegar ao compartimento de bagagem. Vamos lá!

Eles começaram a andar pelo ônibus, alguns mais dispostos que outros. Lucas e Josh foram na frente, Hannah em seguida, e então Cassie. Ben foi se arrastando atrás deles, e Daniel ficou na retaguarda, claramente hesitante em deixar a irmã.

Hannah não conseguia não pensar que aquilo era inútil. O vidro era reforçado, então precisariam de algo muito pesado para ter alguma chance de quebrá-lo. A maioria dos assentos já estava meio arrancada do chão, mas não a ponto de conseguirem soltá-los.

— Ei, aqui!

Josh e Lucas se agacharam entre dois assentos do lado direito do ônibus: o lado que estava soterrado na neve.

— Esta janela já está quebrada — disse Lucas, quando Hannah e os outros chegaram perto.

Hannah olhou para o vidro, estilhaçado num mosaico aleatório de cacos. Talvez fosse possível chutar os estilhaços para fora. Mas ainda havia um problema.

— Está enterrada na neve — disse ela. — Como estão pensando em sair?

Josh olhou ao redor.

— Algum de vocês fez o treinamento de sobrevivência?

Cassie levantou uma sobrancelha.

— Estava muito ocupada bebendo e usando drogas.

Josh a ignorou.

— Uma das coisas que aprendemos foi fazer um túnel na neve, para nos abrigar em condições extremas. Se o ônibus estiver tombado sobre um monte grande o suficiente de neve, talvez dê para abrir um túnel no meio.

Hannah considerou a ideia.

— Mas a neve não vai estar muito compactada por causa do peso do ônibus?

— Não necessariamente. E só tem um jeito de descobrir.

Lucas franziu a testa.

— É uma ideia corajosa, meu amigo, mas primeiro vamos ter que tirar o vidro para conseguir fazer um buraco grande por onde seja seguro rastejar. E depois tem o risco de a neve colapsar e você ser enterrado.

— Vou correr o risco — disse Josh. — Já fiz túneis de neve antes.

— É perigoso — ponderou Lucas, a voz mais firme. — E tem pouca chance de dar certo.

— Pouca chance é melhor do que nenhuma — respondeu Daniel. — Se conseguirmos achar a bomba, vamos sobreviver essa noite. Mas tem outras coisas que podem ser úteis no compartimento de bagagem e que vão nos ajudar a sobreviver até o resgate chegar. Telefones, comida, mais roupas... Eu tenho analgésico na mala. Dos fortes. Peggy precisa deles.

Ele estava certo. Não se tratava de sobreviver apenas àquela noite. A vida de todos estava em jogo ali.

Eles se olharam.

— Deixa ele ir — disse Cassie. — Quer dizer, ninguém tem uma ideia melhor, tem?

— Vamos deixar Josh decidir — sugeriu Hannah.

Todo mundo assentiu, embora Lucas ainda estivesse incomodado. Hannah ficou com a impressão de que ele se sentia confortável no comando, mas um pouco menos quando sua autoridade era questionada.

— Eu quero tentar — disse Josh, com firmeza.

— Muito bem. — Lucas respirou fundo. — Então vamos ajudar.

Josh assentiu.

— Vamos precisar de luvas ou alguma outra coisa nas mãos para remover o vidro. E para cavar.

— Encontramos luvas com os outros alunos — disse Lucas, e se virou para Ben, que estava jogado num assento. — Ben, pode pegar as luvas no saco de roupas que recolhemos?

Ben olhou para ele com uma expressão ligeiramente confusa.

— Luvas?

— Sim, é importante. Precisamos da sua ajuda.

— Tudo bem. — Ben foi voltando à consciência devagar. — Beleza. Claro.

Ele foi cambaleando pelo ônibus, tossindo novamente. Hannah tentou conter a preocupação. Ela se voltou para Josh.

— Quanto tempo acha que leva para fazer o túnel?

Josh pensou.

— É difícil dizer. Depende muito da consistência e da profundidade da neve. Uma hora. Talvez duas.

Hannah olhou para uma das outras janelas. Só conseguia ver o céu cinzento. Mas estava escurecendo.

— Acho que a gente só tem mais uma hora de luz. — Ela pegou o telefone do bolso. — Leva isso. Pode usar como lanterna.

— Mas aí você não vai poder entrar em contato com ninguém pra pedir ajuda.

— Se isso der errado, estamos todos mortos mesmo — lembrou Lucas. — O celular vai ser mais útil com você. Quando você abrir o compar... — Ele parou de repente. — *Verdammt!*

— O que foi? — perguntou Josh.

— O compartimento de bagagem... vai estar trancado.

— *Merda* — sussurrou Hannah.

Como não tinha pensado nisso antes?

— O motorista deve ter a chave — disse Cassie.

Hannah e Lucas olharam um para o outro.

— Hannah — sugeriu Lucas, prontamente. — Por que não vai lá ver se encontra as chaves com o motorista?

Ela assentiu.

— Tudo bem.

— Eu vou com você — ofereceu Cassie.

Hannah quis recusar. Mas ia parecer suspeito.

— Tudo bem. — Ela forçou um tom amigável.

— Beleza. — Cassie abriu um sorriso falso.

Elas foram escalando os assentos amontoados até a parte da frente do ônibus. Devia ser a imaginação de Hannah — ainda não tinha passado tanto tempo nem estava quente o suficiente para a decomposição começar —, mas parecia já haver um cheiro desagradável emanando dos cadáveres. Ela notou que Cassie os encarava.

— Não sei se você conhecia algum deles, mas sinto muito — disse.

— Não conhecia ninguém. Eu não tinha nenhum amigo na Academia.

— Ah. — Hannah ficou olhando para ela.

Cassie sustentou o olhar.

— O que foi? Achou que eu era a srta. Popular?

Hannah deu de ombros.

— Não faz diferença para mim.

As duas chegaram à cabine do motorista. *O motorista desaparecido*, pensou Hannah. Todo mundo devia ter presumido que ele tinha morrido. Apenas ela e Lucas sabiam a verdade. *Onde ele estava? Tinha conseguido escapar? A saída de emergência só havia emperrado depois?*

— Você parece mesmo com seu pai, sabia?

Hannah se virou de repente.

— O quê?

— Eu não falei? Eu cursei a disciplina do seu pai. Virologia. Ajudei algumas vezes no laboratório também. Ele é um homem brilhante, mas bastante... qual é a palavra mesmo? Analítico.

— Ele é cientista — disse Hannah, a voz firme.

— Imagino que deve ter sido difícil.

— Não sei do que está falando.

— Só fiquei com a impressão... é difícil estar à altura dele. Imagino que tenha sido por isso que você escolheu seguir na medicina geral em vez de em pesquisa.

Hannah conteve a raiva que começava a fervilhar.

— Você pode ter sido aluna do meu pai, mas isso não significa que saiba algo sobre ele ou sobre mim.

Ela foi até o assento do motorista e se sentou, deixando claro que a conversa tinha terminado. O casaco dele ainda estava pendurado no encosto. Verde, com o logo da Academia. Tamanho P. Hannah tentou respirar fundo para liberar a raiva. *Não deixe a emoção dominar você. Não seja como a sua mãe.*

Ela olhou o painel. O volante estava a mais ou menos um braço de distância. Hannah mal conseguia alcançar os pedais, e não era exatamente uma pessoa baixa. Uma luzinha se acendeu em sua cabeça.

— Tem chave? — perguntou Cassie, interrompendo seus pensamentos.

Hannah olhou debaixo do volante.

— É do tipo que liga com botão.

Mas mesmo assim era necessário algum tipo de chave para aquilo ligar. Hannah pegou o casaco. *Tamanho P*. Aquela luzinha de novo. Enfiou as mãos nos bolsos. Havia algo grande dentro de um deles: um boné de beisebol com o logo da Academia. Ela franziu a testa e vasculhou o outro bolso. *Isso*. Seus dedos tocaram uma chave eletrônica acoplada a uma outra chavinha menor. Ela as tirou do bolso, triunfante.

Até Cassie abriu um sorriso discreto.

— Vem cá, a energia do motor provavelmente foi cortada na hora do acidente. Mas se a bateria não estiver muito danificada, de repente ainda restou algo lá e podemos usar pra iluminação e calor.

Quando não estava se afogando no poço do próprio sarcasmo, Cassie até que podia ser útil, pensou Hannah. Ia escurecer — e esfriar — em breve. Se conseguissem ganhar algumas horas de luz e calor, seria de grande ajuda.

Ela apertou o botão da ignição. O motor fez um som de estalo e morreu imediatamente, mas as luzes e o painel piscaram, e Hannah sentiu o leve cheiro de queimado do aquecimento começando a funcionar. Provavelmente não duraria muito, mas já era alguma coisa.

— Tem energia? — gritou uma voz. Lucas.

— Tem! — gritou Hannah de volta. — E uma chave.

— Excelente.

Mas nada de motorista, pensou ela, e aquela luzinha se acendeu em sua cabeça de novo. Casaco pequeno. Mas ela não conseguia alcançar os pedais, e o volante estava a um braço de distância, o que indicava que o motorista era alto, com braços e pernas longos.

— O que foi? — perguntou Cassie.

— Você se lembra de como o motorista era?

Cassie fez uma careta.

— Um cara grande. Cabelo escuro. Chapéu. Só vi de costas.

Hannah ficou olhando para ela.

— Cara grande?

— É. Assim, não prestei muita atenção, mas tive essa impressão. Por quê?

Hannah pensou na pessoa que vira de pé do lado de fora do ônibus, fumando. Magro, baixinho, com um boné oficial da Academia. Provavelmente alguém que usaria um casaco daquele tamanho.

— O casaco que está aqui é tamanho P — disse ela. — Mas a posição do banco sugere que era uma pessoa muito maior.

— Então talvez o casaco seja de outro motorista?

Hannah a encarou. *Claro*. Outro motorista.

— Não era o mesmo motorista — murmurou ela. — Alguém trocou de lugar com ele.

— E daí? Isso faz alguma diferença? — perguntou Cassie.

Hannah refletiu. Será que podia confiar em Cassie?

— Tudo bem. Não conta para ninguém, mas o motorista desapareceu.

— *O quê?*

— Ele não está entre os mortos.

Hannah ficou olhando enquanto Cassie processava aquilo.

— Acha que ele deu um jeito de sair do ônibus?

— Deu, mas a questão é como e por que ele fez isso.

— Talvez ele fosse cúmplice do detonador da bomba.

— Talvez.

— Você não parece convencida.

— Não sei — admitiu Hannah. — Minha sensação é de que tem alguma coisa a mais.

Cassie parecia pensativa. Então ela olhou rapidamente para o outro lado do ônibus para garantir que ninguém mais estivesse ouvindo e baixou a voz.

— Está bem. Tem algo que *eu* preciso te contar. Falei que trabalhei no laboratório do seu pai, né?

— E?

— Eu ajudei a fazer os testes para a evacuação.

Hannah a encarou.

— E daí?

— Os alunos com testes negativos deveriam ser levados para o Refúgio, para fazer a quarentena. Qualquer pessoa com sintomas ou teste positivo teria que ficar na Academia.

— Sim, é claro.

— É. Mas não foi assim que aconteceu.

— *O quê?*

— Eu sei de pelo menos dois alunos neste ônibus cujos testes deram positivo.

Hannah a encarou.

— Tem certeza? Talvez você tenha confundido.

Cassie abriu um sorriso meio amargo.

— A questão de ser a garota zero popular em quem ninguém repara é a seguinte: você repara em *tudo*. Sei exatamente os testes de quais estudantes deram positivo, e dois deles embarcaram neste ônibus.

Hannah ponderou aquilo.

— Um deles era um garoto magrinho com cabelo crespo?

— Isso. Jared. Como você sabe?

— Quando estava tirando as roupas dos mortos, achei ter visto sinais da infecção nele.

— Mas você não disse nada.

— Você também não.

— *Touché.*

A mente de Hannah estava a toda velocidade.

— Isso não faz sentido. Meu pai *nunca* deixaria alunos infectados saírem da Academia...

Ela hesitou. O *pai* dela nunca deixaria alunos infectados saírem da Academia. Mas a decisão não era só dele. Havia administradores, investidores e alunos com pais ricos e poderosos.

Hannah tinha percebido que a maioria das pessoas que ficou na Academia eram funcionários e alunos bolsistas. A princípio, achara que era coincidência. Mas e se não fosse? E se alguns alunos infectados tivessem sido liberados para acalmar os pais? E se o pai dela tiver descoberto? Hannah já podia imaginar sua reação. *Nunca deixar o vírus se deslocar. Conter a infecção a qualquer custo.*

Mas será que ele iria tão longe a ponto de planejar uma batida de ônibus e fazer parecer um acidente? Deixaria a própria filha morrer?

Sim, pensou ela. Deixaria. *Eliminar.*

Era por isso que a saída de emergência estava emperrada e os martelos tinham sido removidos.

— Acho que o motorista bateu o ônibus de propósito — disse ela para Cassie. — Não era para nenhum de nós chegarmos ao Refúgio.

— Está falando sério?

Hannah assentiu.

— Eu conheço meu pai.

— Ele deixaria você morrer?

— Sem perder meio segundo de sono.

Cassie balançou a cabeça.

— Analítico, certo?

— Certo.

As duas ficaram em silêncio e processaram a nova informação.

Hannah percebeu que havia outra pergunta a ser feita.

— Você disse que dois alunos no ônibus deram positivo. Um morreu. Quem é o outro?

Um longo silêncio. E então Cassie respondeu:

— Você.

MEG

— VOCÊ O MATOU.

Sarah encarava Meg com uma expressão transloucada.

— Eu estava tentando salvá-lo.

— Mentirosa. Você acabou de assassinar um homem inocente.

— Não tão inocente.

Meg avançou para cima dela, o punho cerrado. Sean a segurou pelo braço.

— Não. Chega.

Ela se soltou com um puxão.

— Chega? Antes a gente suspeitava que havia um assassino a bordo. Agora a gente *tem certeza*.

Max tentou abraçar Sarah, que recuou e se encolheu.

— Você é doida — murmurou ela.

— Meg — começou Sean, em voz baixa —, você estava disposta a dar um voto de confiança a Karl. Não acha que Sarah merece um também?

— Eu *vi* quando ela o empurrou. Vocês não viram?

— Não tenho certeza — respondeu Max. — Tudo aconteceu rápido demais.

— Não sei — disse Sean, dando um suspiro. — Pode ter sido um acidente.

Meg balançou a cabeça.

— Beleza. Vocês que acreditem no que quiserem. Eu *sei* o que eu vi.

Todos ficaram ali parados olhando inquietos uns para os outros. Um impasse. O alçapão fora fechado. Tanto Karl quanto Paul haviam se tornado cadáveres congelados na neve. Exceto pelo fato de que Karl estava vivo ao cair. Ele tinha sentido a rajada de vento congelante, o terror da queda, a consciência de que sua vida estava prestes a terminar. Poucos segundos. Mas os segundos logo antes da morte podiam parecer uma eternidade. Ela sabia disso muito bem.

— Olha — começou Sean —, não sei se faz alguma diferença, mas a história de Karl sobre a prisão...

— O que que tem? — perguntou Max.

— Acho que ele estava mentindo.

— Eu falei para vocês — resmungou Sarah.

— Não estou dizendo que ele matou o segurança. Mas aquelas tatuagens... Você não se junta a uma gangue e tatua o corpo todo daquele jeito para se proteger se for só um zé-ninguém preso por fraude.

— O que está querendo dizer? — perguntou Max.

Meg sabia. Só não estava a fim de se apegar àquela linha de pensamento.

— Estou dizendo que só tem um tipo de prisioneiro que costuma virar lacaio de gangue para não ser assassinado.

— Agressores sexuais — respondeu Meg, com um suspiro.

Sean assentiu.

— Eu sabia! — disse Sarah. — Estão vendo? Sabia que tinha algo de errado com ele.

— Claro que sabia — murmurou Meg.

— Você parece conhecer bem o sistema prisional — observou Max, falando com Sean.

Sean hesitou e então contou:

— Eu fiquei preso por quase dez anos.

Foi a vez de todos os olhares se voltarem para Sean.

— Pelo quê? — perguntou Max.

— Assalto.

— Dez anos me parece uma pena muito severa para um assalto — comentou Meg.

— Eu roubei um veículo. Aconteceu um acidente. Pessoas morreram. A culpa foi minha.

Ele engoliu em seco, parecia desconfortável.

— Eu também já fui preso — admitiu Max.

— Achei que você era advogado.

— Eu era mesmo. Aceitei dinheiro das pessoas erradas.

— Então — disse Sean, olhando para os outros —, algum de nós se voluntariou? Ou fomos todos recrutados?

— Eu me voluntariei para ir para o Refúgio — disse Sarah. — Achei que era meu dever como cristã.

Óbvio, pensou Meg, com rancor.

— E o que a Bíblia diz sobre empurrar pessoas para a morte? — perguntou ela, com a voz doce.

Sarah lançou um olhar fulminante para Meg.

— E você, por que está aqui?

Boa pergunta.

Era uma vez uma jovem que tinha uma filha a quem amava muito. Ela teria dado a vida por aquela menina. Mas não conseguiu. Sua garotinha morrera e não havia nada que ela pudesse fazer. Não tinha como curar aquela ferida enorme aberta em seu coração. Ela tentou: álcool, drogas, sexo, mas nada adiantou. A mulher percebeu que sua vida perdera todo o sentido sem a filha. Não passava de uma sucessão sem fim de sofrimentos. Cada dia era um novo despertar da dor. Abrindo a ferida de novo e de novo. Ela era muito fraca. Não aguentava mais.

Decidiu que ia se juntar à filha. Tentou se enforcar, mas um amigo a encontrou. Ela não morreu, mas foi parar numa unidade psiquiátrica. Na vez seguinte, tentou comprimidos. Acabou voltando para a unidade. Tentou beber o desinfetante que uma faxineira descuidada esquecera no banheiro, mas eles fizeram uma lavagem em seu estômago e a colocaram numa sala acolchoada, de camisa de força. Ao longo dos anos seguintes, ela passou mais tempo dentro daquela sala do que fora. Atacava os funcionários porque eles a estavam mantendo afastada de sua garotinha. Porque não a deixavam simplesmente morrer.

Até que lhe ofereceram uma saída. Quando os homens de terno chegaram, ela foi jogada numa sala de convívio, depois de tomar uma boa dose de sedativos, junto aos outros residentes da unidade e suas bocas abertas e olhos vidrados. Os homens de terno eram genéricos, de rosto cansado e sapatos surrados.

Fizeram perguntas. Ela os ignorou. Então um deles mencionou "os experimentos". *Os experimentos.* Ela tinha ouvido falar daquilo. Quase todo mundo tinha ouvido. Em cochichos. Em canais piratas de mídia. Nas teorias da conspiração habituais. Laboratórios secretos em locais remotos onde o Departamento fazia experimentos com "recrutas". Para tentar achar um jeito de combater o vírus.

— Sabemos que sua filha morreu — dissera um dos homens genéricos. — Se nos ajudar, você pode evitar que outras crianças morram.

— Talvez eu não queira — dissera ela, a voz arrastada. — Talvez eu queira que as mães delas sintam a dor que estou sentindo agora.

O homem genérico balançou a cabeça, se levantou e foi para outra mesa. O outro ficou ali, olhando para ela com uma expressão de curiosidade.

— Acho que você não quer isso de verdade — disse ele.

— E o que você sabe da minha vida, porra?

— Eu sei que você quer morrer. E eles não deixam. — Ele alinhou os papéis sobre a mesa. — Acho que podemos ajudar um ao outro.

Ela o olhou, desconfiada.

— Como?

— Os experimentos são muito arriscados. A maioria dos voluntários não sobrevive — disse ele, dando de ombros. — Mas pelo menos suas mortes significam alguma coisa. É pelo bem da humanidade, certo?

— Foda-se a humanidade.

— Como quiser. — Ele fez menção de se levantar.

— Espera. — Ela olhou para ele. Sua cabeça estava confusa, e ela não conseguia disfarçar o desespero na voz. Fez um imenso esforço para elaborar as palavras seguintes. — A *maioria* não sobrevive?

Ele se inclinou para a frente e deu uma piscadinha.

— Ainda não conheci nenhum.

Ele empurrou uma folha de papel sobre a mesa na direção dela e estendeu uma caneta. Depois de um momento de hesitação, ela a pegou.

Ele sorriu.

— Assine aqui... e aqui.

Isso tinha sido seis meses antes. Eles tiraram as drogas de Meg. Deixaram-na limpa. Declararam que era uma candidata ideal. E então ali estava ela, presa num teleférico quebrado, sabe-se lá onde, possivelmente ao lado de uma assassina psicopata. *Pelo bem da humanidade.* Sei.

Ela olhou ao redor, todos os rostos esperando sua resposta.

— O porquê de estarmos aqui importa? Se não quisermos ser presos, precisamos combinar muito bem nossa história. Agora temos *dois* corpos desaparecidos para explicar.

***

Karl tinha surtado e tentado abrir o alçapão. Mark, o segurança, tentara impedi-lo. Os dois começaram a brigar e caíram. Essa era a história, e todos precisavam decorá-la que nem tabuada.

Meg se sentou num dos cantos do teleférico, o mais longe possível de Sarah. A cabine balançou de novo. Seu estômago se revirou. Pelo menos um assassinatozinho e o descarte de um cadáver a tinham distraído do enjoo que costumava sentir ao ficar em movimento. Quando é que a merda da energia ia voltar? Será que havia uma certeza de que em algum momento alguém conseguiria fazer aquele teleférico andar?

Foi olhar o relógio e se deu conta de que não estava usando um. Tinha sido levado, junto com seus outros pertences. Sem relógio. Sem celular. Sem nenhuma maneira de saber as horas. Quanto tempo já haviam passado pendurados ali? Duas horas? Três? Mais?

Do outro lado da cabine, Max e Sarah estavam sentados e conversavam em voz baixa. Meg não conseguia ouvir o que diziam por causa do rugido do vento lá fora, mas os dois estavam com expressões sérias. Sean ficou de pé no meio do teleférico durante um tempo, contemplando a bruma branca lá fora, e então foi se sentar ao lado de Meg. A divisão estava feita, pensou ela.

— Oi — disse ele.

— Oi.

— Você está bem?

— Não muito.

— Pois é.

O teleférico sacudiu de novo. O estômago de Meg se revirou junto. E então ela sentiu um calafrio. Sem dúvida estava ficando mais frio ali dentro. Dava para sentir o aquecimento fraco que saía da ventilação debaixo dos assentos. Havia também luzes dispostas no teto. Deviam funcionar com algum tipo de bateria, presumiu Meg. Mas quanto tempo durariam? Quando caísse a noite, a temperatura ia baixar de verdade. Se perdessem aquele restinho escasso de energia, iam acabar pendurados ali no meio da escuridão total, com temperatura negativa. Não era uma perspectiva muito atraente.

Sean chegou mais perto. Meg resistiu ao ímpeto de se afastar. Não porque o considerasse uma ameaça. E ele certamente não era feio nem repulsivo. Tinha um rosto agradável, com olhos azuis vívidos. Sem dúvida malhava bastante. Dava para ver pelos músculos definidos quando ele tirou o macacão de neve. Mas, ainda assim, ela não o conhecia. E Meg não gostava que ninguém invadisse seu espaço.

As últimas pessoas que estiveram perto dela eram as que a seguravam enquanto lhe injetavam os sedativos.

— Quando você revistou o segurança, encontrou alguma coisa? — sussurrou Sean.

Claro. A foto. Ela olhou para o outro lado. Sarah e Max ainda estavam conversando. Se Meg não conseguia ouvi-los, imaginou que eles também não tivessem como escutar o que ela e Sean diziam.

— Encontrei. Quase esqueci.

Ela enfiou a mão no bolso e pegou a foto.

Os dois se inclinaram para olhar. Era uma selfie, tirada diante de um cenário cheio de neve. Havia um prédio grande — uma igreja ou universidade? — no fundo. O jovem rapaz abraçava uma garota. Ele tinha a pele escura, o rosto largo e gordinho e cabelo longo e cacheado. A menina era linda. Cabelo escuro e ondulado, feições suaves e grandes olhos azuis. Meg franziu a testa. Não conhecia aquelas pessoas. Olhou para Sean, que também examinava a foto com atenção.

— Alguma ideia? — perguntou ela.

Ele negou com a cabeça.

— Talvez fossem parentes dele, filhos?

Meg olhou de novo para a foto. Tinha quase certeza de que nenhuma daquelas pessoas era parente de Paul, e sabia que ele não tinha filhos.

— Não sei. Ele não aparentava ter idade para ter filhos desse tamanho. Esses dois devem ter uns vinte e poucos anos.

— Irmãos, então?

— Talvez.

Ela virou a foto. Atrás havia dois nomes escritos.

Daniel e Peggy. Academia Invicta.

— Sabe o que significa? — perguntou ela a Sean.

— Não. E você?

Academia Invicta. Aquilo acendeu uma luz em sua cabeça. Uma luzinha bem fraca, mas Meg tinha certeza de já ter ouvido aquele nome em algum lugar. Olhou mais uma vez para a foto. Por que Paul estava com aquilo? Quem eram aquelas pessoas? Se não eram amigos nem familiares, será que eram suspeitos, vítimas? Ou ela estava pensando demais? Fazia anos que não via Paul. Ele tinha uma vida nova. Talvez tivesse novos amigos ou enteados. Mas, ainda assim, seu instinto dizia que não era isso. Tinha alguma coisa estranha naquela foto. *Academia Invicta.* O que era aquilo?

O teleférico sacolejou de novo, dessa vez com um rangido alto. Sarah gritou. Meg olhou para o teto. A composição inteira estava coberta de neve, que se acumulava cada vez mais. Congelaria durante a noite. E então nevaria mais.

— O que foi? — perguntou Sean.

— Só estou me perguntando quanto peso as cabines conseguem aguentar.

— Pelo menos umas vinte pessoas, eu diria. Por quê?

— Estou pensando na quantidade de neve.

Ele olhou para cima.

— Tenho certeza de que foi projetado para aguentar neve. — Ele fez uma pausa. — Mas, pensando bem, normalmente a neve seria retirada no fim da viagem. O teleférico não ficaria parado tanto tempo a ponto de acumular.

— Os cabos vão resistir, certo?

— Não sei.

Mais um rangido preocupante. Do outro lado da cabine, Max se levantou e se aproximou, hesitante.

Abriu um sorriso meio constrangido.

— Temos um certo probleminha.

— O que foi? — perguntou Sean.

— Bom, é um assunto meio sensível.

Meg levantou uma sobrancelha.

— Mais sensível do que empurrar uma pessoa lá embaixo?

— Olha, eu não compactuo...

— Só fala logo — pediu Sean.

— É a Sarah.

Meg olhou por cima do ombro dele e viu Sarah arqueada para a frente, as mãos sobre a barriga.

— O que tem ela? — perguntou Meg, sem muita solidariedade. — Está doente? Morrendo? Tendo uma crise de consciência?

Max respirou fundo.

— Ela precisa cagar.

CARTER

ELES PARARAM E FICARAM OLHANDO PARA O ELEVADOR.

Não havia escadas para o porão. Nem saídas de emergência. O único acesso era pelo elevador, com o crachá que apenas Miles tinha.

Até onde todo mundo sabia.

O que deixava Carter meio que numa situação difícil.

— Como é que vamos descer se Miles é o único que tem acesso? — perguntou Welland.

— Boa pergunta. — Carter olhou para Welland. — Tem algum jeito de contornar os controles de segurança?

— Acho que não.

— Pode tentar?

Welland pensou a respeito. Carter quase podia ouvir as engrenagens rodando e ver a fumacinha saindo dos ouvidos dele.

Welland balançou a cabeça.

— Não, não tem como.

Ele realmente não era um cara muito disposto a tentar.

— Então a gente faz o quê? — perguntou Caren.

Carter parou e refletiu. Eles não tinham a menor ideia do que encontrariam lá embaixo. Miles talvez já estivesse morto. Nesse caso, pelo menos não poderia matar Carter por ter mentido para ele.

— Tudo bem.

Carter enfiou a mão no bolso escondido da calça jeans onde guardava o crachá roubado. Retirado do corpo de uma garota que ele conhecera.

Antes que a pegasse, porém, Caren já tinha enfiado a mão na gola da camiseta e retirado um...

Carter a encarou.

— Isso é um...

Ela segurava um crachá que dava acesso ao porão.

— Não é que eu não confie em Miles, mas... — Ela deu de ombros.

— Onde foi que você conseguiu isso? — questionou Welland.

Caren abriu um sorrisinho.

— Se você não perguntar, eu não vou precisar mentir. Agora... vamos mesmo fazer isso?

Carter assentiu.

— Acho que sim.

Ele apertou o botão para chamar o elevador.

— Todo mundo tem que ir? — perguntou Welland, torcendo a camiseta com as mãos. — Assim, será que não era melhor alguém ficar aqui em cima para, tipo, vigiar?

— Ótima ideia — disse Carter. — Vamos nos separar. Sempre funciona muito bem nos filmes de terror.

— E você realmente nem parece o cara mais propenso a morrer antes mesmo dos créditos iniciais — acrescentou Caren, revelando um senso de humor nunca antes visto nos três anos em que Carter vinha tentando evitá-la.

Talvez uma pequena chacina bem sangrenta fosse a única coisa que faltava para revelar o melhor em algumas pessoas.

Welland respirou fundo.

— Que merda, cara.

O elevador chegou. Caren e Carter empunharam as armas. As portas se abriram.

Uma coisinha pequena, marrom, branca e peluda saiu lá de dentro, latindo com entusiasmo.

— Dexter! — exclamou Carter.

Caren baixou a arma e fez uma careta.

— Ele está fedendo.

Carter pegou o cachorro no colo.

— Ei, amigão. Você ficou preso no elevador?

— Bom, é improvável que tenha sido ele quem chamou o elevador — observou Caren, e colocou o pé para evitar que a porta fechasse. — Parece que deixou um presentinho para a gente também.

Carter fez carinho nas orelhas do cachorro.

— Own, você fez um cocozinho, fez?

Caren revirou os olhos.

— Ok, que lindo esse amor todo. Mas podemos ir logo?

Carter colocou Dexter no chão.

— Tudo bem. Você fica aqui em cima, amigão.

Eles entraram e evitaram ficar perto do presentinho no canto do elevador. Mas Dexter não estava a fim de abandonar os companheiros recém-encontrados e foi atrás deles.

Carter olhou para Caren e deu de ombros.

— Acho que ele vem com a gente.

Ela colocou o crachá sobre o painel de controle e apertou o "P".

— Ótimo. Quando estivermos todos mortos, ele vai poder se alimentar dos nossos cadáveres.

O elevador desceu em silêncio. Quando as portas se abriram, Carter e Caren ergueram as armas.

O corredor estava vazio e iluminado pelas luzes de emergência, duas linhas verdes, uma de cada lado. Aquilo ajudava a aumentar o tom macabro da empreitada.

— Cara, parece a porra de uma festa de Halloween aqui embaixo — resmungou Welland.

Pela primeira vez, ele não está errado, pensou Carter.

Saíram do elevador. Carter foi à frente, Caren atrás dele, e Welland vinha na retaguarda que nem uma criança de mau humor. Dexter ia se embrenhando em meio às pernas dos três. As portas à esquerda estavam abertas, o que não era o normal. Em geral, quando havia energia, ficavam fechadas. Os sistemas realmente tinham ficado malucos. Ele olhou para Caren.

— Você já usou o crachá para vir aqui embaixo?

— Uma ou duas vezes. Só para dar uma olhada — disse ela.

— Em quê?

— O que você acha?

Com as armas ainda em punho, foram até a primeira porta e deram uma espiada lá dentro. Aquele cômodo já fora o escritório dos médicos assistentes. Três mesas, computadores antigos juntando poeira. As pessoas já não eram mais tão dedicadas a seus computadores e dispositivos naqueles dias. Para quê? A internet e a rede de telefone não funcionavam lá muito bem, as notícias eram só propaganda, a TV só reprisava os mesmos programas e as redes sociais não eram nem um pouco sociais.

Na outra parede, havia um grande painel de cortiça cheio de pedaços de papel. Piadas, desenhos, mantras de trabalho "engraçados". O cardápio de entregas de um restaurante da cidade. E uma página de jornal:

ACADEMIA INVICTA

Nova área de pesquisa inaugurada pelo professor Grant.

Carter olhou por um momento e se virou.

— Vamos conferir a próxima.

Eles saíram e entraram no segundo escritório. O escritório *dele*, pensou Carter. O Professor. Havia apenas uma mesa grande de mogno e uma cadeira de couro que parecia cara atrás dela. Numa das paredes, um armário branco. Houve uma época em que ficava cheio de taças de cristal, garrafas de bons vinhos e uísque. Mas tudo isso já havia sido bebido muito tempo antes. Diretamente das garrafas.

A mesa estava vazia, exceto por um peso de papel de vidro e uma foto num porta-retratos. Uma menina de cabelo castanho-claro e fino e olhos cinzentos. Não muito bonita. O nariz era muito grande e o rosto, fino demais. Mas era marcante. Determinado.

— Carter?

— Sim? — Ele se virou.

Caren franzia a testa para ele.

— Não tem nada aqui. Vamos.

Ele pegou a foto e a colocou virada para baixo.

— Estou indo.

Saíram do escritório e foram olhar os laboratórios. Estava tudo vazio. Os únicos sons vinham dos próprios passos e do zunido do equipamento de refrigeração.

— Ninguém em casa — comentou Caren.

— Então vamos voltar lá para cima? — perguntou Welland, esperançoso.

Carter deu uma olhada para ele.

— Claro. *Depois* que a gente conferir as câmaras.

Havia doze câmaras de isolamento no porão. Oficialmente. Extraoficialmente, o número não era bem esse. Havia uma décima terceira câmara, segura ao extremo e igualmente bem escondida. *Oficialmente*, é claro, não existia câmara nenhuma. Só quem sabia de seu verdadeiro propósito eram algumas pessoas importantes. E os sobreviventes.

Carter sentiu o cheiro metálico de sangue antes mesmo de virarem a esquina do corredor. Dexter ia à frente. Quando chegou na porta que dava nas câmaras de isolamento, ele parou e soltou um ganido.

Sei como você está se sentindo, amigo, pensou Carter.

A porta para as câmaras, que normalmente ficava trancada, estava entreaberta. Eles a observaram.

— Então, todo mundo pronto? — perguntou Caren, como se estivessem prestes a começar uma aula de aeróbica de alto impacto, e não a entrar no sétimo círculo do inferno.

Não, pensou Carter, mas assentiu com um movimento lacônico e entrou. Caren foi atrás.

— Ai, cara — choramingou Welland, e foi se arrastando atrás deles.

Carter estava certo. Sangue vermelho-escuro. Por todo o chão e pelas paredes. Espirrado nas janelas de vidro das Câmaras 1 e 2. A fonte do sangue estava caída um pouco mais à frente, entre as Câmaras 3 e 4.

— Caralho — disse Welland, baixinho, atrás dele.

Caren soltou um assobio baixo. Dexter se sentou e começou a lamber as próprias bolas.

Carter seguiu em frente. Hesitante, tentando se certificar de não tocar naquele sangue. Todos foram vacinados, mas a imunidade não era garantida. Como já havia sido provado.

Ele chegou até o corpo. Não era Miles. Mais um Assobiador. Macacão azul, cabelo longo e cinzento. O rosto desfigurado — uma catástrofe de ossos amassados e sangue. Qual era o nome dela? Carter não se lembrava. Tinha sido uma das enfermeiras, dissera-lhe Miles. Carter só a conhecera como Fornecedor 02.

Ele se levantou e olhou para os outros.

— Morta.

— Dois a menos — disse Caren.

Ele assentiu.

Onde é que estava a porra do Miles?

Eles passaram por cima do corpo. Na Câmara 3, um vulto debilitado estava agachado num canto, o rosto escondido pelo cabelo longo e embaraçado. Não havia restado muito desse. Estava completamente drenado. Um esqueleto forrado de pele.

— Ele era médico antes de ser infectado — dissera Miles a Carter. — Trazia voluntárias aqui pra baixo, as sedava e, bom, você pode imaginar o que vinha a seguir.

Carter se afastou. Dexter tinha terminado seus afazeres masculinos e saltitava à frente deles. Parou do lado de fora da Câmara 4 e se sentou, feliz e ofegante. Caren e Carter trocaram olhares. Três Assobiadores haviam ficado presos ali embaixo. Três fornecedores. Dois estavam mortos. Um não iria a lugar nenhum.

Então restava...

Eles caminharam na direção do vidro reforçado. Cada câmara tinha uma cama, uma cadeira, uma TV presa à parede, uma pequena estante de livros e uma área separada com banheiro. Uma luzinha vermelha na porta indicava que a câmara estava trancada.

Miles estava sentado lá dentro folheando um livro velho, com cara de entediado. Olhou para cima quando eles se aproximaram.

— Finalmente. — Ele fechou o livro e o jogou em cima da cama. — Fiquei me perguntando quanto tempo iam levar para me encontrar e me tirar daqui.

HANNAH

ELA TINHA DEZ ANOS QUANDO A MÃE SE MATOU.

O pai sempre dizia que fora um pedido de socorro. Os remédios para dormir e o álcool foram demais para o corpo frágil dela. Mas Hannah sabia que a mãe nunca havia feito nada sem motivo. Se a overdose tinha sido um apelo, a intenção era que fosse o último. Ela controlou a própria morte de modo tão rígido quanto fazia com a vida.

Tirando Hannah, controle era a única coisa que a mãe tinha. O pai fora uma figura distante na vida das duas desde sempre. Uma sombra de relance no canto do olho. Um fantasma que entrava e saía de cômodos sem parar. Hannah conhecia alguns cheiros ruins que duravam mais tempo que a presença do pai.

— Minha mãe morreu por sua culpa! — gritara para ele uma vez, num raro momento de fúria adolescente. — Você não a amava o suficiente.

O pai a olhara com sua expressão fria.

— Amor não salva as pessoas, Hannah. Apenas a ciência pode salvá-las. Um dia você vai entender.

Hannah entendeu. Entendeu que a mãe não queria ser salva se não fosse amada. Entendeu que a ciência salvava no atacado, mas não no varejo. E, no momento, se ela quisesse sobreviver, teria que salvar a si mesma.

Estatisticamente, se Hannah estava infectada, tinha 98% de chance de apresentar sintomas. Se *apresentasse* sintomas, tinha 75% de chance de morrer. Se sobrevivesse, bem, aí era outra porcentagem sobre a qual ela não queria pensar naquele momento. Claro, eles tinham cerca de 99,999% de chance de explodir em mil pedacinhos nas próximas duas horas, então talvez aquilo não fizesse diferença

— Vamos manter isso entre nós — disse ela para Cassie. — Neste momento, a prioridade é a bomba.

— Claro — concordou Cassie, assentindo. — Na minha opinião, não vamos sair daqui vivos mesmo. A única questão é saber se vamos sair inteiros ou em pedaços.

Hannah a encarou.

— E achei que *eu* era pessimista.

— Prefiro pensar que sou realista. O fato é que se um de nós está infectado, provavelmente todos estamos...

— Isso não significa que vai todo mundo morrer — ponderou Hannah.

— Não. Mas se a alternativa é acabar virando a porra de um Assobiador...

— Não os chame assim — brigou Hannah.

— Por quê?

— Desumaniza as pessoas.

Cassie levantou uma sobrancelha.

— Achei que já estávamos desumanizando ao colocá-los nas Fazendas. — Ela parou de repente e cobriu a boca com a mão. — Ops, provavelmente não deveria chamar *assim* também. Qual é o nome oficial? Centros de Reclusão?

Hannah sentiu o maxilar tensionar.

— O que queria que o Departamento fizesse? Essas pessoas podem ter sobrevivido ao vírus, mas ainda estavam infectadas. Não iam se recuperar. Algumas eram perigosas, com a variante Choler. Os Centros de Reclusão são uma solução humanizada.

— Trancafiá-los. *Usá-los* contra a vontade deles.

— Isso não é verdade.

— Sabe, acho que me lembro de outro momento na história em que as pessoas eram recolhidas e jogadas em locais como esse. Como é que se chamavam naquela época? Ah, verdade, campos de concentração.

— Não é nem de longe a mesma coisa — afirmou Hannah, a voz firme.

Cassie sorriu.

— Acho que eu deveria ter imaginado que você seria uma negacionista, levando em conta quem é seu pai.

— Eu não sou como o meu pai. E você não deveria acreditar em teorias da conspiração malucas das redes sociais.

— E ainda por cima o defende, mesmo que ele esteja disposto a deixar você morrer. Isso que é devoção.

Antes que Hannah pudesse retrucar, ouviu-se um grito atrás delas.

— EI! — Era a voz de Lucas. — Podem deixar a fofoca para depois? Precisamos das chaves.

Hannah passou por Cassie, deixando-a para trás.

— Nem uma palavra — sussurrou ela.

Caminhou de volta pelo ônibus e entregou as chaves para Lucas.

— Aqui.

Josh e Lucas haviam tirado o vidro e Josh já fizera um túnel de tamanho razoável na neve. Lucas empilhara o excesso num montinho que já derretia ali do lado. Hannah ficou surpresa. Aquilo podia mesmo funcionar.

— Impressionante.

— Pois é. — Josh se contorceu para fora, ofegante. — A neve não está muito compactada. Acho que a profundidade vai ser o suficiente, depois começamos a cavar para cima.

— Está precisando de ajuda?

Ele negou com a cabeça.

— Obrigado, mas é meio que uma tarefa para uma pessoa só. Além do mais, sem querer ofender, não quero que ninguém faça cagada aqui.

— Justo.

Ele se enfiou de novo dentro do túnel, deixando apenas os pés para fora. Hannah se sentou e cruzou os braços. O calor fraco que saía das saídas de ventilação já estava se dissipando. Sem o motor ligado, era apenas residual. Logo, logo ia começar a soprar ar frio. Se tivessem sorte, teriam no máximo mais meia hora de energia da bateria. Ela esfregou os braços. Se não explodissem antes, havia uma possibilidade real de irem dormir à noite, caírem nos braços da hipotermia e nunca mais acordarem.

Cassie se sentou ali perto e fez questão de ignorá-la. Daniel foi para os fundos do ônibus novamente, para cuidar da irmã. A parte menos caridosa de Hannah (a que herdara do pai) queria que a garota morresse logo. A certa altura, ela se transformaria num fardo. Um desperdício de recursos. Naquele exato momento, Daniel já podia estar fazendo melhor uso de seu tempo ajudando Josh e Lucas. Ele era um cara grande. Mais um par de braços daria um descanso para Lucas. Ela fez uma careta. Falando em mais um par de braços... estava faltando alguém.

— Cadê o Ben? — perguntou a Lucas.

— Ah, ele, err, teve que ir ao banheiro.

Que ótimo. Ia melhorar ainda mais o cheiro dentro do ônibus, que já não estava bom.

Ela ouviu a descarga, e Ben saiu aos tropeços, limpando a boca. O cabelo liso estava grudado na cabeça, e ele tinha olheiras escuras. Parecia ter se aliviado pelos dois lados.

— Você está bem? — perguntou Hannah.

Ele fez que sim, e então tossiu.

— Cara, eu deveria ter pegado aquele Pedialyte na mala. Err, é melhor não ir lá no banheiro por...

Alguma coisa bateu no teto do ônibus. Todos se sobressaltaram.

— Merda! — Ben se encolheu. — O que foi isso?

— Avalanche? — sugeriu Cassie. — Chuva de meteoros?

Outra batida. Eles olharam para o teto. Depois da batida, veio o som de passos arrastados. E então uma silhueta cinzenta passou pelas janelas cobertas de neve.

Lucas estalou a língua contra os dentes.

— Acho que temos visitas.

— Lobos — disse Hannah, sentindo uma pontada no coração.

Josh saiu de dentro do túnel de neve.

— Você disse lobos?

Mais batidas e arranhões de garras, dessa vez mais para trás do ônibus. Todos viraram o rosto para as janelas.

— Achei que lobos tinham medo de pessoas — observou Ben.

— Normalmente, sim — explicou Hannah. — Mas não sabem que somos pessoas. Neste momento, só sentem o cheiro de presas.

E animais famintos e desesperados iam ficando cada vez mais ousados e agressivos. Os animais infectados, mais ainda. Mas não havia motivo para lembrar essa questão naquele momento.

Mais passos no teto. Estavam farejando, pensou Hannah. Procuravam as presas cujo cheiro já tinham sentido, mas não conseguiam ver. E então um uivo. Primeiro apenas um, e depois mais quatro ou cinco. Pela primeira vez, Hannah entendeu o significado da expressão "sentir o sangue gelar".

Um vulto grande veio caminhando pelo ônibus. Daniel.

— Já viram que tem lobos lá fora?

— Você percebe as coisas rápido — murmurou Cassie.

— Já sabemos — disse Lucas.

— O que vamos fazer?

Lucas suspirou.

— Esperar. Quando perceberem que não conseguem chegar até nós, vão procurar alguma outra presa mais fácil por aí.

— Mas quanto tempo isso vai demorar?

Lucas deu de ombros.

— Não dá pra saber.

— Que horas são? — perguntou Josh.

Lucas olhou para o relógio.

— Cinco e cinquenta e sete.

Restavam cerca de duas horas, se os cálculos estivessem corretos. Talvez mais. Talvez menos.

Josh balançou a cabeça.

— Vou continuar fazendo o túnel. Não podemos perder tempo.

E foi rastejando de volta para a neve.

O restante do grupo ficou parado, os ouvidos atentos e os olhos grudados no teto do ônibus. Pairava o silêncio, a não ser pelo barulho de Josh cavando o túnel.

— Não estou mais ouvindo eles — murmurou Ben.

Eu também não, pensou Hannah. E, por algum motivo, isso a deixava ainda mais nervosa.

— Talvez tenham ido embora — disse Cassie.

Um som fraco de arranhão, dessa vez do lado direito.

— Ou talvez não — acrescentou ela.

O arranhão fraco continuou.

— Eles não conseguem nos alcançar, né? — perguntou Ben, nervoso. — Não tem como entrar.

Tem sim, Hannah se deu conta de repente. O túnel. Merda.

— Eles podem cavar — disse ela, olhando ao redor.

— O quê? — perguntou Cassie.

— Lobos. Eles sabem cavar. Cavam para encontrar presas.

— Tem certeza?

— Tenho. Vi num documentário.

— *Scheisse* — resmungou Lucas.

Hannah se agachou.

— Josh, sai do túnel!

— O quê?

— Sai. Agora!

Lucas agarrou os tornozelos de Josh e o puxou de volta para dentro do ônibus.

— Que porra...

O túnel colapsou numa pequena avalanche de neve. Cassie deu um grito quando uma mandíbula que rosnava apareceu no meio do branco, manchando-o de saliva rosa.

— Merda! — gritou Josh, começando a rastejar para longe.

Lucas chutou o lobo. Josh se juntou a ele e foi jogando a neve de volta com os pés para enterrar o focinho.

— Mata ele, cara! — gritou Ben.

— Com o quê, porra? — gritou Josh de volta.

— Ele só está faminto e desesperado. Temos que dar um susto para ele fugir — sugeriu Hannah.

— O celular. O alarme! — gritou Daniel.

— Onde está?

Josh enfiou a mão no bolso.

— Devo ter deixado cair. No túnel.

— Espera aí. Estou vendo — disse Lucas.

Hannah também viu. Perto do pé de Josh, meio enterrado na neve.

Ela se jogou para a frente. O focinho do lobo saiu do meio da neve bem ao lado de sua orelha. Hannah sentiu o bafo quente e viu os dentes amarelos de relance.

Levantou o telefone e apertou o botão de alarme. A sirene ensurdecedora tocou. O lobo uivou, mas dessa vez foi de medo, e não de fúria. O focinho e as garras recuaram. Hannah manteve o dedo pressionado no botão de alarme. Os olhos fechados, o coração acelerado. Não conseguia parar, não conseguia se mexer. Alguém a segurou. Ela se virou e quase deu um soco na pessoa. Daniel segurou seu braço.

— Tudo bem. Acabou. Ele já foi.

Hannah parou o alarme. A voz dele parecia estranhamente distante. Seus ouvidos zuniam. Ela se sentou, a respiração ofegante.

Todo mundo ficou num silêncio apavorado. Os lobos se foram. Assim como o túnel que Josh criara. A neve tinha se amontoado sobre o vidro quebrado mais uma vez.

— Acho que o túnel já era — observou Cassie.

— O que a gente faz agora? — resmungou Ben.

— Cava de novo — disse Lucas, ávido, e olhou para Josh.

Josh fez que sim, a expressão cansada.

— Mas dessa vez acho que preciso de ajuda.

— Vamos ajudar.

— E se os lobos voltarem? — perguntou Daniel.

Lucas apertou os lábios.

— Vamos trabalhar rápido. — Ele apontou para Hannah. — E ainda temos o alarme.

Mas não por muito tempo, pensou Hannah, olhando para o telefone. A bateria estava em 25%.

E então ela percebeu outra coisa. Havia uma mensagem nova. O celular devia ter captado sinal momentaneamente. Ela olhou para cima. Os outros estavam preocupados com o túnel de neve.

Clicou na mensagem e abriu.

`Quando a tempestade diminuir, vamos encontrar vocês. Em breve. P.G.`

P.G. Ele nunca assinava *Papai*, nem mesmo *Pai*.

Mas tinha recebido a mensagem de Hannah. Sabia que estavam vivos.

Vamos encontrar vocês. Em breve.

Hannah pensou consigo.

E então rapidamente apagou a mensagem.

O tempo deles estava acabando. De diversas maneiras.

MEG

NUNCA ERA ASSIM NOS FILMES. Quando irrompia algum desastre — um sequestro de avião, terroristas tomando um arranha-céu, um apocalipse zumbi —, ninguém nunca parava e dizia: "Preciso muito cagar."

A logística foi discutida. A certa altura, decidiu-se que Sarah ia "fazer" num cantinho, recolher o conteúdo com uma das meias e jogar pelo alçapão. O restante ia ficar no outro canto, de frente para o vidro, olhando para o céu que escurecia e tentando fingir que não estava ouvindo os sons nem sentindo o cheiro.

Uma pequena parte de Meg se solidarizava com o constrangimento da outra mulher. Ser obrigada a fazer cocô no canto de uma cabine de teleférico à deriva a trezentos metros de altura não estava na lista de sonhos de ninguém. Por outro lado: carma.

Por fim, Sarah se aproximou, constrangida. Sean abriu o alçapão, e ela jogou a meia com seu conteúdo. O cheiro e a mancha marrom permaneceram no chão.

— Obrigada — murmurou ela para Sean.

— Ei, todo mundo faz isso.

— É. — Ela olhou para o colega, agradecida.

— Sabe, talvez a gente deva pensar… — começou Max.

— Eu preferia que a gente esquecesse — disse Sarah.

É difícil quando a cabine inteira está fedendo a merda, pensou Meg.

— Só estou falando que, se vamos ficar presos aqui por um tempo, todos nós vamos precisar nos aliviar em algum momento — continuou Max.

— Bom, eu e Max podemos fazer xixi para fora do alçapão — observou Sean.

— Que bom para vocês — disse Meg.

Ela olhou ao redor. Não havia nenhum tipo de recipiente, nenhuma garrafa vazia. *Nada para comer nem água para beber*, pensou ela, o que poderia ser um problema em breve.

— Nossas botas — disse, de repente.

— O quê?

— Se precisarmos fazer xixi, podemos fazer numa bota e depois jogar o conteúdo pelo alçapão.

— Ai, meu Deus do céu — murmurou Sarah. — Bom, você tem alguma ideia melhor? — Ela olhou para Sarah, que baixou os olhos e balançou a cabeça.

— Acho que não.

— Com sorte, não vamos precisar disso — falou Max, tentando se manter positivo. — Tenho certeza de que há pessoas tentando resolver o problema da falta de energia.

Sean e Meg trocaram olhares. Ela sabia o que o outro estava pensando. As "pessoas" não eram mais tão confiáveis quanto antes. Mesmo as que trabalhavam para o Departamento. Tudo estava se desintegrando. Sociedade, ordem, infraestrutura. Além do mais, "os experimentos" eram projetos secretos conduzidos por um grupo seleto. Oficialmente, estavam sendo desativados aos poucos. Se algo acontecesse, havia muito menos "pessoas" disponíveis para resolver.

— Provavelmente é melhor estarmos preparados pra tudo — ponderou Sean.

— Tudo bem. — Sarah segurou seu crucifixo. — Mas eu fiz uma oração e tenho certeza de que a energia vai voltar logo.

A vontade de Meg de perguntar se ela havia rezado para Deus com a mesma força que tinha usado para cagar era extrema, mas, antes que pudesse falar, ela sentiu um sacolejo... e o teleférico começou a se mover.

Sarah olhou para Meg, triunfante.

— Viu só.

O teleférico avançou para cima devagar. Meg colou o rosto no vidro. Mais à frente, dava para ver o topo da montanha e uma esfera cinza que devia ser a estação. Seu coração se encheu de esperança. Talvez fossem só mais alguns metros. Cada vez mais perto.

Mais um sacolejo e um rangido horrível de metais. Meg se virou. A cabine oscilou com força para a frente e então começou a se mover violentamente para o lado contrário, para baixo. A velocidade reversa era intensa e inesperada. De repente, Meg sentiu os pés saírem do chão e voou para a parede oposta. Meio zonza, tentou encontrar algo em que se segurar, e os dedos alcançaram uma barra. Max bateu com força no chão, a cabeça indo de encontro à lateral de um dos bancos. Sarah se segurou em outra barra, e Sean caiu em cima de Meg. Houve um segundo solavanco, que os jogou de volta para o outro lado, e então a cabine parou e ficou balançando devagar. Eles continuaram se agarrando onde fosse possível, a respiração ofegante.

Por um momento, ninguém falou nada. Sarah chorava.

— Jesus. — Sean respirou fundo. — Todo mundo está bem?

Meg assentiu. Sarah choramingou. Max soltou um grunhido do chão.

— O que aconteceu? — perguntou Meg.

— Acho que foi uma sobretensão de energia... e aí o cabo arrebentou — sugeriu Sean.

— Ai, meu Deus. Vamos todos morrer — disse Sarah, chorando.

— Não — respondeu Sean. — Tem um cabo de suporte. Aquele solavanco foi porque o freio de emergência funcionou.

— Você parece saber bastante sobre teleféricos — observou Meg.

Ele deu de ombros.

— Só o básico.

Enquanto Max tentava se sentar, Meg se aproximou para ajudá-lo. Seus óculos estavam quebrados, e ele tinha um corte feio na testa, onde batera num dos bancos. O sangue escorria pelo rosto. Meg olhou ao redor, em busca de algo que pudesse usar para limpar o ferimento, e acabou escolhendo a manga de seu macacão de neve. Por sorte, o corte parecia superficial e já estava formando um galo, o que, ela se lembrava, era um bom sinal no caso de batidas na cabeça.

— Você está com um buraco na cabeça aqui — disse ela. — Não está se sentindo enjoado, né? Chegou a perder a consciência?

— Não. Ai. — Ele gemeu de novo. — Meu pulso. Isso é o que está doendo mais.

Meg pegou o braço dele com cuidado e examinou o pulso. Estava ferido e dobrado num ângulo pouco natural.

— Consegue mexer?

Max fez uma careta e balançou a cabeça.

— Não.

— Acho que deve ter quebrado. — Ela olhou ao redor, sem muita esperança. — Não temos nem um kit de primeiros socorros.

Sean começou a tirar o macacão de neve. Meg o encarou.

— O que está fazendo? — perguntou ela.

— Primeiros socorros.

Ele tirou a camiseta. Meg percebeu uma tatuagem no peito de Sean. O rosto de uma garota. De cabelo escuro e ondulado. Meio familiar. Ela franziu a testa. E então a imagem sumiu de novo quando ele vestiu o macacão de volta.

Ele rasgou a camiseta pela costura e transformou-a em dois pedaços de tecido, depois se agachou ao lado de Max.

— Isso pode doer um pouco — disse.

Pegou o braço dele e amarrou uma parte do pano ao redor do pulso para estabilizá-lo. Usou a outra metade para criar uma tipoia improvisada, que amarrou no pescoço de Max. Depois enfiou o braço dele delicadamente ali.

Max fez uma careta de dor, mas assentiu.

— Obrigado.

Meg olhou para Sean, curiosa.

— Você é um homem de muitos talentos.

— Nem tanto. — Ele abriu um pequeno sorriso. — Só sei um pouquinho de várias coisas.

A cabine balançou de novo, com mais força. Acima deles, o cabo rangeu. Todos olharam para o teto.

— Você falou que existe um cabo de suporte — disse Max. — Se a energia voltar, o teleférico vai se mover ou temos que esperar o resgate?

— Isso eu não sei — admitiu Sean.

Mais uma rajada de vento. O movimento foi mais forte. Só havia um cabo agora. Suas vidas estavam literalmente por um fio gigante de aço. E ainda havia aquilo que todo mundo estava evitando ser o primeiro a dizer.

Foi Max quem finalmente trouxe o pensamento à tona:

— E se o resgate não vier?

Todos se olharam, mas ninguém tinha uma resposta.

É óbvio que foi nesse momento que as luzes piscaram e a energia dentro da cabine acabou.

CARTER

A TOMADA DE PODER ACONTECERA ANTES DE CARTER CHEGAR AO REFÚGIO.

Houvera um surto na equipe médica. Um bem ruim — da variante Choler. Em quarenta e oito horas, a maior parte da equipe estava morta. Poucos escaparam. Alguns foram presos nas câmaras para conter a disseminação. E por outros motivos.

Miles e os outros sobreviventes acabaram virando os únicos guardiões do Refúgio.

E queriam manter as coisas assim.

Pelo que o Departamento sabia, o Refúgio era uma zona morta. Os experimentos já vinham diminuindo havia um tempo. Havia boatos de que seriam completamente abandonados. Para todos os efeitos, o Refúgio na verdade nunca tinha existido. Era mais fácil para todo mundo se nunca mais existisse de novo. *Eliminar*.

Aquilo fazia três anos. Até aquele momento, o Departamento não dera qualquer sinal de que queria reativar o Refúgio. Talvez já tivesse até se esquecido dele.

Mas isso podia muito bem mudar.

Feras adormecidas podiam ser despertadas.

O Departamento podia decidir enviar pessoas para lá de novo.

Principalmente se descobrissem sobre a Câmara de Isolamento 13.

Os quatro se reuniram na sala de convivência e se sentaram nos sofás. Dexter se aninhou no colo de Carter. Caren encontrara umas velas no depósito e as acendia, enquanto Miles contava o que tinha acontecido.

— Quando a energia caiu, fui direto para o porão conferir a segurança das câmaras de isolamento. Quando cheguei lá, a 02 já estava fora da cela e o 01 estava no chão. Sabemos que a 02 já apresentava sintomas avançados da variante Choler havia muito tempo. Pensei que ela tinha atacado ele. Foi idiota da minha parte cair numa armadilha tão óbvia, mas tudo aconteceu muito rápido. Apontei a arma para ela, mas aí o 01 levantou. Ele me derrubou e saiu correndo para o elevador. Disparei alguns tiros, mas ela veio pra cima de mim e, enquanto a gente lutava, ele conseguiu escapar.

Porque o crachá só era necessário para descer até o porão, não para subir de lá.

— E como você foi parar dentro de uma câmara?

— Naquelas circunstâncias, com uma prisioneira louca tentando me esganar, pareceu o lugar mais seguro. As portas trancam automaticamente quando você fecha.

— Você *se trancou* lá dentro? — perguntou Caren.

— Claro. Imaginei que em algum momento vocês iam acabar me encontrando, se ainda estivessem vivos. — Ele a olhou com uma expressão perspicaz. — Afinal, eu não sou o único a ter acesso ao porão, não é?

Caren sustentou o olhar.

— É só uma reserva.

— Alguém tem que vigiar os vigias, certo?

— Certo.

Miles assentiu, mas depois disse, com a voz mais firme:

— Vou precisar que me entregue o crachá, Caren.

Ela hesitou. Mas nem mesmo a atrevida Caren com C discutia com Miles. Mesmo relutante, pegou o crachá e entregou para ele.

— Obrigado.

Miles guardou no bolso.

— E se a gente não tivesse encontrado você? — perguntou Carter, doido para mudar de assunto.

— Eu estava com minha arma. Uma bala teria sido suficiente.

— Então você não matou a 02?

— Não. Na verdade, assisti enquanto ela esmagava a própria cabeça no vidro.

— Ela fez aquilo *sozinha*?! — exclamou Welland.

Miles deu de ombros.

— Sabemos o que a Choler faz com os infectados. Ela queria morrer. Fez o sacrifício para que o 01 escapasse.

— Ele queria morrer também — ponderou Carter. — Mas queria nos levar junto.

Miles assentiu.

— É compreensível. Se eu tivesse sido preso lá embaixo, provavelmente iria querer o mesmo.

Eles refletiram sobre aquilo. Na maior parte do tempo, tentavam *não* pensar muito nos ocupantes das câmaras de isolamento e para que eles eram usados, ponderou Carter. A necessidade podia ser a mãe da invenção, mas também era o pai do foda-se.

Miles era o único que ia lá embaixo regularmente e extraía o plasma do sangue para as vacinas. Retirado dos sobreviventes vivos da infecção, o plasma era a única maneira de garantir uma imunidade confiável. Os métodos tradicionais de confecção de vacinas não funcionaram. Os cientistas do Departamento tentaram muito. As melhores mentes. Bilhões de dólares. Centros secretos de "experimentos" como o próprio Refúgio. Mas o vírus sempre conseguia se safar. Apenas o plasma da fonte fornecia proteção. E eram necessárias injeções constantes.

Por isso as Fazendas foram criadas, centros de detenção imensos nos arredores das cidades onde os infectados vivos ficavam presos (para o próprio bem) para a extração do plasma. Pelo bem maior.

Era engraçado quantas coisas terríveis eram feitas pelo "bem maior". Carter às vezes se perguntava em que momento a balança havia começado a pender para o outro lado. Quando é que o bem maior se transformou em uns poucos sortudos e o restante que se ferrasse?

Mas, pensando bem, Carter não estava em posição de questionar a moral daquilo. Os Assobiadores ficavam ali pelo mesmo motivo. Injeções regulares. Eram *fornecedores*.

Os grupos sanguíneos precisavam bater, mas eles tinham sorte. 01 era O+, 02 era AB+ e 03 era O- (doador universal). Ótimos sangues para doadores. Mas naquele momento só restara um fornecedor enfraquecido.

— Mas então o que vamos fazer agora? — perguntou Caren. — Só sobrou o 03. Ele já está quase morto. Não é suficiente.

— Mas agora nós somos só quatro — ponderou Welland.

— É, claro, vamos olhar o lado bom — respondeu Carter, em tom irônico, fazendo carinho em Dexter.

Caren franziu a testa.

— E o Jackson? — Ela olhou para os outros. — Alguém *viu* o Jackson?

Carter e Miles se olharam.

— Jackson foi embora — respondeu Miles.

— *O quê?* Como?

Miles respirou fundo.

— É bem provável que estivesse roubando plasma. Fugiu. Deve ter morrido.

— *Jackson?* — disse Caren, ainda com a voz incrédula. — Mas ele não faria isso. Ele...

— Ele o quê? — perguntou Miles, aproveitando a hesitação.

Caren balançou a cabeça.

— Nada. Só acho difícil acreditar. Tipo, ele não é igual a Anya...

Carter ficou tenso ao ouvir o nome dela. Ninguém falava da Anya.

— Infelizmente, acreditar ou não faz pouca diferença para nossa situação — disse Miles, irritado, e Carter percebeu que ele também tinha ficado nervoso. — A questão é que ainda que só sejamos quatro agora, precisamos tomar injeções a cada quatro ou seis semanas. Nosso estoque atual vai acabar muito rápido. Podemos aumentar o intervalo pra oito, ou até doze semanas. Na pior das hipóteses, podemos ficar sem. Estamos seguros e isolados aqui. *Mas*, caso tenham esquecido, ainda precisamos fornecer para o Jimmy Quinn. Senão...

Ele olhou ao redor e deixou no ar quais seriam aquelas implicações. O suficiente para todos imaginarem.

Até o momento, o acordo que Miles fizera com Jimmy Quinn atendia a todos. Mesmo com as Fazendas, a demanda por plasma era muito maior do que a oferta. Por isso havia um imenso mercado ilegal para isso — para todo tipo de medicamento, na verdade —, e Quinn tinha contatos que pagavam muito bem. Em troca do fornecimento regular, Quinn e seus filhos corpulentos deixavam os habitantes do Refúgio em paz. Se o fornecimento fosse interrompido, os dias deles ali estavam contados.

— Precisamos de fornecedores novos — concluiu Miles.

Carter balançou a cabeça.

— Não.

— Não temos escolha.

— Sempre existe uma escolha.

— O plasma precisa ser extraído de sobreviventes vivos. Se você tiver uma sugestão melhor, sou todo ouvidos.

Carter ficou olhando para ele, abriu a boca e depois fechou com tanta força que sentiu os dentes baterem.

— Como é que a gente... — gaguejou Welland, torcendo a camiseta de novo. — Assim... está falando de...

— Ele está falando de Assobiadores — respondeu Carter, irritado. — Tá bem? Está falando de capturar a porra dos Assobiadores lá fora.

O rosto de Caren ficou pálido. Welland parecia ter acabado de cagar nas calças.

— Mas como? — perguntou Caren.

— Temos uma pistola de dardos tranquilizantes — explicou Miles. — Chegamos rápido, derrubamos os mais fracos, afugentamos os outros. E aí arrastamos os corpos de volta para o Refúgio.

— Você faz parecer tão simples — disse Caren. — Sabemos que não é fácil assim. A maioria deles tem Choler. São perigosos.

Miles suspirou e olhou ao redor.

— É por isso que não podemos ficar adiando essa decisão. Talvez sejam necessárias várias tentativas para conseguir o que precisamos.

Carter balançou a cabeça.

— Merda.

— Enquanto isso, temos preocupações mais urgentes — continuou Miles. — Precisamos nos livrar dos fornecedores inúteis e dos outros corpos. Não podemos manter cadáveres aqui, principalmente se nossa imunidade vai ficar comprometida.

Todos assentiram. Os sobreviventes, mesmo depois de morrerem, ainda podiam transmitir o vírus por fluídos e sangue.

— Precisamos limpar tudo e colocá-los no incinerador o mais rápido possível. Vou deixar essa tarefa com você, Welland.

— Ah, cara — resmungou Welland. — São, tipo, umas quatro viagens.

— Exato — respondeu Miles, sem nenhuma solidariedade. — O que me leva ao próximo assunto. A questão da energia.

— Está mais para a questão da falta de energia — murmurou Caren.

— Exato — repetiu Miles.

Carter percebeu que ele estava ficando irritado. A irritação de Miles normalmente tinha uma relação direta com sua voz, que começava a soar como se alguém tivesse enfiado um punhado de ameixas no traseiro dele.

— As travas automáticas nas câmaras voltaram a funcionar. Por enquanto. Mas o sistema ainda está comprometido. A bateria e o gerador estão falhando. E Welland, pelo jeito, não está conseguindo consertar.

— Eu tentei, cara — resmungou Welland. — Não é minha culpa. Os dois geradores são um lixo.

— Precisamente.

— O quê?

— Precisamos substituir os dois.

— Só se eu tirar um do cu — reclamou Welland.

— Podemos resolver isso — disse Carter.

Miles deu uma risadinha.

— Eu sei, Welland. Mas a estação do teleférico tem bateria e gerador próprios, não tem?

— Bom, é verdade — respondeu Welland, devagar, como um bode sendo conduzido para uma armadilha.

— Então se conseguirmos transportá-los pra cá, pode ser uma solução para o nosso problema.

Welland estava com uma expressão apavorada.

— Mas a estação do teleférico fica a uns cinco quilômetros daqui. E no alto, cara. Com a minha asma...

Carter deu uma risada de deboche.

Miles abriu um sorriso mais discreto.

— Exato.

Uou. Terceira vez. Isso não era bom.

— Não estou sugerindo que você vá, Welland. Seria péssimo ganhar uma bateria e um gerador mas perder você no caminho. Você pode ensinar a gente a retirar os aparelhos. Carter e eu vamos lá pegar.

Carter sentiu o mundo ficar de cabeça para baixo e imaginou que seu rosto devia estar tão pálido quanto o de Welland.

— Vamos?

— Sim.

— Não estou querendo estragar o nosso passeio, mas já deu uma olhada lá fora? — Carter apontou com a cabeça para a janela enorme, já quase totalmente coberta de branco.

— O pior da tempestade vai passar hoje à noite — ponderou Miles. — Saímos amanhã bem cedinho.

— Se a gente conseguir cavar para abrir caminho na neve.

— Se for necessário.

Os olhos de Miles pareciam pedras de gelo. Carter sabia que não tinha como discutir quando ele falava naquele tom.

— E eu? — perguntou Caren. — Fico aqui e asso uns biscoitos?

— Alguém precisa vigiar o forte — explicou Miles. — E ficar de olho no Fornecedor 03.

Ela soltou um suspiro.

— Tudo bem.

Miles olhou para Carter.

— Tudo ok?

Não, pensou Carter. Não estava nada ok. Mas ele não podia explicar por quê, não na frente dos outros, e Miles sabia disso.

— Incrível — disse ele.

Carter tirou Dexter de seu colo no sofá, levantou e foi andando em direção às escadas.

— Onde você está indo? — perguntou Caren.

— Resgatar meu melhor amigo morto na porra da piscina.

A rede de piscina não era grande o suficiente. Tinha sido projetada para catar óculos escuros e coisas do tipo, não cadáveres.

O melhor que Carter pôde fazer foi mover Julia e Nate do fundo da piscina para a parte mais rasa. E foi difícil. Cadáveres sempre pesavam mais. E cadáveres vestidos com roupas encharcadas eram ainda mais pesados.

Carter já tinha tirado a camisa e estava coberto de suor, então tirou a calça e entrou na parte rasa da piscina para empurrá-los até a lateral. Escorou os corpos nos degraus. Então subiu e os puxou para a borda.

A pele dos dois estava branca — tão branca quanto a dos Assobiadores — e enrugada, chupada. Carter teve ânsia de vômito ao tocá-los. *Quando acontecia?*, pensou ele. Quando é que deixávamos de ser pessoas que os outros queriam tocar e abraçar e nos transformávamos naqueles invólucros repulsivos? Ou será que sempre tínhamos sido aquilo? Pedaços de carne trazidos à vida pela magia da varinha de algum mago. Talvez a morte não nos tirasse nada. Talvez apenas nos devolvesse ao nosso estado natural.

Ele olhou para os dois. Tinha mais alguma coisa errada. Não era só o fato de estarem mortos. Não só o fato de Nate estar com o topo da cabeça cortado. Era Julia.

Carter se agachou e levantou a camiseta dela. A água tinha lavado o sangue, e ele conseguia distinguir bem os três ferimentos separadamente. Profundos. Dentados. Feitos com uma lâmina comprida. Uma faca de pão ou de carne, era seu palpite.

Mas 01 não estava com uma faca.

Carter pensou que ele poderia ter jogado a arma em algum lugar. Podem ter deixado passar. Mas não estava na piscina. Não estava em Julia.

Ele fez uma careta e tentou imaginar a sequência de eventos: 01 escapa dos laboratórios, sobe pelo elevador. Será que encontrou Julia saindo do depósito, antes de subir para a sala de convivência? Se foi isso, como ela terminou na piscina e não tem sangue nenhum no hall de entrada? E se 01 tiver matado Julia antes de Nate, onde é que ele pegou a faca?

Ou será que ele foi direto lá para cima, atacou Nate, roubou uma faca e desceu para esfaquear Julia? *Não*, pensou Carter. Não daria tempo. Julia só tinha descido para pegar velas. Já teria subido e flagrado 01. Além do mais, por que roubar uma faca e golpear Julia se ele já estava com o cutelo? Não fazia sentido.

A não ser que 01 não tenha matado Julia.

— Carter?

Ele deu um pulo de susto e se levantou.

Miles estava parado na entrada na piscina. Olhou para os corpos.

— Está tudo bem?

— Além do óbvio?

— Sim.

Carter hesitou. *A faca. Julia.* Então balançou a cabeça.

— É uma merda. Tudo isso. É uma merda do caralho.

Miles assentiu.

— Mas a gente sempre soube que isso podia acontecer.

— Soube?

— É por isso que tínhamos um plano de contingência para conseguir novos fornecedores.

Carter olhou feio para ele.

— Pode parar de chamá-los assim?

— Como você prefere que eu me refira a eles? Assobiadores? Os infectados? Não faz diferença. O que eles *são*. O que eles *eram*. A única coisa que importa é o que podem fornecer. Você nunca teve problemas com isso antes.

— Era diferente.

Miles abriu um leve sorriso.

— Não era, não. Moral e eticamente é a mesma coisa. A única diferença é que agora seus sentimentos estão envolvidos.

Ele estava certo.

— Eu vi ela — disse Carter. — Na floresta.

Miles balançou a cabeça.

— *Não*. Você viu um fantasma... alguém ou alguma coisa que se parecia um pouco com ela.

— E se você estiver errado? E se ela sobreviveu e está lá fora?

Miles estalou a língua e retrucou:

— E daí? Você sabe o que ela vai ter se tornado. Sua preocupação é tocante, mas não muda nada.

Carter ficou olhando para ele e imaginando — não pela primeira vez — se teria coragem de matar Miles. Segurar aquela cabeça loira e arrogante debaixo d'água enquanto ele se debatia até o último suspiro.

Não tinha. Aquele homem salvara sua vida. Carter estava em dívida com ele. E, sem Miles, nenhum deles teria sobrevivido por tanto tempo.

— Carter — disse Miles, com firmeza —, Anya está morta.

Carter o encarou.

— Espero que sim. Espero mesmo.

HANNAH

ELES SE REVEZARAM PARA CAVAR O TÚNEL, seguindo as instruções de Josh. Ele estava cansado demais para fazer tudo sozinho. Precisaram trabalhar com rapidez e sem muito cuidado. Ficava cada vez mais escuro do lado de fora, e a pressão do tempo passando só aumentava. Menos de duas horas. Aqueles que não estavam cavando carregavam a neve para dentro do ônibus, onde ela derretia no chão.

Cavar o túnel era a melhor opção, pensou Hannah. Pelos menos esquentava um pouco. Já não havia qualquer resquício do aquecimento. Àquela altura, a iluminação era apenas um feixe fraco e trêmulo. Se conseguissem encontrar e se livrar da bomba, era à noite que viria o verdadeiro teste. Sem luz nem calor, estariam vulneráveis. O frio podia ser um assassino sorrateiro.

Ela se pegou olhando para o resto do grupo, analisando cada um deles. Josh cavava dentro do túnel. Era fisicamente forte e tinha a cabeça no lugar. Hannah não estava preocupada com ele. Nem com Lucas e seu pragmatismo ferrenho. Cassie podia ser meio ríspida, mas era durona. Daniel, ela não conseguia entender muito bem. O rapaz tinha se recolhido para os fundos do ônibus novamente para cuidar da irmã. Quando Peggy morresse — e isso ia acontecer, de um jeito ou de outro —, como ele iria lidar?

Naquele instante, o único com quem ela se preocupava era Ben. Ele tivera dificuldades na sua vez de cavar o túnel e estava aninhado num assento mais para o fundo. A respiração ofegante, os olhos meio fechados. Exaustão? Hipotermia? Ou infecção?

Hannah jogou uma pilha de neve no chão. Mesmo usando luvas, o frio penetrava em seus ossos. Ela baixou a voz e falou apenas para Cassie:

— Estou preocupada com o Ben.

Cassie ergueu o olhar.

— É, ele não parece muito bem, não.

As duas se olharam. Entre elas, aquela suspeita não dita.

— Vou pegar mais roupas para a gente lá atrás — disse Hannah. — Pode ser o frio. Ninguém deve deixar a temperatura do corpo cair muito.

Cassie assentiu.

— Quando for lá atrás, avisa ao Daniel que ele é o próximo no túnel, com ou sem irmã moribunda.

Hannah foi escalando os assentos retorcidos até chegar ao fundo. Daniel estava agachado ao lado de Peggy e despejava água por entre seus lábios ressecados. Um desperdício, Hannah não conseguia deixar de pensar. Dar água para ela não adiantaria nada. Era apenas menos água para os sobreviventes. De certa forma, tentar mantê-la viva era uma crueldade; talvez fosse melhor desistir e deixá-la descansar do que prolongar o inevitável.

Mas a questão é que Peggy não era irmã *dela*. Quando você ama alguém, tenta se agarrar à pessoa ao máximo porque desistir significa admitir que nunca mais vai poder abraçá-la. Poucos de nós estamos preparados para isso. Então ficamos apegados, mesmo quando o toque da Morte teria sido mais gentil.

Daniel olhou ao redor quando Hannah se aproximou.

— É minha vez, né?

— É.

— Pode ficar de olho na Peggy?

— Claro. — E aí, por se sentir na obrigação, Hannah indagou: — Como ela está?

Daniel examinou Hannah com os olhos azuis espertos. Nem um pouco lentos ou idiotas, ela lembrou a si mesma.

— Por que você não me diz? — pediu ele.

Mesmo sem querer, Hannah se agachou ao lado da menina. A pele estava viscosa, a respiração, entrecortada. A perna continuava péssima. Hannah conseguia sentir o cheiro de morte nela. Não era uma metáfora, nem exagero. Era mesmo possível sentir o cheiro de alguém que estava morrendo. Conforme o corpo ia falhando, emanava um odor singular de acetona. As mudanças no metabolismo afetavam o cheiro emanado pela respiração, pela pele e pelos fluidos corporais. Tudo fazia parte da química da deterioração do corpo.

Era um milagre que a garota ainda não tivesse morrido devido à perda de sangue. Embora talvez fosse por isso que sua consciência estivesse intermitente. Quando há pouco oxigênio, o corpo se concentra em desviá-lo para os órgãos mais vitais e nos manter vivos. A consciência não é necessária para a sobrevivência.

Hannah respirou fundo.

— Nada bem.

— Ela vai morrer, né?

— Acho que esse é o cenário mais provável.

Daniel engoliu em seco para conter as lágrimas.

— Bom, obrigado por não tentar me poupar. — Ele olhou para a irmã. — Nossos pais morreram jovens. Eu jurei que tomaria conta da Peggy pelo resto da vida. Irmão mais velho, sabe como é.

Hannah não sabia, mas assentiu assim mesmo.

— Sinto muito.

— Você tem irmãos ou irmãs?

— Não, sou filha única.

— Certo. Bom, então imagino que seus pais sejam loucos por você.

— Na verdade, não. Minha mãe se matou quando eu tinha dez anos, e meu pai está sempre ocupado com o trabalho. Estudei num colégio interno e depois vim para a Academia.

— Certo. Parece meio... frio.

— Nunca pensei muito nisso.

Mas era óbvio que tinha pensado. Ela se perguntava por que o pai não ia buscá-la nas férias, como os pais das outras crianças. Queria ter tido uma mãe que lhe enviasse lindos presentes decorados com laços de fita e bilhetinhos com corações desenhados (não que sua mãe tivesse feito isso alguma vez quando estava viva). Os presentes que seu pai lhe enviava eram sempre práticos e entediantes. Sempre assinava *P.G.* em vez de *Com amor, papai.* Apesar de ser um homem brilhante nas ciências e na medicina, ele nunca compreendera o conceito de amor. Era incapaz de entender algo que não podia dissecar ou colocar sob o microscópio.

Daniel ainda a encarava. A intensidade daqueles olhos azuis deixava Hannah desconfortável.

Ela sorriu de leve.

— Enfim, meu pai garantiu que eu tivesse a melhor educação.

— Bom, isso é o que importa, claro — comentou ele.

Antes que Hannah pudesse concluir se ele estava de brincadeira com a cara dela, Daniel se virou e deu um beijo na testa da irmã.

— Já volto, Peg.

Ela se viu constrangida diante daquele gesto. Era mesmo filha de seu pai. Desconfortável diante de afeição. Incapaz de amar.

— Com licença.

Daniel se levantou, desviou dela e foi caminhando devagar pelo ônibus.

Hannah se sentou e ficou olhando para a menina. Queria não ter concordado em ficar ali com ela. *Por que você não morre? Seria mais gentil*, pensou. Gentil com todo mundo. A presença de Peggy nos fundos do ônibus era uma distração. Era ruim para o ânimo geral. Se fosse num hospital, provavelmente alguma enfermeira já teria lhe injetado morfina, só o suficiente para facilitar sua partida. Mas eles não tinham remédios ali, nem mesmo paracetamol. Hannah olhou ao redor. Viu o monte de roupas. *É só pegar um casaco e segurar sobre a boca e o nariz dela.*

A voz do pai de novo. Mas talvez ele estivesse certo dessa vez.

Ela vai morrer mesmo. Além disso, quem vai descobrir?

Hannah estendeu a mão e pegou uma jaqueta forrada e bem pesada. Olhou lá para a frente do ônibus. Daniel já estava com os outros. Ninguém olhava para ela. Levaria poucos segundos. Ergueu o casaco sobre o rosto da menina.

— Sinto muito — mentiu.

Peggy abriu os olhos. Hannah tomou um susto.

A garota segurou o pulso de Hannah com uma das mãos. Abriu a boca.

— Você tem quem salvá-la.

Hannah fez uma careta ao sentir o cheiro que saía da boca de Peggy.

— Salvar quem?

Os olhos de Peggy encontraram os dela. O mesmo azul marcante dos olhos do irmão.

— Por favor. Tem que salvá-la.

De repente, do nada, a mão da menina se soltou. Os olhos se fecharam. Hannah ficou sentada, o coração acelerado.

Tem que salvá-la.

Um grito lá do outro lado do ônibus.

— Ele conseguiu!

Ela se virou. Daniel a encarava. Será que tinha visto? Será que havia entendido a intenção dela? Hannah apertou o casaco contra o peito antes de pegar mais algumas peças de roupa, como se estivesse fazendo isso desde o início. Sem olhar para ele, foi correndo se juntar aos outros.

— Você disse que Josh conseguiu? — perguntou ela.

— Sim — respondeu Lucas. — Está abrindo a saída para dar espaço para passar, mas sem colapsar o túnel.

Hannah espiou dentro do túnel. Só conseguia ver os pés de Josh e a luz fraca do celular que entregara de volta para ele — depois de apagar a mensagem. Óbvio que sair era apenas uma parte. Josh teria então que abrir o compartimento de bagagem, encontrar a bomba, levá-la para bem longe do ônibus e então rastejar de volta sem que o túnel colapsasse e o sufocasse lá embaixo.

Mesmo assim, as chances deles de sobreviverem tinham aumentado. Só um pouquinho.

— Por que todos nós não saímos?

A pergunta veio de Ben, que tinha se levantado do assento e encarava todo mundo, os braços ao redor do próprio corpo, os olhos inchados. Ele tossiu.

— Assim, por que estamos aqui dentro só esperando explodir em mil pedacinhos?

Era uma pergunta óbvia. E Hannah estava surpresa que ninguém a tivesse feito antes. Talvez porque não acreditassem de fato que Josh conseguiria cumprir a tarefa.

Lucas examinou Ben com cuidado.

— Você não parece muito bem, meu amigo. Como está se sentindo?

— Estou ótimo, e vocês não responderam à minha pergunta.

Ben não parecia nem soava ótimo. Estava pálido, trêmulo, e aquela agressividade nervosa era mais um sinal preocupante. Ou *sintoma*.

— Em primeiro lugar, meu amigo — Lucas sorriu —, quanto mais gente tentar passar pelo túnel, maior é a chance de ele colapsar e sufocar todo mundo.

Ben mexia os pés nervosamente.

— Eu sou mais magro que o Josh. Posso ir.

— Em segundo lugar — continuou Lucas, no mesmo tom de voz plácido e meio assustador —, a temperatura lá fora está caindo cada vez mais rápido. Está escuro. Há lobos e outros animais caçando. Josh está correndo um risco por nós. Estamos mais seguros aguardando aqui dentro.

— Não se o ônibus inteiro explodir.

— Vamos ver se Josh encontra a bomba — interveio Hannah, com firmeza. — Agora temos uma saída de emergência se precisarmos. Lucas está certo. Não vamos durar muito tempo lá fora.

— Não. — Ben balançou a cabeça. — Eu posso ajudar o Josh.

— Olha só, cara — começou Cassie —, eu sem dúvida sou do time dos que não querem explodir. Mas também não estou muito a fim de ser comida por lobos ou sufocada pela neve. Então por que não nos acalmamos e esperamos?

— Vão se foder! — gritou Ben. — Não vou ficar aqui esperando para morrer. Podem esperar aqui pelo funeral de vocês. Mas eu tô fora.

— Ben — disse Lucas. — Por favor, não faça isso.

— E quem vai me impedir?

Lucas soltou um suspiro. E então lhe deu um soco na cara.

Nenhuma mudança de expressão, nem uma mínima alteração na respiração. Como se fosse um lagarto colocando a língua para fora para capturar uma mosca. Hannah teria perdido o soco se tivesse piscado.

Ben cambaleou e caiu duro como uma pedra.

— Meu Deus! — Hannah olhou para Lucas e se agachou ao lado de Ben. Ele estava apagado. — Você apagou o cara.

— Essa era a intenção. Ele estava ficando irracional se mostrando um perigo para si mesmo e para a gente.

— Sem contar que estava chato pra caralho — acrescentou Cassie.

Hannah se levantou.

— Então violência é a solução?

Lucas olhou para ela, a expressão fria.

— Às vezes é a única solução.

— Pessoal. — A voz de Josh ecoou do fundo do túnel. — Vou sair. Mando um sinal pra vocês pela janela quando encontrar o dispositivo.

Lucas se abaixou.

— Boa, cara. — Olhou para os outros. — Sugiro que a gente se reúna na frente do ônibus para esperar.

Hannah olhou para ele de cara fechada.

— Vou colocar Ben em algum assento primeiro.

— Como quiser.

Lucas se virou e foi andando para a parte da frente do ônibus.

— Eu vou com o Rocky ali — disse Cassie, e foi atrás dele.

Hannah se abaixou e segurou Ben por baixo do braço. Ele era mais pesado do que ela imaginava. Peso morto.

— Aqui. Deixa eu ajudar — disse Daniel.

Juntos, levantaram Ben e o colocaram num dos assentos. Hannah checou a pulsação (errática) e levantou as pálpebras dele. As córneas já tinham adquirido um tom róseo. Se existia alguma dúvida antes, não mais. Ben estava infectado e sintomático. *Droga.*

— O que foi? — perguntou Daniel.

— Nada — respondeu rapidamente.

— Tem certeza? — Ele apontou com a cabeça para Ben. — Porque me parece que Ben está demonstrando sintomas típicos da infecção: febre, tosse, comportamento errático...

Ela suspirou.

— Pode ser.

Ele assentiu.

— Você já sabia, não é?

Não fazia sentido negar.

— A gente acha que alguns estudantes no ônibus estavam infectados quando embarcaram.

Ele levantou as sobrancelhas.

— Merda. — Depois olhou para ela com mais atenção. — *A gente?*

— Lucas e Cassie sabem.

— Entendi. E quando é que pretendiam compartilhar essa informação com todo mundo?

— Quando fosse necessário.

— Necessário? — Ele soltou uma risada brutal. — Antes ou depois de todos morrerem?

— Eu não quis causar pânico e piorar ainda mais a situação.

Ele a encarou.

— Então a probabilidade é que todo mundo esteja infectado a esta altura?

— Provavelmente sim.

Ele abriu um pequeno sorriso.

— Então talvez explodir em vários pedaços fosse uma opção melhor, afinal.

— Podemos dar sorte. Algumas pessoas são mais resistentes à infecção do que outras.

— Achei que só 2% das pessoas eram sortudas assim.

— Talvez hoje seja o nosso dia.

Daniel levantou as sobrancelhas de novo.

— Acha mesmo?

Eles se olharam. Depois começaram a sorrir. A maluquice absoluta e o horror daquela situação faziam aquilo.

— Não dá para ficar muito pior do que isso, não é? — disse Hannah.

— Às vezes a vida nos dá limões. Às vezes, diarreia.

— Vou me lembrar dessa.

— Era algo que Peg sempre dizia.

Ele parou. Pela primeira vez, falava dela no passado. Os sorrisos perderam a força.

— Sinto muito pela sua irmã — declarou Hannah. — Se tivesse algo que eu pudesse fazer...

— Eu sei. Não dá para salvar todo mundo, certo? — Ele fez uma pausa e então continuou: — Se você pudesse fazer algo, mas isso significasse que outra pessoa morreria, você faria?

— Bom, eu preferia que essa situação nunca acontecesse.

— Mas e se acontecesse?

Ela pensou a respeito. Havia histórias de hospitais que ficaram abarrotados pelos infectados. Médicos que foram obrigados a tomar decisões desse tipo.

— Meu pai já me disse que é importante não pensar nisso como uma questão de valor. Ninguém está dizendo que uma vida vale mais do que a outra. O negócio é determinar quem tem mais chances de sobreviver a longo prazo.

— Então jovens antes dos velhos.

— Às vezes. Mas não necessariamente. — Ela franziu a testa. — Por que está perguntando isso?

Daniel hesitou antes de responder.

— Acho que estou com a morte na cabeça. — Ele se ajeitou, esticou as costas. — Tudo bem. Vou lá ficar com a Peggy. Quero estar por perto quando... bom, você sabe.

Ela sabia. Mas aquela conversa tinha deixado Hannah com uma sensação estranha. *Tem que salvá-la.* Ela estava deixando passar alguma coisa. De novo. Balançou a cabeça. Então se virou e foi andando para a frente do ônibus.

Lucas estava no banco do motorista. Cassie de pé ao lado dele. A maior parte das janelas do lado esquerdo estava totalmente coberta de neve. De vez em quando, o ônibus rangia com o vento, mas fora isso parecia morto, mergulhado num silêncio sepulcral. Como se já estivessem sufocando aos poucos. O para-brisa oferecia alguma visibilidade. Mas o que viam era basicamente mais neve e a silhueta escura da floresta. O céu tinha cor de chumbo. O sol já estava bem mais para baixo da linha do horizonte. A lua emanava uma luz prateada e melancólica.

— Então agora esperamos — disse Lucas, com um sorriso fraco.

Hannah deu mais uma olhada para ele. Talvez estivesse enganada, mas achou ter captado uma nota de satisfação em sua voz. Como se parte dele estivesse *curtindo* o perigo da situação. Ela pensou mais uma vez sobre aquele soco direto e certeiro. Desferido com perfeição para deixar Ben inconsciente. O que Lucas estava estudando ali? Qual era sua história?

Houve um barulho e uma batida do lado esquerdo do ônibus.

— O compartimento de bagagem — disse Lucas. — Acho que ele abriu.

Hannah se pegou prendendo a respiração. Quanto tempo Josh levaria? Doze estudantes a bordo. Uma mala grande para cada um. Primeiro, ele tinha que encontrar a mala certa. Depois, se encontrasse o dispositivo, tinha que levá-lo para o mais longe possível do ônibus.

— Que horas são? — perguntou a Lucas.

— Sete e quarenta e nove.

Ela sentiu a tensão corroer seus ossos junto ao frio. E se ele não encontrasse? E se a estimativa de tempo deles estivesse errada? Qualquer segundo poderia ser o último.

Para com isso, Hannah. Está se permitindo entrar em pânico. Concentre-se no que pode ser feito. Não em hipóteses.

Mais batidas e barulhos na parte de baixo do ônibus. Ela queria perguntar de novo a Lucas que horas eram. Mas sabia que não fazia diferença. O tempo virava um sádico em situações como essa. Arrastava-se, esticava os segundos e minutos só para torturá-los.

— De repente a gente podia jogar adedanha — sugeriu Cassie. — Algo que estamos vendo e comece com a letra "n".

— Neve — disse Hannah automaticamente.

— Muito fácil, né?

— Olha lá! — Lucas apontou para fora da janela.

Um vulto surgiu no campo de visão deles. Josh. Ele segurava algo. Um dispositivo pequeno e retangular. A bomba.

— Ele conseguiu! — gritou Cassie. — Caralho!

Só precisa se livrar dela, pensou Hannah.

— Cuidado, amigo — sussurrou Lucas.

Josh fez um gesto na direção da floresta.

— Joga fora, cara — murmurou Cassie. — Se livra disso.

Josh esticou o braço para trás e lançou a bomba como se fosse uma bola de rúgbi. O dispositivo voou em direção à floresta.

Eles esperaram.

Cassie levantou uma sobrancelha.

— Bom, isso foi meio anticlimá...

O *BUM* tirou os pés de todo mundo do chão. O céu ficou iluminado de laranja e pareceu pegar fogo por um momento. O ônibus sacudiu, rangeu e se inclinou, ficando ainda mais enterrado na lateral. Hannah cambaleou e teve que agarrar um dos assentos para não cair. Cassie tropeçou para trás e quase caiu sobre a pilha de cadáveres.

— Porra, cara!

Lucas segurava com força o volante. Lá de trás, Hannah ouviu Daniel gritar e xingar. Se foi o impacto ou o temporizador que acionou a bomba, uma coisa era certa: aquilo não era um trote.

— Todo mundo está bem? — perguntou Hannah.

— Maravilha — murmurou Cassie.

Lucas assentiu.

— Nós demos sorte. Foi por um triz.

— E o Josh? — perguntou Hannah.

Eles olharam para fora da janela. Só conseguiam enxergar a silhueta de Josh, deitado na neve. Vivo? Morto? Então a silhueta se mexeu e começou a levantar, vacilante. *Graças a Deus.*

Josh espanou um tanto de neve do corpo e acenou para eles, emoldurado pelas chamas alaranjadas que já se espalhavam pela floresta. Hannah sentiu um aperto no coração. Havia animais na floresta. Torceu para a neve enfraquecer o fogo e ele não se alastrar.

Josh fez um gesto com a mão indicando que ia dar a volta no ônibus. Hannah se deu conta de que o veículo tinha mudado de posição; o túnel provavelmente já havia colapsado. Josh precisaria cavar tudo de novo para voltar. Mas imediatamente essa preocupação foi substituída por outra maior.

Um rugido ecoou da floresta. Brutal, agonizante. Algo se mexeu no canto de sua visão e então emergiu das sombras das árvores em chamas; algo enorme, preto e laranja.

Havia animais na floresta.

Um urso — pardo, pelo formato e tamanho — caminhava devagar sobre a neve. Seu pelo estava queimado e escurecido, uma das patas em chamas. A fera sacolejava a cabeça de um lado para outro. Os rugidos reverberavam em todo o ônibus. Agonia, medo, fúria. Uma combinação perigosa.

Josh o encarou. *Nada de movimentos bruscos*, pensou Hannah. *Fique calmo. Saia daí devagar*. Mas, à medida que o urso se aproximava, Josh foi enfiando a mão no bolso. O celular, Hannah se deu conta. O alarme. *Não. Não vai funcionar com o urso. Ele está machucado, é imprevisível. Não seja hostil com ele.*

— *Nein* — sussurrou Lucas, fazendo coro aos pensamentos de Hannah.

Tarde demais. A sirene começou a tocar. O urso sacudiu ainda mais a cabeça, rugiu de novo e então ficou de pé sobre as patas traseiras.

— Isso não é bom — disse Cassie.

Quase tão repentinamente quanto, o alarme parou. A bateria devia ter acabado. O urso voltou a ficar de quatro. Josh ainda tinha uma chance. *Não corra,* Hannah implorou silenciosamente. A pior coisa a fazer é correr. Ursos são rápidos e é impossível vencê-los numa corrida. Josh tinha irritado o animal, mas ainda podia evitar um ataque. *Deita na neve,* ela entoou silenciosamente. *Você fez treinamento de sobrevivência. Deita, porra.*

Josh se virou e correu.

Merda.

O urso avançou. Mesmo distante e com a pata machucada, alcançou Josh em questão de segundos. Com apenas um golpe da pata gigante, Josh caiu de joelhos. Ele tentou rastejar para longe. Um segundo golpe quase arrancou a parte de trás de sua cabeça. O sangue esguichou. Josh caiu para a frente sobre a neve.

— Meu Deus! — disse Cassie, chocada.

O urso foi para cima de Josh, estripando e dilacerando tudo. A escuridão que avançava os protegeu de assistir ao pior. Mas ainda conseguiam ouvir os gritos. Berros de agonia e urros de fúria. Quando o urso jogou a cabeça para trás, Hannah viu os tubos vermelhos e cinzentos dos intestinos em meio aos dentes. Sob a luz do fogo que já ia se apagando, a neve ensanguentada parecia negra.

Hannah virou de costas...

— Vocês deveriam ter me deixado ir com ele.

... e quase deu um grito. Um vulto pálido e magro estava atrás dela. Sob a luz fraca, sua pele era translúcida e os olhos de um vermelho macabro, um deles inchado e meio fechado por conta do soco de Lucas.

— B-Ben — gaguejou Hannah.

Ele olhou por cima da cabeça dela e então tossiu.

— Deveriam ter me deixado ir com ele.

Lucas se virou.

— Aí você também teria morrido, meu amigo.

Os lábios de Ben recuaram sobre os dentes, numa espécie de rosnado.

— Não sou seu amigo porra nenhuma e já estou morto mesmo. Olha pra mim. — Ele cambaleou e segurou um assento para se equilibrar. — Estou infectado.

— Está.

— Você sabia.

— A gente suspeitava que havia alguém infectado a bordo — respondeu Lucas.

Ben começou a rir, uma risada crua, cortante. Sua respiração emitia um chiado horrível. Por um momento, Hannah quis que ele tivesse ido com Josh. Era melhor que os dois estivessem mortos lá fora do que isso ali dentro.

— Bom, agora vocês *todos* são zumbis moribundos também. — Ben cuspiu. — O que acha disso, seu nazi de merda?

Ele abriu um sorrisinho e então caiu no chão. Instintivamente, Hannah tentou ajudá-lo.

Lucas segurou seu braço.

— Não se exponha ainda mais. Deixa ele aí.

— No chão?

— Não podemos fazer nada por ele.

— Posso pegar um casaco ou água pra ele.

— Por quê? Ele vai morrer em breve. A infecção está avançando rápido. Estaria desperdiçando recursos.

Hannah balançou a cabeça. Mas, pensando bem, ela não tivera a mesma opinião em relação a Peggy?

— Você parece meu pai falando — disse ela.

— *Danke.*

— Não foi um elogio.

— Eu sei. — Lucas olhou para o corpo jogado de Ben e passou por cima. — A gente deveria descansar. Já está quase escuro. Precisamos poupar energia.

— Você quer que a gente durma? — perguntou Cassie, incrédula. — Ben está morrendo e acabamos de assistir à porra de um urso arrancando as tripas do Josh!

Lucas suspirou.

— A morte do Josh é uma pena. Mas ele cumpriu seu propósito. Ele se livrou da bomba. O importante é que *nós* estamos vivos. — Ele sorriu. — *Zur Zeit.*

E então se virou e foi para os fundos do ônibus.

Hannah ficou olhando para ele. Seu alemão era meio rudimentar, mas ela compreendia alguma coisa.

Zur Zeit.

Por enquanto.

MEG

— **ME EMPURRA MAIS ALTO, MAMÃE.** Mais alto!

O sol estava quente em suas costas. *Deveria ter passado mais protetor solar*, pensou ela.

Lily usava um chapéu, um lindo vestidinho de verão amarelo e suas sandálias cor-de-rosa novas. O cabelo cacheado estava preso em duas marias-chiquinhas.

— Mais alto, mamãe.

— Não posso empurrar mais alto, senão você vai cair.

— Mais alto.

A filha de Meg era uma espoleta. Tinha apenas seis anos, mas era totalmente destemida, porque o medo é algo que se aprende, se herda. Lily se balançava nas barras suspensas, escalava o escorregador, pulava de cima do trepa-trepa. *Mais alto, mais alto*. Depois, Meg se perguntaria se Lily sempre tentara chegar até os céus, mesmo quando estava viva.

Era um dia perfeito de verão — será que era mesmo? Aquilo tinha acontecido? Houvera um dia perfeito de verão no período em que Lily estava viva? Às vezes era difícil lembrar. A coisas já tinham começado a se transformar. Mudar. Novas regras. Um novo jeito de viver. Mas ela achava que, naquela época, todo mundo ainda acreditava que a vida voltaria ao normal. Ou viveriam um novo normal, pelo menos. Aquilo era só um pequeno solavanco. Um buraco na estrada. A ciência os salvaria. Sem dúvidas. E todos se apegaram àquela ideia, numa fé tão cega quanto a dos fanáticos religiosos. Haveria uma cura ou uma vacina, e então a humanidade poderia voltar à rotina normal de consumo, guerra e destruição, acabando com o planeta sem se importar com as futuras gerações, enquanto os ricos faziam viagens para o espaço e os pobres imploravam por comida. Normal.

Meg estendeu a mão para o balanço, mas ele estava vazio. Ela franziu a testa.

— Lily?

Não estava vendo a filha.

— Lily?

Ela saiu correndo pelo portão. Um cartaz dizia FECHADO DEVIDO ÀS RESTRIÇÕES GOVERNAMENTAIS. Meg olhou para trás. O parquinho estava abandonado, os balanços amarrados na grade, o escorregador tão enferrujado que ficou marrom, o gira-gira todo descascado e podre. Já não havia sol. Nuvens de tempestade se amontoavam no céu.

Ela sentiu um arrepio e chamou mais uma vez o nome de Lily, embora em seu âmago soubesse que a filha se fora. Já tinha morrido havia anos. Era só mais uma miragem, a mente de Meg pregando peças e evocando memórias que não eram reais. Um passado feliz e falso, porque na realidade as coisas já vinham se desfazendo.

Eles disseram que as crianças estariam seguras, mesmo quando o vírus se espalhou. Mesmo quando as variantes surgiram. Mesmo quando ficou claro que as vacinas tradicionais não funcionavam. Mas eles mentiram. Mentiram sobre tudo. E aí Lily ficou doente e foi levada para o hospital. E ela devia ter sobrevivido. *Teria* sobrevivido se o hospital tivesse camas, enfermeiros e equipamentos suficientes. Mas eles não tinham, e, embora Meg estivesse disposta a arrancar a máscara de oxigênio de algum octogenário se aquilo fosse salvar a filha, não podia, porque todos os outros doentes também eram jovens. Tinham dito que os mais novos não morreriam. Mentiras. Tantas mentiras.

Meg abriu o portão, voltou para o parquinho abandonado e se sentou num banco velho. Só que não era mais o parquinho, era o Jardim das Lembranças, no crematório onde ela enterrara as cinzas de Lily. Uma pequena lápide branca marcava o local onde todos os sonhos e esperanças de Meg descansavam. *Filha amada. Para sempre em nossos corações e memórias. Você iluminou nossas vidas, e sua luz nunca vai se apagar.*

O diretor funerário tinha escolhido a mensagem, porque Meg não conseguira encontrar as palavras certas. Não havia palavras certas. Nada era suficiente e tudo era exagerado. Tentar resumir seu amor e sua perda em algumas poucas palavras era impossível. A única coisa que ela se lembrava de ter resmungado foi: "Só não mencione a porra de Deus. Se Deus existir, ele é um filho da puta."

Havia três pessoas no funeral. Apenas família e parceiros eram permitidos, e Meg não tinha família. Perdera a mãe aos dezessete anos, e o pai biológico de Lily já tinha morrido, então restavam apenas Paul (que já estava prestes a virar ex) e sua avó, que tinha demência em estágio avançado e passou a maior parte do enterro perguntando onde estava Lily e quem estava cuidado dela enquanto cremavam o vovô.

Meg olhou para a lápide. As datas estavam erradas, pensou. Não podiam ter se passado sete anos desde a morte da filha. Como aquilo era possível? Lily não podia estar morta há mais tempo do que passou viva. Apenas seis anos. Seis anos curtos e preciosos. Um piscar de olhos. Um nada. Um prólogo. O restante de sua história para sempre desconhecido, sem ser escrito. Como é que o tempo podia ser tão implacável? *Não dá para parar. Tem que seguir em frente. Muita coisa para atropelar, esmagar, destruir.* Deixou Meg para trás com nada além de memórias. E mesmo essas eram falhas e falsas.

Quando o mundo começou a acabar, não com uma explosão ou uma lamúria, mas com um chiado lento, um assobio, Meg não se importou. Assistira ao noticiário de dentro de um casulo entorpecido pelo luto e pela medicação. À medida que as infecções se espalhavam e a sociedade desmoronava, a princípio devagar e depois em plena queda livre, ela mal levantara uma sobrancelha. O mundo dela já tinha sido destruído. As outras pessoas estavam apenas indo atrás.

Ela se sentiu cansada e então se deitou no banco. Dormia com frequência no Jardim das Lembranças depois de escalar a cerca e beber vodca até desmaiar. Fechava os olhos e imaginava sentir o corpinho quente da filha. Abraçava-a forte e prometia que dessa vez não a deixaria ir...

O banco sacudiu. Um solavanco. Meg rolou para o lado. Abriu os olhos.

Onde ela estava?

Num lugar frio. Escuro. Apertado.

E então ela se lembrou. Estavam deitados no chão da cabine de teleférico, tentando dormir. Amontoados todos juntos para compartilhar o calor do corpo. Ela estava aninhada nas costas de Sarah. Outro corpo, que ela achava ser de Max, estava deitado do outro lado e roncava suavemente.

Provavelmente ainda não era tão tarde. Não tinham relógios nem uma noção real do tempo. Mas a escuridão chegara e, como animais, eles começaram a bocejar, à medida que a luz do dia ia embora, tomados pela exaustão. Talvez não fosse só isso. Provavelmente ainda tinham resquícios do sedativo em sua corrente sanguínea. E havia outra possibilidade: privação de oxigênio. O teleférico não era hermeticamente fechado, e eles podiam abrir o alçapão. Mas ainda assim era um espaço pequeno, e o ar naquela altitude era mais rarefeito de qualquer forma. Era algo para se levar em consideração.

Agora que estava acordada, Meg sentia o frio se infiltrar novamente, a fumacinha da respiração no ar. Sem aquecimento, a temperatura caíra muito depressa. A escuridão era quase total também, exceto por um luar tênue por entre as nuvens, que formava contornos aleatórios. Foi quando ela se deu conta de algo. Sean não estava aninhado dormindo com eles. Ela se virou.

Ele estava sentado no banco do outro lado da cabine, olhando pelos vidros cobertos de neve. Enquanto Meg se levantava, ele a encarou.

— Oi — disse ele, quase num sussurro.

— Oi.

Ela foi até lá, se sentou ao lado dele e abraçou o próprio corpo.

— Não conseguiu dormir? — perguntou ele.

— Não é a melhor das circunstâncias.

— Não.

Ele a olhou com mais atenção.

— Você está chorando.

— Ah. — Ela esfregou os olhos molhados e fungou. — Foi só um sonho ruim.

— Sobre o quê?

Ela hesitou e então respondeu.

— Minha filha, Lily.

— Você tem uma filha? De quantos anos?

— Ela tinha seis quando morreu.

— Ah, sinto muito.

— Tudo bem.

— Foi o vírus?

— Em parte. Parte foi falta de cuidados médicos, equipamentos, pessoal. Era para ela ter sobrevivido.

Ele assentiu.

— As massas sofrem e morrem, enquanto a elite paga por serviços privados e sobrevive.

— Como sempre foi — disse ela, com amargor. — Falam que é impossível dizer quanto vale uma vida, mas eles fazem isso o tempo inteiro. Eu ficava me martirizando, pensando que se Lily tivesse nascido numa família mais rica, talvez ainda estivesse aqui.

— Pois é. — Ele fez uma pausa. — Sei como se sente.

— Você perdeu alguém?

— Não era um filho, mas... alguém que eu amava. Muito.

— Sinto muito.

— Sempre jurei que ia protegê-la, mas não consegui. Ela era tudo que eu tinha.

Meg assentiu.

— Lily era minha única filha.

— O pai não era presente?

— Ele morreu num acidente de moto.

— Entendi.

— Houve outra pessoa durante um tempo, mas não deu certo. Minha filha sempre veio em primeiro lugar. Ela era o meu mundo. — Meg engoliu em seco. — E aí meu mundo acabou.

— Acho que o apocalipse não é grande coisa para você.

— Não mesmo.

— Não consigo imaginar como é perder um filho. Você deve ser forte por conseguir seguir em frente.

Meg abriu um sorriso amargo.

— Não. Sou egoísta.

— Egoísta?

— Para que continuar vivendo se Lily está morta? Para que acordar e ver o sol brilhar se ela não pode fazer isso? E ela está sozinha. Sempre jurei que nunca a deixaria. — Ela fez uma pausa, o nó começando a se formar na garganta. — Foi por isso que tentei me matar. Mais de uma vez.

— Eu te entendo.

Ela soltou uma pequena risada.

— Obrigada. Em geral as pessoas me dizem que há muitos motivos para viver.

— Sério?

— Pois é. Será que já deram uma olhadinha no mundo lá fora?

Os dois sorriram. *Ele entendeu*, pensou Meg. Quanto mais profundas as feridas, mais ácido o humor.

— Eu pensei em me matar — contou Sean. — Mas não consegui.

— Por quê?

— Sem mim, não haveria ninguém para lembrar o quanto ela era especial. Nem fazer justiça por ela.

— Justiça? — Ela olhou para ele, surpresa. — Alguém a matou?

— Isso. — Ele assentiu. — E quando eu encontrar essa pessoa, ela vai pagar.

Mesmo na escuridão, Meg achou ter visto uma expressão sombria no rosto dele.

— E isso vai fazer você se sentir melhor? — perguntou ela.

Ele sorriu de leve.

— Eu te conto quando chegar a hora.

Os dois ficaram em silêncio por um momento, olhando para os pedaços de céu estrelado em meio à neve.

— Parece que a tempestade está diminuindo — observou Meg.

— Pois é.

— Acha que vamos conseguir sair daqui?

— Temos que sair — respondeu ele, a voz firme de repente. — Não cheguei tão longe para morrer aqui em cima.

— Talvez seja o que a gente merece — disse Meg. — Goste ou não, acobertamos um assassinato e ajudamos e apoiamos um segundo. O fato de ninguém se importar com isso provavelmente diz algo sobre todos nós.

— Eles eram estranhos — respondeu Sean. — Estamos todos tão acostumados com a morte que é difícil encontrar energia para nos importar com as pessoas que não conhecemos.

Só que ela *conhecera* Paul. Um dia. Em todos os sentidos da palavra. Então o que isso dizia sobre ela?

— Você acha que Karl matou o segurança? — perguntou Meg.

— Não sei. Talvez.

— Eu vi quando Sarah o empurrou.

— Talvez você tenha visto, mas ela nunca vai admitir, nem para ela mesma.

Ele estava certo, pensou Meg. As maiores mentiras são as que contamos a nós mesmos.

— Eu não gosto dela — confessou Meg.

— Nossa, você jura? Mas eu concordo, ela é estranha mesmo.

— Ela é professora.

— Bom, essa é a história que ela conta.

— Você não acredita?

— Acredito tanto quanto em todos vocês.

— Ótimo. Valeu.

— Quer dizer, todos nós estamos escondendo coisas. Tudo bem. É o que as pessoas fazem. Mas Sarah... — Ele balançou a cabeça. — Tem algo a mais. Aquela afetação, as mudanças de humor. Você viu o crucifixo?

— É difícil não ver. Ela está sempre mexendo naquela merda.

— Não sou um grande fã de religião.

— Deus deixou minha filha morrer. Ele que se foda.

— É justo. Talvez Sarah seja apenas *religiosa*. Mas conheço muita gente que encontrou Deus depois que deixou de lado a garrafa.

— AA?

— É. — Ele fez uma pausa. — Mas muita gente tem recaídas e precisa voltar para os trilhos.

Ele estava certo. E aquilo talvez explicasse muita coisa. Nossa. Será que a maldita mulher estava no meio de alguma espécie de abstinência?

— A gente deveria ficar de olho nela — sugeriu Meg.

— Concordo.

Meg pensou um pouco.

— E o que a sua intuição diz sobre Max?

— Acho que ele é mesmo advogado. Acho que ele foi preso por algo pior do que está nos falando. Em geral, as pessoas não são mais presas por cometer um primeiro crime hoje em dia, muito menos uma coisa leve assim. Eu não confiaria nele para ser meu advogado. Mas acho que em geral ele foi bem honesto com a gente.

— E eu?

— Você? Bom, você é difícil de desvendar. E teve que ser, agora entendo por quê. Sem dúvida você é ex-policial... — Ele olhou para ela com atenção. — Mas acho que está entre os mocinhos.

— Obrigada. — Ela o estudou com mais atenção. — E você? É um dos mocinhos?

— Eu pensava que sim. — Ele deu de ombros. — Mas as pessoas mudam.

Um momento de silêncio.

— Acho que o assassino ainda está a bordo — disse Meg, surpresa por falar aquilo em voz alta.

Sean assentiu.

— Acho que está certa.

Os dois se olharam.

— O que vamos fazer a respeito? — perguntou ele.

Ela se virou para o outro lado.

— Eu te conto quando chegar a hora.

CARTER

ELE A SALVOU CENTENAS DE VEZES.

E a perdeu em outras centenas.

O final é sempre o mesmo.

Ele acorda chorando.

E então ouve a bebê.

O corredor está escuro. Ele avança cambaleando, escorregando. O chão está coberto de gelo. A neve entra pelas janelas em algum lugar acima. Há uma tempestade uivando lá fora.

A recém-nascida chora do lado de dentro.

Ele caminha na direção do som, tenta ir rápido, mas seus pés escorregam. Ele parece não se aproximar nunca, não importa o quanto tente.

Lá no fundo, percebe que é um sonho. A bebê está segura. Já não é mais uma bebê. Ela cresceu. Uma adolescente. E é o motivo pelo qual ele segue roubando plasma e remédios para enviar a um endereço numa cidade de subúrbio, onde a imagina pegando um ônibus amarelo para ir à escola e se balançando num pneu no jardim dos fundos de sua casa com cercas brancas.

Ele nunca viu a casa dela. Nem sabe se os pacotes estão chegando lá. Mas ainda assim tenta. Porque não pode perdê-la. Não ela também.

Os pés finalmente se estabilizam. Ele anda pelo corredor e entra num quarto.

É pequeno e parece estar se movendo, sacudindo de um lado para o outro.

No canto há um berço. Ele balança junto ao quarto.

Nana, neném.

E então ele tropeça. A bebê cai do berço, de cara no chão. O choro fica mais alto. Ele tenta chegar perto, mas o movimento do quarto o desequilibra, e ele quase cai.

Nesse momento, ele percebe que o choro mudou. Não é mais aquele grito de bebê que vem da garganta. É um som diferente. Ofegante, chiado... A bebê engatinha na direção dele. E está pálida, muito pálida. E toda vez que respira, emite um som. Um assobio.

Em vez que correr na direção dela, ele começa a recuar. Mas a porta sumiu. Ele está preso contra uma parede de vidro, enquanto a tempestade cai lá fora com toda a fúria.

A bebê olha para cima.

Ele grita... o vidro quebra e ele cai em meio à escuridão.

Merda. A mesma coisa. Toda vez.

Carter se sentou. Por um momento, fica um tanto desorientado.

Estava em seu quarto, na cama. Deitado sobre as cobertas. Ainda não estava escuro lá fora, mas, depois dos acontecimentos do dia, ele precisara descansar.

O quarto dele era bem nos fundos do Refúgio. Em vez da vista panorâmica das pistas, dava para o paredão da montanha que ficava atrás deles. Completamente branco. Carter não se importava, não precisava de uma vista bonita. Não precisava de um lembrete de que o resto do mundo continuava lá fora. Respirando por aparelhos, mas ainda vivo.

Eles tinham guardado os cadáveres no porão. Era mais frio lá embaixo. E, embora ninguém tivesse dito isto: o que os olhos não veem, o coração não sente. De manhã, Welland os levaria, um a um, para o incinerador. Sem cerimônias. Sem orações. Sem despedidas finais.

Nenhum deles era religioso, mas às vezes Carter *sentia* falta dessas coisas; daqueles pequenos rituais a que nos apegávamos para nos enganar de que éramos mais do que macacos evoluídos que aprenderam a amarrar o sapato. Naqueles dias, a morte fora escancarada, nua e crua, como o que era de verdade. Um fim. Quase sempre brutal, quase nunca justo, raramente gentil.

Carter e a irmã haviam perdido os pais ainda jovens. Se bem que, para falar a verdade, o pai não tinha sido exatamente uma perda. Era um bêbado desagradável que ia e vinha de suas vidas até que um dia sumiu para sempre, flutuando num rio depois de uma briga do lado de fora de um bar. A mãe teve dificuldade de lidar com a morte do marido e, um ano depois, se enforcou no quarto. Carter encontrou o corpo. Ele tinha nove anos.

Depois disso, Carter e a irmã foram morar com os avós. Eles eram pobres, trabalhadores e nada afetuosos. Não estavam esperando ter que cuidar de crianças àquela idade, e deixaram bem claro que estavam fazendo aquilo mais por obrigação do que por amor. Queriam que os irmãos ajudassem na loja que administravam, fizessem tarefas domésticas, não atrapalhassem quando os amigos deles fossem em casa jogar pôquer e, de modo geral, que não fossem um fardo.

Carter logo se rebelou, mas a irmã preferiu se sujeitar. Se ela conseguisse trabalhar mais, sorrir com mais entusiasmo, ser mais gentil e solícita, talvez recebesse o amor que, ela tinha certeza, os avós haviam guardado em algum lugar lá no fundo.

A irmã dele estava errada. Mas ela era assim, via o melhor nas pessoas. Achava que o amor podia transformá-las. Enquanto ele se preparava para os trovões, ela aguardava o arco-íris.

Mas ela também estava morta. De um jeito brutal, injusto e nada gentil.

Carter colocou os pés para fora da cama, sentou e observou o ambiente, o que não levou muito tempo. Até aqueles quartos, que costumavam ser dos funcionários, eram pequenos e impessoais. Em tons de cinza e branco. Na verdade, não eram muito diferentes dos alojamentos e das câmaras de isolamento. Todos ali eram prisioneiros de alguma forma.

A única diferença em seu quarto/cela era a pequena caminha de cachorro num dos cantos. Dexter olhava para ele de lá, sonolento. Balançou o rabo peludo algumas vezes enquanto Carter se levantava e alongava, e então soltou um longo bocejo canino, fechou os olhos e virou de lado. Dexter tinha sido de um dos funcionários, Carter não sabia qual. Agora, o cachorro considerava Carter seu dono. Os cachorros não são nada leais como a gente finge que são. Na verdade, os humanos são todos iguais para eles, apenas uma massa disforme e sem pelos.

Carter andou de um lado para outro, tentando apaziguar a câimbra que sentira nos músculos depois da caminhada montanha acima. Aquilo parecia ter acontecido havia dias, não horas. Apesar da falta de luz na sala de convivência, as coisas pelo menos voltaram a se estabilizar. O gerador estava funcionando. Por enquanto. No entanto, se não conseguissem resolver as quedas de energia, isso não iria durar. Welland acreditava que tinham combustível para mais ou menos um mês, "dependendo". Dependendo *do quê*? Essa era a questão.

Enquanto isso, Carter tinha outras coisas em mente. Coisas que não queria em sua mente. Coisas que queria bem longe de sua mente. Julia, para começar. E a faca, ou a falta dela. Ainda o incomodava. Não estava na piscina. Nem no Refúgio.

Nem com 01. Então, se não tinha sido ele, quem a esfaqueara? E, mais especificamente, por que Carter não falara disso com Miles?

Miles era quem estava no comando. O autoproclamado líder. Mas Miles tinha os próprios segredos. Carter o conhecia melhor do que os outros, mas ainda assim não era muita coisa. O que sabia: Miles tinha uma formação médica/científica. Era capaz de perpetrar violências extremas sem qualquer remorso. E gostava de assumir o controle. Em sua vida anterior, poderia ter sido algo entre um assassino em série e um líder mundial.

Na verdade, Carter não achava que Miles tinha matado Julia. Teria sido um ato descuidado demais para ele. Por outro lado, não conseguia pensar em nenhuma *outra* pessoa que poderia ter feito isso. Então, confessar que alimentava suspeitas a respeito da morte dela para Miles parecia uma jogada ruim.

E ainda havia Jackson.

Carter mal tinha dado atenção para o cara ao longo dos três anos em que vivera no Refúgio. Mas, de repente, Jackson não saía de sua cabeça.

Carter sabia que não era ele quem estava roubando o plasma.

Então por que, afinal, ele deixara o Refúgio? Por que estava fugindo?

Tinha que haver outro motivo.

Em geral, Carter se situava na fronteira nebulosa entre se importar bem pouco com qualquer outra pessoa e não dar a mínima para qualquer outra pessoa.

Mas isso era quando as coisas não afetavam o seu próprio *status quo*. A descoberta do roubo por Miles e a morte de Jackson lhe causaram um problema. E dos grandes. *Não* roubar o plasma não era uma opção. Mas ser descoberto também não era.

A insistência de Miles naquela caminhada até a estação do teleférico — só os dois — só exacerbava o já crescente desconforto de Carter. E isso sem falar no plano de Miles para adquirir novos fornecedores. De repente, em menos de vinte e quatro horas, tudo parecia ter virado de cabeça para baixo, ficado fora de controle. Carter daria tudo por uns instantes de puro tédio naquele momento.

Entrou no pequeno banheiro, usou o sanitário e jogou água no rosto. Então passou pelo quarto e saiu para o corredor. Ouviu o tac-tac das patinhas atrás dele. Dexter estava de pé, a expressão ansiosa. Carter parou um pouco. Podia descer, fazer algo para comer, beber uma cerveja. Ou... ele se virou e olhou para os outros quartos que ficavam no corredor. O de Jackson era o número 6.

Parou para refletir. As pessoas sempre acham que querem saber das coisas. Segredos. Respostas. Mas, na verdade, tem muita coisa que é melhor não saber.

Se os seres humanos não tivessem investido tanto nessa busca por conhecimento, talvez não estivessem tão fodidos quanto estavam. Nem todo conhecimento era bom. E até mesmo as coisas que *eram* boas nem sempre caíam nas mãos certas. Colocar uma quantidade absurda de conhecimento nas mãos de um idiota foi o que fez o mundo implodir.

No entanto, provando mais uma vez o quanto estava disposto a não seguir a própria linha de raciocínio, ele foi andando pelo corredor rumo ao quarto de Jackson. Dexter foi atrás. Na porta, Carter se virou para ele.

— Fica aí, Dexter.

Dexter normalmente tinha uma habilidade impressionante de ignorar os comandos mais corriqueiros. Carter se perguntou se o cachorro tinha sido treinado em outra língua, mas depois concluiu que era só um merdinha teimoso. De qualquer forma, dessa vez Dexter se sentou e esperou, os olhos curiosos voltados para Carter.

— Eu sei. Provavelmente é uma má ideia, não é?

Dexter pendeu a cabeça para um lado, depois se virou e começou a lamber as próprias bolas. Carter balançou a cabeça.

— E se eu conseguisse fazer isso, provavelmente não estaria aqui agora, cara.

Ele empurrou a porta. Não estava trancada. Ao entrar, Carter se deu conta de que Miles provavelmente já tinha revistado o quarto. Nesse caso, era muito improvável encontrar algo que Miles tivesse deixado passar. Mas, ainda assim, Carter sentiu vontade de tentar.

O quarto de Jackson parecia o dele. Mas não tinha o mesmo cheiro. Aquele quarto tinha cheiro de frescor, de limpeza. A cama estava perfeitamente arrumada. Um relógio digital e o Fitbit estavam dispostos de maneira ordenada na mesa de cabeceira. Pela pouca atenção que Carter dispensara a ele, Jackson sempre lhe parecera um indivíduo disciplinado. Controlado, comedido, calmo. E não alguém propenso a atitudes impulsivas ou irracionais. Então o que andara fazendo? Por que tinha fugido do Refúgio? Para onde achava que ia?

Carter vagou pelo quarto e examinou os lugares mais óbvios, embora a) fossem óbvios; e b) ele não tivesse a menor ideia do que estava procurando. Vasculhou as roupas no armário. Não levou muito tempo. Aos recrutas eram dadas algumas poucas peças básicas de roupa, assim como objetos de higiene e outros itens essenciais. Devido às circunstâncias de sua chegada, as roupas de Carter tinham sido pegas dos armários dos mortos.

O guarda-roupa de Jackson era a habitual mistura de roupas de lazer e de academia. Além disso, um par de chinelos e outro de tênis. Não era muita coisa para olhar, mas Carter conferiu os bolsos e virou os tênis de cabeça para baixo mesmo assim. *Nada*. Entrou no banheirinho branco.

Não havia muitos esconderijos por ali também. Mas a primeira coisa que Carter pensou em fazer foi levantar a tampa da cisterna do vaso e espiar lá dentro, óbvio. Nada além de água. Abriu o armário com espelho sobre a pia. Vitaminas, equipamentos para se barbear, desodorante, pasta de dente. Carter fechou a porta e se virou. Olhou para o chuveiro.

Onde *ele* esconderia alguma coisa? Entrou no cubículo, esticou o braço e desatarraxou o chuveiro. Tirou a ponta e olhou lá dentro. Vazio. Olhou para baixo, para o ralo entre seus pés. Tudo bem. Abaixou-se e levantou a tampinha redonda de metal.

Bingo. O dreno de plástico fora removido e havia uma sacola com um celular enfiada dentro do cano.

Ninguém no Refúgio tinha telefone. Todos haviam sido confiscados antes da chegada. Os funcionários tinham permissão para enviar e-mails, mas a comunicação era extremamente monitorada. Não havia linha. Apenas o Professor tinha celular. Depois da tomada de poder, alguns membros do grupo o usaram para tentar ligar para as pessoas. Amigos, família. Ninguém respondera. Deixaram mensagens de voz, talvez na esperança de que fossem retornar um dia. Esse dia nunca chegou. Depois de um tempo, pararam de tentar. Miles o mantinha carregado. Para ligar para Quinn e outras emergências.

Carter ficou olhando para o celular no cano. Era muito pequeno. Um Nokia velho. Quase uma antiguidade.

Se Jackson tinha fugido, por que deixara o telefone ali, escondido?

Carter retirou cuidadosamente a sacola plástica, descolando-a da fita que a mantinha presa no cano. Tirou o telefone lá de dentro.

Apertou um botão aleatório. O celular acendeu. Estava carregado. E desbloqueado.

Ele olhou para a tela verde.

Tinha algo mais.

Jackson tinha mensagens.

AGORA SOMOS TODOS UNS FILHOS DA PUTA

HANNAH

DORMIR PARECIA UMA IDEIA RIDÍCULA. Imprensados sem o menor conforto em meio a assentos retorcidos no fundo do ônibus. Tentando ignorar o frio cortante que penetrava as diversas camadas de roupa e o cheiro vindo do vaso sanitário, que se soltara da estrutura e cujos resíduos escorreram pelo chão depois que o ônibus tombara ainda mais para o lado.

Mas o medo e o trauma os haviam exaurido. Apesar do frio e do desconforto, o som das respirações lentas e regulares começaram a preencher o veículo, interrompidas apenas pelos gemidos de Peggy e a tosse de Ben, pequenos lembretes da morte entre eles.

Hannah fechou os olhos, mas não dormiu. Não por completo. Mesmo nas melhores condições, sempre tivera problemas para pegar no sono. Desde criança, odiava a sensação de apagar e ficar inconsciente. Um medo de não acordar. A situação tinha piorado depois do suicídio da mãe. Toda vez que vinha aquela sensação de queda, imaginava se a morte era assim e acordava no susto. O pai não ajudava. Do tipo que nunca dormia antes da meia-noite e acordava ao amanhecer, ele via o sono como um empecilho. Algo para os preguiçosos e fracos.

Nenhum ser humano precisa de mais do que quatro horas de sono. Nós nos tornamos indulgentes. Perdemos tempo na cama quando podíamos estar trabalhando. Nossos ancestrais sabiam que as horas de escuridão eram as horas mais perigosas. Em breve vai chegar o momento em que vamos precisar estar acordados — acordados de verdade — e preparados.

Em vez de dormir, Hannah se acostumou a descansar até atingir um estado semiconsciente, em que deixava o cérebro vagar. Resolvia problemas que a incomodaram durante o dia, terminava ensaios, resolvia equações. Às vezes, vagava livre por tangentes aleatórias.

Ela se pegou pensando em Indiana Jones. Um herói de um filme antigo a que sua babá a deixara assistir. Ela amava o longa e o protagonista lindo, até que um espertinho qualquer observou que, apesar dos atos heroicos, Indiana tinha sido completamente inútil no geral. O resultado teria sido igual se ele não tivesse se envolvido.

Ela sentia o mesmo sobre a situação em que se encontrava. Ainda estavam presos. Apesar do sacrifício de Josh, a situação não tinha melhorado. Era verdade, não estavam mortos, mas se o que Hannah temia estava correto, era só uma questão de semântica. Estariam em breve. Não apenas era improvável que fossem resgatados, mas se alguém fosse *mesmo* procurá-los, não seria para ajudar. Seria para eliminá-los.

Foi por isso que ela apagou a mensagem do pai sem dizer nada. Se contasse para todo mundo sobre aquilo, teria que falar sobre as infecções e sua suspeita de que o acidente fora proposital. Parecia cruel admitir que a situação era ainda mais desesperadora.

Ironicamente, naquele momento, a maior aliada deles era a tempestade. Enquanto estivesse forte, ninguém os encontraria. Quando diminuísse, aí seria preciso tomar uma decisão. Ficar e esperar que o Departamento fosse misericordioso. Improvável. Ou tentar escapar.

Não dava mais para cavar um túnel até o lado de fora. O novo ângulo do ônibus tornava a tarefa impossível. Mesmo se *conseguissem* sair, teriam que sobreviver à temperatura congelante, evitar os predadores e encontrar comida e abrigo. Isso se ninguém demonstrasse sintomas ou se sentisse mal. Nesse meio-tempo, o Departamento estaria à procura deles.

Está pensando muito à frente, Hannah. Divida o problema em pedaços pequenos.

Tudo bem. Coisas que ela havia aprendido com o pai — tentar resolver um problema como um todo era o mesmo que bater com a cabeça numa parede de tijolos. Na verdade, ela precisava derrubar a parede tijolo a tijolo. Pedaços pequenos.

O problema mais imediato era a contenção. Eles podiam tentar a saída de emergência de novo. Mas Hannah tinha quase certeza de que ela fora sabotada. O que sobrava? Tentar quebrar uma janela do outro lado do ônibus. Mas ainda não tinham como fazer isso. Talvez pudessem checar se algum dos assentos se soltou mais quando o ônibus se moveu de novo.

Seu cérebro fez uma pausa. Rebobina. Ela estava deixando passar alguma coisa. Algo sobre o ônibus virado. A saída de emergência? Não. Ali perto. O banheiro. Alguma coisa em relação ao banheiro.

Como é que os vasos sanitários de ônibus funcionavam? Os resíduos escoavam para um tanque, que precisava ser esvaziado. Então devia haver um cano que ia do vaso para o tanque. E então para o lado de fora. Uma abertura bem pequena. Mas se conseguissem levantar o vaso e, de alguma forma, remover o tanque, talvez houvesse uma abertura grande o suficiente para eles passarem. Hannah se lembrou vagamente de uma clássica fuga de avião num filme antigo que usava esse recurso. Mas será que era só um recurso narrativo? Será que podia funcionar de verdade? E, mesmo se não funcionasse, será que poderiam usar o próprio vaso para quebrar uma janela? Eram opções, pensou. Só precisavam...

O fluxo de pensamento foi interrompido. Ela abriu os olhos.

Barulhos. Acima. Batidas fracas que faziam o vidro das janelas vibrar. Tinha alguma coisa escalando o ônibus de novo. Ela ergueu o olhar. Será que os lobos tinham voltado, atraídos pelo sangue de Josh? Ou talvez fossem outros predadores, como linces ou cachorros selvagens.

Hannah se levantou e seus músculos protestaram, os olhos se ajustando à falta de luz. O ônibus não estava na escuridão completa. Aquilo a fez pensar que talvez fossem as primeiras horas da manhã. Duas ou três da madrugada, talvez? Ou será que a lua e as estrelas não estavam mais escondidas pelas nuvens da tempestade?

Ela olhou ao redor, o pescoço estalando. Cassie estava aninhada em posição fetal no assento à sua frente. Lucas dormia quase em pé em outro. Daniel estava deitado, meio desajeitado, ao lado da irmã.

Hannah se pegou pensando nele de novo. Não era um aluno comum da Academia. Em geral, os estudantes se dividiam em dois grupos: os ricos, filhos mimados de pais muito privilegiados, e os bolsistas. Estes eram os mais inteligentes e melhores em seus campos de pesquisa, fosse ciências, medicina, literatura ou arte. A Academia tinha dinheiro para contratar os melhores tutores, ainda que para turmas minúsculas. Como o pai dela.

Daniel não parecia se encaixar em nenhuma das categorias. E ela não se lembrava de tê-lo visto no campus. Claro que era uma instituição enorme. Grupos diferentes não necessariamente se misturavam. Ela também não se lembrava de ter visto Peggy, Cassie nem Lucas. Talvez estivesse apenas sendo preconceituosa de novo.

Mais arranhões lá em cima. Hannah não estava gostando daquilo e não conseguiria dormir enquanto o som não parasse. Ela se levantou e começou a ir para o outro lado do ônibus. O corredor estava praticamente na vertical, então era preciso se equilibrar sobre os assentos retorcidos, tentando não escorregar. Mais difícil ainda no escuro.

Sobre sua cabeça, os arranhões furtivos a seguiram. *Furtivos*. Isso, pensou ela. Essa era a palavra. Um som diferente daquele dos lobos. Mais deliberado. Como se o que quer que estivesse fazendo barulho tivesse ciência do ônibus e de seus passageiros, tomando cuidado para não perturbá-los.

Ela chegou à frente do veículo. Apesar do frio, um odor rançoso emanava dos corpos. *Gás*, pensou Hannah. Embora menos de vinte e quatro horas tivessem se passado, os órgãos já começavam a se decompor. Os sinais visíveis iam demorar alguns dias para aparecer, mas, por dentro, os corpos já apodreciam.

Mais uma batida lá em cima. Hannah tomou um susto. Ela se virou e entrou na cabine do motorista para dar uma olhada pelo para-brisa. Havia um pouco menos de neve, mas a visão estava embaçada por causa da condensação. Ela levantou o braço para limpar.

Um rosto a encarou.

Ela recuou aos tropeços, o medo e o choque roubando sua voz.

O rosto era pálido, com dentes amarelados e córneas vermelhas. Por um segundo, seus olhares se encontraram. Então a pessoa desceu do vidro e saiu correndo de volta para a escuridão da floresta. Hannah ficou paralisada, com o coração acelerado.

Alguém colocou a mão em seu ombro. Ela gritou e se virou com os punhos cerrados.

— Ei! *Halt!* Sou eu.

Lucas. Ele a encarava, preocupado.

— O que foi?

Hannah olhou de volta para o para-brisa, quase duvidando dos próprios olhos, da própria sanidade. Nenhum sinal da pessoa. Apenas a floresta escura, ainda com um pouco de fumaça, e um amontoado ensanguentado sobre a neve. Os restos de Josh.

Ela engoliu em seco.

— Eu vi alguém. Do lado de fora do ônibus.

— O quê? — Lucas fez uma careta, sem acreditar. — Resgate?

— Acho que não — respondeu ela, balançando a cabeça.

— Mas quem mais estaria aqui fora nesta tempestade? Um morador local?

Mas não havia ninguém morando ali perto. Os dois sabiam disso. Apenas a neve, as montanhas e a floresta. Um lugar onde viviam animais selvagens. E outras criaturas.

Ela se virou e a palavra saiu antes que ela pudesse evitar:

— Um Assobiador.

Eles eram chamados assim por causa do modo como o vírus destruía os pulmões. Transformava cada respiração num assobio horrendo, molhado. Ninguém sabia quem inventara o nome. Mas, como muitas coisas, rapidamente foi incorporado à linguagem popular.

Não havia muitas opções para os Assobiadores. Aqueles que permaneciam quase vivos. Sobreviventes, mas contagiosos. Principalmente aqueles infectados com a Choler, uma variante perigosa e dominante que afetava o cérebro. Era por isso que o pai dela criara os Centros de Reclusão. Lugares seguros onde eles poderiam ser cuidados e ajudariam os cientistas a combater o vírus.

A opinião pública era bem dividida a respeito dos centros. Alguns achavam que eram necessários. Outros — como Cassie — defendiam que os centros eram como prisões ou campos de concentração. Os críticos tinham adotado o nome "Fazendas", que acabou pegando.

Uma vez, quando Hannah teve a ousadia de perguntar ao pai, ele disse:

— Em qualquer guerra há baixas, Hannah. Estamos travando uma guerra contra um inimigo que está sempre se transformando. Para proteger o mundo, é preciso fazer sacrifícios. Pelo bem maior.

Mas nem todo mundo queria se sacrificar. Muitos dos infectados fugiam, se escondiam e formavam as próprias comunidades. Em locais isolados, longe da população em geral. Quando eram encontrados, eram recolhidos. Mas muita gente se solidarizava com os Assobiadores. Ainda eram pessoas. Ainda eram a mãe, o irmão ou o filho de alguém.

Alguns anos antes, houve um surto numa cidadezinha perto da Academia. Um dos moradores ingerira carne infectada, e o vírus se espalhou rapidamente. O pai dela e sua equipe foram chamados, e a cidade foi colocada em quarentena. Mas o boato era que alguns dos infectados fugiram para as florestas. Onde ainda viviam.

***

— Você acha que eles são perigosos? — perguntou Cassie.

Tinham se reunido novamente nos fundos do ônibus. O grito de Hannah acordara os outros e ela não via motivo para mentir sobre a situação.

— Não sei.

— Merda — murmurou Daniel. — Tudo só melhora.

— Não temos nenhum motivo para acreditar que eles são uma ameaça — disse Lucas. — Pelo menos não enquanto estivermos aqui dentro e eles lá fora.

— Mas por quanto tempo vamos ficar aqui esperando? — perguntou Daniel.

— As autoridades já devem ter sentido nossa falta a esta altura. A tempestade parece estar diminuindo. Talvez já estejam montando uma equipe de busca — opinou Lucas.

Cassie olhou para Hannah.

— Quer contar para eles?

Não, pensou Hannah. Mas talvez tivesse chegado a hora.

— Talvez a gente tenha outro problema — afirmou ela.

Lucas olhou para ela, enfático.

— Que é?

— A batida do ônibus pode não ter sido um acidente.

— O quê?

— Cassie participou da testagem. Dois alunos a bordo tiveram resultado positivo.

— Então como foi que embarcaram? — perguntou Lucas.

— Não sei. Mas o fato é que meu pai *nunca* deixaria alunos infectados saírem da Academia. — Hannah olhou para todos ao redor. — E, se ele descobrisse, sem chance que os deixaria chegar ao Refúgio.

— Mas causar um acidente... isso já é muito além — comentou Lucas.

Hannah balançou a cabeça.

— Não se você conhecer o meu pai.

— Então o motorista bateu de propósito e se matou? — questionou Daniel.

Hannah viu a expressão mudar no rosto de Lucas.

— O motorista não está entre os mortos — disse Hannah.

Daniel olhou para eles.

— E vocês sabem onde ele está?

— O principal palpite é que ele fugiu, sabotou a saída de emergência e prendeu a gente aqui.

Mas, assim que disse isso, Hannah se deu conta do que a estava incomodando nessa possibilidade. O motorista tinha saído sem o casaco e o boné. Nenhum agasalho. Como sobreviveria lá fora?

— Claro, existe outra possibilidade. — Cassie abriu um sorrisinho. — Ele não fugiu.

— Você acabou de falar que ele não está entre os mortos — disse Daniel.

— Exatamente. Talvez ainda esteja aqui e um de nós seja um intruso.

— Está brincando? — Daniel olhou em volta, nervoso. — Eu não sei nem dirigir.

— Tudo bem. — Lucas levantou a mão. — Isso é ridículo. Ninguém aqui é intruso.

— E você? — perguntou Cassie.

— Eu? — disse Lucas.

— É. Você não tem cara de estudante. Eu não me lembro de te ver quando embarcamos. É você?

— Podemos parar com isso? — interveio Hannah, firme.

Cassie olhou para ela.

— Deixa ele responder.

Lucas respirou fundo.

— Não, não sou eu. Mas você tem razão, eu sou mais velho do que a maioria dos alunos aqui. Fui obrigado a interromper os estudos por um tempo por causa de um acidente... e só voltei há dois anos.

— Que acidente?

Lucas se abaixou e puxou a perna direita da calça.

Cassie teve um sobressalto.

— Caramba, cara — murmurou Daniel.

Até Hannah sentiu um pequeno abalo de surpresa.

Abaixo do joelho, Lucas tinha uma prótese.

— Eu perdi a perna num acidente de carro. Quase morri. Tive a sorte de sobreviver, mas fiquei um tempo sem ir para a faculdade por causa da recuperação e da reabilitação. — Ele olhou para todos com atenção. — Isso também significa que não consigo dirigir um veículo manual sem adaptações para mim, então não tem a menor chance de eu ter dirigido este ônibus.

Hannah não pôde deixar de notar a satisfação em sua voz quando ele disse isso. Cassie teve a decência de parecer um pouco envergonhada.

— Desculpa — disse ela.

Lucas assentiu de leve.

— Desculpas aceitas.

— É — disse Daniel. — Acho que todo mundo está ficando meio estressado.

— Nem um pouco surpreendente — disse Lucas. — Acabamos de ver um conhecido morrer. Estamos presos com uma pilha de cadáveres, alguns infectados. Não é bem a viagem que estávamos esperando.

Um longo silêncio.

— Acha mesmo que seu pai largaria você para morrer assim? — perguntou Daniel a Hannah.

— Não, ele não me *largaria* para morrer. Ele não largaria nenhum de vocês para morrer. Ele se certificaria de que todo mundo morresse. — Ela esperou até que eles assimilassem a informação. — Quando a tempestade cessar, o pessoal dele vai vir. Mas não vai ser para nos resgatar. Vai ser para nos matar.

— Tudo bem. Precisamos rever nossas opções — sugeriu Lucas.

— Que opções? — perguntou Cassie. — Estamos presos. De novo.

— Precisamos encontrar outro jeito de sair.

Então Hannah se lembrou de suas divagações noturnas.

— Talvez tenha um jeito. O vaso sanitário.

Cassie levantou uma sobrancelha.

— O quê? Vamos descer pela descarga, que nem nos desenhos animados?

— Não. Acho que talvez seja possível remover o vaso. Por baixo dele, tem um tanque. Se conseguirmos deslocá-lo, talvez haja uma abertura grande o suficiente pra gente passar.

— Tudo na base do "talvez" e do "possível" aí... — comentou Cassie.

Hannah cruzou os braços.

— Estou aberta a sugestões.

— Parece válido tentar — opinou Lucas.

— Mas e depois? — indagou Cassie. — Como vamos sobreviver lá fora? Frio congelante, animais selvagens, Assobiadores. E para onde vamos?

— Se conseguirmos sair, podemos chegar até o compartimento de bagagem — disse Hannah. — Mais recursos, comida, roupas. E celulares. Quanto mais gente souber da nossa situação, menos provável que o Departamento consiga nos matar e sair impune.

Embora talvez o Departamento *devesse* matá-los, uma pequena parte dela refletiu. Se estivessem infectados, podiam espalhar o vírus. Sobreviver era egoísmo. Mas, pensando bem, a sobrevivência quase sempre era.

— E a Peggy? — perguntou Daniel. — E o Ben? Eles não vão sobreviver lá fora.

Hannah olhou para ele. Sua devoção era admirável, mas também um pouco delirante.

— Daniel... — Hannah começou a falar.

Lucas interrompeu.

— Precisamos ser realistas. Eles não vão sobreviver.

— Então vamos simplesmente abandonar os dois para morrer sozinhos? — Daniel se virou para Hannah. — É isso que você acha também?

É, pensou Hannah. Porque não havia outra opção. E, em última instância, todo mundo morre sozinho. Ninguém embarca nessa jornada conosco.

— Talvez a gente não tenha opção...

Daniel balançou a cabeça.

— Deixa pra lá.

Ele se levantou e foi escalando os assentos para longe.

— Aonde você vai? — perguntou Lucas.

— Ao banheiro. Ou preciso pedir permissão para isso também, já que você parece estar brincando de Deus agora?

— Pesado — murmurou Cassie.

Hannah soltou um suspiro.

— Lucas está certo. Peggy e Ben vão morrer de qualquer forma. Não podemos desperdiçar energia e recursos tentando tirar os dois do ônibus. O melhor que podemos fazer é deixá-los confortáveis... pelo tempo necessário.

— E talvez não demore tanto — disse Lucas. — Estão ouvindo alguma coisa?

— Não?

— Exatamente. Ben não está mais tossindo.

Ele estava certo. Hannah deveria ter percebido. Olhou para o restante do ônibus. Ben não estava deitado no lugar onde o haviam deixado. Na verdade, ela não se lembrava de tê-lo visto quando foi escalando até a frente do ônibus mais cedo. Talvez ele tivesse se arrastado até outro assento. Ela não tinha conferido, pensou, com uma pontada de culpa. Nenhum deles tinha feito isso. Já o haviam riscado da lista de preocupações.

— Eu vou lá olhar... — começou Hannah.

E então ouviram um barulho e um grito.

— *Meu Deus!*

Daniel vinha tropeçando para fora do banheiro, quase escorregando nos resíduos e no desinfetante que vazavam. Ele se segurou num assento para se equilibrar, e Hannah percebeu que suas mãos estavam cobertas de sangue.

Ela se levantou instintivamente.

— O que foi?

Ele a encarou, o rosto tomado pelo choque.

— Acho que Ben não vai mais ser um problema.

E então ele vomitou.

MEG

SEDE. FRIO. FOME. TUDO ISSO PODIA MATAR. Naquele momento, Meg tinha a sensação de que estavam esperando qual deles iria derrubá-los primeiro.

O frio, eles podiam evitar ao ficar em movimento. Apesar de fazer a cabine balançar de modo perigoso, andar de um lado para outro ao menos estimulava o calor nos músculos. Quando não estavam andando, eles se amontoavam num dos cantos, todos juntos, para compartilhar o parco calor humano que restava.

Quando chegou a luz da manhã, Meg ficou preocupada com o gelo que se acumulara nos cantos das janelas de vidro. A temperatura lá dentro continuava a baixar. O teleférico não era muito bem isolado termicamente. Não precisava ser, já que fora construído para fazer viagens curtas de quinze minutos. Sem luz ou aquecimento, ficaria ainda mais frio, principalmente se permanecessem presos ali por mais uma noite.

A fome causava espasmos, mas seus corpos conseguiriam sobreviver sem comida por algum tempo. Fisicamente, o corpo não precisava tanto de comida quanto a mente fazia parecer. Seria doloroso, mas uma semana ou pouco mais sem comida não os mataria.

A sede era outra questão. Já estavam com a garganta seca, e os lábios começaram a rachar. Felizmente, o frio não permitia que perdessem tanta água por meio do suor, mas eles já sentiam os arranhões de secura na boca. Por outro lado, não poder comer nem beber resolvia temporariamente a questão do banheiro. Tudo tem um lado bom.

— Nós vamos morrer aqui — murmurou Sarah, enquanto fazia sua caminhada de um lado para outro, batendo palmas para esquentar as mãos. — É questão de tempo.

— Não podemos pensar assim — disse Sean.

— Ele tem razão — opinou Max. — O resgate ainda pode chegar.

— Depois de tanto tempo? Eles esqueceram a gente. Ou talvez não queiram nos resgatar. Vai ver o plano sempre foi nos largar para morrer aqui, como porquinhos-da-índia dentro de uma bola de plástico.

— Hamsters — corrigiu Meg.

— O quê?

— Não se coloca porquinhos-da-índia em bolas de plástico. São hamsters.

— Ou gerbos — interveio Sean.

— Quem se importa?! — gritou Sarah. — Porquinhos-da-índia, hamsters, gerbos. Nós vamos morrer!

E então ela caiu em prantos, se sentou num canto e começou a murmurar uma oração.

Meg não tinha vontade de consolá-la (nem solidariedade para fazer isso). Até Max parecia incapaz de reunir forças para ser um cavalheiro. Ele se virou de leve no assento e fez uma careta. Não parecia nada bem, pensou Meg. O rosto estava pálido, e ele respirava com alguma dificuldade. O pulso quebrado obviamente devia estar doendo, e, como era de se esperar, eles não tinham analgésicos.

Meg não sabia muito bem qual era a idade de Max. Ele claramente se mantinha em forma, mas devia ter uns sessenta e muitos, talvez mais. O choque e a dor do ferimento, aliados à falta de comida, água e ao *frio do caralho* deviam estar cobrando seu preço. Mas, pensando bem, todos ali estavam pagando o preço. Ela estava preocupada com a noite. Sonolência era um sintoma de hipotermia. E se eles fossem dormir e não acordassem mais? A cabine rangeu de novo. O vento tinha enfraquecido e o balanço diminuíra, mas toda vez que o carrinho se movia, parecia perigoso. Quantas horas mais ele aguentaria? E se o resgate não viesse?

Quando Sarah se sentou, Max se levantou. Ou pelo menos foi o que ele tentou fazer, mas na verdade cambaleou e caiu para trás. Sean foi ajudá-lo, mas Max balançou a cabeça.

— Estou bem — disse, irritado, o tom de voz mais ríspido devido ao orgulho ferido.

Ele se apoiou no braço bom para se levantar e começou a andar com cuidado pelo teleférico. Os passos eram lentos e hesitantes. Meg lembrou que, a cada passo dado na intenção de se aquecer, uma energia que não podia ser desperdiçada se esvaia.

No meio da segunda volta, Max parou de repente, suas pernas tremeram, e ele caiu no chão. Meg e Sean foram correndo até ele.

— Max, você está bem? — perguntou Meg, agachada ao lado dele.

— Estou, sim. Foi só um desequilíbrio.

Mas ele não parecia bem. Parecia confuso e, quando Meg e Sean foram ajudá-lo a se levantar, ela notou que sua pele estava quente e pegajosa. Tinha alguma coisa errada. Ela viu o olhar de Sean e percebeu que ele estava pensando a mesma coisa. Merda.

— Vamos ajudar você a sentar — sugeriu Sean. — E talvez devêssemos dar uma olhada no seu braço. Para ver se não machucou quando você caiu.

— Não, não, está tudo bem. Só senti uma tontura.

Eles o colocaram de volta no banco.

— Bom, e o que vocês queriam? — resmungou Sarah. — Não comemos nada. Não bebemos água. Estamos todos fracos. Provavelmente é burrice ficarmos andando de um lado para outro.

— Obrigada pela observação tão construtiva — disse Meg.

— Acho que deveríamos dar uma olhada no seu braço — disse Sean para Max mais uma vez.

— Não, está tudo bem. Eu falei...

— Max — insistiu Sean. — Não quero ter que quebrar seu outro braço, então, *por favor*, me deixe olhar.

Ele respirou fundo.

— Tudo bem.

Sean tirou o braço dele da tipoia e, com cuidado, desenrolou a atadura improvisada. Meg sentiu uma pontada no coração. O pulso havia inchado, como era de se esperar, e a pele estava dilatada e vermelha. Só de olhar, Meg sabia que aquilo estava quente. Bastava uma pequena feridinha para a infecção entrar. *Merda*.

— Tá. Isso aqui não é nada bom — disse Sean.

Max suspirou.

— Está infectado, não é?

Sean assentiu.

— Acho que sim. Celulite infecciosa?

Ele olhou para Meg, que fez que sim. Merda em dobro.

Max encostou a cabeça no vidro da janela.

— Sinto muito. Não queria ser um fardo ou um peso morto para vocês.

— Você não é — disse Meg, com firmeza. — Por enquanto, a celulite parece limitada ao pulso. Não se espalhou e a pele não rachou.

— Está doendo.

— Isso provavelmente é um bom sinal.

— Bom? — reclamou Sarah lá do canto. — O pobre coitado deve perder o braço.

E então voltou a chorar.

Meg se virou para ela, com raiva.

— Se não tiver nada de útil para dizer, poderia, por gentileza, calar a porra da boca?

Sarah a encarou e segurou seu crucifixo.

— Não retribuam mal com mal nem insulto com insulto. Pelo contrário, bendigam, pois para isso vocês foram chamados, para receberem bênção por herança.

Meg revirou os olhos.

— Puta que pariu. — Ela se virou para Max. — Quando a gente chegar ao Refúgio, tenho certeza de que vai ter muitos antibióticos.

Ele levantou uma sobrancelha.

— *Se* a gente chegar.

— Como está se sentindo? — perguntou Sean, mudando o assunto de propósito. — Está lúcido? Algum tremor?

— Estou sentindo uns calafrios — admitiu Max. — Mas não tenho certeza se é por causa do pulso, do frio ou fome.

Fazia sentido. Seria ainda mais difícil combater a infecção com o corpo já fraco. Sean envolveu novamente o pulso de Max. A mente de Meg começou a trabalhar. Não havia nada que pudessem fazer com relação à comida, mas se conseguissem pelo menos arranjar um pouco de água… *Água, água, com tanta ao nosso redor e nem uma gota para beber*. Só que ali o que estava ao redor era neve. Caindo do céu e se acumulando no teto. Devia ter uma boa quantidade lá em cima a esta altura. Se conseguissem pegar, teriam algo para beber.

Meg olhou à sua volta. Janelas de vidro, bancos, chão de metal com um alçapão. Fez uma careta. O alçapão funcionaria muito bem se houvesse um guia experiente a bordo e equipamento de rapel para sair da cabine. Mas e sem isso? Ela já tinha visto matérias em que as pessoas foram resgatadas de teleféricos quebrados por um helicóptero, o que sem dúvida significava que…

Ela olhou para o teto. Definitivamente, lá no canto direito, havia algo que se parecia com um outro quadrado pequeno. Outro alçapão?

— Acho que tive uma ideia — disse ela.

— Sou todo ouvidos — respondeu Sean.

— Se conseguirmos pegar a neve do teto, podemos beber.

— Bem pensado. Mas como pegamos a neve do teto?

— Acho que tem outro alçapão ali.

Todos olharam para cima.

— *Claro*. Para o caso de um resgate com helicóptero — concluiu Sean.

Mentes brilhantes pensam igual, pensou Meg. Ela andou até o alçapão e estendeu o braço para cima. Conseguia tocá-lo com a ponta dos dedos, mas não tinha força suficiente para levantá-lo.

— Deixa eu tentar — sugeriu Sean.

Em geral, Meg não abriria espaço para um homem, mas, naquela situação, Sean tinha a vantagem de ser mais alto. Ele parou ao lado dela, estendeu o braço e tateou as margens do quadrado com os dedos. E então deu um empurrão forte. O alçapão nem se mexeu. Bom, claro, estavam presumindo que aquilo abria. Talvez nem desse no teto. Podia ser uma caixa de eletricidade.

— Pode ser que o peso da neve esteja impedindo de abrir — observou Sean. — Ou pode ter congelado... ou de repente só abre por fora.

Meg foi tomada pelo desânimo.

— Merda.

Sean examinou o alçapão.

— Está vendo, aqui tem uma dobradiça, o que me leva a acreditar que abre, *sim*.

— Certo.

— Mas olha aqui. — Ele apontou para um buraquinho hexagonal do outro lado.

— O que é isso?

— Acho que é uma fechadura.

— Então a gente *poderia* abrir por dentro.

— Se conseguíssemos levantar e tivéssemos uma chave ou algum outro tipo de ferramenta.

— Tipo uma faca?

Ele levantou as sobrancelhas.

— Merda — repetiu ela.

Ali atrás, ouvia Sarah murmurando suas malditas orações.

— Já que está aí, pode pedir pra Deus mandar uma chave de fenda pra gente? Uma intervenção divina cairia muito bem agora.

Meg sabia que estava sendo maldosa. Sarah a ignorou. Talvez fosse melhor assim.

— De repente, a chave está em algum lugar aqui dentro, escondida para evitar que alguém abra o alçapão à toa — sugeriu Max.

— Não sei, não — comentou Sean. — Não tem muitos esconderijos possíveis aqui.

— Mas vale a pena dar uma olhada — opinou Meg.

E era mais útil do que rezar. Ela se ajoelhou e começou a engatinhar pelo chão, olhando debaixo dos bancos. Era o único lugar em que achava ser possível esconder algo. Sean hesitou, mas depois fez a mesma coisa do outro lado do teleférico.

A cabine obviamente tinha sido muito bem limpa. Meg não encontrou nem um chiclete velho grudado num banco. Estava prestes a desistir quando viu algo. Não uma chave, mas uma coisa estranha ali, sem dúvida. No canto mais longínquo, debaixo de um dos bancos, havia algo preto. Ela estendeu a mão para tocar. Fita. Um pedaço de fita isolante, com as pontas rasgadas, como se o restante tivesse sido arrancado dali. Meg fez uma careta. Talvez os faxineiros não tivessem visto. Ou talvez tivesse sido colada depois. *Ou* quem sabe havia alguma coisa grudada ali antes?

— Meg!

Ela tomou um susto e bateu com a cabeça.

— Ai.

Ela se arrastou para longe do banco.

— Encontrei! — disse Sean.

— Está com a chave?

— Estou.

Ela olhou para ele, que segurava uma pequena chave prateada, como aquelas usadas para abrir bombas de gás.

— Estava no chão debaixo do banco aqui.

— Tá bem.

Meg não conseguia acreditar que tinha deixado aquilo passar. Ela se levantou e se aproximou de Sean, que esticou o braço e enfiou a chave na fechadura. Virou para o lado e depois voltou para o outro. Meg não sabia ao certo para que lado abria ou fechava. Sean empurrou o alçapão. A tampa rangeu e então levantou um pouco.

Ele olhou para ela e abriu um sorrisinho.

— Muito bem. Acho que estamos no caminho certo.

Meg se juntou a ele, na ponta dos pés, e empurrou o mais forte que conseguiu. A tampa levantou um pouquinho mais. Mas o gelo e a neve — aquela neve preciosa e molhada — estavam fazendo pressão para baixo. Que ironia. Ela olhou para Sarah, que ainda estava sentada, com os olhos fechados e as mãos unidas.

— Acha que pode adiar a conversa com Deus e vir aqui dar uma ajuda de verdade?

Sarah olhou para eles de cara feia, mas se levantou e foi até lá. Com os três empurrando, a tampa cedeu um pouco mais. Meg já conseguia ver um ou dois centímetros de branco e sentia o vento frio.

— Só mais um empurrão — pediu Sean.

— Me deixem ajudar.

Eles se viraram. Max estava parado ao lado deles, meio trêmulo, mas decidido. Esticou o braço bom. Todos empurraram a tampa do alçapão ao mesmo tempo. Ela rangeu e então abriu, fazendo um barulho abafado.

Na mesma hora, uma avalanche de neve caiu pelo teto sobre o rosto e a cabeça de todos. Era congelante, como se fosse o banho frio mais gelado da história. Mas todos abriram a boca para deixá-la cair ali.

— Encham uma das luvas de neve, para beber depois — sugeriu Meg. — Aí podem enfiar a mão no bolso ou dentro da manga para manter aquecida.

Todos seguiram a orientação e despejaram a neve dentro da luva. Meg lambeu a neve das mãos e do rosto, saboreou a água salgadinha e respirou o ar frio que vinha do alçapão. Colocou a língua para fora. Flocos de neve pousaram ali.

De repente, ela teve uma lembrança muito vívida. Lily, aos quatro anos, de pé no jardim dos fundos de casa numa manhã de março. Estava absurdamente frio e começara a nevar de repente. Meg a vestira para o frio, com o casaco da Peppa Pig e o chapéu de lã, e Lily rodopiava pelo jardim, com a língua para fora e os braços abertos, pegando a neve com a boca.

Meg engoliu em seco e tentou conter as lágrimas.

— Você está bem? — perguntou Sean.

— Tudo certo. — Ela assentiu e se virou.

Olhou ao redor. Estavam todos de pé lambendo a neve das próprias luvas, como se fossem convidados da pior festa do mundo. Era meio ridículo e um tanto engraçado ao mesmo tempo.

— O que foi? — perguntou Max.

— Olha só pra gente — respondeu Meg.

Sean começou a rir, depois foi a vez de Max. Até Sarah conseguiu abrir um sorriso. Provavelmente ainda iriam morrer, mas não seria naquele momento. Haviam conseguido água e um pouquinho de esperança.

— Tudo bem — disse Sean. — Se todo mundo já está com um pouco de neve, é melhor fechar o alçapão antes que fique ainda mais frio aqui dentro.

Ele se esticou para puxar o alçapão, mas havia outro problema. Como a tampa abrira para o lado de fora, ele não conseguia pegá-la de volta.

— Merda.

— Não alcança? — perguntou Max.

— Preciso levantar um pouco — respondeu Sean.

Ele subiu na beira de um dos bancos e se esticou o máximo que pôde para fora do alçapão.

— Peguei — disse ele. Depois resmungou: — Merda. A neve... está escorregando. Não consigo segurar.

Meg colocou sua luva cheia de neve no chão.

— Desce e eu subo no seu ombro. De repente consigo chegar mais alto.

— Não. Eu consigo...

Sean escorregou do banco e desabou no chão. A cabine inteira balançou. Max se sentou de repente. Meg e Sarah se seguraram nas barras.

— Merda — xingou Sean, ainda no chão.

— Você está bem? — perguntou Meg.

— Estou.

Ele se levantou e fez uma leve careta ao apoiar o peso no tornozelo esquerdo.

— Tem certeza?

— Só torceu um pouco. Vou ficar bem.

— Ainda consegue me levantar?

Ele assentiu.

— Vamos lá.

Ele se curvou. Meg subiu no banco e então nos ombros de Sean. Ele segurou as pernas dela e depois se levantou, impulsionando-a para fora pelo alçapão aberto.

Ela tomou um susto. O vento arranhou seu rosto como se fosse uma lixa. O ar congelante dentro dos pulmões parecia soda cáustica. Ela piscou para afastar o gelo. À sua frente, o longo cabo de suporte subia até a estrutura cinzenta da estação. Parecia maior ali de fora. *Caramba*, pensou ela. Não estava muito longe. Pouco mais de duzentos metros. Mas era como se fossem duzentos quilômetros.

Meg esticou o braço para alcançar a tampa, mas sua mão bateu em outra coisa meio enterrada na neve. Ela franziu a testa e removeu a neve ao redor. Havia um objeto preso no teto do carrinho com fita isolante. Ela ficou olhando.

— Meg?! — gritou Sean lá de baixo. — Sem querer ser mal-educado, mas você não é tão levinha assim.

— Tudo bem. Espera aí.

De luva, ela teve dificuldade de remover a fita, mas conseguiu rasgar um dos lados e pegar o objeto.

— Ai, caramba. — Ela ouviu Sean resmungar. — Lá se vai minha coluna.

Colocou o objeto dentro do macacão de neve, depois tateou a tampa com ambas as mãos. Segurou bem e estabilizou a pegada.

— Tudo bem. Pode me abaixar.

Sean agachou, e ela puxou o alçapão sobre a cabeça. Ele fechou fazendo um barulho metálico. Alguma coisa naquele som parecia definitivo, de um jeito macabro. Como um túmulo sendo vedado.

De volta ao carrinho, Meg desceu das costas de Sean, sem fôlego e meio nauseada. O frio extremo e a altura haviam lhe dado uma vertigem momentânea. Ela inclinou o corpo para a frente, tentando controlar a respiração e a náusea. Depois de um tempo, ficou de pé.

— Tudo certo? — perguntou Sean.

Ela pensou consigo. *Será que conto para eles?* Mas de que iria adiantar ter mais segredos?

— Encontrei uma coisa no teto — disse ela.

— Seria demais pedir que fosse um paraquedas ou equipamento de rapel? — brincou Sean.

Meg tirou o objeto de dentro do macacão de neve.

— Ai, meu Deus. — Sarah fez o sinal da cruz depressa.

— Isso é... — começou Max, e então parou de falar.

Era bem óbvio o que era.

Uma arma.

CARTER

NINGUÉM NUNCA ACHA QUE É O VILÃO.

Todos nós nos iludimos pensando que somos o herói da história.

Em geral, estamos errados.

Nos filmes, o bem e o mal são fáceis de distinguir. O lado da luz e o da escuridão. Os guerreiros da liberdade e o império malvado. Na vida, não é assim. As fronteiras são borradas. As pessoas não são preto no branco, e todos temos pontos de vista diferentes em relação às situações. O guerreiro da liberdade de um é o terrorista de outro. O gênio louco de um é o psicopata perigoso de outro. O líder de um é o opressor de outro. É assim que as sociedades prosperam ou desmoronam.

Um apocalipse não acontece por causa de pessoas malvadas, de zumbis ou mesmo de um vírus. Acontece por causa das pessoas comuns. Porque, em algum lugar ao longo do caminho, a sociedade desapareceu e perdemos a coesão. Nos esquecemos de tentar ver o outro lado. Em vez disso, nos afundamos ainda mais em nossas próprias trincheiras e nos recusamos a sair, então atiramos mísseis em quem se atreveu a desafiar nossa visão míope. Não há mocinhos nem vilões. Só um bando de filhos da puta apavorados tentando achar o caminho de casa.

E falando em filhos da puta...

— *Cara*, não posso ir até o incinerador *nessa situação*. — Welland lançou um olhar suplicante para Miles. — Ainda está uma tempestade do caralho.

Pela primeira vez na vida, ele estava certo. O amanhecer chegara, mas não trouxera um céu limpo, e sim mais e mais neve. Pelo menos não estava tão forte quanto na noite anterior. O vento diminuíra: de um uivo feroz passou a sobressaltos ofegantes. As montanhas de neve, no entanto, seguiam enormes, e havia pouca visibilidade. Seria loucura ir a qualquer lugar com aquele tempo.

Mas sem chance de Carter concordar com Welland.

— A gente pode trocar — disse ele, vestindo o macacão de neve. — Uma bela subida até a estação do teleférico. Ar fresco. Vai ser ótimo para você.

Welland olhou feio para ele.

— Você sabe que não posso ir por causa da minha asma.

— Ah, é, sua asma.

Carter teve que reprimir o desejo de desenhar aspas no ar ao dizer a palavra "asma", principalmente porque quem fazia isso era babaca.

Miles olhou para Welland calmamente, como um predador vigiando a refeição.

— A tempestade vai começar a diminuir daqui a algumas horas. Enquanto isso, pegue os corpos no porão e coloque no trenó. Você é o único que sabe mexer no incinerador, Welland. Estamos contando com você.

Ele estendeu o crachá que dava acesso ao porão.

Carter notou que Welland ficou dividido entre estufar o peito de orgulho e reclamar de novo de ter que ir lá fora. No fim das contas, o orgulho venceu. Ele pegou o crachá, soltou um resmungo e seguiu pelo hall de entrada em direção ao elevador.

— É. Todo mundo sempre conta com o Welland.

Carter mordeu a língua com tanta força que jurou sentir gosto de sangue.

Miles se virou para ele e levantou as sobrancelhas.

— E aí? Pronto?

Não, pensou Carter. Mas deu de ombros.

— Acho que sim. — Ele fez uma pausa. — Acha que Caren vai ficar bem aqui?

— Ela está com o Welland.

— Exatamente.

— Caren sabe se cuidar sozinha.

Carter não tinha a menor dúvida disso. Naquele momento, ela estava lá em cima, levantando peso na academia. Mas será que era confiável para cuidar do Refúgio na ausência deles? Até onde Carter sabia, Miles sempre estivera ali para supervisionar as coisas. E ao dizer "coisas", ele não estava falando só dos fornecedores. Estava falando da Câmara de Isolamento 13.

O que levava a outra questão.

— Tem certeza de que devemos fazer isso?

— Não. — Miles calçou as botas. — Mas não vejo muita escolha. Precisamos de um gerador novo. Precisamos de uma bateria. A estação do teleférico é a única opção.

Carter adoraria discordar, mas sabia que Miles estava certo. Ele tinha pensado muito nisso e tentado encontrar maneiras de evitar aquela caminhada até a estação, mas não chegara a lugar nenhum. No entanto, também sabia de uma coisa que Miles não sabia, e aquilo talvez pudesse afetar os planos.

— Miles, tem uma coisa que acho que você precisa saber...

— O que foi?

— Estava pensando no Jackson ontem, e sabe aquilo que a Caren falou, de não acreditar que ele roubaria o plasma?

Miles continuou olhando para ele. Carter conhecia esse truque. Deixe a pessoa falar. Dê corda para ela se enforcar sozinha.

— Então — continuou ele —, eu decidi dar uma olhada no quarto dele e... — Carter pegou o Nokia — encontrei isso.

Uma leve retração. Um tensionamento no maxilar.

— Onde? — perguntou Miles.

— Escondido no ralo do chuveiro.

Miles assentiu.

— Que... perspicaz. E que inteligente da sua parte procurar lá.

Carter deu de ombros de leve.

— Foi só um bom palpite.

Miles estendeu a mão. Carter lhe entregou o Nokia.

— Tem mensagens. Conversas por texto — disse.

— Com quem?

Carter fez uma pausa, preparando a bomba.

— Não dá para saber. O contato só diz Lloyd.

— Amigo, família?

— Acho que não...

Ainda que algumas das mensagens mais antigas fossem curtas e banais — Como você está? O que está rolando? —, as mais recentes eram mais específicas: perguntas sobre a estrutura do Refúgio, as rotinas, o porão e "o plano".

— Eu diria que é algum tipo de grupo Rem — sugeriu Carter.

Os Rems (também conhecidos como X-Men, Avalanches e Anônimos) eram um grupo não tão organizado de fanáticos do Juízo Final, antivacinas, negacionistas e idiotas religiosos de extrema-direita que haviam se proliferado quando a questão do vírus começou a ficar mais séria. Alguns queriam o fim de toda forma de vida, alguns queriam derrubar governos, alguns queriam redefinir o *status quo*, alguns queriam que Deus descesse em sua carruagem em chamas para castigar os descrentes. A mesma merda de sempre.

O que esses fomentadores do apocalipse não pareciam entender era que o planeta já estava se autodestruindo muito bem sozinho, obrigado. Então, todos os seus ataques, protestos e assassinatos eram o equivalente de fazer um cuecão em alguém que já estava jogado no chão sangrando por todos os orifícios, e esperar que esse alguém se importasse.

Carter não teria considerado Jackson uma dessas pessoas. Apesar de toda a ioga new age e aquelas bobagens de meditação, ele parecia não ter aquela personalidade típica dos fundamentalistas, de espumar pela boca. Mas talvez fosse só um bom ator. Todos nós usávamos máscaras diferentes diante de pessoas diferentes, algumas mais palatáveis do que outras.

Miles ainda rolava a tela de mensagens.

— Por que aqui? O que eles querem?

Carter esperou. E então Miles parou, o polegar sobre a tela, os olhos arregalados. *Finalmente*. Ele olhou para Carter.

— Eles sabem sobre a Câmara de Isolamento 13. Sabem que *ele* está aqui.

Carter assentiu.

— É.

Miles franziu a testa e pensou.

— A última mensagem foi há três semanas: "Te mando mensagem quando tiver novidades." E mais nada desde então.

— Na verdade... — Carter estendeu a mão e deu uns cliques no telefone. — Teve uma ligação, não uma mensagem, há uns dois dias.

— Logo antes do Jackson desaparecer.

Carter vinha pensando nisso.

— A gente não sabe exatamente *quando* o Jackson desapareceu.

Às vezes, eles passavam dias sem ver Jackson. Ele raramente se juntava aos outros nas refeições e nunca socializava à noite. Usava a academia de manhã bem cedo, fazia suas tarefas e então se trancava no quarto pelo resto do dia. Algumas sombras podiam ser mais intrometidas que ele.

— Bom, mas quem mais teria feito a ligação? — Miles encostou o celular no queixo. — Se o Jackson era Rem, por que fugir? Por que roubar o plasma?

— Não sei.

— Será que ele mudou de ideia? Talvez tenha decidido desistir do plano...

Carter tinha pensado nisso também.

— Então, o que vamos fazer?

Miles colocou o celular no bolso.

— Por enquanto, seguimos com o plano. Enquanto o fornecimento de energia estiver comprometido, estamos vulneráveis. Isso continua sendo a prioridade. Vou pensar melhor sobre tudo isso e depois decidimos o que fazer.

— E os outros?

— Vamos manter isso entre nós por enquanto.

Carter abriu a boca, mas, antes que pudesse dizer qualquer coisa, ouviu latidos seguidos pelos passos que desciam as escadas. Os dois se viraram. Dexter se aproximava, latindo freneticamente. Caren vinha logo atrás. Ainda usava as roupas de academia, suada, e estava com uma expressão preocupada.

— O que foi? — perguntou Miles.

— Temos visitas.

E então Carter ouviu outro barulho. O ronco baixo de motos de neve. Olhou para Miles. Os dois sacaram as armas e foram em direção à porta. Miles abriu. Carter parou para pegar Dexter no colo e o enfiou nos braços de Caren.

— Não deixe ele sair de jeito nenhum. Entendeu?

Ela fez uma careta, enquanto Dexter ofegava diante de seu rosto.

— Tem certeza? Esse bafo dele podia derrubar o Godzilla.

Carter fez carinho na cabeça de Dexter e seguiu Miles para fora. Três motos de neve surradas azuis e vermelhas pararam diante da cerca naquele borrão branco. Nas laterais, havia um logotipo meio apagado, mas ainda visível: *Aventuras na neve do Bob*. As motos não pertenciam mais ao Bob. Suas aventuras tinham chegado ao fim de modo meio abrupto algum tempo antes. Como a maioria das coisas naquela região, as motos de neve haviam passado a pertencer aos Quinn.

Com as armas em punho, Miles e Carter observaram dois vultos corpulentos vestidos de preto descerem das motos, com fuzis pendurados nas costas. Os filhos de Quinn. Eles apontaram as armas para a frente e encararam Miles e Carter. Aquilo não era nada bom. Até onde Carter sabia, Jimmy e os filhos nunca tiveram motivo para ir até o Refúgio. E — podem chamá-lo de bom observador — aquela não parecia uma visita amigável.

O terceiro vulto desceu da moto. Pequeno, vestindo um macacão de neve branco com um capuz grosso e felpudo, e com óculos de lente alaranjada.

Jimmy Quinn caminhou na direção do portão. Colocou os óculos no topo da cabeça.

— Miles! Carter! Que lugar legal vocês têm aqui.

— Obrigado — disse Miles, com muita calma. — Eu convidaria vocês para um chá, mas estávamos de saída.

O sorriso foi cortado como se tivesse sido decapitado.

— Vocês não vão a lugar nenhum. Precisamos conversar.

HANNAH

O CORPO ESTAVA ENCAIXADO ENTRE A PAREDE E O VASO. A cabeça pendia para um lado, revelando o talho vermelho ao longo da garganta. Havia mais cortes verticais feios nos braços. No chão, um grande estilhaço de vidro ensanguentado.

— Suicídio — disse Lucas, sem qualquer emoção, olhando por cima do ombro de Hannah.

Ela não respondeu. Abaixou-se meio desajeitada naquele espaço reduzido para examinar o corpo de Ben. Os cortes nos braços eram padrão em suicídios. Pelo menos num suicídio em que a pessoa sabia o que estava fazendo. Um corte vertical demonstrava intenção real. Não era um pedido de ajuda. Cortar o braço daquela forma permitia um sangramento muito mais rápido que o normal.

O corte no pescoço era menos típico. Poucas vítimas de suicídio escolhiam cortar a própria garganta. Tornava a morte muito mais desagradável, para começar. Sufocar, se engasgar com o próprio sangue... Era preciso uma intenção real para enfiar uma faca, ou um pedaço de vidro, com a força necessária na própria pele para cortar. Os tendões eram muito mais resistentes do que as pessoas imaginavam.

E havia outra coisa. Hannah fez uma careta.

— O que foi? — perguntou Lucas.

Ela hesitou. O que *era*? À primeira vista, diria que sim, mesmo com o ferimento no pescoço, aquilo era uma cena de suicídio. Fazia sentido. Ben sabia que estava infectado, que estava morrendo. Tinha pegado o vidro de uma das janelas quebradas e terminado com tudo de uma vez, nos próprios termos. Mas vidro não era tão afiado quanto uma lâmina. Ele teria que praticamente serrar aquela artéria.

Por outro lado, Ben *estava* infectado. O vírus podia afetar o cérebro. Por isso a raiva e a agressividade. Havia casos de pessoas infectadas que agiam de modo violento contra si mesmas e contra os outros. Era possível que Ben tivesse rasgado o próprio pescoço num surto viral de raiva. Choler.

Qual era a outra opção? Um *deles* tinha matado Ben. Mas quem seria capaz disso? E então Hannah lembrou que tinha considerado sufocar Peggy com um casaco.

Lucas ainda olhava para ela com atenção.

Hannah respirou fundo.

— Alguns dos ferimentos não são tão típicos de suicídio, mas levando em conta que Ben podia estar no meio de um surto viral de fúria, eu concordo. A conclusão mais provável é que ele se matou.

Lucas assentiu, como se aquela fosse a resposta correta, e ela sentiu aquela pontinha de dúvida de novo. *Quem seria capaz?*

— Bom, acho que resolvemos esse problema.

Hannah não tinha certeza se ele estava se referindo à questão do suicídio ou ao próprio Ben.

Ela endireitou o corpo.

— Precisamos tirá-lo daqui. E limpar tudo — disse ela.

Lucas olhou para o banheiro todo sujo de sangue e fez uma careta. Hannah sabia o que ele estava pensando.

O vírus se espalhava de diversas maneiras. Era o mais virulento e adaptável que os cientistas já tinham visto. Gotículas de água, respiração, fluidos, carne e sangue contaminados. De todos esses, a saliva e o sangue eram os mais infecciosos. Se eles não tinham sido afetados antes, ficar ali expostos ao sangue de Ben era a garantia de que isso iria acontecer.

Mas, pensando bem, um deles já estava infectado.

Hannah se levantou.

— Sugiro que a gente use algumas das roupas extras para fazer uma maca e colocar Ben com os outros corpos. E depois limpamos o máximo que conseguirmos. Ainda temos água. Além disso, podemos usar a neve da janela quebrada.

Lucas assentiu de novo.

— Concordo. Tudo bem. Vamos informar os outros.

Ele se virou. Hannah baixou a manga da camisa e a usou para pegar o pedaço de vidro quebrado cuidadosamente. Era espesso, reforçado. Ela o encostou sobre o ferimento na garganta de Ben. Grosso demais. Como ela imaginava. O corte fora feito com algo menor, mais fino. Inquieta, ela colocou o vidro de volta no chão.

Em uma crise, sempre chega o momento em que há uma divisão. Qualquer grupo de pessoas, mesmo que pequeno, começa a formar alianças e cultivar inimizades. As discordâncias crescem. São pequenas no começo, mas de repente se tornam intransponíveis.

No início, há o simples alívio por estar vivo. Depois vem a preocupação com a situação. Ainda assim, a essa altura, a maioria das pessoas permanece unida pelo objetivo comum. Sobrevivência. Mas, à medida que a crise se alonga, a sobrevivência vira uma questão interna. "Nós" se transforma em "eu". E, quando isso acontece, surgem o ressentimento e as discussões.

Eles arrastaram o corpo de Ben pelos tornozelos para fora do banheiro. Não havia dignidade na morte, pensou Hannah. Em última instância, uma vez que aqueles neurônios ágeis que davam nossa noção de identidade paravam de funcionar, todos virávamos pedaços de carne, nem um pouco diferentes de peças penduradas em açougues.

Eles usaram a neve e algumas camisetas para limpar o vômito e esfregar o sangue. Daniel lavou as mãos e vestiu um suéter limpo. Era muito apertado para ele, a barriga estufava o tecido. Ele o puxava para baixo, nervoso. Por um momento, algo passou pela mente de Hannah como uma mariposa no escuro, mas então desapareceu. Provavelmente não era nada importante.

Por fim, enrolaram o corpo de Ben em dois macacões com nós nas mangas, que usaram para carregá-lo até a parte da frente do ônibus, onde o colocaram sobre outro cadáver.

A essa altura, um cheiro distinto emanava da pilha de mortos. Era impossível negar o processo de apodrecimento, mesmo no frio. Acrescente a isso o cheiro de sangue, urina e fezes que vinha do banheiro, e cada respiração dentro do ônibus começava a parecer um teste de resistência. Hannah sentiu o estômago se revirar. Não estava acostumada com aquilo.

Precisavam sair dali. Não apenas pela sobrevivência, mas também por uma questão de sanidade. A mente humana é incrível, capaz de se adaptar e moldar às mais diversas situações. Mas em algum momento começa a falhar com a sobrecarga. Naquele ônibus, todos estavam no limite.

— Será que a gente devia, sei lá, dizer alguma coisa? — perguntou Cassie, olhando para os corpos.

— Dizer o quê? — respondeu Lucas. — Ben morreu. É melhor assim.

— Melhor para quem, exatamente? — questionou Daniel.

— Para todo mundo.

Daniel lançou um olhar fulminante para Lucas.

— Você é um filho da puta insensível, sabia?

— Tento não deixar as emoções me controlarem.

— Bom, talvez você devesse. — Daniel fez um gesto para a pilha de cadáveres. — Olha isso. Olha pra *gente*. Jogamos eles aqui como se fossem casacos velhos. Eram pessoas com esperanças, sonhos e famílias que as amavam.

Ele olhou para todos. Hannah compreendeu. Ele estava olhando os estudantes mortos e vendo sua irmã ali. Jogada numa pilha, com todos os outros.

— Não matamos essas pessoas — disse Lucas. — Ben escolheu o próprio destino.

— Escolheu mesmo?

Lucas se virou para Daniel.

— O que você quer dizer?

— Nunca ouvi falar de ninguém que cortou a própria garganta.

— Está acusando alguém de *matar* o Ben? — perguntou Cassie.

— Alguém não. — Daniel manteve os olhos fixos em Lucas. A tensão era palpável no ar.

Lucas riu sem nenhum senso de humor.

— Entendi. E por que eu mataria o Ben?

Daniel deu de ombros.

— Ele era um fardo, não era? É mais fácil para todo mundo agora que ele está morto. Você mesmo disse isso. Assim como seria mais fácil se a Peggy morresse, não é?

Lucas olhou para ele com atenção.

— Acho que seria mais fácil para *você*, meu amigo.

Daniel fechou a cara.

— Seu filho da puta.

Ele investiu contra o outro com o braço levantado. Lucas foi mais rápido. Deu um soco na barriga de Daniel. Ele era maior, mas sentiu e se curvou para a frente. Lucas enfiou o joelho na cabeça de Daniel e o derrubou. Levantou o pé para chutá-lo. Hannah o segurou pelo braço.

— Chega!

Ela sentiu que Lucas estava tenso, mas então relaxou. Ela se virou para Daniel.

— Tudo bem?

Daniel se ajoelhou no chão, gemendo.

— Tudo — disse, ofegante. Olhou para Lucas com o semblante fechado. — Está revelando quem você é agora, amigão.

Ele então se levantou com dificuldade e foi cambaleando para os fundos do ônibus.

Cassie olhou para Lucas e balançou a cabeça.

— Fez besteira. Não se chuta alguém que já está caído.

E então ela foi atrás de Daniel.

Hannah continuou lá.

— Ele tentou me bater primeiro — defendeu-se Lucas.

— Mesmo assim, você exagerou.

Ele soltou um suspiro.

— Tem razão. Eu deveria pedir desculpa.

— Não. Espera um pouco. Deixa ele se acalmar.

Lucas assentiu.

— Está todo mundo no limite. O confinamento está fazendo isso com a gente, não é?

— É.

Hannah se virou e foi andando na direção do para-brisa. A manhã estava clareando. A neve parara de cair. As árvores reluziam. Tirando o emaranhado de sangue e restos mortais do que um dia tinha sido Josh, parecia quase mágico lá fora, e Hannah de repente foi invadida pelo desejo de respirar ar puro de novo, mesmo que o frio fosse queimar seus pulmões.

— Precisamos sair daqui.

— Concordo — disse Lucas, juntando-se a ela. — Acha mesmo que dá para fugir pelo banheiro?

— Acho que vale a pena tentar.

Alguns pássaros voavam no céu, vultos escuros ao longe. Atrás deles, algo maior apareceu no campo de visão. Hannah fez uma careta.

— Está vendo aquilo?

Lucas estava olhando para o relógio. Então olhou para cima.

— O quê?

— Lá.

O objeto era grande demais para ser um pássaro. Lento demais. Hannah ouviu alguma coisa. O zunido distante das hélices.

Um helicóptero. Circundando. Procurando. *O Departamento.*

— Merda.

Eles observaram o helicóptero pairar, diminuir a altitude e depois subir novamente e se afastar, ficando cada vez menor a distância. *Estão procurando no lugar errado*, pensou Hannah. Mas ainda estavam procurando. Eles iam voltar.

— Acha mesmo que o Departamento quer nos matar? — perguntou Lucas. — Você pode estar errada. Podemos ser resgatados. Dar o fora dessa merda toda.

— Você não conhece meu pai.

— Sei que ele é um cientista brilhante.

Hannah soltou uma risada fraca.

— Velha história. Brilhante. Inspirador. Corajoso.

Lucas franziu a testa.

— Isso é engraçado?

Ela o encarou.

— Deixa eu te contar uma história sobre o meu pai. Quando eu tinha onze anos, pouco depois de a minha mãe se suicidar, meu pai trouxe quarto filhotinhos de beagle para casa. Disse que três iam para o laboratório, para experimentos. Mas eu podia ficar com um deles. Tinha que escolher. — Ela fez uma pausa. — Escolhi o menor, claro. O único que pensei que não sobreviveria a injeções de veneno ou a ter seus pedaços cortados para serem analisados no microscópio. Eu o chamei de Buddy e amei aquele cachorrinho durante as quatro semanas em que ele ficou comigo.

— O que aconteceu?

— Um dia, cheguei em casa da escola e descobri que Buddy não estava lá. Um dos outros beagles tinha morrido e o laboratório precisava de um substituto rapidamente. Então meu pai levou o Buddy e eu nunca mais o vi.

Lucas respirou fundo.

— *Scheisse.*

— Meu pai se ofereceu pra me dar outro cachorro, mas eu tinha aprendido a lição. Pedi um peixinho dourado. — Hannah sorriu. — Seria mais difícil sofrer por causa de um peixe.

— Que horrível.

— Pois é. — Ela se virou para sair. — *Esse* é o meu pai.

***

Eles se depararam com um problema no plano de fuga de Hannah logo de cara. O assento do vaso estava encaixado numa estrutura moldada de plástico. Embora o assento estivesse solto, teriam que remover a estrutura inteira para chegar ao buraco debaixo dele. Ela estava presa no chão por seis parafusos. Dois já tinham caído. Restavam quatro.

— Você por acaso não teria uma chave de fenda aí? — perguntou Hannah para Lucas.

Ele negou com a cabeça.

— Isso eu esqueci de colocar na mala.

Ela saiu daquele espaço apertado e fedorento onde, na verdade, nem cabiam os dois. Estava com calor e suava. De repente foi tomada por uma onda de tontura. Agarrou-se a um dos assentos e respirou fundo para tentar afastá-la. Sentiu a respiração presa na garganta. Tossiu.

— Tem alguém com tosse aí?

Ela olhou para cima. Cassie estava encolhida num dos assentos tombados lá pelo meio do ônibus. Lia um livro que pegara de um dos alunos mortos. *Ardil-22*. Bem apropriado.

— Estou bem — disse Hannah. — É só a poeira.

— Sei.

Hannah não gostou do tom de voz de Cassie. Ela *estava* bem. Tinha que estar.

— Não quis sentar com o Daniel? — perguntou para a outra garota, sem conseguir esconder a raiva na voz.

Cassie bocejou.

— Sem querer ofender, mas o clima de irmã moribunda não é dos melhores. Seria bom se ela se apressasse.

Hannah a encarou.

— E pensar que foi você que acusou o Lucas de ser insensível.

— Não, quem acusou foi o Daniel. *Eu* disse que o Lucas chutou alguém que já estava no chão. E ele fez isso mesmo.

Ela virou uma página do livro. Hannah balançou a cabeça. Toda vez que pensava estar começando a aprender a lidar com Cassie, ela a surpreendia de novo. No mau sentido.

— Você tem alguma coisa aí que a gente possa usar para tirar parafusos? — perguntou Hannah, já sem paciência.

— Claro — disse Cassie. — Deixa eu ir ali pegar minha caixa de ferramentas.

Hannah tensionou o maxilar. Não tinha tempo para isso.

— Bom, obrigada pela ajuda.

Cassie levantou uma sobrancelha.

— O que você quer que eu faça? Só tem espaço para vocês dois aí. Não posso fazer nada pelo Daniel nem pela irmã dele. É melhor conservar energia. Principalmente porque nossa comida e água são bem limitadas.

Hannah odiava ter que admitir, mas ela estava certa. Deu uma olhada ao redor do ônibus, na esperança de encontrar alguma coisa que pudesse usar.

— Talvez uma moeda funcione — acrescentou Cassie.

— Tem alguma moeda aí com você?

— Não.

— Ótimo.

Cassie acenou com a cabeça para ela e voltou para o livro. Hannah soltou um suspiro e olhou para os fundos do ônibus. Não queria, mas teria que ir conversar com Daniel.

Ele estava sentado ao lado da irmã novamente. Peggy ainda estava viva — por pouco. A respiração era curta, entrecortada, e a pele estava pegajosa e pálida. Com certeza lhe restava pouco tempo, mas era difícil dizer quanto. A princípio, Hannah pensara que ela morreria na primeira hora. Mas não. A morte era um processo, levava o tempo que tinha que levar. E nunca era como nos filmes. As pessoas sempre presumiam que era repentina ou então muito prolongada, com tempo de sobra para se preparar. Mas a ideia de "se preparar" para a morte era uma fantasia.

Do mesmo jeito, os ferimentos mais catastróficos podiam demorar muito tempo para enfim matar alguém. Primeiro, os órgãos começavam a falhar. Bem devagar, um a um. Pouca sensação nos membros. O cérebro desligava algumas de suas funções, e a consciência ficava fraca e intermitente. A demanda por comida e água ia diminuindo, e muitos dos moribundos perdiam a capacidade de engolir. A respiração esmorecia e, enfim, sem oxigênio e com as falhas dos impulsos elétricos do cérebro, o coração parava de bater. Dependendo do ferimento, isso podia demorar minutos, horas ou dias. A morte vinha quando estava pronta. Mas ninguém, na experiência de Hannah, nunca estava preparado. Ela sentiu um calafrio e reprimiu mais uma tosse.

— Não precisa dizer — falou Daniel, quando ela se aproximou.

— Dizer o quê?

— Lucas estava certo. Seria a melhor opção. Peggy vai morrer, e continuar assim é pior.

Hannah se sentou ao lado dele.

— Lucas não está certo, e a morte nunca é a melhor opção. Mas às vezes chega um momento em que é a menos dolorosa.

Daniel assentiu.

— Eu tinha esperanças de que conseguiríamos sair dessa a tempo.

Hannah franziu a testa. A tempo do quê? De Peggy sobreviver? Isso era improvável desde o começo.

— Sinto muito — disse ela.

Uma banalidade inútil.

Daniel olhou para ela. *Olhos tão marcantes*, pensou Hannah de novo.

— Ouvi algo que parecia um helicóptero — disse ele.

— Acho que o Departamento está procurando por nós.

— Acha mesmo que vão nos matar quando nos encontrarem?

Eliminar.

— Acho — disse ela. — E é por isso que precisamos sair daqui. Precisamos desparafusar a base do vaso sanitário. Você tem alguma coisa que a gente possa usar pra soltar os parafusos? Uma moeda, talvez?

Daniel hesitou por um momento, depois enfiou a mão no bolso e pegou uma moeda de um centavo velha e enferrujada. Hannah não via uma daquelas havia anos.

— Moeda da sorte — disse ele. — Meu avô me deu. Não ajudou muito até agora. — Ele a estendeu para Hannah. — Pode ficar.

Hannah pegou a moeda da mão dele.

— Obrigada.

— Acha mesmo que isso vai funcionar? — perguntou Daniel.

— Não sei. Mas temos que tentar. Se ficarmos aqui, seremos alvos fáceis.

— E se a gente sair? O que acontece?

Boa pergunta.

— Pegamos tudo que for útil no compartimento de bagagem. Vamos para a floresta e encontramos abrigo para a noite. Durante o dia, tentamos encontrar alguma cidade ou aldeia. Quando as pessoas souberem da nossa história, vai ficar mais difícil para eles se livrarem de nós.

Daniel fez que sim, pensativo.

— E a que distância você acha que está a cidadezinha mais próxima?

— Não sei — admitiu Hannah. — Podem ser cinquenta quilômetros, podem ser quinhentos.

— E acha mesmo que vamos sobreviver para andar quinhentos quilômetros?

— Prefiro morrer tentando do que ficar aqui sentada esperando a morte.

Daniel sorriu.

— Você me lembra a Peggy às vezes.

— Sério?

— Sério. Ela era mais durona do que parecia. — Ele se deu conta. Aquele desagradável tempo verbal no passado.

— Daniel, se a gente conseguir sair, você precisa vir junto — disse Hannah.

— Não posso deixar a Peggy aqui.

— Você não pode fazer mais nada por ela.

— É que... não é só pela Peggy.

— Então o que é?

Ele não respondeu.

— Olha, eu sei que é difícil, mas vai chegar um momento em que você vai precisar fazer uma escolha.

Daniel olhou para a irmã e moveu uma mecha de cabelo de sua testa, com carinho.

— Eu sei. — Ele se virou de volta para Hannah. — Você vai estar aqui? Quando o momento chegar?

— Se você quiser que eu esteja, sim.

— Prometa.

Ela respirou fundo.

— Eu prometo.

— Obrigado.

Ela o encarou. Havia alguma coisa que ele não estava lhe contando?

Tem que salvá-la.

Antes que pudesse perguntar, Lucas gritou lá do banheiro.

— Achou alguma coisa para tirar os parafusos?

— Achei! Estou indo — gritou ela de volta.

Daniel olhou lá do fundo para Lucas, com a cara fechada.

— Não confio nele.

— Acha mesmo que ele matou o Ben?

Ele olhou para ela.

— Alguém levantou durante a noite. Eu vi a movimentação.

Hannah fez uma careta. Será que tinha deixado isso passar? Talvez ela tenha apagado de leve.

— Lucas? — perguntou ela.

— Estava muito escuro para distinguir.

— Tem certeza?

Daniel abriu um sorriso melancólico.

— Eu já não tenho mais certeza de nada. Só... toma cuidado.

Soltar os parafusos foi um processo longo e trabalhoso, que ficou ainda mais desagradável devido ao desinfetante e aos resíduos que vazavam do sanitário tombado. Primeiro eles tiraram o assento, depois foram se revezando com a moeda. Quando o último parafuso saiu, já estavam com os dedos inchados e cortados, o suéter de Hannah, ensopado de suor. Apesar dos machucados, Lucas parecia calmo e tranquilo. Deu um puxão na estrutura de plástico e arrancou-a. Então, meio desajeitado, ele a tirou lá de dentro pela porta estreita do banheiro.

Hora da verdade, pensou Hannah.

Ela se agachou. Debaixo da estrutura havia um piso de plástico cinza e uma pequena saída para o vaso. Hannah empurrou o piso plástico com a mão. Depois se levantou e chutou com o calcanhar. Parecia frágil, mas ela não tinha certeza se conseguiria quebrar. Não sem cortar a própria perna.

Lucas se apertou lá dentro de novo.

— E aí?

— Só tem esse piso de plástico. Acho que o compartimento do tanque vai estar do outro lado. Se conseguirmos passar por isso, teoricamente deve ter um espaço de acesso.

— Teoricamente?

— É tudo o que dá para dizer. — Ela olhou de volta para o chão. — Mas acho que não consigo quebrar.

Lucas levantou a perna e deu um chute forte no plástico. Quebrou um pouquinho. Chutou de novo. Dessa vez, o pé entrou até a altura do tornozelo. Ele perdeu o equilíbrio. Hannah fez uma careta. Então se deu conta de que era a perna mecânica de Lucas. Ele a puxou de volta, o plástico afiado raspando na prótese de metal.

Ele sorriu para ela.

— Tem lá suas vantagens.

Eles se agacharam e foram puxando o plástico, retirando os pedaços e revelando um espaço retangular por baixo. Hannah espiou. Dava para ver o tanque e, acima dele, um pequeno alçapão que devia se abrir na lateral do ônibus, para permitir a remoção do tanque quando necessário. *Isso*. E, pela primeira vez, Deus, o destino ou simplesmente a sorte estava do lado deles. Havia espaço para contornar o tanque e ela viu um feixe de luz no lugar onde a porta do alçapão se abrira com o acidente. Mais um chute forte, e provavelmente cederia.

Eles tinham uma saída. Apertada. Esquisita. Mas uma saída.

Hannah se sentiu até meio tonta de alívio. Enxugou a testa.

— A gente vai conseguir...

Um surto de tosse veio com tudo. Ela cobriu a boca com o braço. Não conseguia respirar. Lucas olhava para ela. Dava para ver a dúvida nos olhos dele. Mas antes que o rapaz pudesse dizer qualquer coisa, um grito veio lá dos fundos do ônibus.

— HANNAH!

Ela saiu do banheiro. Daniel vinha em sua direção. Estava desgrenhado e apavorado.

— É a Peggy — disse ele.

Ela assentiu.

— Tudo bem.

Daniel se virou e foi correndo aos tropeços para os fundos do ônibus. Hannah foi atrás. Antes de chegar lá, já ouvia os gemidos de dor. Contornou os assentos retorcidos e arregalou os olhos. Peggy estava deitada com as costas na janela, o corpo convulsionando, as pernas abertas. A virilha da calça jeans estava encharcada de sangue.

— O que é isso?

Ela olhou para Daniel, confusa, e então se ajoelhou ao lado da garota. De onde viera todo aquele sangue? Colocou a mão sobre a barriga de Peggy. Algo se moveu sob seus dedos. *Não*. Hannah levantou delicadamente o suéter dela. A barriga da garota estava dura e dilatada, pulsando com as contrações.

Meu Deus.

Peggy estava morrendo.

Mas também estava grávida... e em trabalho de parto.

Hannah se virou para Daniel, com raiva.

— Por que não me disse que ela estava...

As palavras morreram em seus lábios.

Daniel estava de pé atrás dela. Numa das mãos segurava uma pequena faca de bolso.

— Você prometeu — disse ele. — Tem que salvá-la.

MEG

— POR QUE ALGUÉM ESCONDERIA UMA ARMA na parte de fora de um teleférico? — perguntou Max.

— Só pode ter sido o Karl — opinou Sarah. — Ele devia ter duas armas.

Meg refletiu a respeito dessa suposição.

— Mas se ele tinha uma arma, para que trazer uma faca?

— Talvez tenha achado que um tiro ia nos acordar.

— Nós estávamos completamente apagados. — Meg olhou para a arma. — Além disso, tiraram nossas roupas e nos revistaram. Todos os nossos objetos pessoais foram retirados antes de nos colocarem a bordo. Então como é que ele conseguiu entrar com uma faca *e* uma arma de fogo no teleférico?

— Bom, com certeza ele não foi sedado — disse Sarah. — Devia estar fingindo.

— Ainda assim, teria que ter passado pelos mesmos procedimentos... — Meg parou de falar.

Eles estavam deixando passar alguma coisa. *Ela* estava deixando passar alguma coisa. Pensou no pedaço rasgado de fita isolante debaixo do banco. A fita que grudava a arma no teto. Havia uma conexão ali, mas ela não estava conseguindo enxergar.

Sean estava pensativo.

— Se o cara morto era segurança, talvez a arma fosse dele.

— Mas como ela foi parar no teto?

Ele deu de ombros.

— Será que ele quis esconder por algum motivo?

Ou, pensou Meg, será que o assassino encontrou a arma e a escondeu lá em cima? Ela imaginou a situação: o assassino esfaqueia Paul, descobre a arma e entra em pânico. O que fazer? Ele poderia jogar a arma fora, mas talvez ela fosse útil. Não havia onde escondê-la dentro da cabine, então ele a gruda no teto do teleférico. Meio louco, porém engenhoso. Mas, pensando bem, por que ele não colocou a faca lá em cima junto com a arma? Ou a jogou fora? E de onde tinha vindo aquela fita isolante?

— Está carregada?

A voz de Sarah interrompeu a linha de raciocínio de Meg bem quando ela estava quase chegando a algum lugar.

— Perguntei se está carregada — repetiu Sarah. — Não sei os outros, mas não estou muito confortável com você aí segurando uma arma carregada.

— Acha que vou atirar em vocês todos? — perguntou Meg.

Sarah cruzou os braços.

— Prefiro não pagar para ver.

Meg balançou a cabeça.

— Tudo bem.

Ela abriu a câmara. Seis balas lá dentro. A arma estava totalmente carregada, mas não tinha sido usada.

Ela tirou as balas e estendeu a mão.

— Quem quer ficar com elas? Uma arma sem balas não serve pra nada.

Sean deu um passo à frente.

— Eu fico.

Meg entregou as balas para ele, que as colocou no bolso.

— Todo mundo satisfeito? — perguntou Meg.

— Por que você vai ficar com a arma? — disse Sarah.

Meg revirou os olhos.

— Você quer? Toma.

Ela estendeu a arma, segurando-a pelo cano. Sarah olhou e então balançou a cabeça.

— Na verdade, não. Pode ficar.

— Tem certeza?

— Tenho.

Meg fez menção de guardar a arma no bolso.

— Na verdade... — começou Max, que tinha se sentado de novo e estava com a voz meio rouca. — Por que alguém precisa ficar com ela? Por que não jogamos fora, como fizemos com a faca?

Era uma boa observação. Se chegassem ao Refúgio com uma arma, seriam alvo de muitas perguntas.

— Acho que deveríamos ficar com a arma — sugeriu Sean. — Só por precaução.

— Só por precaução? — Sarah olhou para ele. — Precaução em relação a quê?

Mas Meg sabia. Se continuassem presos ali e as únicas opções fossem morrer de fome ou de frio, uma bala podia ser uma alternativa melhor.

— Precaução em relação *a quê*? — perguntou Sarah de novo, a voz mais estridente.

— Precaução caso o resgate não venha — respondeu Meg, sem emoção.

— Eu não... — Sarah arregalou os olhos. — Está falando de a gente dar um tiro na própria cabeça?

— Ou atirar um no outro.

A expressão no rosto de Sarah era de horror.

— Nem pensar.

— É algo que talvez a gente precise considerar — observou Meg. — Se nossas únicas opções forem morrer lentamente de hipotermia ou de fome, talvez a gente queira pegar o caminho mais curto. Eu sei o que eu escolheria.

— Só Deus pode decidir quem vive e quem morre — murmurou Sarah.

Meg deu uma risada.

— Saquei. Então quando você empurrou Karl pelo alçapão, aquilo foi a mão de Deus, certo?

— Eu *não* o empurrei.

— Podemos não voltar a esse assunto? — pediu Sean. — Meu voto é para ficarmos com a arma.

Lá no canto, Max começou a tossir. Meg olhou para ele. Apesar da água, sua pele estava cinzenta e os olhos, injetados. O cabelo emaranhado sobre as têmporas. Meg apostava que ele estava com febre. Precisavam conseguir ajuda.

— Tem outra opção — disse ela.

Sean levantou uma sobrancelha.

— Pular pelo alçapão?

— Não. Escalar.

— O quê?

— Dá para ver a estação do teleférico daqui. Não é tão longe.

— Poderia muito bem estar a um milhão de quilômetros — disse Sean.

— Acho que é possível escalar pelo cabo — opinou Meg.

Todos ficaram olhando para ela. E então Sean caiu na gargalhada.

— Está falando sério?

Meg olhou feio para ele. Depois da conversa da noite anterior, achou que os dois tinham criado algum tipo de conexão, mas naquele momento ele estava sendo um babaca.

— É *possível* — reiterou ela. — São só uns duzentos metros.

— Isso não é longe se você estiver caminhando por uma rua ensolarada — disse Sean. — Mas está falando de se pendurar com as mãos e os tornozelos num cabo de aço a trezentos metros do chão no meio de uma tempestade de neve.

Meg lançou mais um olhar furioso para ele.

— *Eu* consigo.

— Consegue? Mesmo?

— Na academia de polícia, eu fui a recordista na pista de obstáculos.

— E eu ganhei a corrida do saco no colégio — debochou Sean. — O que dá mais ou menos no mesmo.

— Devia deixar ela tentar — disse Sarah, que tremia de frio no canto.

Max se virou para Meg com seus olhos injetados.

— Acha mesmo que é possível?

— Acho — respondeu, embora não estivesse nada certa disso. — É perigoso. Mas talvez seja nossa única chance. Se eu conseguir chegar à estação, posso acionar o alarme e pedir ajuda.

— Olha — disse Sean, num tom de voz paciente que a fez querer dar um soco na cara dele —, sei que você é forte, destemida e tudo o mais. Mas não vai chegar nem na metade.

— Tem uma ideia melhor? — perguntou ela. — Além de todo mundo aqui estourar os próprios miolos?

Ela viu algo passar pelo rosto dele, algo estranho que não conseguiu distinguir.

— Tenho. Eu vou.

— Não — disse Meg.

— Eu sou mais forte que você.

— E mais pesado também. Eu sou mais leve e mais ágil.

— Eu tenho mais energia.

Meg lançou um olhar fulminante para ele.

— Agradeço a oferta, mas não.

Ele abriu um pequeno sorriso.

— Você não confia em mim.

— Eu não falei isso.

— Nem precisava. — Ele balançou a cabeça. — O que é? Acha que vou chegar lá, fugir e largar vocês aqui para morrer? Talvez *eu* tenha matado o policial. É isso que você acha?

— Não — disse Meg. — E pare de colocar palavras na minha boca.

Os dois se olharam, irritados.

— Tudo bem — interveio Max, a voz fraca. — Pela lógica, há apenas dois motivos para ainda estarmos presos aqui: primeiro, é um problema técnico. Nesse caso, talvez haja pessoas trabalhando para nos resgatar agora mesmo. Só está demorando um pouquinho.

— Ou? — perguntou Meg.

— Uma catástrofe. Algo aconteceu com os operadores. Não tem ninguém para resolver o problema. Talvez ninguém nem saiba que estamos desaparecidos.

Aquilo era preocupante.

— De qualquer forma... — continuou ele.

— Estamos fodidos — concluiu Sean.

Max abriu um sorriso triste.

— Eu ia dizer que quanto mais tempo ficarmos aqui, mais chances de ser a segunda opção.

— Então estamos fodidos? — perguntou Sean.

— Basicamente.

Todos olharam pelas janelas. A neve caía suavemente, como pedaços de renda. Ao longe, o céu se ondulava como uma fita prateada sobre a estrutura cinza da estação do teleférico. Eles ficaram observando, impotentes, de dentro de seu túmulo de vidro e metal.

— Então só nos resta uma questão — disse Meg. — Até quando vamos esperar?

CARTER

NINGUÉM FALAVA. NINGUÉM SE MEXIA. Até o tempo parecia ter decidido tirar umas férias.

Paralisados sob o olhar reptiliano de Jimmy Quinn e com os canos das submetralhadoras apontados para eles, o momento pareceu durar uma eternidade. Carter engoliu em seco e teve certeza de que o som podia ser ouvido por qualquer bicho que estivesse lá no meio da floresta.

Miles foi o primeiro a quebrar o silêncio:

— Eu converso melhor quando não há armas apontadas para a minha cabeça.

Jimmy Quinn sorriu.

— Não estão apontadas para a sua cabeça, Miles. Eles vão atirar no seu saco primeiro.

Mas então ele levantou a mão, e os Coisas 1 e 2 baixaram as armas.

Miles inclinou a cabeça num gesto de agradecimento e baixou a própria arma. Depois de alguns segundos, Carter fez o mesmo.

— Mas, então, qual é o problema? — perguntou Miles.

Quinn acenou com a cabeça para o Coisa 1, que foi até a moto de neve e pegou um pacote. Enquanto ele vinha caminhando, Carter reparou que se tratava de uma das encomendas que deixara com Quinn na manhã anterior.

Coisa 1 jogou o pacote perto do portão.

— Seu plasma — disse Quinn.

— É — respondeu Miles. — A quantidade que você pediu. Não estou...

Coisa 1 levantou a arma e atirou no pacote, que explodiu numa mistura de papel pardo e cacos de vidro.

Carter e Miles cobriram a cabeça e se abaixaram.

— Merda! — Carter olhou para Miles e depois de volta para Quinn. — Que porra é essa?

Quinn foi até a caixa destruída. Chutou o que restava.

— Acha que eu sou idiota, Miles? Está tentando me vender merda?

Carter começou a suar. Sempre tomara cuidado para organizar o plasma de modo que Quinn nunca recebesse o placebo, mas será que tinha cometido um erro? Será que Quinn recebera o falso?

— Não — disse Miles, com calma. — Eu nunca faria isso.

— Você é um mentiroso.

— Não sou.

Quinn continuou olhando para ele, irado, do outro lado da cerca.

— Eu recebi uma ligação, Miles. De um parceiro meu. Um parceiro muito importante. Um parceiro insatisfeito pra caralho. Sabe por quê?

— Não. — Mas havia alguma coisa na voz de Miles. Um leve tremor de incerteza.

— Porque a família dele está *morta*, Miles. Mandei um carregamento de plasma para ele, como sempre. Mas o que aconteceu? Duas semanas depois, todo mundo ficou doente. Mulher, filho, os dois mortos. Assim, ele até pode arranjar outra mulher, mas não dá pra substituir o filho. Eu disse que era uma exceção, talvez um carregamento com problema. Mas aí recebi mais ligações. Mais pessoas infectadas. Então vou perguntar de novo: você me vendeu merda?

Carter viu a ondulação do pomo de adão de Miles quando ele engoliu em seco.

— Eu nunca faria...

Mais uma saraivada de tiros. Carter e Miles se jogaram no chão. As balas que atingiram o portão soltaram faíscas. Quando o barulho cessou, eles olharam para cima. O painel eletrônico que controlava a entrada estava pendurado. O portão, aberto.

Quinn ficou de pé quase na entrada, mas ainda do lado de fora.

— Seria muito, muito fácil se eu quisesse matar todos vocês e tomar esse lugar — disse ele, com calma. — Mas não fiz isso. Porque tínhamos um acordo. Então agora me diga a verdade antes de eu transformar suas bolas em carne moída.

Miles levantou as mãos e ficou de pé, cambaleante.

— Tudo bem. — Ele assentiu. — Eu só descobri recentemente...

Era isso, pensou Carter. Ele ia contar que Jackson vinha roubando o plasma e deixando recipientes falsos no lugar.

Miles respirou fundo.

— Percebi que havia algumas questões com a eficiência do plasma.

Carter olhou para ele, surpreso.

— *O quê?*

— Não era muito importante — continuou Miles. — Uma pequena diminuição no número de antígenos. A cada extração, parecia baixar mais um pouquinho.

— E isso significa...? — perguntou Quinn.

Miles soltou um suspiro.

— Significa que o plasma extraído é menos eficiente na geração de uma resposta imune. Pode não funcionar também, principalmente se exposto a certas variantes.

Quinn continuou a encará-los, os olhos frios.

— Você fez merda, Miles.

Ele assentiu.

— Eu sei. E eu tenho um plano de contingência.

— E eu tenho a porra dos meus clientes mortos. Falhei com eles, Miles. Entende isso? Eles podem vir atrás de mim ou dos meus filhos.

— Eu sei. Peço desculpas.

— Suas desculpas não valem porra nenhuma. Me diga então como vai resolver isso.

— Vamos conseguir novos fornecedores. Inexplorados. Vamos descartar os fornecedores atuais e começar de novo. Acho que isso vai resolver o problema.

— Novos fornecedores? — Quinn olhou para ele, a expressão curiosa. — Está falando de... — Ele olhou para a floresta lá embaixo. — Novos Assobiadores?

— Isso.

Quinn jogou a cabeça para trás e deu uma gargalhada. Os filhos deram uma risadinha sem jeito.

— Você é um filho da puta maluco, sabia? — Ele balançou a cabeça. — Tudo bem. Você tem um dia. Vinte e quatro horas.

— Preciso de mais do que isso — falou Miles. — Um dia para capturar os fornecedores. E mais um para processar o plasma.

— Tudo bem, quarenta e oito horas. Nada mais que isso. Quero plasma fresco. E se não entregar... você está morto. Todos vocês.

— Entendido.

— Melhor entender mesmo.

Quinn colocou os óculos e foi andando até a moto de neve. Os Coisas 1 e 2 fizeram o mesmo. Motores ligados e uma revoada de neve depois, os três veículos desceram pela encosta.

Carter e Miles observaram o trio ir embora.

— Bom, isso foi... emocionante — murmurou Miles.

Carter se levantou.

— Que porra é essa, Miles? Por que não contou pra gente?

Miles se virou e encostou o cano na arma entre os olhos de Carter.

— Não me questione, Carter. *Nunca* me questione, porra. Sem mim, vocês já estariam mortos.

Carter levantou as mãos e assentiu de leve.

— Tudo bem, tudo bem. Desculpa.

Miles baixou a arma, pigarreou e respirou fundo.

— Este não é um acontecimento inesperado.

— Então o que vamos fazer? — perguntou Carter. — Vamos levar um dia inteiro para ir até a estação do teleférico e voltar.

Miles pareceu não ter ouvido.

— Nem é um desastre — continuou ele. — Já precisávamos mesmo de novos fornecedores. Isso só tornou essa questão mais urgente.

— Mas e a energia, o gerador?

— Mudança de planos. Vamos atrás dos fornecedores primeiro.

Antes que Carter pudesse se opor ou argumentar, Miles virou de costas e foi até a porta.

— Temos que avisar aos outros.

Caren insistiu em ir com eles.

— Vocês vão precisar de toda a ajuda possível.

Carter esperava que Miles fosse recusar. Isso deixaria apenas Welland responsável pelo Refúgio. Mas Miles assentiu.

— Verdade. E, de novo, sinto muito. Eu deveria ter contado sobre minha preocupação com o plasma para vocês antes.

Caren apertou os lábios.

— É verdade. Mas eu entendo por que não contou. — Ela olhou para Miles, preocupada. — Como está a nossa proteção? Quinn disse que as pessoas foram infectadas e morreram. Se vamos sair para capturar fornecedores e formos expostos...

Ela deixou a frase no ar, sem necessidade de concluir. Se eles se expusessem, iam ser infectados?

Miles demorou um pouco para responder.

— Para ser sincero, não sei. Em teoria, as doses que tomamos antes ainda devem oferecer alguma imunidade, e óbvio que vamos estar de máscara e óculos de proteção, mas não posso garantir nada.

O que antes já era perigoso havia se tornado praticamente uma missão suicida. Mas, pensando bem, não entregar uma carga nova para Quinn seria pior. Eles não podiam fugir porque Quinn controlava o aeroporto. Não havia outro transporte viável, e tentar chegar a qualquer lugar a pé seria uma insanidade.

A existência deles ali sempre estivera por um fio. E de repente a balança pendera para o outro lado, o caldo entornara, o castelo de cartas tinha desabado. Sem contar que todas as metáforas tinham sido assassinadas.

Buscar novos fornecedores era uma missão suicida.

Não buscar era uma sentença de morte.

Welland balançou a cabeça, os cachos suados voando.

— *Cara*, não estou acreditando nisso. Quer que eu lide com os Assobiadores sem estar imunizado?

Miles falou com calma.

— Os corpos *têm que* ser incinerados, Welland. Isso é uma prioridade ainda maior agora.

— Mas e se...

— Tome todas as precauções como já faz normalmente e você vai ficar bem.

Carter tinha certeza de que Welland ficaria bem. Algumas pessoas, não importava o quão desagradáveis, covardes e egoístas fossem, sempre pareciam se dar bem. Enquanto outras, como a irmã dele... Interrompeu o fluxo de pensamento antes que aquilo crescesse e o sufocasse.

Miles continuou, com pressa:

— Tudo bem. Sabemos qual é o plano. Entramos e procuramos um grupo. Eles costumam descansar durante o dia, mas não partam desse princípio. Vou atirar com o tranquilizante em dois deles bem rápido. Caren e Carter, façam o que for necessário para os outros fugirem. Então colocamos os fornecedores...

— Pode parar de chamá-los assim? — Carter não conseguiu se controlar.

Caren olhou para ele com uma expressão estranha.

— Carter — disse Miles, em tom de aviso.

— Só estou falando que os Assobiadores ainda são pessoas, certo? — continuou Carter, tentando manter a voz calma. — Pelo menos eram.

— Não podemos pensar neles desse jeito — retrucou Miles. — Não se quisermos sobreviver.

— Miles tem razão — concordou Caren. — Na minha opinião, seja lá o que forem, somos nós ou eles. E eu sei de que lado estou.

Claro. A petulante, prática e perfeita Caren com C.

Carter soltou um suspiro.

— Tudo bem.

Miles levantou as sobrancelhas.

— Então, posso continuar?

Carter fez que sim, embora não tivesse sido uma pergunta de verdade. Com Miles, nunca era.

— Muito bem. Colocamos os *corpos* no trenó e os trazemos para as câmaras, onde já vou começar a extração. — Miles olhou fixo para Carter. — Os Assobiadores vão ser alimentados e cuidados aqui. Provavelmente é uma existência melhor do que a que têm lá fora, vivendo como animais.

Mas, por mais difícil que fosse sua existência, qualquer criatura sempre escolheria a liberdade em vez do confinamento, pensou Carter.

Miles se virou para Welland.

— Você vai ficar responsável pelo Refúgio durante esse tempo, Welland. Coloque os corpos no incinerador e fique aqui esperando a gente voltar.

— E se vocês não voltarem? — choramingou Welland. — Se a energia cair de novo? Se Quinn voltar aqui?

Miles entregou a arma dele para Welland.

— Aí você usa isso.

Welland olhou para a arma.

— Mas... eu nem sei atirar. Nunca vou conseguir dar conta de Quinn e dos filhos com isso.

Miles sorriu.

— Não é para eles.

HANNAH

ELA FICOU OLHANDO PARA A FACA.

— Daniel. Eu não consigo. Eu...

— Peggy, não. A bebê.

Ele estendeu a faca para ela.

— Preciso que você salve a bebê.

Ela compreendeu as implicações. Hannah olhou de novo para Peggy. A barriga dilatada. *Não. Ai, meu Deus. Não.*

— Eu... eu não consigo.

— Você é estudante de medicina.

— É, mas não sou médica nem parteira. Nunca fiz isso antes.

Ele estendeu o cabo da faca para ela.

— Você é a única opção. — Os olhos dele suplicavam. — Por favor. Não posso perder as duas.

Hannah olhou mais uma vez para a garota. Ela morreria em questão de minutos de qualquer maneira. Quando isso acontecesse e o feto parasse de receber oxigênio, haveria uma janela de tempo bem pequena para tirar a bebê ilesa, viva e sem dano cerebral. Ela precisava agir logo.

Mas mesmo se você conseguir, como a bebê vai sobreviver? Sem leite. No frio. E ainda por cima vai ser um fardo extra. Seja racional, Hannah. Deixe as duas morrerem. É melhor assim.

Ela olhou para Daniel. Viu o desespero no rosto dele.

Pode ser que a bebê morra de qualquer forma.

— Eu sei. Mas, *por favor*, só tenta. Ela não merece uma chance?

Hannah. Isso é loucura.

Vá se foder, pai, pensou ela. *Você está tentando matar nós todos. Então vá se foder.*

Hannah pegou a faca e a pressionou contra a barriga dilatada da garota. *Meu Deus*. Sua mão tremia. Ela suava. *Merda*. Respirou fundo e tentou não tossir. Tudo bem. Conseguia fazer isso. *Pense no que você sabe sobre anatomia, Hannah. Concentre-se na tarefa diante de você.*

Naturalmente, a tarefa diante dela era cortar a barriga de uma grávida moribunda, sem nada para amenizar a dor, e sem dúvida matá-la no processo. Mas Peggy já estava morrendo mesmo, e a escolha era salvar uma vida. A vida que tinha mais chances a longo prazo.

Ela apertou com mais força; o sangue escorreu sob a faca. Peggy gemeu, mas foi bem fraco. Um último suspiro. Hannah enfiou a lâmina na barriga e rasgou com força bem abaixo do umbigo. Um jato de sangue vermelho vivo jorrou da incisão.

— Daniel — disse ela, tensa. — Preciso que vá até os corpos e pegue as roupas deles para eu usar como panos. Peça ajuda para a Cassie.

— Tá bem. E o Lucas?

Ela hesitou.

— Não conta pra ele, a não ser que seja estritamente necessário.

Daniel, então, foi caminhando pelo ônibus. Hannah olhou para a incisão. Limpou um pouco do sangue com a mão, mas ele não parava de jorrar. Ela se deu conta de que pouco antes estava revirando coisas no chão de um banheiro. Não era o ambiente estéril no qual um bebê deveria nascer. Mas que escolha eles tinham?

Hannah precisava se concentrar. Tudo bem. Corte a pele e os tecidos subcutâneos. A próxima camada era a fáscia, tecido que revestia o músculo reto abdominal. Hannah enfiou a faca mais fundo. Estava afiada, mas não era um bisturi, e os músculos eram resistentes. Sentiu uma onda de calor pelo corpo novamente, o suor pingando da sobrancelha. Mas ela não podia parar. Tinha que fazer aquilo rápido.

— Aqui estão as roupas.

Ela levantou a cabeça. Daniel tinha voltado e estava com Cassie. Para falar a verdade, Hannah provavelmente nem precisava dos tecidos. Mas achou que era uma boa ideia manter Daniel ocupado.

— Obrigada. É só deixar aí.

— Jesus — murmurou Cassie. — Isso não estava no meu bingo Presos no Ônibus.

— Pois é, nem no meu — disse Hannah.

Ela usou os dedos para separar os músculos retos. Podia entrar na cavidade abdominal por meio do peritônio parietal e… *isso*. Lá estava ele — o útero. Naquele momento, em geral ela se preocuparia em afastar a bexiga, mas nesse caso a sobrevivência da mãe ou a mutilação não eram um problema. Danificar o feto, por outro lado, era.

— Quase lá — disse Hannah, tentando evitar mais uma onda de tontura e náusea.

Ela enfiou a faca no útero. Três camadas. A mais superficial (perimétrio), o músculo (miométrio) e a mucosa interna (endométrio). Mais uma vez, Hannah não precisava se preocupar em danificar vasos sanguíneos. Só precisava tirar o feto. Hannah cortou. O sangue jorrou como se fosse uma fonte, quente e direto no rosto dela.

— Merda! — Ela estendeu a mão. — Pano.

Daniel lhe entregou uma cueca boxer térmica. Hannah usou para limpar os olhos e a boca, mas ainda sentia o gosto metálico. Olhou para baixo.

— Isso é… — perguntou Daniel.

Era. Hannah já conseguia ver o saco amniótico esvaziado e aquele formato inconfundível do feto encolhido. Ela soltou a faca e enfiou a mão, puxando o saco.

— Ai, meu Deus — murmurou Daniel.

Hannah, que mal ousava respirar, segurou o feto com ambas as mãos. Essa era a parte mais difícil. Antes, ela podia se concentrar apenas na cirurgia. Mas naquele momento estava lidando com uma vida. Uma vida miudinha e frágil. Do jeito mais delicado que conseguiu, ela puxou a bebê de dentro do abdômen. Olhou para Daniel.

— É uma menina.

Ela colocou a recém-nascida nas mãos de Daniel, que a segurou como se fosse feita de vidro.

— Só preciso cortar a placenta — disse Hannah.

Ela pegou a faca e cortou o tecido duro.

— A bebê não tinha que chorar ou algo assim? — perguntou Cassie.

Ela tinha razão. Hannah olhou para a bebê. Estava respirando?

— Aqui.

Hannah pegou uma cueca mais limpa e usou para tirar o muco do nariz e da boca da bebê. Depois, esfregou o abdômen e o peito com cuidado e firmeza. Hannah sentiu um pequeno soluço, e então a bebezinha abriu a boca e soltou um choro bem saudável.

— Ah, que bom — disse Cassie, sem expressar qualquer emoção. — Melhor assim.

— Uma bebê — sussurrou Daniel. — Peggy, é a sua bebê.

Mas a irmã não respondeu. Hannah se deu conta de que já não ouvia mais a respiração entrecortada da garota. Sua pele estava fria, os olhos petrificados. Ela estava morta.

Daniel se agachou e segurou a bebê sobre o peito da irmã.

— Peggy. — Daniel pegou uma das mãos frias dela e colocou sobre a bebê. — Ela é linda, Peggy. Linda mesmo. O nome dela vai ser Eva. Como você sempre quis. Sean se fosse menino. Eva se fosse menina. E ela devia usar seu nome também, não é? Eva Margaret.

A bebê chorou de novo.

— Ela deve estar com frio. É melhor enrolar a bebezinha — sugeriu Hannah.

Daniel pegou um casaco térmico e, com cuidado, enrolou a bebê. Hannah olhou para Peggy. De repente, pareceu obsceno deixá-la ali tão exposta, com a barriga aberta, como se fosse uma embalagem usada, um recipiente sem importância.

Que bobagem sentimental, Hannah. Ela está morta.

Talvez fosse. Mas ela ainda era uma jovem que merecia alguma dignidade. Hannah pegou o único casaco que parecia estar sobrando e colocou sobre a parte de baixo do corpo de Peggy.

Eva gritou mais alto. Um choro agudo e desesperado.

— Acham que ela está com fome? — perguntou Daniel.

Era possível. Mas eles não tinham nenhum tipo de leite. Hannah tentou pensar, embora a exaustão estivesse deixando sua cabeça pesada e confusa — o que podia se dar a bebês que não fosse leite materno ou fórmula? Leite de vaca já seria uma concessão, mas eles não tinham nem isso. Alguma coisa lá no fundo da mente começou a aparecer. Uma daquelas informações aleatórias que o cérebro da gente guarda.

— Pedialyte — disse ela.

Cassie a encarou.

— Isso não é para criança que está com caganeira?

— É para reidratação — respondeu Hannah. — Tem minerais e vitaminas.

— E você tem algum? — perguntou Daniel.

— Não, mas Ben tem. Lembram, ele disse que tinha Pedialyte na mala.

— Que está no compartimento de bagagem — acrescentou Cassie.

— Eu sei — respondeu Hannah, impaciente. — Mas acho que encontramos um jeito de sair. Lucas conseguiu acessar o espaço debaixo do banheiro. Tem um alçapão... — Ela parou.

Lucas. *Onde estava Lucas?*

Era óbvio que Cassie também se perguntava a mesma coisa.

— E onde está nosso grande líder, aliás? — perguntou ela.

Hannah se virou e olhou para o resto do ônibus. Lucas devia ter ouvido a comoção ali atrás, e com certeza escutara o choro da bebê.

— Não sei — murmurou ela.

As duas se olharam. Hannah limpou o sangue das mãos, se levantou e foi escalando o ônibus. Cassie foi atrás.

— Lucas?

Hannah chegou até o banheiro e olhou lá dentro. Vazio.

Apertou os olhos para enxergar dentro do buraco. O alçapão na lateral do ônibus estava aberto. Por ali entrava uma bela rajada de ar gelado.

Ela olhou para Cassie.

— Ele foi embora.

E havia ainda outra coisa.

— Está ouvindo isso? — perguntou Cassie.

Hannah ouviu.

O mesmo zunido de hélices de antes.

O helicóptero estava de volta.

Agora mais perto.

Bem mais perto.

As duas foram cambaleando pelo corredor até a frente do ônibus para olhar pelo para-brisa.

O vulto preto do helicóptero pairava no horizonte e crescia cada vez mais. O som das hélices, que antes era baixo, se transformou num rugido ensurdecedor.

— Eles sabem que estamos aqui — disse Hannah, com a voz mais alta.

— Não me diga, Sherlock!

Hannah olhou para o alto. O helicóptero já estava quase em cima deles. Tão perto que ela conseguiu enxergar um piloto e uma outra pessoa lá dentro.

— Eles não podem pousar — disse. — A floresta é muito densa e a estrada, muito estreita.

— Então por que estão pairando aqui em cima? — perguntou Cassie.

Boa pergunta. Por que não encontrar outro lugar para pousar e vir a pé? Até onde aqueles caras do helicóptero sabiam, ninguém que estava no ônibus podia sair.

A não ser que...

Alguma coisa se desenrolou a partir do helicóptero.

— Merda — murmurou Hannah.

Uma escada.

— Eles não vão pousar — falou. — Alguém vai descer.

Cassie olhou para ela, os olhos arregalados.

— O que a gente faz agora?

Uma pessoa de macacão de neve verde do Departamento começou a descer a escada do helicóptero. Havia uma arma pendurada em suas costas.

— Vamos! — gritou Hannah.

Elas foram correndo para os fundos do ônibus.

— Daniel? — gritou Hannah, tentando evitar mais uma tosse. — Precisamos sair daqui.

— Mas e a bebê?

— AGORA!

Hannah se virou e empurrou Cassie para dentro do banheiro.

— Tem que rastejar para sair.

Cassie não pensou duas vezes. Agachou-se imediatamente e se enfiou no buraco retangular, espremeu-se para passar pelo tanque e subiu até o alçapão com relativa facilidade. Mas ela era pequena e esguia. Daniel veio cambaleando, com a bebê no colo.

— Você é o próximo — disse Hannah.

— E a Eva?

— Passa ela para a Cassie.

— Não. — Ele balançou a cabeça. — Você vai agora. E eu passo a Eva para você.

— Daniel...

— Você vai ser mais rápida do que eu. Se alguém tiver que ser deixado para trás... não pode ser você.

Eles se olharam. Hannah olhou para a frente do ônibus. O para-brisa explodiu com um tiro. Um par de botas pretas pesadas apareceu balançando no buraco do vidro.

— Merda.

Hannah desceu e se esgueirou pela abertura. Era apertado ao redor do tanque, mas ela encolheu a barriga e conseguiu passar. Saiu pelo alçapão e se agachou na lateral do ônibus, que estava virada. Cassie estava logo ali abaixo, as pernas enfiadas até a coxa na neve.

O ar gelado era fresco e delicioso, mas Hannah não tinha tempo para desfrutar. Enfiou a cabeça de volta pelo alçapão e estendeu os braços. Daniel passou a bebezinha para ela. Hannah segurou a recém-nascida e a levou para fora com cuidado. A bebê se agitou em seus braços, mas depois ficou quieta novamente.

— Vem — sussurrou ela para Daniel.

Ela o viu se espremer pela abertura no chão e tentar passar pelo tanque. Mas ele era muito maior do que ela e Cassie, e até mesmo do que Lucas (onde quer que *ele* estivesse, aquele babaca covarde e traidor).

— Estou preso — resmungou Daniel.

— Empurra — apressou Hannah. — Você tem que empurrar.

Ele empurrou. O tanque rangeu. *Rápido*, pensou Hannah. *Rápido*. O homem com a arma já estava lá dentro. Não ia demorar muito para perceber o que estava acontecendo.

— Vai — incentivou ela.

Daniel se contorcia e espremia.

— Aqui — disse Hannah para Cassie, e lhe entregou Eva.

— Eu não...

— Só segura.

Ela empurrou a bebê nos braços de Cassie. A garota a segurou como se fosse uma bomba.

Hannah pegou Daniel pelos pulsos e puxou. Mais um rangido. Hannah puxou de novo, o mais forte que conseguiu. Dessa vez, algo cedeu. O tanque se soltou dos parafusos e tanto o tanque quanto Daniel caíram para fora do alçapão numa torrente de água, desinfetante e resíduos. Hannah caiu para trás na neve fofa.

— Merda.

Literalmente. Mas Daniel tinha saído. Para o azar deles, não foi uma fuga sutil.

— *SCHEISSE!* — xingou o homem com a arma.

Alemão, pensou Hannah, e algo lhe veio à mente. Se bem que aquilo não era tão estranho. O Departamento era uma operação global. E aquele não era o momento para ela se preocupar com a nacionalidade de seu potencial algoz.

Ela se levantou, meio desajeitada. O rosto irado do homem apareceu no alçapão. Ele xingou de novo e então desapareceu. Não arriscaria ficar preso. Estava voltando para a frente do ônibus, pensou Hannah. Para sair pelo para-brisa.

Eles não tinham muito tempo. Hannah olhou para a floresta. Estava a muitos metros, e eles ficariam expostos, tanto ao atirador quanto ao helicóptero que ainda pairava ali em cima, mas era a única chance.

— Temos que correr para a floresta — disse ela.

Daniel se sentou, ofegante.

— É muito longe.

Cassie olhou para ela.

— Ele tem razão. Não vamos conseguir.

— *HALT!*

Hannah se virou. O homem pulou da frente do ônibus e vinha na direção deles.

Merda. Tarde demais. O que fazer? Não tinham nenhuma arma. Nenhum lugar para se esconder. Hannah sentiu a frustração tomar o lugar do medo. Tinham chegado tão longe. Tinham conseguido escapar. Não era justo, porra.

E então ela ouviu outra voz.

— *VERZEIHUNG!*

Um vulto de repente apareceu de dentro da floresta, saindo da sombra das árvores onde devia estar escondido.

Lucas.

Ele estava de pé no campo de visão do atirador e do helicóptero, o vento soprando suas roupas e balançando o cabelo claro sobre o rosto.

Quando o homem se virou para ele, Lucas levantou os braços num gesto de rendição.

— *Warte ab! Hören. Mein Name ist Lucas Myers. Ich arbeite für die Department.*

— *Was tun Sie hier?*

— *Ich bin hier um sicherzustellen dass die Operation reibungslos abläuft.* — Ele bateu com os dedos no pulso. — *Du hast den Bus wegen mir gefunden.*

O homem com a arma pareceu hesitar.

— O que ele está dizendo? — sussurrou Cassie sobre a cabeça da bebê.

— Não tenho certeza — respondeu Hannah. Ela sabia um pouquinho de alemão, mas àquela distância, com as hélices do helicóptero zunindo acima da cabeça, não tinha tanta certeza. — Acho que está tentando convencer o cara de que está do lado deles.

— Ele vai acabar morrendo desse jeito — disse Daniel.

— Antes ele do que a gente — murmurou Cassie, arrumando Eva nos braços, desajeitada. — Pode pegar isso de volta?

Daniel estendeu a mão e fez carinho na cabeça de Eva.

— Fica com ela só mais um pouquinho.

— *Não*. Meu Deus. Por quê?

— Porque se o Lucas morrer, todos nós vamos morrer.

Daniel se levantou.

— O que está fazendo? — sussurrou Hannah.

Ele abriu um pequeno sorriso.

— Te conto quando eu souber.

Ele então subiu no ônibus meio enterrado e começou a rastejar ao longo da lateral, agora virada para cima. O homem com a arma ainda prestava atenção em Lucas, e, mesmo se o piloto do helicóptero visse Daniel, estava muito longe para avisar o colega.

— *Warum sollte ich dir glauben?* — perguntou o homem para Lucas.

Hannah traduziu em sua cabeça: Por que eu deveria acreditar em você?

— *Erkundigen Sie sich beim Professor.*

O homem encarava Lucas. Daniel se arrastou pela carroceria de metal do ônibus, a neve se movendo à medida que ele passava, revelando o logotipo da Academia. Ele estava numa posição quase paralela à do atirador, e olhava para ele de cima.

— *Mein Befehl lautet.* — O atirador levantou a arma. — *Sie alle zu töten. Keine Ausnahmen. Keine Überlebenden.*

Nada de sobreviventes.

— *Nein!* — gritou Lucas.

Daniel se jogou de cima do ônibus e caiu bem nas costas do atirador, que se esparramou no chão e viu a arma voar de suas mãos.

— Merda. — Cassie teve um sobressalto. — Isso deve ter doído.

Os dois lutaram sobre a neve de um lado para outro, com os punhos em riste. Mas Daniel tinha a vantagem do peso. Virou o atirador e ficou por cima dele, segurando seus braços com os joelhos. Então começou a socá-lo no rosto e na cabeça, mais e mais, o sangue esguichando debaixo de suas mãos, até que enfim o atirador parou de se mexer.

Daniel pegou a arma e se levantou cambaleando. O helicóptero ainda pairava lá em cima. Daniel se virou e atirou. Hannah ouviu o estalido das balas no metal. O piloto decidiu evitar mais prejuízo. O helicóptero subiu, deu a volta e desapareceu em meio às nuvens, o sol refletindo nas hélices.

Daniel se virou para a pessoa inconsciente no chão.

Não, pensou Hannah. *Ele já não é mais uma ameaça. Não precisa atirar nele.*

Daniel puxou o gatilho. Repetidas vezes. O corpo do atirador se agitou com as balas e pintou a neve de vermelho. Hannah se contorceu. Daniel baixou a arma.

Lucas veio andando pela neve sangrenta na direção dele.

— Você salvou minha vida. Obrigado, meu amigo — disse, estendendo a mão.

Daniel olhou, deu meia-volta e saiu andando. Sentou-se na neve com um baque e ficou olhando para as próprias botas. Parecia estar prestes a vomitar de novo. Lucas deu de ombros e foi até o cadáver do atirador.

— Espera aqui — disse Hannah para Cassie.

Cassie lançou um olhar fulminante para ela.

— O quê? Vai mesmo me deixar aqui sozinha segurando a porra de um bebê?

Hannah foi pela neve até Lucas. Ele estava agachado e vasculhava os bolsos do atirador. Olhou para cima quando Hannah se aproximou e mostrou um pequeno objeto cinza com fios.

— Um explosivo — disse ele. — Você tinha razão. A intenção era matar todos nós e destruir as provas.

— Você não deveria tomar cuidado com isso?

— Não está armado. Olha só. — Lucas apontou para um botão. — Imagino que isso aqui dispare um temporizador. Se eu apertar... — Ele passou o dedo por cima sem encostar.

— Guarda isso — disse Hannah, irritada.

Lucas sorriu e colocou o dispositivo no bolso com um gesto casual.

Hannah olhou para ele com raiva.

— Você fugiu e deixou a gente lá.

Lucas franziu a testa.

— Não. Eu saí do ônibus pra dar uma olhada nos arredores e no compartimento de bagagem. Quando ouvi o helicóptero, me escondi na floresta.

— Como sabia que o atirador era alemão? — perguntou ela.

— Eu ouvi ele falar.

Lá da floresta?

— E o que disse para ele?

— Eu nem lembro direito. Estava só tentando enrolar. Por quê?

Hannah olhou para ele, fria.

— Meu alemão não é muito bom — disse ela —, *aber für mich hörte es sich so an als hättest Du ihnen erzählt dass du für die Abteilung arbeitest. Für meinen Vater?*

Lucas a encarou.

— Você disse que trabalha para o Departamento, para o meu pai — repetiu Hannah. — É verdade?

— Você está errada.

— Sério?

— Sério. — Lucas se levantou e sorriu. — Seu alemão é excelente.

— Ei! — Cassie vinha caminhando pela neve, ainda com Eva no colo. — Alguém pode, *por favor*, tirar isto aqui de mim?

Lucas se virou e a encarou.

— Isso é… um bebê?

Cassie revirou os olhos.

— Bom, não é o Caco dos Muppets. E não é meu, antes que pergunte.

— A irmã do Daniel estava grávida — explicou Hannah. — Fiz uma cesariana de emergência nela enquanto você estava fora.

Lucas a encarou e parou para registrar essa informação. Mas nada o abalava por muito tempo.

— Um bebê é uma complicação desnecessária.

— O nome dela é Eva. — Daniel se levantou. — E ela não é uma complicação. É minha sobrinha.

Ele levantou a arma.

Lucas olhou para ele com atenção.

— Muito bem. Neste caso, o tempo é ainda mais essencial. Já vasculhei a bagagem e peguei o que era útil. Deveríamos entrar na floresta e ficar o mais longe possível do ônibus. O Departamento sabe que estamos vivos agora. Isso não é bom para a gente. E ela… — ele apontou para a bebê — … vai nos atrasar ainda mais.

Ele se virou e foi caminhando na direção do compartimento de bagagem.

Daniel pendurou a arma no ombro e estendeu os braços. Cassie entregou Eva para ele. Daniel a embalou com cuidado.

— A gente não gosta nem um pouco desse babaca, não é, Eva?

— Ótimo — disse Cassie. Ela se virou para Hannah. — O que você disse para o Lucas?

— Nada de mais. — Hannah ficou olhando para ele, a testa franzida. — Só estava me certificando de que estamos nos entendendo.

MEG

TODO MUNDO AQUI ESTÁ ESCONDENDO ALGUMA COISA.

Aquilo a despertou. Foi como um soco forte. Um soco forte em sua mente.

O policial.

Sean chamara Paul/Mark de "o policial". Antes, ele sempre o chamara de "o segurança". Mas durante a discussão que os dois haviam tido, ele dissera: "Talvez eu tenha matado o policial." Pode ter sido só um deslize de linguagem. Eles haviam conversado sobre a possibilidade de Paul/Mark ser um ex-policial, mas só ela sabia disso com certeza. E Sean tinha dito com muita convicção. Será que Sean conhecia Paul? Ele estava mentindo?

Tinha mais uma coisa que não saía de sua cabeça. A fita isolante debaixo do banco. Aquilo a estava incomodando. Do mesmo jeito que acontecia quando *ela* era policial. Coisas que estavam fora de lugar. Aquilo que te ensinavam a procurar numa cena de crime. Coisas que estavam erradas, que não se encaixavam na narrativa. Aquela fita isolante parecia errada. Por que aquele pedaço estava preso debaixo do banco? Tinha sido usado para prender alguma coisa ali? Alguma coisa que alguém queria esconder até a hora que precisasse.

Tipo uma faca.

Aquilo explicaria como a faca havia chegado até ali.

Todos eles tinham sido despidos. Revistados. Uma faca não passaria despercebida.

Mas se alguém tinha informações sobre o que havia lá dentro, talvez até uma pessoa infiltrada — um funcionário insatisfeito do Departamento — que pudesse esconder a faca no teleférico antes do embarque, aquilo faria mais sentido.

Também significava que o crime fora premeditado. Planejado. Pensado. Talvez até orquestrado junto a outra pessoa. O assassino sabia que Paul estaria a bordo e precisava evitar que ele chegasse ao Refúgio. Todos eles tinham sido trancados em quartos ao chegarem ao centro de detenção. Não havia como pegá-lo antes. Mas se o assassino já sabia o que ia acontecer, podia fingir ter sido sedado e, enquanto todos os outros estavam dormindo, esfaquear Paul.

Mas e a arma? Aquilo não encaixava. Sem dúvida tinha que haver uma conexão, mas ela não estava conseguindo decifrar qual. Ou quem? Karl não lhe parecera o tipo de criminoso que orquestraria um assassinato como aquele. A menos que ela o tivesse subestimado. Ou talvez ele fosse inocente, e o assassino ainda estivesse a bordo.

Meg se sentou e se afastou aos poucos do grupo deitado no chão. Imediatamente o corpo registrou a falta do calor compartilhado. Sarah estava encolhida em posição fetal. Sean estava atrás dela, deitado, o corpo bem próximo. De um jeito quase íntimo.

A princípio, parecera impossível conseguir dormir naquele frio, mas a falta de comida e água os deixava exaustos, letárgicos. Os corpos estavam desligando na tentativa de conservar energia para as funções mais básicas, como se fossem entrar em hibernação. Devia ser por isso que raciocinar parecia muito mais trabalhoso do que o habitual.

Meg balançava os braços para a frente e para trás ao caminhar de um lado para outro da cabine. Seus dedos formigavam. Ela não sentia os pés, mesmo com meias grossas e botas de neve. O teleférico rangeu, mas já não balançava tanto quanto antes. A tempestade cessara, embora a temperatura não estivesse subindo. Viu sua respiração sair com uma fumaça branca fantasmagórica. *Prova de vida*, pensou Meg, de um jeito meio macabro. Ainda que, depois de Lily, ela se sentisse mais morta do que viva. Um pé neste mundo. Um pé já no outro lado.

Ela foi até a janela de vidro e observou o céu do começo da noite. Conseguia ver o brilho fraco de algumas pequenas estrelas. Planetas em seu último espasmo de vida. Uma luz que estava morrendo, literalmente. Era assim que o nosso mundo estaria quando enfim chegasse a seu último suspiro? Houve um momento em que Meg pensou que ficaria feliz ao testemunhar o fim do mundo. Por que as pessoas deveriam continuar vivendo suas vidas se Lily não tinha mais esse privilégio? Por que as coisas deveriam continuar existindo como sempre? Mas naquele momento ela sentia apenas tristeza ao ver quão facilmente a humanidade sucumbira.

Dez anos. Foi só isso que levou para a sociedade desmoronar. Para o vírus arrasar o planeta. Para virem as revoltas, as guerras, o ódio. Para os infectados se tornarem párias. Para as Fazendas serem aceitas como parte integrante da vida. Numa batalha contra um inimigo em constante mutação, a necessidade prevalece. Sacrifícios haviam sido necessários. E alguns deles tiveram que ser humanos. Ou quase humanos.

Eles não são como nós. Os infectados. Assobiadores. A desumanização tinha sido gradual, mas deliberada. O medo era parte do plano. Tornava mais fácil esquecer que *um dia* os Assobiadores haviam sido como nós, apenas tiveram o azar de serem infectados. E mais azar ainda de terem sobrevivido. *Estamos sempre mais próximos do abismo do que imaginamos*, pensou Meg. Todo dia, tateamos à beira do precipício. Só não ousamos olhar para baixo.

Ela sentiu as lágrimas nos olhos. Por que ainda estava viva? Por que prolongar aquilo? Se sua missão era morrer, por que não resolver tudo de uma vez? Abrir o alçapão, pular e se deixar cair. Um mergulho ofegante na neve lá embaixo. Seria tão fácil. Quase fácil demais.

Meg ouviu uma movimentação atrás dela e se virou. Sarah estava se sentando. Max e Sean seguiam aninhados em seus lugares.

— Oi — disse Meg, a voz neutra.

Sarah se levantou e se aproximou. Esfregou os braços e alongou os membros. Sua expressão estava extenuada, os lábios rachados, círculos escuros sob os olhos. *Bom,* pensou Meg, *também não devo estar parecendo nenhuma obra de arte no momento.*

— Então, mais uma noite chegando — disse Sarah.

— Pois é.

— Ainda está pensando em fazer o que falou ontem?

Meg olhou lá para fora de novo pelo vidro.

— Não sei.

— Você não precisa. Quer dizer, provavelmente não vai fazer diferença...

A voz dela estava embotada. Meg reconheceu aquele tom. Derrota. Foi como se sentiu depois da morte de Lily. A esperança fora toda embora. Você se apega a ela durante um tempo. Mas a esperança era como areia. Quanto mais você agarrava, mais ela escorria pelos dedos.

Meg compreendia como as pessoas podiam morrer por conta do luto ou por um coração partido, ou como os idosos simplesmente desistiam. A gente não percebe, nenhum de nós, o quanto nossa existência depende de esperança e propósito, da promessa de um novo dia. Sem isso, somos apenas robôs, seguindo o fluxo até parar e morrer.

Mas ela não disse isso. Porque, por mais que não gostasse de Sarah, não queria ser cruel naquele momento.

— A tempestade parou — disse ela. — Ainda existe a possibilidade de que as autoridades estivessem só esperando o clima melhorar para...

— Não — interrompeu Sarah. — Não precisa me tratar com condescendência.

— Tudo bem.

— Eu sei que você não gosta de mim.

Meg não respondeu.

— Acha que sou fraca. Um peso morto. Uma idiota, burra e histérica.

— Acho que você está com medo. Todos nós estamos — disse Meg.

— Está fazendo de novo.

— Tá bem. — Meg respirou fundo. — Não, eu não gosto de você. Melhor assim?

— Sim.

Silêncio. As duas ficaram olhando lá para fora pela janela. Sarah fungou.

— Eu matei um homem.

Meg se virou e olhou para ela. Os olhos de Sarah estavam fixos no horizonte; seu rosto, desolado.

— É. Matou mesmo.

— Não foi minha intenção.

— Se você está dizendo.

— Eu... eu não sei qual era minha intenção. Pensei que estava tentando salvá-lo, mas... não sei. Talvez eu quisesse mesmo empurrar Karl.

Confissão. Meg não tinha energia para isso no momento. Não era nenhum padre. Mas a culpa ferve por dentro, e a coisa fica feia. De vez em quando é preciso colocar para fora, deixar o veneno jorrar.

— Às vezes fazemos as coisas por raiva ou medo — disse Meg. — Quando eu era policial, via muito isso acontecer. A maioria das pessoas que mata não é assassina. Só estão assustadas, com raiva. Quase todas se arrependem.

Sarah assentiu devagar, segurando aquele maldito crucifixo.

— Você não acredita em Deus, né?

— Não muito.

— Eu era como você.

Por algum motivo, Meg duvidava muito disso, mas deixou a mulher continuar.

— Quando tinha meus vinte anos, eu bebia, usava drogas, transava por aí. Minha mãe me teve muito nova e não fez as melhores escolhas na vida, nem com os homens. Eu tinha quatorze anos quando fugi de casa pela primeira vez, quando o namorado dela da época tentou abusar de mim numa noite. Não me entenda mal, ela deu um pé na bunda dele assim que contei. Mas sempre havia outro namorado, alguém que dava dinheiro para ela... Não cresci num lar muito estável.

Meg assentiu. A mãe dela também fora uma mãe solo, mas era forte, resiliente, trabalhadora. Morreu quando Meg tinha só dezessete anos. Atropelamento seguido de fuga. O motorista ficou apenas um ano na prisão. Era branco, de classe média, vinha de uma "boa família". Um rapaz com "toda a vida pela frente", o juiz tivera a audácia de dizer. Como se a mãe dela não tivesse. Como se aquele assassino, que deixara a mulher mais incrível que ela conhecera jogada na sarjeta como se fosse lixo, tivesse mais valor por causa da cor de sua pele.

Sarah ainda continuou:

— Então, eu me meti em muitos problemas e, um dia, tive uma overdose. Eu devia ter morrido. Sei que parece muito cafona, mas vi uma luz. E ouvi uma voz me dizendo para voltar.

Meg tentou não soltar uma risada de deboche. Evitou falar que os médicos acreditavam que aquela luz que as pessoas veem quando estão morrendo é apenas o cérebro delas desligando.

— No dia seguinte, eu entrei no AA, aceitei Deus e comecei minha reabilitação.

— Que bom — comentou Meg, porque era mesmo. Vício era uma doença e nem todo mundo conseguia se livrar dela.

— Eu estudei para ser professora. Minha mãe ficou muito orgulhosa de mim. Até compramos uma casa juntas.

Meg olhou para ela, curiosa.

— Então, se conseguiu seu final feliz, o que está fazendo aqui?

O rosto de Sarah ficou sério.

— Minha mãe ficou doente. Não foi o vírus, foi câncer. Mas você sabe como é para conseguir qualquer tratamento. Hospitais lotados. Tudo entrando em colapso.

É verdade, pensou Meg. Ela sabia.

— A não ser que você tenha dinheiro, que possa pagar, *aí sim* fica tudo bem. Então, quando os homens do Departamento foram pedir voluntários para os experimentos, bom... você sabia que eles oferecem pagamento para os voluntários?

Meg sabia. Era uma boa quantia. Não significava muito para ela, mas era um incentivo para algumas pessoas.

— E eu tinha ouvido que as pessoas eram bem tratadas lá — disse Sarah. — Quarto legal. Comida. Instalações tipo academia, piscina, spa. Pensei que, se fosse para morrer pela ciência, por que não fazer isso de um jeito chique?

— Nem Deus negaria um dia de spa para uma mulher.

Um sorriso discreto, mas amargo.

— Verdade. E, se eu não sobreviver, o dinheiro vai para minha mãe, para ela se tratar.

Meg engoliu em seco. Tinha implicado com Sarah, ainda não podia dizer que gostava dela. Mas todo mundo tinha seus motivos para estar ali.

— Isso é bom — disse ela.

— Bom? Se a gente morrer *aqui*, ela não vai ganhar nada. Vai ter sido à toa.

— Não vamos morrer aqui — retrucou Meg, com firmeza. — Vamos sair dessa.

Ela sentiu uma movimentação lá atrás e se virou. Sean estava acordado e esfregava os olhos. O capuz tinha caído para trás. Em apenas dois dias, seu cabelo já tinha crescido e a barba estava mais grossa.

— Belas palavras de incentivo — disse ele.

— Estou falando sério.

— É. — Os olhos azuis dele encontraram os dela. — Sei que está.

Ele se levantou e se alongou. O movimento se transformou num calafrio.

— Meu Deus, que frio. Deve estar uns menos cinco.

— Provável.

— Que horas vocês acham que são? — perguntou Sarah.

Meg olhou para o céu. Ia ficando mais cinza, com faixas de nuvens que escondiam a lua.

— Cinco, seis horas, talvez?

Era difícil dizer sem as referências habituais. Relógios e celulares.

— Preciso mijar — murmurou Sean. — Com licença, moças.

Ele caminhou até o alçapão, se abaixou e o abriu. Meg e Sarah olharam para o outro lado. Mas não antes que Meg o visse baixar o zíper do macacão de neve, revelando mais uma vez a tatuagem no peito. A garota bonita com cabelo longo e escuro. Meg franziu a testa. Por que ela parecia tão familiar? Quem era… namorada, irmã, filha? E então, quando Sean abaixou mais, ela desviou o olhar.

O som da urina lembrou a Meg que ela também precisava fazer xixi. Que ótimo. Bota ou chão encharcado de urina. Sean fechou o macacão e o alçapão.

Uma rajada de vento gelado entrou na cabine. Meg estremeceu. Os três bateram os pés e soltaram ar gelado ao respirar. Max ainda estava deitado, enrolado no chão. Meg olhou para ele. Não tinha se mexido. E então ela notou outra coisa.

— Sean — chamou ela.

— O que foi?

— Max.

Ele seguiu o olhar dela e franziu a testa. Então ela teve certeza.

Não havia fumacinha de respiração.

— Merda.

Sean se agachou ao lado de Max e balançou seu ombro com delicadeza.

— O que foi? — perguntou Sarah. — Ele está bem?

Sean levantou o punho bom de Max e checou sua pulsação. Depois puxou seu capuz para trás.

Sarah teve um sobressalto. Meg sentiu uma pontada no coração. Os olhos de Max estavam meio abertos e já enevoados, a pele pálida e os lábios azuis.

Sean se virou para elas, o rosto sério. Nem precisava dizer as palavras, mas disse.

— Ele está morto.

CARTER

ELE OLHOU PARA O ROSTO DELA. Seu rosto lindo, perfeito. Bem diferente do dele, mesmo antes do acidente.

Ela tinha ficado com a maior parte dos genes bons. Mas ele nunca se importara. Ele a amara com ardor. Com um sentimento de proteção. Teria morrido por ela. Só que estava ali. Ainda vivo. E ela...

— Carter?

Caren estava parada no batente da porta. Carter se embaralhou todo tentando guardar a foto que sempre mantinha bem escondida. Mas era desajeitado, e ela voou pelo chão, indo parar bem do lado do pé de Caren.

Ela se agachou, pegou a foto e ficou olhando.

— Linda. Namorada?

— Não. Irmã.

Ele estendeu a mão, tentando segurar a vontade de arrancar a foto daquela mão com unhas bem-feitas.

Ela entregou para ele com um leve franzir da testa.

— Achei que você não tinha família.

— Não tenho. Ela... morreu.

— Ah. Sinto muito.

— Por quê? Não foi você quem a matou.

Ele enfiou a foto no bolso, na intenção de devolvê-la ao esconderijo depois.

— Verdade. Mesmo assim, sinto muito que ela tenha morrido. O que aconteceu?

Estava na ponta da língua dizer para ela ir cuidar da própria vida. Caren nunca demonstrara interesse algum na vida anterior de Carter, e eles tinham conseguido conviver durante esses três anos sem trocar nenhuma confidência, então por que começar naquele momento?

Mas ele sabia, é óbvio. Provavelmente iam todos morrer naquele dia. Isso pesa. A proximidade da morte faz a gente soltar a língua, entre outras coisas.

Ele engoliu em seco.

— Nós sofremos um acidente. Era para a gente ter conseguido escapar, ir para algum lugar seguro. — Ele fez uma pausa, e de repente tudo voltou à sua mente. O sangue, a faca. Ele se recompôs. — Não funcionou. Ela não resistiu.

— Que pena.

Ele assentiu.

— Isso foi há muito tempo. E você?

— Eu o quê?

— Tem família?

— Eu tinha... *tenho*... pai, irmão e sobrinha. Teoricamente, eles estavam indo para um lugar ao norte, um lugar que meu pai comprou um tempo atrás. Um lugar seguro. — Ela deu de ombros. — Não sei se chegaram lá.

— Por que não foi com eles?

— E perder toda essa diversão aqui?

Ele levantou os braços.

— Tem razão. Não é da minha conta.

Ela soltou um suspiro.

— Tudo bem. Eu tenho doença de Huntington. Provavelmente só tenho mais uns cinco ou dez anos de vida. Pensei que, se fosse voluntária para o experimento... pelo menos teria algum controle sobre como eu morreria.

— Que droga.

— Pois é.

Carter abriu a boca para dizer mais alguma coisa, mas se deu conta de que seriam apenas clichês.

— Então, você queria alguma coisa comigo? — perguntou ele.

Ela levantou uma sobrancelha.

— Uma trepada antes de a gente morrer?

Ele a encarou. Ela sorriu e respondeu:

— Brincadeira.

— Óbvio que é.

Ela fez uma cara péssima.

— Não é por causa da... — Ela fez um gesto vago na direção da cara dele. — Assim, é só porque não somos exatamente o tipo de amigos que transam, nem amigos, nem...

— Eu sei. Eu entendi. Tudo bem.

Carter pensara que já tinha passado da fase de sentir vergonha ou raiva em relação ao próprio rosto, mas não, aquilo ainda magoava, mesmo que não tivesse sido a intenção de Caren.

Ela olhou para trás, então entrou no quarto dele e fechou a porta.

— Tudo bem. — Ela olhou para ele, firme. — O negócio é o seguinte: eu não confio em você, Carter.

Um bom começo. Queria muito que aquela conversa não seguisse por um caminho em que ele fosse obrigado a matá-la.

— Espero que tenha um "mas" vindo aí — disse ele.

— *Mas* — continuou ela — confio menos ainda em Miles e Welland.

— Bom, então temos alguma coisa em comum.

Um pequeno sorriso.

— Você não tinha muito contato com Jackson.

— Achei que na verdade Jackson não tivesse muito contato com ninguém.

— Eu conversava com ele às vezes — comentou ela.

— Ok.

— Jackson era antivacina.

— *O quê?* Então que caralhos ele estava fazendo aqui?

— Como muitos de nós, acho que não tinha escolha.

Ela olhou bem para Carter, porque ambos sabiam que a presença dele ali acontecera sob circunstâncias diferentes da dos outros.

— Entendi.

— Enfim, ele me disse que não estava tomando as doses dele.

Quando todos se tornaram quase especialistas no uso de agulhas, Miles deixara que cada um aplicasse a própria injeção de plasma. Não tinha nenhum motivo para suspeitar que não o fariam.

— Que merda — comentou Carter. — Você sempre soube disso?

— Não. Isso foi logo antes de ele sumir.

— E você sabia que ele ia fugir?

— Não. Mas tinha a impressão de que ele queria dar o fora. Por que me contar tudo isso se eu podia ir direto falar com o Miles?

— E por que você não fez isso?

— Não queria ser responsável por sentenciar o Jackson à morte. — Ela hesitou, e depois acrescentou: — Como aconteceu com a Anya.

Carter a encarou.

— Você sabe sobre a Anya?

— Não sei exatamente o que aconteceu. E você?

Anya. Loira, linda e cheia de raiva. Apenas vinte e seis anos. Fazia parte do grupo original, mas não estava feliz com a ideia de manter os funcionários infectados presos para servirem de fornecedores. Vivia discutindo com Miles sobre isso. Argumentava que era antiético, que estavam agindo igual ao Professor. Numa noite, tentou libertar os Assobiadores das câmaras. Não conseguiu, mas acabou *se* infectando. Depois, tentou fugir.

Anya já estava morta. Provavelmente.

Carter ainda se lembrava do sangue jorrando na neve branca imaculada, reluzindo sob a luz fraca da lua. O peso da arma na mão dele. Miles lhe dando um tapinha no ombro: "Bom trabalho. Era necessário. Agora, leve ela para o incinerador."

Carter fizera o que mandaram. O que era *necessário*. Assim como fizera o que mandaram quando Miles o orientou a matar Anya. Aquele fora o preço que pagara por ter sido salvo por Miles. Mas quando voltara para pegar o corpo de Anya, com sua roupa de proteção e o trenó, ela havia sumido. Um rastro de sangue ia até a floresta e depois desaparecia. Miles ficara irritado, mas considerou mais perigoso ir atrás da colega. Agora, ninguém falava sobre Anya.

Carter balançou a cabeça.

— Não — respondeu. — Não faço ideia.

Caren assentiu.

— Acho que Jackson já está morto mesmo, então não importa. Mas o fato é que ele não tinha absolutamente nenhum motivo para roubar o plasma. Ele era contra a extração do plasma. As Fazendas. Tudo isso.

Carter engoliu em seco.

— Às vezes as pessoas fazem as coisas por outros motivos. Talvez ele estivesse enviando para mais alguém?

— Talvez... mas não faz sentido. Além do mais, outra pessoa tinha acesso ao porão além de Miles e eu.

Ele ficou tenso.

— Quem?

— Welland.

— *Welland?* Tem certeza?

Ela fez que sim.

— Eu vi.

— Quando?

Ela pareceu meio constrangida.

— Numa vez que eu estava lá embaixo.

Meu Deus. Carter pensara que o porão era fortemente protegido, e que apenas ele tinha conseguido entrar. Na verdade, o lugar estava mais movimentado que a antiga Piccadilly Circus.

— O que você estava fazendo lá embaixo? — perguntou ele.

— Só conferindo.

— Conferindo o quê?

— Se Miles está sendo honesto com a gente.

Boa sorte com isso, pensou Carter.

— Enfim — continuou Caren. — Eu estava lá embaixo, no escritório, e ouvi o elevador. Achei que era Miles e sabia que ele ia me matar se me encontrasse ali.

— E você nem está exagerando.

— Aí entrei em pânico e me escondi debaixo da mesa. Ouvi passos e alguém entrou, mas não era Miles. Era Welland.

— O que ele estava fazendo?

— Não sei. Só vi a parte de baixo do corpo. Ele ficou circulando, depois saiu de novo. Eu me esgueirei até a porta e olhei para o corredor. Vi quando ele entrou nas câmaras de isolamento.

— *O quê?* Mas só Miles tem o código para as câmaras de isolamento.

— Pois é, era o que eu achava, mas Welland com certeza entrou.

— Será que ele estava fazendo algum favor para Miles?

Ela deu de ombros de leve.

— Não sei. Não fiquei para checar. Corri para o elevador e dei o fora.

Carter franziu a testa. Será que Miles tinha dado o código para Welland e o mandado fazer alguma tarefa secreta? Não parecia muito provável. Ele não confiaria em Welland nem para encher a porra de uma banheira.

— Será que a gente deveria contar para o Miles? — perguntou Caren.

Ele pensou a respeito. Se Miles não sabia daquilo, então Welland estaria bem enrascado. Uma situação com a qual Carter estava bastante confortável. Por outro lado, se Miles não queria que *eles* soubessem, então eram *eles* que estariam enrascados. Uma situação menos confortável.

— Vamos manter isso entre nós por enquanto — sugeriu. — Se... *quando* a gente voltar, podemos colocar Welland contra a parede.

Ela fez que sim.

— Concordo.

Eles se olharam e conseguiram abrir um sorrisinho meio duro. Pareceu estranho.

— Tudo bem — disse Caren. — Vejo você lá embaixo.

— Beleza.

Ela se virou para sair.

Ele se pegou chamando:

— Caren?

— O quê?

Ele engoliu em seco.

— Espero que sua família esteja segura.

— Obrigada.

Ela abriu a porta e desapareceu no corredor.

Carter esperou uns segundos. Depois se levantou e fechou a porta novamente.

Que porra era aquela? Jackson ser um antivacina *batia* com as mensagens no celular. Mas Welland ter acesso às câmaras? Não. Aquilo não cheirava bem. Carter não era tão ingênuo a ponto de acreditar que era amigo de Miles. Mas sabia que, se Miles precisasse que algo fosse feito no sigilo, Carter seria a primeira pessoa a quem ele recorreria. Welland era só o lacaio que limpava a sujeira.

Então o que Welland estava aprontando? Como conseguira o crachá para o porão e o código das câmaras? E o que mais aquele merdinha estava escondendo? Era óbvio que todo mundo ali estava escondendo *alguma coisa*. As únicas diferenças eram o tamanho do segredo e a profundidade da mentira de cada um. Mas Carter estava começando a acreditar que havia uma mentira muito, muito profunda naquela situação toda. Que abrangia até mesmo a essência da existência deles no Refúgio.

A questão era... como aquilo o afetava?

Carter esperara um longo tempo para chegar até ali, havia sido paciente. Mas tinha a sensação de que estava chegando ao fim da linha.

Pegou a foto de novo. Rabiscado no verso do papel gasto, quase ilegível, havia dois nomes. *Daniel e Peggy. Academia Invicta.* Ele não precisava daquilo, Carter lembrou a si mesmo. Carregava o rosto dela no peito. E, se alguma coisa acontecesse a ele, não podia deixar que encontrassem aquilo. Nem Miles. Nem Quinn. Nem ninguém. Porque se encontrassem, poderia levá-los até *ela*. A pessoa para quem ele enviava o plasma. O último elo remanescente com a irmã.

A filha dela. Sua sobrinha.

Carter pegou o isqueiro, encostou no canto da foto e ficou olhando enquanto as chamas lambiam o papel fino e amassado.

Aquela linda garota de cabelo escuro e sorriso reluzente foi se encolhendo e morreu de novo.

Carter deixou as lágrimas caírem e apagarem as chamas.

HANNAH

ELES CRUZAVAM A FLORESTA ESCURA, aquele grupinho inusitado.

Lucas ia à frente, Hannah depois, Cassie em seguida e então Daniel no fim, amparando a bebê com cuidado. Ele tinha improvisado um sling usando um casaco que encontrara no compartimento de bagagem e enfiado a recém-nascida ali dentro, colada ao peito. Colocou a jaqueta por cima, para esquentá-la um pouco mais. A bebê tinha dormido, embalada pelo movimento.

Lucas fora bem metódico ao vasculhar as malas que estavam no bagageiro, todas as onze. Separara comida, água e um pouco de leite (que podia servir para a bebê, em último caso). Encontrara também três lanternas, dois isqueiros e diversos celulares. Todos sem bateria, como era de se esperar. Ninguém tinha pensado em desligar os celulares ao colocá-los ali, imaginando que iam pegá-los de volta algumas horas depois. Era algo que nenhum dos sobreviventes levara em conta. Mesmo se encontrassem algum sinal, os celulares não teriam qualquer utilidade sem eletricidade para carregá-los.

Havia mais roupas, óbvio. Mais uma vez, Lucas separara o essencial e dividira igualmente em quatro das mochilas maiores. Hannah encontrou o Pedialyte. Seis sachês. Seria suficiente para a bebê por enquanto. Havia também alguns cartões e dinheiro entre os pertences. Se chegassem a alguma cidade, poderiam comprar mais suprimentos. Isso se não morressem de frio antes, fossem comidos por animais selvagens ou mortos pelo Departamento. Ou matassem uns aos outros.

A floresta era escura e densa. A copa cheia das árvores bloqueava a pouca luz do dia que ainda restava. As lanternas não iluminavam muito mais do que poucos metros à frente, então eles caminhavam com cuidado, conscientes de que precisavam se afastar do ônibus, mas também com medo de tropeçar e torcer um tornozelo, o que os atrasaria ainda mais. Não havia trilha, nem mesmo uma rústica, então tinham que se embrenhar em meio aos troncos de árvore enormes, desviar de galhos e escalar os pinheiros antigos caídos.

Era difícil saber se estavam indo na direção certa, ou até mesmo em alguma direção. Pelo que sabiam, podiam estar andando em círculos. Lucas parecia conferir o relógio com frequência. Talvez estivesse tentando usá-lo como uma bússola, ou talvez só estivesse checando havia quanto tempo estavam caminhando.

Pareciam dias, mas provavelmente só tinha se passado uma hora. Estavam exaustos pelo trauma e pela fome. Hannah sentiu o peito apertado e dificuldade de respirar. Por baixo de todas as camadas de roupa, apesar do frio congelante, sentia o suor encharcar o corpo. Sua cabeça estava pesada e confusa.

Ela se deu conta de que não sobreviveria. E aquilo não parecia tão assustador quanto sempre imaginara. O que sentiu foi resignação e um certo alívio. Não teria que passar por aquilo por muito mais tempo. Logo poderia descansar.

— Acham que devíamos parar? — perguntou Cassie. — Tentar construir um abrigo ou algo assim?

— Ainda não — respondeu Lucas. — Deveríamos continuar enquanto ainda temos energia.

— É, então, sinto muito em te contar essa novidade, mas minha energia está nas últimas.

Lucas se virou para ela.

— Aqui não é uma área adequada para montar acampamento. Não tem espaço. Precisamos encontrar uma clareira. Vamos continuar.

— Tudo bem — resmungou Cassie.

Avançaram quase em silêncio, os únicos sons eram a respiração ofegante e os murmúrios da noite que chegava. Uma coruja crocitava a distância. A vegetação rasteira farfalhava com seres noturnos que começavam a acordar. Hannah sentiu um calafrio, mas se concentrou em colocar um pé na frente do outro.

Não sabia muito bem quanto tempo se passara quando percebeu que as árvores foram ficando mais finas. A luz do crepúsculo apareceu em meio aos galhos. À frente, a floresta se abriu numa pequena clareira. Mas não era só uma clareira. Bem no meio das árvores, coberta de musgo e fungos, havia a silhueta distinta de uma velha cabana de caçador.

— Aquilo é... uma casa? — perguntou Daniel.

— Está mais pra uma choupana de bruxa — disse Cassie.

Ela não estava errada. A cabana retorcida parecia algo saído dos contos de fadas dos irmãos Grimm. Hannah sabia que havia cabanas abandonadas espalhadas pelas florestas da região. Algumas foram construídas por caçadores, outras por sobrevivencialistas na época do primeiro apocalipse viral.

Aquele lugar devia estar abandonado havia alguns anos. Já não tinha janelas. A madeira estava podre, árvores despontavam pelo telhado e pela chaminé tombada, e a estrutura estava tão coberta de verde que a floresta parecia estar tentando incorporá-la.

— Como é aquela cantiga infantil? — perguntou Daniel. — Na floresta bem, bem sombria...

— ... havia uma casa bem, bem sombria — continuou Hannah.

Mas pelo menos a cabana tinha um teto, paredes e uma chaminé. Era um abrigo.

Eles se olharam. Lucas sorriu.

— Vamos entrar?

Hannah teve um mau pressentimento quando começaram a subir os degraus bambos da varanda.

Não era apenas o aspecto assustador da cabana e a relação com contos de fadas e filmes de terror. Hannah nunca fora do tipo que se assusta com bobagens. Nunca tivera medo do escuro. E, em geral, quando sofria com aquele tipo de sensação na boca do estômago, tinha mais a ver com indigestão do que com um mau pressentimento.

Mas havia alguma coisa errada.

Lucas se aproximou da porta, que estava podre e com as dobradiças meio soltas. Empurrou, e eles o seguiram lá para dentro, as lanternas erguidas à frente. A cabana era pequena e escura. Hannah conseguiu enxergar um sofá surrado e uma cadeira que parecia bamba, duas mesas com velas queimadas até a metade e algumas garrafas. Nada de eletricidade, imaginou ela. Do lado esquerdo, uma lareira de pedra e... Cassie deu um grito.

Um par de olhos cor de âmbar reluzia, olhando para eles.

— Merda!

Hannah levantou a lanterna. Havia uma cabeça de veado pendurada acima da lareira. Ela girou a lanterna pelo cômodo. Mais olhos brilhantes os miravam das paredes. Cabeças de animais. Um alce, texugos, um coiote. Ela sentiu o estômago se revirar.

— Que bom ter companhia — comentou Lucas.

— Pelo menos não são humanos — sugeriu Daniel.

Cassie fez uma careta.

— Reconfortante.

Eles saíram da sala de estar/abatedouro e entraram na pequena cozinha. *Básica* era uma boa palavra para descrever. Não havia fogão, nem mesmo geladeira. Só uma pia de aço enferrujada e um velho fogareiro de acampamento. Hannah girou o botão do fogareiro. Sem gás. Lucas abriu alguns dos armários. Algumas latas de feijão, sopa e carne. Provavelmente fora da validade, mas talvez fosse possível comer no desespero, e eles estavam desesperados.

Deram uma olhada no quarto e no banheiro. O primeiro tinha um colchão manchado coberto com alguns lençóis sujos e um gaveteiro vazio. O banheiro consistia apenas em um chuveiro sobre um ralo, um vaso imundo e uma pia. Hannah abriu a torneira. Ela rangeu e dali saíram algumas gotas de água marrom e fedorenta. Ela franziu o nariz. Devia haver uma caixa-d'água atrás da cabana, mas, como não fora usada havia algum tempo, a água ficara parada. Nada de banho para eles essa noite.

Voltaram para a sala.

— Bom, é bem básico, mas é melhor do que podíamos esperar — disse Lucas.

— Ainda está um frio congelante — disse Cassie, esfregando os braços. — E que cheiro é esse?

Como se pegasse a deixa, a bebê começou a chorar. Daniel se mexeu, meio desconfortável.

— Acho que é a Eva.

Cassie revirou os olhos.

— Ah, que ótimo.

Hannah moveu a lanterna de novo. O teto estava intacto, e, embora o chão fosse duro e sujo — exceto por um quadrado mais limpo, talvez onde antes houvesse um tapete —, ainda era melhor do que o colchão manchado do quarto.

— Tudo bem — disse ela. — Nossa primeira prioridade é a luz. Tem velas aqui e nós temos lanternas. Vamos acender as velas para o Daniel poder trocar a bebê.

— Pode deixar — respondeu Cassie, pegando o isqueiro.

Foi caminhando pela sala e acendendo as velas que estavam pela metade. As paredes pareciam balançar com as sombras bruxuleantes.

— A próxima é o aquecimento.

Hannah se ajoelhou e enfiou a lanterna dentro da chaminé. Não parecia estar bloqueada. Havia cinzas e alguns pedaços de madeira queimada dentro da grade.

— Dá para usar... mas precisamos de lenha...

Tomou um susto ao ouvir o *creeec* bem alto atrás de si. Ela se virou. Lucas tinha pegado a cadeira bamba e jogado no chão.

Pisou nela com força com a prótese.

— Agora temos alguns gravetos.

Hannah abriu um pequeno sorriso.

— Ótimo. Eu e Cassie vamos procurar mais madeira lá fora.

— Vamos? — perguntou Cassie.

— Sim, Lucas pode acender o fogo enquanto Daniel troca a bebê.

Cassie suspirou.

— Parece que estou de novo na casa do vovô Joe.

Hannah ficou de pé. Sentiu uma onda de tontura e se apoiou na lareira. Sua respiração estava mais curta, para evitar a tosse. Isso e a dor no peito.

— Está pronta? — perguntou Cassie.

— Estou — disse ela, depois de alguns segundos. — Vamos lá.

Elas saíram da cabana e seguiram pela clareira. O céu já ficara mais escuro desde que tinham entrado. A luz do crepúsculo ainda pairava, frágil e efêmera. Logo cairia a noite. Hannah sentiu mais uma vez um calafrio de inquietação. O que havia de errado com aquele lugar? Ou era com ela? O vírus estava afetando sua mente? Ela achava que não. Seu raciocínio estava mais lento, mas não febril nem deturpado. *Havia algo de errado. Algo esquecido.* Ela não conseguia definir o que era.

— Vamos dar a volta bem no limite da clareira — sugeriu ela. — A gente deve encontrar um pouco de lenha seca por ali.

— É, eu sei — disse Cassie. — Eu fazia essas merdas quando era criança. Meu avô tinha uma cabana igualzinha a essa.

— Entendi.

Elas cruzaram a fronteira da clareira com a floresta e começaram a catar gravetos.

— Você era próxima do seu avô? — perguntou Hannah.

— Não. Odiava aquele velho doido. Mas era meu único avô vivo, então eu era obrigada a ir visitá-lo toda semana. Meu pai se virava bem sozinho, mas achava que para mim podia ser bom ver "de onde ele tinha vindo".

— Ah.

Elas caminharam devagar, vasculhando o chão com as lanternas.

— Pois é. Quando eu tinha dez anos já sabia atirar, esfolar um alce e estripar um coelho. Sabia quebrar o pescoço de uma galinha e cortar a garganta de um bode para sangrar mais rápido.

— Parece uma bela educação.

— Ah, sim. Ele era uma verdadeira Mary Poppins.

Elas começaram a voltar para a cabana. Hannah estava com os braços cheios de madeira bolorenta, mas seca o suficiente para queimar por algumas horas. Ela olhou para a floresta ao redor. Parecia tudo quieto por enquanto. Quieto demais? Ou ela estava apenas sendo paranoica? Olhou de volta para a cabana. Ao longe, parecia quase uma casinha acolhedora. As chamas alaranjadas das velas tremeluzindo na janela, o brilho do fogo, a fumaça saindo da chaminé.

Havia algo de errado. O que era?

— Ele era um sobrevivente do tipo *old school*, sabe? — comentou Cassie, ao lado dela. — O porão cheio de armas e comida enlatada. Era o seu "bunker do apocalipse", como ele dizia.

Hannah olhou para ela.

— O que você disse?

— Bunker do apocalipse?

Quando ela entendeu, foi como se tivesse levado um soco na cara.

As velas queimadas até a metade. A chaminé que devia estar bloqueada por ninhos de pássaros. O quadrado limpo no chão. Não era um quadrado. Era a porta de um *alçapão*.

— Não está vazia — murmurou ela.

— O quê?

— Um porão — disse Hannah. — Não chegamos a procurar um porão.

Ela largou os gravetos e saiu correndo para abrir a porta. Daniel não estava presente, mas Lucas estava parado no meio do cômodo, perto da lareira.

— Lucas!

Ele se virou.

— O que foi?

O chão irrompeu debaixo dele.

Lucas foi lançado para trás. Tropeçou e caiu no fogo aceso. Uma figura imunda coberta com peles de animal e o cabelo todo emaranhando surgiu pelo alçapão. Ele gritou — um assobio terrível e agudo —, tirou uma arma do cinto e disparou ao redor do cômodo. Hannah conseguiu desviar. Lucas rolou para longe do fogo e deu conta de apagar as chamas, mas, enquanto tentava fugir rastejando, com cabelo e roupas ainda chamuscados, a pessoa disparou mais uma saraivada de balas. Hannah viu o corpo de Lucas sacudir quando o atingiram.

Ela tinha que fazer alguma coisa. E então se lembrou... ainda estava com a faca. Antes que o vulto se virasse para ela, Hannah pegou a lâmina na bolsa e se lançou sobre ele, jogando-se em suas costas e entrelaçando a cintura da pessoa com as pernas. O cheiro do habitante do porão era horrível, quase insuportável, mas Hannah permaneceu firme e levou a faca até o pescoço dele.

O sangue jorrou. Ele gritou. Hannah enfiou a faca e o golpeou de novo, de novo e de novo. Ele lutava e se contorcia. Hannah perdeu a força, e ele conseguiu jogá-la para longe. Ela caiu de costas e sentiu uma dor lancinante na coluna.

A pessoa rodava como louca. Seu rosto era branquíssimo, não tinha mais dentes, e os olhos estavam vermelhos e selvagens. Independentemente do que tivesse sido — caçador, sobrevivencialista —, havia se tornado apenas um Assobiador. O sangue jorrava dos ferimentos no pescoço. Ele mal parecia notar. Talvez já fosse louco antes mesmo da Choler destruir o que sobrara de seu cérebro, mas não dava para saber.

Ele levantou a arma e deu um passo na direção dela. Hannah tentava se arrastar, de costas no chão. Mas não havia para onde ir. Nenhuma ajuda a caminho. Lucas estava ferido, e Daniel e Cassie, escondidos, tentando salvar a própria vida. Hannah se preparou para a morte. Então ouviu o som de um tiro...

Um buraco vermelho se abriu na testa do Assobiador.

Com um olhar de surpresa, ele caiu de joelhos. A arma escorregou de sua mão. Mais um tiro. O sangue explodiu de seu peito. O Assobiador a encarou semicerrando os olhos, a expressão confusa, a boca tentando sem sucesso enunciar palavras havia muito esquecidas. Mas tudo que saiu dali foi mais sangue. Hannah ficou olhando para ele e teve pena por um momento. O sujeito caiu no chão, contorcendo-se. Enfim, depois de um suave gemido, ficou imóvel.

Hannah olhou para cima. Daniel estava parado diante da porta do quarto, segurando a arma que pegara do atirador.

— Tudo bem? — perguntou ele.

Não, pensou Hannah. *Longe disso.* Mas estava viva. Por enquanto. Ela fez que sim.

— Obrigada.

A porta da frente se abriu, e Cassie espiou lá de fora.

— Você matou a coisa.

— *Ele* — corrigiu Hannah. — E muito obrigada pela ajuda.

Ao lado delas, Lucas gemia. Hannah foi se arrastando até ele. O ombro sangrava muito, e o cabelo e o rosto estavam queimados e escurecidos. Ele estava morrendo. Não havia dúvida. Os ferimentos das balas eram graves, mas eram as queimaduras que logo levariam seu corpo a entrar em choque.

Ele a encarou.

— *Es tut mi leid.*

— Sente muito pelo quê?

A voz de Lucas era um chiado rouco.

— Você entendeu tudo. Eu trabalho para o Departamento. Minhas ordens... acompanhar o ônibus. Disseram... que vocês seriam levados para outro local. Não para o Refúgio. Só... garantir que tudo corresse bem.

— Você mentiu pra gente?

— Eu não sabia... do acidente. Nem... do motorista. Teve as mesmas instruções. Acho que ele foi *levado* a bater o ônibus.

Hannah o encarou. Mas se o motorista não era parte do plano, então qual era a necessidade de fugir ou sabotar a porta?

— Tem certeza? — perguntou ela.

Lucas assentiu de leve e tossiu. Saiu sangue de seus lábios. Ela o estava perdendo.

O rapaz arregalou os olhos.

— *Die Zeit.*

— Sim.

Hannah assentiu. Estava na hora.

Lucas fez um esforço para se aproximar, levantou o pulso e tirou o relógio. Apertou-o contra os dedos dela.

— *Die Zeit.*

Então sua mão tombou. Hannah sentiu a última respiração dele. A cabeça caiu para trás e seus olhos ficaram petrificados. Morte. *Você veio rápido*, pensou Hannah. *Enquanto eu pego o caminho mais longo*. Ela se sentou de novo no chão duro e pegou o relógio, tentando processar as palavras de Lucas.

O motorista não tinha sido cúmplice. O que significava que ele também não havia sabotado a saída de emergência. Aquilo devia ter sido feito antes de partirem. Então um pensamento inconsciente veio à tona com força total.

Doze estudantes no ônibus. Mas havia apenas onze malas no compartimento de bagagem.

O motorista não tinha fugido. Ele estivera ali o tempo inteiro. Um intruso. Cassie estava certa.

Ela se virou devagar. Cassie espiava o porão. Daniel ainda estava de pé diante da porta, segurando a arma.

Hannah olhou para ele.

— Quando é que ia contar pra gente, Daniel?

Ele a encarou, e ela soube que tinha compreendido.

— Sinto muito — disse ele.

Cassie olhou para um e depois para o outro.

— Contar o quê?

Daniel respirou fundo.

— Que era eu quem estava dirigindo o ônibus.

MEG

SARAH INSISTIU EM FAZER UMA ORAÇÃO. Meg não queria, mas, pensando bem, aquilo não tinha nada a ver com ela. Talvez Max quisesse aquela coisa toda. Obviamente, o que Max de fato ia querer era estar vivo, e orações não resolveriam isso. Na experiência de Meg, orações não resolviam porra nenhuma.

A morte era um horror, e tudo o que se fazia — as cerimônias, os discursos, as flores — era apenas um recurso de quem ficava para tentar se convencer do contrário. Não existia morte tranquila. Em geral, aqueles que estavam prestes a morrer se urinavam ou evacuavam. Havia medo naqueles últimos momentos, quando a respiração relutava em vir e era difícil de engolir.

Ninguém mergulhava para a morte de bom grado. Isso era uma mentira. Meg tinha mentido para sua menininha. *Só descanse, e a mamãe vai estar lá. A mamãe sempre vai estar com você*. Mas a mamãe não estava lá. A mamãe ainda estava aqui. Uma traição que precisava ser corrigida.

Enquanto Sarah seguia com seus resmungos sagrados, Meg e Sean levaram Max até o alçapão aberto. Sean tocou os próprios lábios e em seguida colocou os dedos sobre a testa de Max, em um gesto de afeto e despedida. Meg se perguntou o que deveria fazer. Não acreditava em Deus, não tinha nada em que se agarrar.

— Sinto muito — sussurrou para Max, e então se abaixou e repetiu o gesto de Sean.

Ela parou de repente. A conclusão deles era que a hipotermia e a infecção tinham sido demais para o corpo de Max. Mas naquele momento, de perto, Meg viu petéquias ao redor dos olhos de Max. E alguma coisa seca no canto da boca. Vômito?

— Amém — terminou Sarah, fazendo o sinal da cruz.

Vasos sanguíneos estourados ao redor dos olhos. Vômito. Esses eram sinais de sufocamento.

— Pronta? — perguntou Sean.

Meg olhou para ele. Sean a observava com atenção.

Será que a morte de Max tinha sido menos natural do que haviam presumido? Será que alguém tinha apressado a partida dele? Talvez um ato de misericórdia, ou talvez porque o viam como um fardo.

— Meg? — Sean franziu a testa. — Tudo ok?

Boa pergunta. Na verdade, não. Nada estava ok. E mesmo se alguém tivesse matado Max, que diferença fazia? Ele provavelmente não sobreviveria mesmo. A probabilidade era que nenhum deles sobrevivesse. Estavam todos apenas adiando o inevitável enquanto a morte aguardava por eles.

Meg se virou.

— Sim. Vamos lá.

Eles seguraram o corpo de Max e o empurraram pelo alçapão aberto. Ele desceu em queda livre em meio às nuvens cinzentas, e foi diminuindo até se tornar um pontinho e sumir na escuridão. Três já tinham ido, faltavam três, Meg não conseguia deixar de pensar.

— Que Deus cuide de sua alma — murmurou Sarah.

— E que o diabo nunca te pegue fugindo — concluiu Meg.

Sarah olhou para ela. Meg deu de ombros.

— É só uma coisa que minha mãe costumava dizer. Acabei de lembrar.

E então Meg se lembrou de outra coisa que a mãe vivia dizendo: "Tome cuidado com as pessoas em quem confia. O diabo já foi anjo um dia."

— A gente deveria fechar o alçapão — sugeriu Sean. — Antes que o resto de nós vá junto.

Eles puxaram a porta do alçapão de volta e olharam uns para os outros. *Tudo o que sobrou*, pensou Meg. Não havia se passado nem quarenta e oito horas, e restava apenas metade do grupo. Quem seria o próximo, se ficassem ali por mais tempo? E o que os mataria primeiro: o frio, a fome ou outra morte por "misericórdia"?

— Não vamos sobreviver por mais vinte e quatro horas — afirmou Meg, direta. — Amanhã de manhã, eu vou tentar chegar à estação e pedir ajuda. Todos de acordo?

Sarah fez que sim.

— Acho que não temos outra escolha.

Sean soltou um suspiro.

— Tudo bem. Se é isso que você quer.

— É isso — respondeu Meg.

Ele se virou e foi para o outro lado da cabine. Com as mãos ao redor dos olhos, olhou pelo vidro. A neve estava derretendo, escorrendo pelos painéis, o que fornecia uma visão embaçada da estação ao longe. Um semicírculo cinza e envidraçado projetado na montanha. Como se alguém tivesse enfiado uma nave espacial na pedra, pensou Meg.

Sean esticou a cabeça para olhar o cabo de suporte acima deles.

— São uns duzentos e cinquenta metros... não está muito inclinado nesse ponto, isso é a primeira coisa. O vento pode ter diminuído, mas lá fora ainda vai dar a sensação de que está tentando te arrancar do cabo. — Ele levantou as mãos. — Estas luvas têm boa aderência, mas você perde um pouco o tato. Pode soltar sem perceber. Além disso, se segurar com muita força no cabo, isso vai diminuir sua circulação e o calor nas suas mãos. Então vai precisar se mover o mais rápido possível.

— Tudo bem. — Meg olhou bem para ele. — Você pensou bastante nisso.

— Pensei. — Ele olhou para ela de cima a baixo. — Seus braços vão virar geleia antes de chegar na metade. Vai ser uma tortura, física e mentalmente.

— Uau. Obrigada pelo discurso de incentivo.

— Só estou te preparando. Você precisa entender o quanto vai ser difícil. Precisa entender que talvez não consiga.

— Tudo bem. Eu entendi.

Ele continuou a olhar para ela, como se quisesse falar mais alguma coisa. Então balançou a cabeça.

— Você é teimosa demais.

— E olha que essa é uma das minhas qualidades.

Ele abriu um sorrisinho.

— Tem mesmo certeza disso?

— Eu não tenho medo de morrer.

Os olhos azuis encontraram os dela.

— É exatamente disso que eu tenho medo.

***

Eles dormiram de novo. Uma pequena morte. Uma boa descrição. Inconsciência feliz. Sem pensamentos. Sem sentimentos. Sem dor. Tudo era nada. Havia conforto no nada.

Mas aquilo não podia durar. Rostos entravam e saíam do campo de visão de Meg. Lily, sua mãe, Paul. E uma garota. Uma garota com cabelo longo, escuro e ondulado. A garota da tatuagem de Sean. Quem era ela? E de onde Meg a conhecia? A garota estava sumindo. Meg tentou se agarrar à visão. Ela era importante. Meg já a tinha visto antes. Mas onde?

E então ela se lembrou.

A foto.

Aquela que Meg encontrara no bolso de Paul.

Daniel e Peggy. Academia Invicta.

Era a mesma garota.

E se era a mesma garota...

Os olhos de Meg se abriram.

— Ele mentiu.

Ela se sentou. Uma luz prateada das primeiras horas da manhã preenchia o teleférico. Sarah estava deitada ao lado dela. Meg olhou ao redor. A constatação do que estava acontecendo foi se desenrolando aos poucos em seu estômago, como se fossem tentáculos venenosos.

Não. *Não, não, não.*

Ela se levantou. A respiração saía como fumaça. Andou até a janela e olhou lá para fora. A névoa cobria o vidro. Mal dava para ver a estrutura cinza da estação em meio às nuvens.

Seria loucura tentar escalar o cabo com aquela temperatura.

Filho da puta. Filho da puta maluco e babaca.

— Meg?

Sarah estava se sentando. Ela bocejou, se espreguiçou e olhou ao redor.

— Cadê o Sean?

Meg olhou para ela, a expressão sombria.

— Foi embora.

CARTER

ELES JÁ ESTAVAM FODIDOS ASSIM QUE ENTRARAM NA FLORESTA.

Com o vento esmurrando o rosto e os flocos de neve que caíam com força tapando os óculos, esquiaram até a altura em que as árvores ficavam mais densas. Miles conseguira esquiar levando um velho trenó amarrado nas costas. À beira da linha das árvores, onde a neve dava lugar a uma cama de agulhas de pinheiro, os três pararam, e ele jogou o trenó no chão. Carter levantou os óculos. Estavam mais escondidos ali. Mas a escuridão e o cheiro sufocante dos pinheiros já despertavam a sensação de claustrofobia.

Na floresta bem, bem sombria, havia uma casa bem, bem sombria... e por que diabos ele estava pensando naquela merda de cantiga infantil naquele momento?

Miles tirou uma faca afiada do cinto.

— Para que isso? — perguntou Caren imediatamente.

— Migalhas de pão.

— O quê?

— Nunca leu *João e Maria*?

— Eu desisti dos contos de fadas há um bom tempo.

Miles se virou e entalhou um X num tronco de árvore perto deles.

— Para a gente encontrar o caminho de volta.

— Certo — disse Carter, pensando que era muito otimista imaginar que conseguiriam voltar, mas, ora, é preciso olhar o lado bom.

— E aí, prontos? — perguntou Miles, pegando a arma com o tranquilizante.

— Pronta — respondeu Caren.

Carter apenas assentiu. Não estava pronto, mas não tinha muita saída.

Foram se arrastando pela floresta, e cada passo aumentava em Carter a sensação de mau pressentimento. Os troncos tinham a largura de dois homens, e a cobertura de agulhas de pinheiro acima deles bloqueava qualquer luz e isolava os sons. Poucos flocos de neve penetravam a copa das árvores. O pinho fazia os olhos e o nariz arderem. A respiração deles parecia uma gaita de fole.

A cada poucos passos, Miles parava e marcava mais uma árvore. Carter olhou para trás. Só via uma cruz desenhada atrás deles. Depois disso, era só escuridão, como se as árvores estivessem se movendo devagar, fechando-se à medida que eles passavam. *Isso nunca vai funcionar*, pensou. Não tinham a menor ideia de para onde estavam indo, do quanto precisariam andar, nem mesmo...

Miles de repente parou e levantou a mão. Carter quase caiu em cima dele, e Caren esbarrou nas costas de Carter.

— O que foi? — começou ela.

— Shhhh — sibilou Miles.

Ele se agachou. Carter e Caren se olharam e fizeram o mesmo. Carter semicerrou os olhos para tentar enxergar por cima do ombro de Miles, mas não conseguia ver nada além de árvores. E então percebeu. Movimento. O que achara que era um tronco na verdade era uma pessoa, vestida com uma pele marrom de animal, uma calça verde-escura de macacão de neve e um chapéu de lã bizarro. Ele também conseguiu ouvir — um assobio abafado.

O Assobiador parou por um momento. A cabeça levantada como um animal que fareja algo. Carter teve apenas um vislumbre da pele pálida sob o chapéu. Então o Assobiador se virou rapidamente e desapareceu em meio às árvores. Miles fez sinal para irem atrás. Os três seguiram em frente, passando por mais alguns troncos bem grossos. Carter perdera o Assobiador de vista. Mas viu que as árvores começavam a ficar mais finas. Trechos do céu, flocos de neve. Não muito. O crepúsculo ainda caía sobre a floresta, mas à frente havia uma pequena clareira. E, nessa pequena clareira... um acampamento.

De modo geral, os Assobiadores tinham uma existência nômade. Enxotados da sociedade pelo medo da infecção. Escondidos daqueles que queriam colocá-los nas Fazendas. Muitos estavam infectados com a variante Choler, que os tornava violentos, imprevisíveis e perigosos. Normalmente viviam sozinhos ou em pequenos grupos sem muita organização. Mas havia boatos de que alguns tinham construído estruturas sociais tradicionais em locais remotos. Onde podiam viver sem serem incomodados.

Aquelas moradias pareciam sofisticadas. Barracas, obviamente roubadas, algumas cabanas rudimentares feitas de troncos, uma grande fogueira no meio do acampamento e outra estrutura que parecia ter sido construída com restos de metal. Carter observou.

Havia algo escrito de um lado: INVICTA.

Quando entendeu o que era aquilo, foi como se tivesse levado um soco no estômago. *Não.*

Deu um passo à frente. Lá de longe, ouviu Miles sussurrar:

— *Carter. Cuidado.*

Seu pé prendeu em alguma coisa. Um barulho bem alto de vidro e metais batendo começou a soar acima dele, quebrando a quietude da floresta.

— *Merda!*

Carter olhou para cima. Garrafas velhas, latas e outros pedaços de lixo tinham sido amarrados nos galhos da árvore. Olhou para baixo. Um pedaço bem fino de fio ligava os dois troncos. *Um alarme.* Ele tinha ido bem na direção da armadilha.

Figuras encapuzadas começaram a sair de dentro dos alojamentos. Alguma coisa passou voando. Uma pedra. Depois outra. Pelo canto do olho, Carter viu alguém levantar uma besta.

— Saiam daí! — mandou Miles, e recuou para a floresta.

Ele não precisava insistir. Carter se virou para ir atrás de Miles. Alguma coisa atingiu sua cabeça acima da orelha, com força, e ele cambaleou e caiu de joelhos. Levou a mão à cabeça. Estava molhada de sangue e latejava pra cacete. Sua visão ficou embaçada por um momento.

Alguém agarrou seu braço.

— Levanta.

Caren o ajudou a ficar de pé. Ele cambaleou, mas então se equilibrou.

— Estou bem.

Ela assentiu.

Eles foram atrás de Miles, que já estava bem à frente. Primeira regra de sobrevivência: saiba quando correr e não olhe para trás. E: não seja o último da fila. Uma regra na qual Carter estava falhando de modo exemplar. Caren era mais rápida e estava em melhor forma. Ele ficaria para trás. Seria deixado para trás com...

Alguma coisa caiu das árvores e aterrissou nas costas de Caren, derrubando-a no chão. Um Assobiador. Ela gritou de susto e dor. Os dois rolaram e lutaram no chão da floresta. Uma massa de braços e pernas se debatendo. Sob a luz o crepúsculo,

Carter mal conseguia distinguir quem era quem. Um cabelo loiro de relance. Um vislumbre de pele pálida. Caren deu um soco na cara do Assobiador. Ele uivou, um som horrível e agudo.

— Atira! — gritou Caren.

Carter pegou a arma, mas não conseguia. Não conseguia mirar direito no alvo. Não sem o risco de acabar dando um tiro em Caren. O Assobiador agarrou o cabelo de Caren e arranhou seu rosto com violência. Carter apontou a arma. O Assobiador se virou. Era uma mulher. A pele pálida se esticava como se fosse uma teia sobre o crânio. *Será que era?* Ele hesitou. A Assobiadora abriu bem a boca e mostrou os dentes amarelos e afiados. *Um sorriso.* Então ela abaixou a cabeça e arrancou um pedaço do pescoço de Caren.

— Nãooo!

Alguma coisa passou zunindo no ar. O corpo da Assobiadora sofreu um solavanco. Outro zunido. A Assobiadora se desequilibrou e caiu em cima de Caren. Carter olhou para cima. Miles estava a alguns metros, a arma com tranquilizante na mão. Ele *tinha* voltado.

— Na próxima vez, não hesite — disse para Carter.

Ele foi até lá e tirou a Assobiadora de cima de Caren com o pé.

— Embora pelo menos agora a gente tenha alguma coisa para mostrar...

A Assobiadora se levantou e, com os dentes à mostra, avançou para cima de Miles e agarrou sua perna.

Carter levantou a arma e deu dois tiros na cabeça dela. A Assobiadora caiu no chão.

Miles soltou a perna. Olhou para Carter e acenou com a cabeça.

— Melhor. — Então se abaixou e colocou Caren no ombro com uma facilidade surpreendente. — Vamos.

Eles foram correndo meio aos trancos e barrancos pela floresta, Miles se guiando pelas árvores marcadas e Carter olhando repetidas vezes para trás, embora tivesse quase certeza de que não estavam sendo seguidos por mais nenhum Assobiador. Caren estava apenas semiconsciente pendurada no ombro de Miles. O sangue que caía do pescoço dela manchava as costas do macacão azul de neve de Miles.

Eles enfim saíram dos limites da floresta e chegaram à montanha. Carter inclinou o corpo para a frente, ofegante. Miles colocou Caren no chão. A neve debaixo dela ficou imediatamente tingida de vermelho. Miles pegou o trenó e colocou Caren em cima dele, prendendo-a com as cordas.

— Miles — disse Carter, num sobressalto. — Ela foi mordida. Você não viu?

— Vi. — Miles assentiu e apertou o nó. — Eu vi. Precisamos levá-la antes que perca mais sangue.

— Ela está *infectada.*

Ele olhou para cima.

— Então prefere que eu a deixe aqui para *eles*?

— Não. Eu...

— Vamos levá-la de volta — disse Miles, com firmeza. Seu olhar era glacial. — Ela é tudo o que temos.

Carter e Miles arrastaram o trenó montanha acima. Com um único corpo amarrado, já era um trabalho bem difícil. Como é que tinham pensado que conseguiriam carregar dois?

Os pés escorregavam. O vento fazia o máximo possível para derrubá-los da encosta. Caren gemia e chorava. Estava perdendo as forças, Carter percebeu. Todos eles estavam. Talvez fosse isso mesmo, ponderou. Iam morrer ali, naquela maldita montanha. Depois de tudo que tinha feito para chegar ao Refúgio, para conseguir, para sobreviver, sucumbiria à neve e ao estômago de animais selvagens.

E então, logo depois do topo de uma enorme montanha de neve, Carter viu. A silhueta escura do Refúgio. *Hoje não*, pensou. *Hoje não, porra.* Enfiou os bastões na neve. Atrás de si, sentiu que Miles também acelerava o passo. Chegaram até a cerca elétrica, empurraram o portão quebrado e arrastaram Caren até a porta. Miles digitou o código e a porta abriu. Eles entraram no hall meio desajeitados e agradecidos por estarem ali, e na mesma hora o elevador chegou e Welland saiu lá de dentro.

Ele os encarou, horrorizado.

— Que merda, cara. O que rolou?

— Uma armadilha — disse Miles. — Caímos numa emboscada.

— Porra. — Welland olhou para Caren. — Ela morreu? Porque acabei de carregar o incinerador, não dá para botar mais nada hoje, não.

— Uau. Sua empatia não tem limites — observou Carter.

— Ela perdeu muito sangue — disse Miles. — Mas deve sobreviver. Temos que fazer um curativo no ferimento e dar antibióticos para evitar que a mordida fique pior...

— Espera aí! — Welland arregalou os olhos. — Ela foi mordida? Por um Assobiador? Ela está infectada. — Ele deu um passo para trás. — Não. De jeito nenhum. Ela não pode ficar aqui.

— Precisamos colocá-la numa câmara de isolamento. — Miles deu um passo para a frente.

Welland sacou a arma de Miles. Apontou para eles com as mãos trêmulas.

— Coloca ela lá fora.

— É sério isso?! — exclamou Carter.

— Welland — começou Miles, num tom de voz calmo e assustador. — A única razão para você estar vivo é manter a energia funcionando. Neste momento, não tenho nenhum bom motivo para não te matar.

— É. Bom, mas sou eu quem está apontando a arma.

— Ela ainda está com a trava de segurança — disse Carter.

Welland olhou para baixo. Carter avançou e lhe deu um soco na cara. Welland tropeçou para trás. Carter deu uma joelhada em sua virilha. Welland sentiu o golpe e cedeu, a arma escorregando de suas mãos. Carter a pegou e encostou o cano na testa de Welland. Tirou a trava de segurança.

— Eu nem preciso de um pretexto, mas é ótimo ter um.

— Deixa ele — disse Miles, carregando Caren. — Não temos tempo para isso. E ele ainda é útil. Por enquanto.

A vontade de puxar o gatilho era como uma coceira.

— Você ouviu o que ele disse — choramingou Welland.

— Ouvi, sim. — Carter travou a arma de novo e se levantou: — Ele disse... *por enquanto.*

Eles puseram Caren na Câmara de Isolamento 4 e fizeram um curativo no pescoço dela. Estava sedada e recebia antibiótico intravenoso. Tinha perdido muito sangue, mas não o suficiente para morrer. Recebendo os cuidados certos, com certeza sobreviveria. Mas, obviamente, era provável que a morte fosse um destino melhor.

Carter recostou no vidro. A temperatura dela já estava subindo. Infecção direta era bem rápida. De vez em quando, mesmo sob sedação, o corpo de Caren tinha espasmos quando ela tossia. Ao longo das vinte e quatro horas seguintes, a tosse e a respiração iam piorar. Depois viriam os olhos vermelhos, a febre, o delírio e, se ela sobrevivesse...

Ele ouviu um barulho atrás de si. Miles entrou na área das câmaras de isolamento com mais curativos.

— Como ela está? — perguntou.

— Como você acha?

— Acho que ela está viva... e nós demos sorte. O que aconteceu lá?

Carter se moveu, meio desconfortável.

— Eu não tinha como atirar sem atingir a Caren.

— Não estou falando disso. Estou falando de sair entrando no acampamento e disparar o alarme.

Em sua mente, Carter viu de novo. A placa de metal. A escrita desbotada: INVICTA.

— Não sei — disse ele, em voz baixa. — Eu me distraí.

Miles demonstrou sua impaciência com um "tsc".

— E esse é o resultado.

Carter se sentiu esmagado pela culpa.

— Eu sei. Estraguei tudo.

Uma longa pausa.

— Não totalmente — disse Miles.

— Como assim?

— Nossa tarefa era trazer novos fornecedores. — Miles se virou para a câmara de isolamento. — Se Caren sobreviver, teremos o que precisamos.

Carter o encarou.

— Era esse o plano desde o início? Infectar um de nós. E trazer de volta?

— Não. — Miles abriu um sorriso frio. — Esse era o Plano B.

— Você é mesmo um filho da puta.

— Você tem alguma sugestão melhor?

Carter olhou novamente para Caren. *Com C.* Cerrou os punhos. Depois, bem devagar, balançou a cabeça.

Miles assentiu.

— Então, como disse Oppenheimer, agora somos todos uns filhos da puta. — Ele se virou. — Vou conferir os anticorpos dela mais tarde. Com sorte, posso começar a extração em quarenta e oito horas, como combinado.

HANNAH

— ABAIXA ESSA ARMA, DANIEL.

Ele olhou para a arma como se tivesse esquecido que ainda a segurava. Depois olhou para cima.

— Acha que vou atirar em você?

— Não sei — respondeu Hannah. — Não sei nada de você. Seu nome de verdade é Daniel mesmo?

Ele respirou fundo e colocou a arma com cuidado no sofá.

— Feliz agora?

— Na verdade, não. — Hannah olhou para ele, a expressão fria. — Por que você assumiu o ônibus? O que aconteceu com o motorista de verdade? Em que *porra* você estava pensando?

Ele a encarou, irritado.

— Eu estava pensando que não queria ser largado para morrer com a minha irmã porque não tínhamos um pai rico e poderoso para nos tirar da Academia.

— Isso não é justo.

— Não? — Ele abriu um sorrisinho. — Pode reclamar o quanto quiser sobre seu pai insensível, mas você ainda teve dinheiro, privilégio, boa educação. E você — ele se virou para Cassie — pode fazer o papel de desajustada da escola, mas nunca vai saber o que é realmente ser excluída por ser pobre, usar roupas de segunda mão e fazer refeições de graça.

— Bom, se é assim, Oliver Twist, então como é que você foi parar na Academia? — retrucou Cassie.

— Porque Peggy tinha inteligência, e não pais ricos — respondeu Daniel, a voz ríspida. — Ela ganhou uma bolsa de estudos. Era inteligente e bonita. Foi o passaporte dela para uma vida melhor.

— E você? — perguntou Hannah.

— Nada de inteligência. Muito menos beleza. Eu me inscrevi para uma vaga de emprego: trabalhar na cozinha e fazer serviços gerais. Lugares como a Academia estão sempre precisando de funcionários. Provavelmente porque o salário é uma merda e tratam as pessoas feito lixo. Eles me contrataram e aí pude cuidar da Peggy, como sempre fiz.

— Pelo visto não cuidou direito, já que ela engravidou — observou Cassie.

Hannah sentiu Daniel ficar tenso e cerrar os punhos. Se Cassie fosse homem, tinha certeza de que ele teria lhe dado um soco. E garotas como Cassie se aproveitavam disso.

— Por que não cala a boca e deixa ele falar? — interveio Hannah.

Cassie levantou os braços.

— Beleza. Assim, toda essa coisa de confissão é muito saudável e tal, mas, de verdade, quem se importa? A única coisa importante aqui é a gente tentar ficar vivo. — Ela começou a descer os degraus para o porão. — Vou dar uma olhada no bunker do cara doido.

Hannah se virou para Daniel.

— Quando descobriu que a Peggy estava grávida?

— Quando começou o surto na Academia. Ela ficou preocupada com a bebê. Não tinha me contado antes porque eu teria tentado convencê-la a tirar. Aí, já era muito tarde. Já estava com oito meses. Conseguiu esconder bem.

— E o pai?

— Ela não me contou... porque sabia que eu o mataria. Como era de se esperar, ele não quis se envolver. — Daniel balançou a cabeça. — Peggy tinha toda a vida pela frente, poderia ter feito qualquer coisa. Mas... o que queria mesmo era ser mãe. — A voz dele falhou. — Então prometi que ia tirar ela e a bebê de lá em segurança.

— Vocês não estavam na lista de evacuação?

— Não. Os funcionários tinham que ficar. Só alguns entravam na lista, mesmo com teste negativo. Eles diziam que era aleatório. Mas todo mundo percebeu que quem entrava na lista eram os alunos ricos, com pais influentes. Bolsistas e quem tinha menos dinheiro eram obrigados a cumprir o isolamento lá mesmo.

— Tipo a Peggy.

Ele assentiu.

— Então precisei dar outro jeito. O vírus estava se espalhando rápido. Alguns alunos ficaram doentes *depois* de serem colocados na lista, mas ouvi dizer que os nomes não estavam sendo retirados. Consegui pegar um turno na limpeza da enfermaria. Alguns dias antes de os ônibus chegarem, apareceu uma garota que estava na evacuação, mas tinha ficado doente. Era a minha chance. Roubei a identidade dela e entreguei para Peggy. Imaginei que não iam conferir as fotos. E foi isso mesmo. Na manhã da evacuação, fiquei observando quando a Peggy embarcou no ônibus. Eu tinha conseguido tirá-la de lá.

Hannah franziu a testa.

— E como foi que você acabou dirigindo o ônibus?

— Os ônibus estavam prestes a sair quando vi um cara entrar no banheiro. O motorista. — Uma pausa. — Achei que não tinha nada a perder. Fui atrás do cara, bati com a cabeça dele na pia e ele apagou. Eu o arrastei até uma cabine e tranquei a porta. Peguei o boné, o casaco e as chaves dele e saí. Enfiei o cabelo dentro do boné e fui andando de cabeça baixa. O casaco era muito pequeno para mim, então fui com ele na mão. Ninguém questionou. Ninguém notou minha presença. Abracadabra, novo motorista.

Todos os planos perfeitamente calculados do pai, pensou Hannah. Arruinados por um motorista de ônibus de bexiga pequena.

— E qual era seu plano quando a gente chegasse ao Refúgio? — perguntou. — O que ia acontecer quando as pessoas percebessem que a Peggy não deveria estar lá?

— Aí seria tarde demais. E eu sei me virar sozinho.

— Mas, em vez disso, você bateu o ônibus.

Ele balançou a cabeça.

— Não foi minha culpa. A pista estava escorregadia, sim. A tempestade era forte. Mas eu estava indo bem devagar. Nunca arriscaria a vida de nenhum passageiro. Então teve uma curva e, de repente, eu vi faróis vindo na direção contrária, na mesma pista. Eu buzinei...

Hannah se lembrou vagamente de ter ouvido a buzina.

— ... e, quando vi, estava tentando desviar, mas o ônibus capotou. Fui jogado para fora da cabine e acho que passei um tempo desmaiado. Quando acordei, a primeira coisa em que pensei foi a Peggy. Procurei pelo ônibus e a encontrei lá atrás. Percebi que era grave. Foi aí que pedi ajuda... e você veio. — Ele olhou para Hannah. — Você simplesmente presumiu que eu era um aluno. E eu percebi que seria mais fácil deixar por isso mesmo.

Hannah continuou olhando para ele. Daniel parecia estar dizendo a verdade. Mas não dava para ter certeza. E talvez Cassie tivesse razão. De que importava naquele momento?

— Acabou? — perguntou ela.

— Acabou.

Mas não tinha acabado. Havia mais alguma coisa, alguma coisa...

A cabeça de Cassie apareceu do alçapão.

— Pessoal, vocês precisam *mesmo* dar uma olhada aqui embaixo.

MEG

— *FOI EMBORA?* — SARAH OLHOU PARA ELA. — Não estou entendendo.

Meg andava de um lado para outro.

— Ele mentiu. O filho da puta mentiu e saiu antes de mim.

Sarah a encarou.

— Mas isso não foi corajoso da parte dele? Agora você não precisa arriscar a sua vida.

Não, pensou Meg. Sarah não entendia. Por causa da garota. A garota de cabelo escuro. Ela parou e vasculhou o próprio bolso. Pegou a foto amassada. A que tinha encontrado com Paul.

Daniel e Peggy. Academia Invicta.

Meg olhou com mais atenção para a foto. Dessa vez, concentrando-se no rapaz. Tentou adicionar alguns anos, menos quilos, tirar o cabelo comprido. *Os olhos*, pensou ela. Os olhos azuis marcantes.

Era ele. *Sean*. Sean era Daniel. Daniel era Sean.

Paul estava com essa foto. Então devia saber quem Sean era de verdade. Ou pelo menos saber que ele estaria no teleférico. Estava procurando por ele. Mas por quê? Sean dissera que queria vingar a morte de alguém que amava. Uma garota. Seria ela? Era por isso que estava ali? A pessoa que ele acreditava ser a responsável estava no Refúgio?

Quando eu encontrar essa pessoa, ela vai pagar.

Se Sean tinha percebido que Paul estava atrás dele, esse era um bom motivo para assassiná-lo. Matar Paul e deixar Karl levar a culpa. E Max? Será que Max percebera alguma coisa ou era apenas um fardo, um peso morto?

Sean não tomara o lugar dela porque estava com medo de que Meg fosse arriscar sua vida.

Fizera isso porque tinha uma missão. Vingança.

E um homem que era capaz de matar, mentir e enganar para conseguir seus objetivos... era o tipo de homem que chamaria o resgate?

Sarah ainda a encarava.

— O que foi? Qual é o problema?

— Eu preciso impedi-lo — afirmou Meg.

— Do que você está falando? Se Sean conseguir atravessar até lá, é só esperar ele mandar ajuda. Vai ficar tudo bem.

Meg balançou a cabeça.

— Você não entende.

Dava para ver a esperança nos olhos de Sarah. Esperança e desespero. Ela se agarrava àquele último fio de esperança, e Meg estava prestes a cortá-lo.

— Não acho que Sean vá mandar ajuda.

— O quê? Por quê?

— Ele matou Paul.

— *Paul?* Quem é Paul?

— O segurança. O nome real dele era Paul, ele era policial.

— Como... como você sabe disso?

— Eu conhecia ele. Eu o reconheci.

— E não disse nada?

— Não achei que fosse relevante.

Sarah olhou para ela, desconfiada.

— E pensou que a gente ia suspeitar de você?

Meg respirou fundo.

— *Escuta*, acho que Paul estava aqui por causa de Sean. Encontrei esta foto no bolso dele.

Ela estendeu a foto. Sarah hesitou, mas a pegou. Depois franziu a testa.

— Quem são estas pessoas?

Meg apontou para a garota.

— Você viu a tatuagem no peito de Sean?

— Só de relance.

— É esta garota.

— Não dá para ter certeza.

— Agora olhe o rapaz da foto, Sarah. Olhe *de verdade*. Não te parece familiar?

Sarah olhou para a foto. Depois balançou a cabeça e devolveu para Meg.

— Pode ser qualquer pessoa.

— É *ele* — disse Meg. — Eu sei que é.

— Não.

Meg teve que se conter para não sacudir os ombros daquela mulher.

— Sarah, Sean é um assassino. Ele não vai mandar ajuda pra gente. Por que faria isso?

— Ele não pode simplesmente deixar a gente aqui. Alguém descobriria.

Será? Meg olhou lá para fora pelo vidro. O que Sean ganharia ao mandar ajuda e aumentar suas chances de ser desmascarado? Por que não simplesmente fugir? Salvar a própria pele?

Meg se sentiu tomada pela frustração. Queria chutar, bater em alguma coisa. Mas provavelmente não podia desperdiçar energia.

E então se deu conta de outra coisa. Tateou os bolsos. Vazios.

Sean tinha levado a arma.

Assim, ela tomou uma decisão.

— Eu vou atrás dele.

CARTER

MILES FEZ O JANTAR. Carter não estava com vontade de comer. Welland resmungou alguma coisa sobre "alergias". Mas Miles insistiu. E, naquele momento, Carter achou que não era uma boa ideia contrariá-lo, a respeito de nada.

Miles circulou pela cozinha, colocou o macarrão na água e preparou um molho com tomates enlatados. Felizmente, o fogão funcionava a gás. A energia ainda não tinha voltado na sala de convivência, então havia velas iluminando o ambiente. Carter se sentou de frente para Welland na bancada da cozinha. Ficaram se olhando sobre o tampo de granito polido. Parecia o pior jantar da história.

— Espero que todo mundo goste de espaguete à bolonhesa — disse Miles. — Mas acho que só tem carne de soja.

— Ótimo — respondeu Carter.

— Soja me dá gases — resmungou Welland, e pegou sua Coca-Cola.

Ele não tinha tomado banho depois de executar suas "tarefas" do dia, e Carter notou que havia sujeira em suas unhas. Tentou não se retrair de nojo e bebeu um gole de cerveja.

— Conseguiu resolver tudo hoje? — perguntou Miles a Welland num tom informal, como se estivesse falando sobre uma troca de lâmpada, e não sobre incinerar os corpos dos amigos.

E como se não tivessem apontado armas uns para os outros menos de duas horas antes.

— Consegui — murmurou Welland. — Estão todos lá. Mas é uma carga grande e vai exigir muito do incinerador.

— Eu sei — respondeu Miles, servindo as porções de macarrão nos pratos. — Por isso é ainda mais essencial que a gente vá amanhã buscar o gerador na estação do teleférico.

— Amanhã? — perguntou Carter.

— Não podemos adiar mais.

— Mas e a... — A voz falhou ao dizer o nome dela. — E a Caren?

Miles trouxe os pratos e os colocou na bancada. O cheiro estava bom. Carter sentiu o estômago se revirar.

— Parmesão? — perguntou Miles, segurando um pacote.

— Não, obrigado — disse Carter, bebendo mais um gole de cerveja.

Welland levou uma garfada da comida à boca e mastigou sem esperar mais ninguém.

Miles trouxe o próprio prato, se sentou e ergueu a taça de vinho.

— Aos sobreviventes.

Carter hesitou, mas depois ergueu a cerveja. Welland engoliu a comida de um jeito bem barulhento e, sem muito entusiasmo, levantou a lata de refrigerante.

Miles olhou bem para eles. Sob a iluminação das velas, Carter pensou em Hannibal Lecter. Podia facilmente imaginar Miles circulando ali pela bancada da cozinha, levantando o topo da cabeça deles e dando uma garfada em seus cérebros. *Para combinar com um bom Chianti.*

E aquilo o fez se lembrar de Nate. Carter mal tinha pensado nele desde sua morte. Que belo amigo. Mas, numa situação de sobrevivência, não havia tempo para o luto. Não era que a vida não valesse nada. Mas certamente valia bem menos do que antes.

Miles pousou a taça.

— Então, sobre a logística. Nossa missão de conseguir novos fornecedores não saiu bem como o planejado. Mas pelo menos ainda temos o Plano B.

— Podemos pelo menos usar o nome dela? — disse Carter, pegando uma garfada do macarrão. — Caren.

— Claro. Se a Caren se recuperar...

— Ninguém se recupera, cara — disse Welland. — Ou você morre, ou vira um Assobiador.

— Ou fornecedor. — Carter não conseguiu evitar a resposta amarga.

Miles largou o garfo com força.

— E vocês têm algum problema com isso?

Sim, Carter pensou, mas que escolha eles tinham?

— Faz alguma diferença?

Welland balançou a cabeça.

— Antes ela do que a gente, cara.

— Exatamente — disse Miles. — E se não tivermos fornecedores regulares para atender o Quinn, todo mundo aqui está morto.

Carter se lembrou de algo.

— Acha mesmo que vamos ter plasma viável em quarenta e oito horas? Em geral demora uns três ou quatro dias.

— Eu sei. Se for o caso, acho que consigo enrolar o Quinn. Mas, de novo, por isso é importante termos energia a todo vapor e nossos sistemas de segurança funcionando perfeitamente.

Carter olhou para ele.

— Então nós ainda vamos caminhar até a estação do teleférico?

— Nós, não.

Carter sentiu uma pontada no estômago. Balançou a cabeça.

— Não.

— Preciso ficar aqui monitorando a Caren — disse Miles, com firmeza. — E Welland precisa monitorar a energia.

— E tem minha asma... — começou Welland.

— Foda-se a sua asma — replicou Carter, irritado.

Welland pareceu magoado.

— Ei. Eu tenho uma doença.

— Você não tem asma. Sei muito bem que essas merdas dessas bombinhas que você se lembra de carregar de vez em quando não têm nada além de ar.

Welland olhou para ele com raiva.

— Ah, é? E você? Não era nem para você estar aqui. Quer dizer, Miles simplesmente achou você na montanha, meio congelado, com a cara caindo aos pedaços. De onde foi que você veio? Você diz que não lembra, mas aposto que Carter nem é a porra do seu nome de verdade.

— Chega! — Miles bateu com a mão na mesa. Os talheres pularam. Carter e Welland também.

— Não podemos ficar brigando desse jeito. — Miles olhou para eles, a expressão fria. — Se a gente quiser sobreviver, precisamos trabalhar juntos. Entenderam?

Os dois murmuraram afirmativamente, como se fossem crianças levando uma bronca.

— Carter, estou contando com você — continuou Miles. — Você é o único capaz de pegar o gerador. Eu não te pediria se não acreditasse nisso.

Que balela, pensou Carter. Miles pediria para os dois fazerem qualquer coisa que fosse necessária. Aliás, normalmente nem pedia. No entanto, Miles também era o único que compreendia *por que* Carter preferiria arrancar os próprios olhos com uma colher do que voltar à estação do teleférico.

Ele soltou um suspiro.

— É, eu sei.

Welland comeu a última garfada e colocou a cadeira no lugar.

— Estou exausto, cara. Vou dormir um pouco. Amanhã vai ser um dia pesado.

É, para ficar sentado fazendo nada, pensou Carter, mas conseguiu guardar o comentário para si. Olhou para a própria comida, em que mal tinha tocado. Sentiu ainda menos fome. Welland foi caminhando, os passos pesados, e Dexter, que até então estava aninhado em sua "cadeira de cachorro", se levantou e abanou o rabo.

— Preciso levá-lo lá fora — disse Carter, feliz com aquela distração.

— Como quiser — respondeu Miles, e continuou bebendo seu vinho calmamente.

Carter pegou Dexter no colo e desceu as escadas. Fez uma careta.

— Cara, você está fedendo mesmo, Dex. Precisa de um banho.

Dexter respirava bem diante do rosto dele, ofegante e feliz. Carter sentiu ânsia de vômito e esticou o braço para deixar o cachorro o mais longe possível, então o colocou no chão assim que chegaram ao hall de entrada.

— Você andou comendo cocô de lobo de novo?

Dexter latiu, animado, e correu para a porta. Carter pegou um casaco grosso e calçou as botas. Com frequência ele levava Dexter à noite para dar uma última volta ao redor do Refúgio. Não iam muito longe. Carter sabia que Dexter podia acabar *virando* cocô de lobo se não tomasse cuidado. Mas aquela caminhada noturna lhe dava uma estranha sensação de normalidade.

Quando ele e a irmã eram crianças, os pais tiveram um cachorro. Um vira-lata, ou "Heinz 57", como seu avô dizia. O nome dele era Bruno. Era velhinho, meio surdo e soltava peidos horrendos. Mas Carter amava aquele pateta. Amava sua devoção incondicional, seu otimismo e sua lealdade. Carter sempre foi uma criança gordinha e esquisita. Não muito diferente de Welland — o que, se ele fosse brutalmente honesto, talvez fosse o motivo de detestá-lo tanto. Bruno não julgava, não ligava. Para as acnes, para a barriga, nem para o cabelo desgrenhado.

Ele sentia o mesmo tipo de aceitação em relação a Dexter. Dexter nunca se encolhia apavorado ao ver o rosto destruído de Carter nem a escuridão de seu coração dilapidado. Nada na vida era tão puro e simples quanto o amor de um cachorro. Carter achava que era por isso que as pessoas aturavam aquela coisa toda de cheirar virilha e o bafo horroroso deles.

Ele abriu a porta e Dexter pulou na neve revirada. Os flocos que caíam estavam menores, e o vento também perdera um pouco da intensidade. No dia seguinte, a tempestade já teria cessado. Carter pegou a lanterna no bolso e foi atrás de Dexter.

Desde que Quinn estourara o circuito elétrico da cerca, a luz de segurança tinha apagado e o jardim estava às escuras. Estendia-se por uma área bem grande. Uns quatro mil metros quadrados. No verão, quando o sol estava alto e a neve derretia, os sete ficavam lá fora às vezes. Miles montava a churrasqueira e bebia Pimm's, enquanto Caren pegava sol, Julia e Nate jogavam frisbee e Welland reclamava do calor. Ah, e Jackson, bom, normalmente ele estava por ali *em algum lugar*.

Não tinha como durar. Óbvio. Tudo que é bom dura pouco. Mas era legal fingir que as coisas eram normais, nem que fosse por algumas horas.

Carter seguiu Dexter até os fundos do Refúgio. Logo depois da cerca, dava para ver a floresta. Em algum lugar ali dentro, havia um incinerador escondido. Um segundo portão localizado nos fundos levava até lá. Carter não sabia por que o incinerador não tinha sido construído dentro das dependências do Refúgio. Talvez porque tenha sido acrescentado depois à estrutura. Talvez porque sentir tão de perto o cheiro de corpos humanos queimando ferisse a sensibilidade das pessoas. Os seres humanos não gostavam de ser lembrados da morte, mesmo quando estávamos praticamente andando de mãos dadas com ela todos os dias.

A cremação era essencial. *Seis níveis de infecção*. Ao enterrar os corpos dos infectados, corria-se o risco de predadores como lobos, coiotes e até ursos encontrarem os cadáveres. Alguns povos em comunidades remotas ainda caçavam e comiam a carne desses animais. Embora fosse mais rara, a infecção por ingestão existia. O vírus era esperto. Sangue, fluidos, ar. Encontrava novos meios de se transportar o tempo inteiro. A porra do Elon Musk da infecção.

Um pouco mais à frente, Carter ouviu Dexter farejando e cavoucando alguma coisa. Devia estar cavando em busca de algo repulsivo. Carter bateu os pés e moveu a lanterna ao redor. Não viu o cachorrinho. Seu pelo branco e marrom encardido geralmente sumia no meio da neve.

A luz iluminou a cerca e as árvores ao fundo. Dava para ver o teto do incinerador. *Anya, Nate e Julia*, pensou ele. Todos queimados ali. Carne, pele, ossos e sabe-se lá mais do que fossem feitos. Tudo tinha virado pó.

E ali estava ele, forçado a ficar com Welland e Miles. Um pobre coitado e um sociopata. Carter se perguntou de novo se um deles teria esfaqueado Julia. Miles tinha a frieza necessária, mas não fazia nada sem motivo. E Carter não conseguia imaginar um bom motivo para ele matar Julia. Além disso, para o crédito de Miles, ele estava preso dentro de uma câmara de isolamento enquanto Julia era esfaqueada. Sobrava Welland. *Ou Caren*, pensou Carter. Caren não tinha mais como confessar. E Welland? Ele tinha certeza de que Welland mataria alguém se fosse para salvar a própria pele, desde que não desse muito trabalho ou interferisse no horário das refeições.

Mas a questão do *porquê* ainda se colocava. Por que alguém desejaria matar Julia? E por que aquilo o incomodava tanto? Assassinato não era nenhuma novidade para Carter. Ele mesmo já tinha tirado vidas. Por bons e maus motivos. Mas sempre *havia* um motivo. Assassinato sem sentido — era aquilo que o incomodava.

Não era a única coisa. Mesmo com a adição de Caren, a fonte de plasma tinha diminuído. De três para dois, e o Fornecedor 03 não ia durar muito mais. Seria a conta certa para eles três e Quinn. Qualquer plasma que sumisse seria óbvio. E Miles ia ficar de olho. O que significava que Carter não ia mais conseguir mandar seus pacotes. Obviamente ele nem sabia se os pacotes que enviava estavam sendo recebidos. Ou usados. Mas era tudo que ele podia fazer.

Uma onda repentina de latidos deu um susto em Carter, que quase derrubou a lanterna. Dexter apareceu do nada, cheio de lama e ramos de pinheiro grudados no pelo, e passou correndo por Carter de volta para o Refúgio. Que porra tinha sido aquilo?

Carter suspirou e correu atrás dele, arfando pelo esforço, os pés escorregando na neve. Jogou a luz na direção dos latidos loucos. Dexter corria de um lado para outro da cerca, os pelos eriçados, os dentinhos afiados à mostra.

Do outro lado da cerca, a alguns metros, Assobiadores. *Merda*.

Havia uns dez ou mais. Cobertos com uma mistura de roupas roubadas e peles de animal. Estavam encapuzados. Apenas um pedaço dos rostos pálidos visível. Seguravam ferramentas afiadas e bestas. Não se moveram, mas Carter ouvia o som de sua respiração enquanto estavam ali, parados, encarando o Refúgio. Como um vento distante que assobiava sobre os telhados.

Carter sentiu os próprios pelos se eriçarem. Que porra eles estavam fazendo ali? Assobiadores nunca tinham chegado tão perto do Refúgio. E nunca em um número tão grande. No início, um solitário se aproximava de vez em quando, talvez em busca de comida ou abrigo. Mas a cerca elétrica logo os ensinara a manter distância.

Só que a cerca não estava funcionando e o portão jazia aberto. No entanto, o grupo estava a certa distância. Talvez soubessem que sua mera presença já era uma ameaça. Talvez fosse uma retaliação pela invasão do território deles naquele dia. Um aviso.

Aquilo era preocupante por duas razões. Primeiro, significava que os Assobiadores eram mais organizados e inteligentes do que Carter e os outros pensavam. Segundo, significava que estavam putos.

Um vulto deu um passo à frente. Era mais alto do que os outros. Uma barba desgrenhada escapava para fora do capuz surrado. Instintivamente, Carter levou a mão à arma. Ao mesmo tempo, três Assobiadores atrás do homem mais alto ergueram as bestas. Compreendido. Carter soltou a arma. Os Assobiadores mantiveram as bestas apontadas.

O primeiro vulto segurava algo. Dexter ganiu e se escondeu atrás das pernas de Carter. O homem deu mais um passo em direção ao portão. *Merda.* Mais alguns, e ele poderia simplesmente entrar. Carter tinha uma arma, mas os Assobiadores estavam em maior número e eram mais agressivos.

O homem parou. A centímetros do portão. Carter prendeu a respiração. Dava para sentir os olhos do Assobiador nele. Então o sujeito deixou o que estava segurando no chão e se afastou. Os Assobiadores armados baixaram as bestas e, de uma vez só, todos se viraram e começaram a descer a encosta da montanha.

Carter soltou um suspiro profundo. Quando teve certeza de que os Assobiadores não voltariam, foi até o portão e pegou o que o líder tinha deixado ali.

Franziu a testa. Um punhado de crachás de plástico. Estavam sujos e quebrados, mas obviamente tinham pertencido aos funcionários do Refúgio. Aos *antigos* funcionários. Enfermeiros, faxineiros, médicos. Todos mortos àquela altura. *Transformados em pó.*

Mas por que os Assobiadores estavam com aquilo? Os crachás deveriam ter sido incinerados com os corpos dos infectados. E por que haviam levado isso para lá? Carter foi olhando os crachás e vendo rostos e nomes que não conhecia. Até que viu...

Um rosto que conhecia. E muito bem. Mas com um nome diferente.

Carter olhou para o crachá por um momento e sentiu um arrepio de frio percorrer seus ossos, depois o colocou no bolso.

As coisas começavam a fazer sentido.

Ele sempre soubera que um deles estava mentindo.

Agora, sabia por quê.

HANNAH

ELA DESCEU ATRÁS DE CASSIE PELOS DEGRAUS BARULHENTOS, com Daniel na retaguarda.

O porão era longo e estreito. Lá no fundo, Hannah viu um saco de dormir, uma luminária de acampamento e um monte de lixo. Havia prateleiras improvisadas com comida enlatada, garrafas de água, velas e remédios de ambos os lados. Um pequeno arsenal de armas disputava espaço nas paredes.

À direita, havia uma fileira de facas de caça com aparência bastante letal e duas bestas. À esquerda, uma estante com três espingardas grandes, uma semiautomática e uma pistola. Abaixo, pilhas de caixas de munição.

— Está vendo o que eu disse? — Cassie deu um risinho. — Vovô Joe ia se sentir em casa aqui embaixo.

— Quem é vovô Joe? — perguntou Daniel.

— Nem queira saber — respondeu Hannah.

Ela olhou ao redor. O lado bom era que poderiam se abastecer de comida e água. O lado ruim era que algo ainda a incomodava na confissão de Daniel. Ele admitira ter infiltrado a irmã no ônibus e tomado o lugar do motorista. *Era só isso? Não,* pensou ela. Havia algo mais.

— Bom, por mais legal que seja aqui embaixo — disse Daniel, sarcástico —, vou voltar lá pra cima para olhar a Eva.

Ele subiu os degraus, que rangeram com o peso.

— Estava pensando que a gente podia se esconder aqui — sugeriu Cassie. — Tem comida, armas. Ninguém nos encontraria.

Hannah balançou a cabeça.

— Se *nós* encontramos este bunker, meu pai vai encontrar também. A gente pega o que for necessário e vai embora assim que o dia amanhecer.

Cassie contraiu o maxilar.

— Acho que você está errada.

— Não estou.

Cassie fez menção de discutir, mas assentiu e se virou para olhar as armas.

— Tudo bem. Se você está dizendo.

Ela pegou uma espingarda e a examinou.

— Melhor tomar cuidado com isso — sugeriu Hannah.

— Ah, o vovô Joe me ensinou tudo sobre armas e facas.

Facas, pensou Hannah. *Era isso.*

O ferimento no pescoço de Ben. Não tinha como ter sido feito com um pedaço de vidro. Só podia ser uma lâmina mais fina. Uma faca.

Como a que ainda estava enfiada no pescoço do Assobiador.

A faca de bolso que *Daniel* tinha dado a ela.

— Já volto — disse para Cassie, e começou a subir as escadas.

Daniel estava ajoelhado diante do fogo. Tinha construído um berço improvisado com uma das gavetas do armário e colocara Eva lá dentro. Ele murmurava algo com carinho para a bebê, enquanto ajeitava suas cobertas.

Hannah o observou, e então perguntou sem rodeios.

— Por que você matou o Ben?

— O quê? — Daniel se virou e olhou para ela. — Ben se matou.

— Não. — Hannah balançou a cabeça. — Não tem como o ferimento no pescoço dele ter sido feito com um pedaço de vidro. E você era o único que tinha uma lâmina.

Ela viu a expressão de decepção no rosto dele.

— A faca não é minha.

— E de onde ela surgiu, então?

— Eu a encontrei. Quando abri a porta do banheiro e me deparei com Ben, a faca estava no chão. Eu peguei, limpei e guardei. Não sei bem por quê. Acho que pensei que poderia precisar.

Hannah o examinou à procura de sinais de que ele estava mentindo.

— E por que eu deveria acreditar? Você já mentiu sobre quem é e o que estava fazendo no ônibus.

Daniel soltou um suspiro.

— Fiz aquilo pela Peggy.

— Você trabalhava na cozinha. Lidava com facas.

— Não. Eu basicamente lavava louça. Nem sei cortar carne. Com certeza não conseguiria rasgar a garganta de alguém.

Mas tem outra pessoa que conseguiria, pensou Hannah.

Eu sabia quebrar o pescoço de uma galinha e cortar a garganta de um bode para sangrar mais rápido.

— Cassie — murmurou ela.

— Chamou?

Hannah se virou. Cassie estava no topo da escadaria do porão, a arma semiautomática nas mãos.

Hannah tentou manter a voz tranquila.

— Estou vendo que escolheu outra arma...

— É. Achei que esta aqui seria mais útil.

Hannah assentiu.

— Talvez a gente precise mesmo de uma para se defender.

— Boa tentativa. — Cassie sorriu. — Ouvi vocês conversando.

— Eu só estava...

— ... prestes a me acusar de matar o Ben?

— Não.

— Vai. Pergunta.

Hannah engoliu em seco.

— Eu não acho que...

— *Pergunta.*

As duas se olharam.

— Você matou o Ben? — perguntou Hannah.

— Cara, agora você me pegou.

— Por quê?

O sorriso sumiu de seu rosto.

— Porque ele era a porra de um peso morto e ia morrer de qualquer jeito. Eu só ajudei a ir mais rápido.

— Sério?

Cassie soltou um suspiro.

— Olha, eu precisava ir ao banheiro. Ben já estava desmaiado lá dentro. Tinha tentado cortar os pulsos com o vidro, fez uma sujeirada. Eu só terminei o serviço.

— Com a faca que você trouxe escondida no ônibus?

— Presente de aniversário do vovô Joe... Eu fiquei puta quando percebi que tinha perdido.

— E agora? — perguntou Hannah. — Está planejando ajudar a gente a "ir mais rápido" também?

— Não precisa fazer isso — disse Daniel, rapidamente. — Eu entendo. Entendi por que ajudou o Ben a morrer. Provavelmente era a coisa certa a fazer. Não precisamos brigar por causa disso.

Cassie balançou a cabeça.

— Foi mal, cara. Errado. Olha só o que estou pensando. O Departamento está procurando quatro sobreviventes, não é? E com o doido da cabana aqui, vocês são quatro. Então, se acharem vocês quatro mortos numa cabana incendiada, missão cumprida. Eu consigo fugir sem ninguém vir atrás de mim. — Ela deu de ombros. — Eu meio que sou *obrigada* a matar vocês. É questão de sobrevivência.

— Cassie — disse Hannah, com calma. — Por favor, não faça isso. Você não é esse tipo de pessoa.

Cassie semicerrou os olhos.

— Você não tem a menor ideia de quem eu sou. Isso foi outra coisa que meu avô me ensinou. Ou você é um mocinho, ou é um sobrevivente. E o mundo está cheio de mocinhos mortos.

Ela apontou a arma para Hannah. A bebê começou a chorar. Por uma fração de segundo, Cassie olhou na direção dela, então Hannah aproveitou a chance. Correu para a cozinha, se jogou pela porta e caiu no chão com força. As tábuas atrás dela quebraram com o tiro. Ela ouviu Cassie xingar.

— Merda!

— Para com isso, Cassie. Por favor!

A voz de Daniel. Hannah olhou para trás. Ele estava de pé e segurava o berço improvisado. Cassie tinha se virado com a arma apontada para ele.

— Espera — disse Daniel, assustado e desesperado. — Pode me matar se quiser. Pode matar a Hannah. Não me importo. Mas a bebê, não. Por favor. Leva ela com você.

Cassie balançou a cabeça.

— Sinto muito. Mas esse negócio aí é um peso morto.

— Nesse caso — Daniel jogou a gaveta em cima dela —, pode ficar!

Cassie atirou. A madeira explodiu no ar. Hannah deu um grito antes de perceber que a gaveta estava vazia. Enquanto Cassie falava, Daniel devia ter tirado Eva com cuidado e a colocado em cima do sofá.

Ele estava avançando para pegar a arma que deixara sobre as almofadas. Cassie engatilhou de novo, mas Daniel disparou primeiro. A bala atingiu Cassie na barriga. Ela deu um pulo e tropeçou para trás. Daniel atirou mais uma vez. Cassie cambaleou até bater contra a parede da cabana e foi escorregando devagar até o chão. A arma caiu de sua mão, seus olhos arregalados e surpresos.

Hannah se levantou e saiu da cozinha. Suas pernas tremiam. Daniel estava de pé diante do corpo estirado de Cassie. Hannah viu que a garota estava perdendo sangue, mas ainda respirava. Daniel a encarou.

— Meu avô me ensinou a atirar também. Sabe o que mais ele me ensinou? Se o mundo está cheio de mocinhos mortos... o inferno está cheio de vagabundas escrotas como você.

Ele então levantou a arma e deu um tiro na cara de Cassie.

MEG

MEG VIU AS EMOÇÕES CRUZAREM O ROSTO DE SARAH. Medo, desespero, negação.

— Vem comigo — disse Meg. — Nós duas conseguimos fazer isso.

Sarah balançou a cabeça.

— Não. Eu não posso. Não vou conseguir. Vou cair antes de chegar na metade.

— Não é tão longe assim.

Sarah balançou a cabeça com mais força.

— Eu não conseguia nem me pendurar no trepa-trepa do parquinho quando era criança. — Ela piscou e as lágrimas caíram, a voz falhada. — Eu vou cair e morrer.

— Você vai morrer se ficar *aqui*, Sarah. O resgate não vai vir.

Sarah agarrou o crucifixo.

— Bom, se essa for a vontade de Deus.

— *Não*. — Meg olhou para ela com raiva. — É a sua vontade.

— Eu não consigo — repetiu Sarah. — Por favor. Respeite a minha decisão. — Ela olhou para fora pelo vidro. — Você vai. Se sobreviver, tente pedir ajuda.

— Não posso simplesmente deixar você aqui.

— Pode, sim.

As duas se olharam.

— Eu tenho que fazer isso — disse Meg.

Sarah assentiu.

— Eu sei.

— Não posso ficar esperando para morrer aqui.

— E eu não posso me matar indo lá para fora.

Merda. Meg soltou um "tsc". E então, de um jeito meio constrangedor, ela se inclinou e abraçou a outra mulher.

Depois de um momento, Sarah retribuiu o abraço.

— Sinto muito.

— Eu também sinto muito.

Elas se soltaram, e Meg olhou para o alçapão lá em cima.

— Muito bem.

Ela subiu no banco. Aquilo era uma loucura, pensou. Mesmo sofrendo de desidratação e privação de comida, ali estava ela, prestes a escalar duzentos metros usando um cabo de aço a trezentos metros do chão numa temperatura abaixo de zero. Uma loucura sem limites. E uma pequena parte dela respondeu: *É isso aí, porra.*

Ela se esticou até o alçapão e empurrou com a ponta dos dedos. Como não havia mais neve em cima fazendo peso, a tampa se abriu com facilidade. Na hora, Meg sentiu a rajada de vento congelante e alguns flocos de neve entraram pela abertura. Ela sentiu um calafrio. Suas pernas pareciam fracas, mas ela precisava fazer aquilo. Não podia confiar em Sean. Ele era um assassino, provavelmente matara mais de uma pessoa. Tinha deixado outro homem morrer. Como é que podia confiar em um indivíduo desses para salvá-las? Como sempre, se alguém queria ser salvo, tinha que ir atrás da salvação sozinho.

— Sarah, vou precisar de um empurrãozinho para sair pelo alçapão — disse ela, olhando para baixo.

— Tudo bem.

Sarah segurou Meg pela bunda e a empurrou. Meg tentou se segurar no teto, mas acabou escorregando de volta.

— Vou ter que subir no seu ombro — disse ela.

— Tudo bem.

Sarah agachou. Meg subiu nos ombros dela. Sarah tentou se levantar, mas não conseguiu. Ela tinha razão, pensou Meg. Não era forte. Era magrinha e frágil, e a fome só piorava tudo. Mas então ela ouviu um grunhido. Fazendo claramente um tremendo esforço, Sarah se segurou numa das barras e se levantou para que metade do corpo de Meg saísse pelo alçapão. Meg se contorceu sobre o metal escorregadio como se fosse uma foca e conseguiu arrastar as pernas para fora.

Ela ficou deitada em cima do teleférico, os braços abertos, a respiração ofegante. O pior da tempestade podia até já ter passado, mas ali em cima o vento ainda soprava furiosamente, tentando derrubá-la. A sensação era de que se ela fizesse quelquer mínimo movimento, uma rajada repentina poderia arrancá-la do teto e jogá-la para a morte. E, para chegar ao cabo de suporte, ela teria que ficar de pé. Subir até o braço de metal que ligava o cabo à cabine e aí se pendurar nele.

Sean estava certo. Era uma insanidade. Uma missão suicida.

Será que ele tinha conseguido? Ou estava morto e congelado lá embaixo na neve?

Meg precisava acreditar que ele conseguira.

Porque se aquele filho da puta podia fazer isso, ela também podia.

— Você está bem? — A voz de Sarah veio de dentro do teleférico.

Não. Estou com medo, pensou Meg. Não tinha esperado por isso. Achara que a morte seria bem-vinda. Mas já não se tratava apenas de si mesma. A sobrevivência de outra pessoa dependia dela. Outra pessoa de quem nem gostava, mas que ainda assim era uma pessoa, com uma vida, e que queria viver por mais tempo. *Droga.*

— Tudo bem. Vou fechar o alçapão.

— Tem certeza?

— Tenho.

Meg se mexeu um pouco. Seus pés estavam perto da beirada. Ela estendeu um braço e segurou a tampa do alçapão.

— Boa sorte — disse Sarah. — Vá com Deus.

Meg fechou a tampa com um baque. O teleférico balançou. Ela se segurou com força no teto, o estômago se revirando, a cabeça rodando. Vertigem. Precisava se segurar, tanto literal quanto metaforicamente. Respirar fundo. Calma. Foco. Um passo de cada vez.

Levantou a cabeça e semicerrou os olhos por causa do vento. Tudo bem. A cabine estava ligada ao cabo lá em cima por uma barra de metal grossa, mais alta do que ela. Havia uma escadaria na lateral, provavelmente para técnicos e equipes de resgate (haha!). Meg teria que rastejar até lá. Depois, alcançar a escada e subi-la para chegar ao cabo. De lá, teria que colocar as pernas para cima e fazer a travessia na horizontal até a estação. O caminho era mais plano onde estava. Mais perto do fim, ficava bem mais íngreme.

Ela era capaz de fazer aquilo, disse a si mesma. *Tinha que ser.*

Encostou a barriga no chão e começou a se arrastar sobre o teleférico. Chegou até a barra de metal e agarrou o primeiro degrau da escada. Deu um impulso para ficar de joelhos. Sentiu a tonteira novamente, fechou os olhos e contou até cinco. Depois se levantou, meio trêmula, e colocou um pé no primeiro degrau. O vento a esmurrava. Ela se segurou com mais força. *Não olhe para baixo. Finja que é só um exercício. Campo de treinamento da polícia. A pista de obstáculos. Travessia horizontal com corda. Você era melhor que todos os caras fazendo isso. Você consegue. Já fez isso antes.*

Meg subiu o segundo degrau. O terceiro. A respiração estava acelerada, o coração batia forte. Sentiu fraqueza nas pernas. Em parte, era falta de alimentação. Em parte, medo. Ela se lembrou de quando correra uma maratona. A mesma sensação. Não era físico. Era mental. Cerrou os dentes e subiu os últimos três degraus. Estava no topo da escada, o teto da cabine lá embaixo, o cabo de aço à direita.

O vento a esmurrou de novo e o carrinho rangeu. Meg já conhecia a sensação. O vento estava penetrando em seus membros. Ela não podia ficar parada ali. Precisava se mexer e permanecer em movimento. Olhou para baixo e se sentiu oscilar. Abaixo dela só o branco e, parcamente visíveis, os topos dos pinheiros. Parecia impossível de tão alto. *Topo do mundo, mãe.*

Meg estendeu a mão até o cabo. Era grosso. Com as luvas grossas, suas mãos quase não conseguiriam se fechar. Isso tornaria as coisas ainda mais difíceis. Mas, sem as luvas, suas mãos ficariam paralisadas de frio em questão de segundos. Precisava segurar firme e manobrar as pernas para o alto.

Mas não conseguia fazer isso. Seu corpo estava congelado. Tinha chegado ao limite. E a cada segundo que ficava parada ali, menores eram suas chances de conseguir continuar. O frio estava consumindo seus ossos. E o tempo consumia sua determinação.

Se mexe, porra. Se mexe.

Mas seus pés permaneciam plantados na escada.

O teleférico balançou de novo. Meg sentia os dedos ficando dormentes. Precisava se mexer antes que ficasse frio demais para conseguir se segurar.

Pense. Pense em alguma coisa para quebrar essa paralisia.

— Você consegue, mamãe.

Ela olhou para baixo. Lily. Sua filha estava na base da escada, olhando para cima. Havia flocos de neve no cabelo cacheado da menina. Ela usava o lindo vestido amarelo de verão. Claro. Era como a frase daquele velho filme da Disney. *O frio não a incomodava.* E por que incomodaria? Ela estava morta.

— Lily?

— Você consegue, mamãe. É igual ao trepa-trepa do parquinho.

Sua garotinha sorriu para ela. Um fantasma. Um espectro. Um sintoma de uma mente que se deteriorava. Falta de comida. Hipotermia, talvez. Meg fungou para conter as lágrimas.

— Estou com medo.

— *Eu sei, mamãe. Está tudo bem.*

— Nunca pensei que eu teria medo de morrer.

— *Você não está com medo de morrer. Está com medo de falhar.*

Porque como é que Meg ousava ter medo da morte quando sua garotinha a aceitara tão bravamente?

— Quero ir ficar com você, meu bem.

— *Eu sei, mamãe. Mas ainda não.*

— Lily?

Mas ela tinha sumido. Um fantasma feito de vento e neve. Meg fungou de novo e olhou para a estação do teleférico à frente.

Você consegue.

Ela cerrou os dentes, segurou com força o cabo e tentou jogar a perna por cima. Seu pé escorregou. *Merda.* Meg se enrolou, mas conseguiu voltar para a escada. Porra. Precisava de mais impulso. Posicionou as mãos um pouco mais longe no cabo, apoiou o pé sobre a barra sólida e dessa vez conseguiu enganchar uma das botas sobre o cabo. Depois a outra. Ela estava lá. Pendurada para salvar uma vida. Embora não fosse necessariamente a dela.

A parte mais difícil chegara. Ela precisava se mover. Meg deslizou as mãos pelo cabo desejando sentir um pouco mais a tração através das luvas e torcendo para que não escorregassem. Arrastou os pés depois. O vento a sacudia como se quisesse arrancá-la dali. Os tendões nos braços já doíam. Precisava ir mais rápido. O impulso ia ajudá-la a resistir ao vento. Quando estivesse em movimento, era só seguir o fluxo, como se fosse uma dança. *Dança*, pensou Meg, um tanto histérica. *Dança, porra, dança.*

Moveu as mãos de novo e levou as pernas junto. Depois de novo. Um pouco mais rápido. A cabine já não estava mais debaixo dela. Agora, não havia nada além de ar e neve, uma neve que podia até parecer um cobertor fofinho e macio, mas seria tão dura quanto concreto se Meg caísse daquela altura. Uma aterrissagem fria como pedra.

Não pense nisso, disse Meg a si mesma. Apenas se concentre na tarefa diante de si. Mantenha o ritmo. Com ritmo, tudo fica mais fácil. Como era mesmo aquela velha canção que diziam para cantar ao fazer massagem cardíaca? "Stayin' alive". É. *Ah, ah, ah, ah.* É só se mexer com a batida.

Meg continuou a travessia. *Ah, ah, ah, ah.* Os braços queimavam, mas também não dava para pensar naquilo. *Cante pra mim, Barry. Cante, meu bem.*

Ela devia estar na metade do caminho. Esticou o pescoço para olhar. Mas quando fez isso, um dos pés se soltou. Meg sentiu o coração disparar. Um pico de adrenalina. O outro pé soltou também. Sentiu um grito crescer e morrer na garganta. A dor era intensa nos ombros. Ela se segurou. Por pouco. Mas estava pendurada, balançando, o vento sacudindo seu corpo. Precisava colocar os pés lá em cima de novo. Mas os braços doíam tanto... Não tinha certeza se tinha forças para isso.

Você consegue, mamãe. É igual ao trepa-trepa do parquinho.

Ela balançou a perna para cima. Não foi o suficiente. *Merda.* O vento a esmurrava. Mas estava vindo por trás, então ela podia contar com ele. E só tinha mais uma chance antes de os braços cederem. Meg balançou mais forte, jogando as pernas para cima. *Isso.* Enganchou uma delas. Depois a outra. *Ela estava de volta.*

Mas sua reserva de energia já estava abaixo de zero. Precisava se mover. Continuar. *Stayin' alive.* Continuar. *Stayin' alive.* Os músculos do braço gritavam de agonia. Queria chorar, mas não tinha energia. Seria muito mais fácil simplesmente se soltar. Cair. Juntar-se a Lily.

Não. Ela não ia ceder. Não era do tipo que desistia. E ainda tinha Sean. De jeito nenhum ele ia escapar.

Continuar. O vento parecia estar diminuindo. No lugar das nuvens brancas, acima dela apareceu uma sombra cinza. Estruturas. Um teto cinza de metal. A estação. Meg estava debaixo do teto da plataforma. Ela ia conseguir. *Ela ia conseguir.*

Esticou o pescoço para olhar ao redor. Então percebeu outro problema. À frente ficava o mecanismo que ligava a estação ao teleférico e o levava até a área de desembarque. Meg não conseguiria passar por ali, então teria que se soltar e pular pouco antes de chegar àquele ponto. Mas aquilo a colocava bem na beira na plataforma. Se errasse o salto, cairia na encosta da montanha, mais abaixo. Era um salto grande. Ela podia não morrer, mas provavelmente quebraria um braço ou uma perna, o que a impossibilitaria de fazer qualquer coisa.

Sentiu a cabeça tocar em algo de metal. Uma engrenagem bem grande por onde o cabo passava. Tudo bem. Precisava soltar os pés, depois virar *de frente* para a estação, e então pular e tentar aterrissar na plataforma.

Meg segurou o cabo com força — um, dois, três — e soltou os tornozelos. Gemeu de dor. Sentia os ombros queimarem. Os braços haviam voltado a sustentar todo o peso. Os músculos de Meg protestaram. Ela precisava aguentar só mais um pouquinho. Conseguiu ajeitar a pegada de modo a olhar para a beirada da plataforma. Nesse momento, estava a alguns centímetros dela. Se simplesmente se soltasse, cairia no lugar errado.

Ela precisava tomar impulso. E depois dar um salto. *Merda.* Meg contraiu os músculos do abdome e começou a balançar as pernas. Para a frente e para trás, para a frente e para trás. *Stayin' alive, porra.* Para a frente e para trás. Só mais uma vez e já devia ser o impulso suficiente para pular. É agora ou nunca, Barry.

Com toda a força que restava em seu corpo, Meg se jogou para a frente com os pés e — *iiisso* — aterrissou na plataforma, bem na beiradinha. Ela derrapou, o tornozelo esquerdo virando de um jeito estranho, e caiu de cara no concreto. Mas estava ali. Tinha conseguido. *Terra firme.*

Por um momento, ficou deitada, a respiração ofegante, pensando se deveria beijar a porra do chão. Mas se virou e encarou o teto. *Um teto.* Não era o céu. O corpo inteiro de Meg começou a tremer. E então ela teve uma crise de riso, e os tremores de frio e exaustão se transformaram em tremores de delírio. Continuou ali deitada, tremendo e rindo, até que as duas coisas fossem cedendo. Loucura. Impossível. Uma missão suicida. Mas ela havia conseguido.

E agora?

Meg se sentou e olhou ao redor.

A estação era uma área grande, em formato de semicírculo. Acima estava a engrenagem gigante que puxava a cabine até o terminal. Já dava para notar, pelos vários fios grossos de aço expostos e destruídos, que o cabo de transporte tinha arrebentado. Os motores enormes que faziam o sistema funcionar ficavam na estação terrestre. Meg imaginou que, se o mecanismo de transporte tinha parado e pifado de alguma forma ali no topo, a tensão dos motores lá embaixo podia ter causado o rompimento do cabo. Mas tinha sido um acidente ou sabotagem?

Meg não estava encontrando uma sala de controle, mas talvez ficasse depois da área do desembarque de passageiros. Ela se deu conta de que não estava ouvindo nada também. Nenhum barulho de maquinário funcionando. Nem vozes. E parecia tudo escuro, apesar da luz natural que entrava. Sem iluminação.

Não que Meg estivesse esperando um comitê de boas-vindas. Mas era mais do que isso. Todo aquele vazio parecia meio sinistro. Pouco natural. Ela se levantou. As pernas pareciam feitas de gelatina. Ela ficou de pé por um momento e esperou a tontura passar. O tornozelo doía também. Com certeza tinha torcido na queda. Olhando pelo lado bom, a dor significava que estava viva. Por enquanto.

Caminhou devagar, tomando cuidado para não colocar peso demais no tornozelo machucado. A sola de borracha da bota guinchava no chão de concreto. À frente de Meg, uma placa dizia *Café e Mirante*, com uma seta apontando para a esquerda. Abaixo, havia outra placa onde se lia *Banheiros*, com a seta para a direita.

Parecia ridículo, mas, naquele exato momento, Meg sentiu a barriga roncar e a bexiga cheia. A ideia de fazer xixi num banheiro de verdade e não numa bota de neve de repente pareceu absurdamente convidativa. E se tivesse comida no café? Óbvio que não era por isso que ela estava ali. Estava ali para tentar buscar ajuda. Mas será que ia fazer mal usar o banheiro rapidinho e depois ver se havia comida e água? Comida e hidratação eram essenciais, afinal. Assim como papel higiênico.

Meg cruzou o terminal e virou na direção da placa de *Banheiros*. O corredor estava escuro. O barulho de suas botas parecia ainda mais alto; a sensação de vazio, mais intensa. Ela chegou aos banheiros. As placas estavam desbotadas, mas ela conseguiu distinguir o F de Feminino. Abriu a porta e entrou. De um lado, uma fileira de pias. Do outro, três cabines. Nunca havia banheiros suficientes para as mulheres, pensou ela. As pias estavam manchadas e quebradas. As torneiras pareciam enferrujadas. Ela se virou para as cabines. Todas as portas estavam fechadas.

Meg levantou a perna e chutou a primeira. A porta abriu com um rangido e revelou uma privada suja, entupida de papel higiênico. Foi até a segunda e voltou a chutar. Outro vaso sujo. Claramente a limpeza não vinha sendo prioridade ali. Só faltava a terceira porta. Estava parecendo a Cachinhos Dourados dos banheiros públicos, pensou Meg.

Levantou a perna e chutou. A porta ficou presa em alguma coisa lá dentro. Chutou de novo. A porta cedeu, abriu e... um corpo caiu para a frente.

— Caralho! — Meg deu um pulo para trás.

O corpo era de uma mulher, que vestia o macacão de neve verde do Departamento. Cabelo loiro manchado de sangue seco. A mulher tinha levado um tiro na cabeça. À queima-roupa. Havia uma cratera vermelha enorme na testa e não sobrara muita coisa na parte de trás do crânio. Um amálgama de cartilagem, ossos fragmentados e sangue.

Meu Deus. Meg foi até a pia para se recuperar. Já tinha visto coisa pior, mas isso não facilitava as coisas. Sentiu o estômago se revirar, embora não houvesse nada lá dentro além de bile. Chegou até a garganta e o nariz. Ela esperou, respirou fundo várias vezes pela boca, cuspiu algumas vezes e abriu a torneira enferrujada. O que saiu foi apenas um fiapo de água. Ela jogou um pouco na boca. Tinha gosto de mofo, mas tudo bem.

Ela se virou de volta e se agachou ao lado do corpo. Apenas uma bala na cabeça. *Executada.* Meg viu tudo dentro de sua mente. Recriou a cena. A mulher correndo do atirador (ou atiradora) e se escondendo dentro da cabine, na esperança de não ser encontrada. Então a porta se abre e... *bang.*

Será que havia sido Sean? Meg examinou a mulher mais de perto. Os membros estavam duros, mas não imóveis. O *rigor mortis* já estava passando. Além disso, as mãos e a parte de trás do pescoço tinham manchas roxo-avermelhadas onde ela batera no vaso. Manchas de hipóstase. A mulher estava morta havia cerca de quarenta e oito horas. Óbvio que a baixa temperatura desacelerava o processo de decomposição, então era possível que houvesse se passado mais tempo, mas não menos. Isso descartava que tivesse sido Sean, e o horário da morte devia estar mais próximo do momento em que o teleférico parou. Meg sentiu um incômodo. Tinha alguma coisa errada. Muito errada.

Ela saiu do banheiro e atravessou o corredor de volta na direção do café. Até que parou. À direita, encontrava-se um outro corredor, mais curto. Devia ter passado correndo por ali antes e não viu. Havia duas portas. Numa delas, uma placa dizia *Acesso restrito a funcionários*. A sala de controle. *Tem que ser*, pensou Meg, e então caminhou naquela direção. Ao chegar perto, viu que alguém tinha dado um tiro na fechadura. Ela empurrou a porta para abri-la.

Nas cadeiras diante da mesa de controle, havia dois cadáveres ainda sentados. Não que tivesse sobrado muito controle, pelo andar da carruagem. A pequena sala fora destruída. Cabos arrancados, fios pendurados. Monitores de computador estraçalhados. E os operadores, mortos com um tiro nas costas quando o assassino entrou. Assim como o corpo no banheiro, aqueles caras estavam mortos havia uns dois dias.

Meg se concentrou, tentando compreender a linha do tempo. A equipe na estação devia estar viva para autorizar a subida do teleférico. Mas, em algum momento, depois que a cabine já saíra, alguma coisa tinha acontecido ali. Os operadores haviam sido atacados e o teleférico, sabotado, com os passageiros largados lá para morrer. Mas a parada foi temporária. Talvez um dos operadores tivesse sobrevivido por tempo suficiente para tentar colocar o teleférico em movimento de novo e salvá-los. Infelizmente, foi aí que o cabo arrebentou. Um golpe de sorte do sabotador.

Mas por que parar o teleférico?

A resposta óbvia era para impedir que os passageiros chegassem ao Refúgio. Mas talvez fosse mais do que isso. Se o teleférico fosse sabotado no meio do caminho, não haveria outra maneira de chegar às montanhas, não mais. Talvez a intenção fosse impedir *qualquer pessoa* de chegar ao Refúgio.

E independentemente de quem fosse o responsável pela sabotagem, se o Departamento suspeitasse que algo acontecera no Refúgio — uma invasão ou um ataque —, fechariam tudo na hora. Bloqueariam o lugar. Ninguém entraria e ninguém sairia. O grupo no teleférico podia ser sacrificado. Era para isso que eles tinham sido escolhidos. Quem arriscaria a vida e recursos para resgatar uma leva de cobaias?

Fazia sentido. Mas ainda havia perguntas sem resposta. O que exatamente acontecera? Quem tinha matado toda aquela gente na estação? Mas talvez não fosse hora de formular hipóteses. Uma coisa era certa: o responsável por aquilo era perigoso e estava armado. Além disso, Sean também podia estar por ali ainda. Também era perigoso e também estava armado.

Meg voltou a atenção para a mesa diante da qual os cadáveres estavam sentados. Havia gavetas debaixo dela. Abriu a primeira. Lá dentro, encontrou canetas, post-its, clipes e um pote de plástico com um sanduíche parcialmente comido. O estômago dela roncou. Abriu a tampa e comeu alguns pedaços. O queijo estava ressecado e o pão parecia papelão, mas, naquele momento, estava delicioso. Meg enfiou o restante na boca, engoliu e tentou abrir a segunda gaveta. Trancada. Ela estranhou. Pela sua experiência, gavetas trancadas podiam conter apenas quatro coisas: pornografia, documentos pessoais, dinheiro... ou armas.

Ela se agachou ao lado de um dos corpos e vasculhou sua roupa. Sentiu algo no bolso. A luva estava atrapalhando, então ela tirou e enfiou a mão lá dentro. O corpo estava frio e duro, mesmo por baixo da roupa grossa. Por fim, Meg tocou em algo grande e metálico. Um chaveiro.

Ela pegou. Havia cinco chaves de tamanhos diferentes no chaveiro de metal. Quatro estavam etiquetadas: *Gerador, Controle, Manutenção, Neve 1*. A última não tinha etiqueta e era bem menor. Parecia do tamanho certo para uma gaveta. Meg enfiou na fechadura. Estava com sorte. A chave virou com facilidade e a gaveta abriu. Ela tinha razão. Havia uma pequena arma lá dentro. Meg a pegou e checou a câmara. Estava totalmente carregada. Talvez aqueles operadores não tivessem *apenas* que manter o teleférico funcionando.

Enfiou a arma no bolso do macacão de neve. Depois saiu da sala e voltou pelo corredor. À frente, Meg viu uma porta dupla. *Café e Mirante*. Não eram usados pelo público geral havia muito tempo — fazia mais de uma década que os turistas não subiam para se hospedar nos chalés de luxo e esquiar. Lugares como aqueles haviam sido os primeiros a fechar as portas. E depois foram reapropriados pelo Departamento.

Mas as necessidades do Departamento eram utilitárias. A pintura das paredes estava descascada, o chão de concreto, cheio de buracos, e um cheiro de mofo pairava no ar. Aquele lugar era uma casca. Mas será que era uma casca completamente vazia?

Apesar da temperatura congelante, Meg suava sob o macacão de neve. Pegou a arma e tentou espiar pela janelinha de vidro na parte de cima da porta dupla, mas estava muito suja. Só conseguiu enxergar algumas mesas e cadeiras empilhadas sem muito cuidado.

Com a arma ainda em punho, empurrou uma das portas e entrou.

Uma janela que ia do chão até o teto ocupava todo o lado oposto da sala em semicírculo. Projetada na encosta da montanha, provavelmente era para dar a sensação de se estar flutuando sobre as nuvens, o mundo inteiro estendido a seus pés. Uma vista celestial. Só que o mundo todo já tinha ido para o inferno. E a última coisa que Meg queria ver era a porra do céu.

Mas não foi a vista que chamou sua atenção.

Uma figura solitária estava sentada de frente para a janela, os pés sobre a mesa, bebendo uma cerveja.

Meg foi mancando devagar até lá. Quando chegou perto, ele levantou a garrafa e a cumprimentou.

— Que bom que veio me fazer companhia.

— Não perderia por nada.

Sean se virou.

— Estou falando sério. Fico feliz que não tenha morrido.

— Queria poder dizer o mesmo.

— Ai. Pegou pesado.

— É, bom, eu tendo a pegar pesado com mentirosos e assassinos.

Meg enfiou a mão no bolso e colocou a fotografia amassada em cima da mesa.

— Eu sei quem você é, *Daniel.*

Ele pegou a foto e olhou por um momento.

— Quem é ela? — perguntou Meg. — Sua namorada?

Sean balançou a cabeça.

— Minha irmã. O nome dela era Peggy. — Ele colocou a foto em cima da mesa. — Tirei essa foto assim que chegamos na Academia. Há dez anos. Tínhamos a vida inteira pela frente. — Uma risada amarga. — Acho que não deu muito certo.

— Por que matou o policial?

— Quer a confissão completa?

— Quero um bom motivo pra não jogar você daquela janela.

Sean bebeu um longo gole da cerveja.

— Eu te contei. Eu fiz uma promessa. Encontrar o homem que causou a morte da Peggy e matá-lo. — Ele parou, olhou para a cerveja e abriu um sorrisinho. — Cara, o fim do mundo aí batendo na porta e eles só guardaram Estrella quente. — Ele se virou para ela. — Quer uma?

Antes que Meg pudesse reagir, ele arremessou a garrafa contra ela.

Ela conseguiu desviar e ouviu a garrafa zunir sobre seu ombro. O vidro se espatifou no chão. Meg tentou pegar a arma, mas foi muito lenta. A arma de Sean já estava na mão.

Ele tirou a trava de segurança.

— E eu sinto muito de verdade, Meg... mas não posso deixar você me impedir.

CARTER

ELE ESTAVA PRONTO DESDE CEDO. Macacão de neve e botas, máscara, óculos, bússola, uma mochila cheia de ferramentas e um trenó que teria que arrastar montanha acima até a estação do teleférico para depois trazer o gerador de volta. Ah, e uma arma carregada. Só por precaução.

— Você sabe o que tem que fazer? — perguntou Miles.

Carter assentiu. Eles já tinham repassado aquilo várias vezes.

— Desconectar o gerador. Não quebrar nada. Checar se tem algum botijão de gás. Além disso, deve ter uma bateria reserva. Se parecer usável, trago também.

— Certo. — Miles olhou para Welland. — Certo?

Welland resmungou e assentiu.

— Acho que é isso.

Carter olhou para ele, a expressão fria.

— Uau. Pode me passar essa orientação técnica novamente? Foi meio detalhado demais e não peguei. Afinal, você é o especialista.

— Ei, eu não era o responsável pela estação do teleférico. — Welland lançou um olhar fulminante para ele. — É tudo muito simples. — Ele passou a mão na barriga. — Tenho que ir. Preciso muito cagar.

Ele se virou e saiu. Carter soltou um longo suspiro.

— Um dia eu vou ter um motivo bom o suficiente para matar esse cara.

— Mas hoje não — disse Miles, bruscamente. — Ainda precisamos dele.

— Precisamos? Sério?

Miles lançou um olhar curioso para ele.

— Está tudo bem?

Carter o encarou. *Não. Mas isso pode esperar*, pensou.

— Tudo certo. Incrível.

— Carter, eu sei que você não quer fazer isso. E sei por que...

— Já falei, está *tudo certo*. Provavelmente já está na hora, não é? Enfrentar meus demônios. Deixar os fantasmas do passado para trás. Toda essa merda.

— É. — Miles assentiu. — É uma grande merda mesmo. — Ele olhou Carter bem diretamente. — Só lembre-se: se você me decepcionar, os demônios vão ser o menor dos seus problemas.

HANNAH

ELES SE AGACHARAM DIANTE DO FOGO. Tinham pegado tudo de que iam precisar do bunker, depois jogaram os cadáveres lá embaixo e fecharam o alçapão. O que os olhos não veem, o coração não sente. Ali do lado, Eva dormia, enrolada nas roupas de pessoas mortas. *É isso o que somos agora*, pensou Hannah.

— Acha que vamos sobreviver? — perguntou Daniel.

Ela tossiu e cobriu a boca.

— Você, talvez. Eu, não.

— Está infectada?

— Estou.

— Então eu também devo estar.

— Talvez não. Você chegou até aqui sem nenhum sinal de infecção. Algumas pessoas são menos suscetíveis, dependendo da variante do vírus. — Ela olhou para Eva. — E as crianças têm menos risco de pegar a doença.

— Não me importo comigo — disse Daniel. — Só quero levar a Eva a um lugar seguro. Não consegui salvar a Peggy. Preciso salvar a Eva.

Ele se mexeu e enfiou a mão no bolso. Tirou um pedaço de papel — uma fotografia. Hannah olhou: era uma foto de Daniel com a irmã, quando ela era viva e linda, e não um pedaço de carne todo retalhado. Hannah engoliu em seco.

— Tirei assim que chegamos na Academia — contou Daniel. — Parecia um novo começo. Tínhamos a vida inteira pela frente. Agora, Eva é tudo que tenho. Preciso fazer isso valer de alguma coisa.

Ele olhou para a foto. A luz da lareira iluminava metade de seu rosto de laranja. A outra metade estava escurecida pela sombra.

Hannah tomou uma decisão.

— Quando o dia amanhecer, é melhor você partir sem mim.

Ele se virou para ela.

— Está querendo dizer que você só vai me atrasar?

— Tipo isso — respondeu ela, abrindo um sorrisinho.

— Tem certeza?

Não, pensou ela. Ela queria viver. Mas não havia curas milagrosas para o vírus. Talvez conseguissem prolongar sua vida. Mas que tipo de vida seria? Ela não queria virar um *deles*. Uma Assobiadora.

Ela assentiu.

— Sim. Tenho certeza.

O fogo na lareira estalava.

— Não está com raiva dele? — perguntou Daniel.

— De quem?

— Do seu pai. Se ele amasse você, poderia ter te salvado.

— A ciência salva as pessoas, o amor não. Era o que ele sempre dizia.

— Isso não é uma resposta.

— Eu sei — disse ela. — Acho que é só o que eu esperava dele. Antigamente eu sentia raiva, mas aí percebi que era um desperdício de energia. Não o afetava. Meu pai repele emoções como se fosse uma panela antiaderente. Não dá para odiar alguém que não se importa.

— Ele parece ser uma figura singular.

— Ele é. Também é brilhante no que faz. Se alguém vai descobrir um jeito de derrotar o vírus, é ele.

— A que custo?

Hannah abriu um sorriso meio sombrio.

— O que for necessário.

— E as pessoas não importam.

— Não para ele.

Daniel a encarou.

— Sem querer ofender, Hannah, mas se algum dia eu encontrar seu pai, vou matá-lo.

— Não me ofende.

Ambos se viraram para o fogo. As chamas haviam começado a morrer. Nenhum dos dois tinha energia para reabastecer a lareira.

— Quanto tempo até amanhecer? — perguntou Daniel.

— Não sei.

Hannah olhou pelas janelas. Ainda estava escuro, mas já dava para ver as silhuetas das árvores. A alvorada se aproximava aos poucos. Hannah lembrou que ainda estava com o relógio de Lucas. Ela o pegou no bolso.

Os ponteiros marcavam oito e três. Não podia estar certo. Devia ter parado. E, no entanto, Hannah vira Lucas checar o relógio na floresta. Ela franziu a testa.

Die Zeit. A hora.

Será que Lucas tentara lhe dizer alguma coisa? Naquele momento, ela achou que ele só estava falando que era a hora de morrer, mas e se havia algum outro motivo para ele ter dado o relógio a Hannah? Ela o examinou. A tela era grossa. Grossa demais? Passou os dedos ao redor e encontrou um botãozinho na lateral. Pressionou. A tela se abriu e revelou um pequeno compartimento. Lá dentro havia um minúsculo dispositivo preto com uma luz vermelha piscando.

— O que é isso? — perguntou Daniel.

O coração de Hannah acelerou. *Merda.*

— Acho que é um rastreador — respondeu ela.

Tinha sido *assim* que o Departamento os encontrara. Fora Lucas o tempo inteiro. Talvez, enquanto a tempestade estava forte, eles não tivessem conseguido estabilizar o sinal, mas quando o tempo melhorou não tiveram nem que procurar. Era só seguir o sinal.

— Lucas estava trabalhando para *eles*? — perguntou Daniel.

— Estava. Ele falou a verdade para o atirador.

— Então o Departamento sabe onde estamos.

E se tinham como rastrear o sinal, pensou Hannah, não precisariam esperar o amanhecer para procurar os sobreviventes. Na verdade, não seria bem melhor emboscá-los no meio da noite ou nas primeiras horas do dia?

Ela se levantou e foi direto até a cozinha, os olhos escaneando a quase escuridão lá fora. Ainda parecia tudo quieto e silencioso, mas aquilo eram silhuetas se movendo em meio às árvores? Hannah semicerrou os olhos e se inclinou sobre o batente podre da janela...

Uma explosão de luz a cegou, e Hannah tropeçou para trás. O zunido de algum equipamento elétrico fez a cabana inteira vibrar. Um a um, diversos refletores começaram a acender nos limites da clareira, enchendo-a de luz, transformando a noite em dia. Em meio aos feixes luminosos, Hannah conseguia enxergar homens com roupas de proteção e armas em punho.

A bebê começou a chorar. Hannah se virou. Daniel a encarava com os olhos arregalados.

— Eles nos encontraram.

— HANNAH!

A voz ecoou num megafone.

Hannah se virou de novo para a janela. Uma figura saiu do meio das luzes e foi até o centro da clareira. Vestia o macacão de neve verde do Departamento e um visor no rosto. Mas ela o reconheceu imediatamente.

Professor Grant. Seu pai. Ele levou o megafone à boca.

— Hannah. Sei que você está aí. Acredito que haja pelo menos quatro sobreviventes e que um ou mais estejam infectados. É de vital importância que nos deixem ajudá-los.

Daniel chegou perto dela, a arma nas mãos.

— O que fazemos?

— Não temos como lutar — disse Hannah, a mente batalhando para funcionar em meio à confusão provocada pelo vírus. — Eles estão em maior número. Um tiroteio vai ser muito arriscado para a Eva.

— Então a gente desiste?

— Não.

Ela se lembrou de uma coisa.

— O explosivo que Lucas encontrou com o atirador. Preciso que você pegue. Ainda está no bolso dele.

Daniel assentiu.

— T-tudo bem.

Ele foi até o alçapão, abriu a porta e desceu as escadas.

Hannah olhou pela janela. Havia pelo menos uma dúzia de agentes do Departamento ali. Deviam ter ido de carro até onde foi possível e depois caminharam pela floresta.

— Pai? — chamou ela.

— Sim?

— Diga para os seus amigos baixarem as armas.

— Hannah. Um dos *seus* amigos matou um agente do Departamento. Neste momento, você é cúmplice de assassinato.

— E o seu plano de causar um acidente de ônibus e matar todos nós? O Departamento aprovou isso? A Academia sabe?

— Hannah, você está confusa. Nosso único objetivo é que vocês fiquem em segurança.

Daniel voltou do porão segurando o pequeno dispositivo cinza com todo o cuidado.

— E agora? — perguntou.

Hannah pegou o dispositivo.

— Eu vou lá fora conversar com ele.

Daniel fez uma cara de pavor.

— Está *doida*? Ele vai te matar.

Ela assentiu.

— Talvez. Mas vai me deixar falar primeiro.

— Por quê?

— Uma coisa eu sei sobre o meu pai... Ele acha que é um homem honrado.

Daniel deu uma risada de deboche.

Hannah olhou nos olhos dele.

— Não posso prometer que vou conseguir salvar você. Mas eu *vou* salvar a Eva. Ele não vai matar um bebê.

— Tem certeza?

Não cem por cento, pensou ela. Mas era o que ela podia oferecer.

— O máximo de certeza que consigo ter.

Daniel olhou para Eva, que ainda chorava. Ele se aproximou da sobrinha e se agachou para tentar acalmá-la. Depois de alguns segundos, falou:

— Acho que é a nossa única chance.

Hannah gritou para fora pela janela:

— Estou saindo. Estou segurando um artefato explosivo. O mesmo que seu agente tentou usar para explodir o ônibus. Se atirar em mim, vou acioná-lo. Provavelmente vai explodir todos nós.

Ela viu o rosto do pai dela ceder.

— Hannah, isso não é necessário.

— É, sim.

Ela abriu a porta, piscando por causa das luzes e tremendo de frio. Aquilo fez sua cabeça rodar. Apesar da temperatura congelante, ela sentia o suor na mão que segurava o dispositivo.

Desceu as escadas da varanda bem devagar, apoiando a outra mão no corrimão frágil. *Só mais um pouquinho*, disse a si mesma. Só mais alguns passos. Ela andou na direção do pai, a mão para o alto segurando o dispositivo. Ao chegar mais perto, tossiu.

O pai colocou o megafone no chão e a observou com as mãos nos bolsos.

— Você não está bem — comentou ele.

— Não. Estou infectada.

Ele assentiu.

— Largue esse explosivo, Hannah. Me deixe te ajudar. Posso levar você e seus amigos a um centro de tratamento. Temos inúmeras drogas experimentais novas.

— Para sermos seus ratos de laboratório? — disse ela. — Acho que não.

— Hannah, você sabe qual é a alternativa.

Ela o encarou com raiva.

— Me escuta, pai. Uma vez na vida, só escuta. Só sobramos eu e mais uma pessoa... e um bebê.

O pai levantou as sobrancelhas.

— Um bebê?

— Uma das estudantes no ônibus estava grávida. Ela deu à luz antes de morrer. O rapaz que está lá na cabana é irmão dela. Só me prometa uma coisa: você vai salvar o bebê.

Ele respirou fundo.

— Certo...

— *Prometa.*

Ele a encarou com olhos frios e cinzentos. Uma característica que os dois compartilhavam.

— O bebê não será machucado. Você tem a minha palavra.

Hannah assentiu. Era o melhor que ela podia fazer. Era inútil pedir que o pai salvasse Daniel — ele era sacrificável, assim como ela. Hannah se agachou e colocou o explosivo com cuidado na neve. O pai pegou o equipamento e o colocou no bolso.

Hannah tossiu de novo, a visão ficando embaçada.

O pai a encarou com o olhar triste. Depois estendeu o braço.

— Venha, Hannah. Você ainda é minha filha.

Hannah hesitou, mas então se deu conta de que, pela primeira vez, ela queria ser abraçada, só uma vez. Caminhou para a frente e recostou o rosto no peito no pai. Ele a envolveu com os braços.

— Estou morrendo — sussurrou ela.

— Eu sei.

As lágrimas caíram de seus olhos.

— Não quero morrer.

— Eu sei.

Ela sentiu algo pressionando suas costas. Olhou para o pai.

— Pa...

Um tiro abafado. Uma sensação de calor intenso na lateral do corpo. As pernas de Hannah fraquejaram. Já não conseguia mais senti-las. Ela foi deslizando para longe dos braços do pai e caiu de costas na neve.

Ele olhou para ela, ainda segurando a pequena pistola.

— Mas todos nós vamos morrer em algum momento, Hannah.

Ela tentou responder, mas o sangue obstruía sua garganta. Tudo que podia fazer era ficar ali deitada, com a lateral do corpo latejando, a respiração cada vez mais chiada. Ao redor, o som de botas caminhando pela neve.

— O que fazemos com ela? — perguntou alguém.

A voz do pai:

— Queime tudo. Não deixe sobrar nada além de ossos.

— E os outros?

— Leve-os.

— Vivos?

— Sim. Eu prometi para minha filha... e os dois podem ser úteis para nós.

Ao longe, uma comoção. Tiros. Hannah ouviu choros e gritos. A certa altura, pensou ter escutado a voz de Daniel.

— Tudo bem. Eu vou. Só não machuque a bebê.

Alguém se agachou ao lado dela. Alguma coisa molhada e cáustica foi derramada sobre seu corpo e rosto. Combustível. Aos poucos, os barulhos e as vozes foram diminuindo. Hannah estava sozinha. Sem conseguir se mexer, olhava para cima, para o pequeno círculo no céu, que ia se iluminando. O começo de um novo dia. Seu último.

Já não sentia mais frio. Estava consciente do cheiro de queimado e das chamas que ardiam ao redor. Mas também não sentia calor.

Confortavelmente entorpecida.

Só que... havia *alguma coisa*.

Hannah sentiu uma presença.

A morte, talvez, que a aguardava por perto.

Pode vir agora, pensou ela. *Estou pronta*.

Passos suaves sobre a neve.

Uma sombra caiu sobre ela.

E então... assobios.

MEG

MEG OLHOU PARA A ARMA.

— Não estou aqui para impedir você. Só quero buscar ajuda para Sarah.

— Não sei se nossas necessidades são compatíveis.

— Mas podem ser. Podemos trabalhar juntos.

Bem devagar, Meg virou sua arma ao contrário e segurou-a pelo cano. Sem tirar os olhos de Sean, estendeu o braço, colocou a arma em cima da mesa e deu um passo para trás.

Ela esperou, o coração acelerado. Sean apontou com a cabeça para a arma.

— Onde arranjou isso?

— O cara morto na sala de controle.

— Engenhosa.

Sean pensou pelo que pareceu uma eternidade, depois travou sua arma e a colocou ao lado da de Meg. Ele se levantou.

— Preciso de outra cerveja.

Ele foi até o balcão. Meg olhou para as armas em cima da mesa e se perguntou se aquilo era um teste. Será que conseguiria pegar uma delas a tempo? Sean tinha outra com ele? Ela queria mesmo matá-lo?

Sean abriu a geladeira e olhou para ela.

— Quer uma?

— Para beber?

Ele abriu um sorrisinho, pegou duas garrafas, tirou as tampas e voltou para a mesa. Entregou uma delas para Meg.

Ela aceitou e bebeu um gole. Quente e rançosa. Mas ainda assim deliciosa demais no momento.

— Devo chamar você de Sean ou Daniel? — perguntou ela.

O rosto dele ficou sombrio.

— Daniel foi numa outra vida. Muito sangue já correu debaixo dessa ponte.

Meg olhou para ele com um pouco mais de solidariedade.

— O que aconteceu com sua irmã?

Sean se sentou novamente.

— Já ouviu falar da Academia Invicta?

Meg franziu a testa. De novo, aquele nome não lhe era estranho.

— Uma faculdade de elite nas montanhas — continuou ele. — Há dez anos, um ônibus que levava alunos dessa Academia sofreu um acidente durante uma tempestade de neve. Todos morreram, inclusive a filha do professor Grant, um cara famoso aí do combate ao vírus, chefe do Departamento.

Meg assentiu.

— *Sim.* Lembrei agora. Apareceu no jornal. Só o motorista sobreviveu. Ele foi preso.

Sean bebeu a cerveja.

— *Eu* era o motorista.

Meg olhou para ele.

— Você?

— Não era para ser eu. Tive que apagar o motorista de verdade e trancá-lo num banheiro.

— Por quê?

— É uma longa história. A versão resumida é a seguinte: para eu e minha irmã irmos para um lugar seguro. Senão, teríamos sido deixados para morrer junto com o restante dos infectados.

Ela o encarou, confusa.

— Não estou entendendo.

— Aconteceu um surto na universidade, mas a notícia foi abafada. Os alunos que pagavam mensalidade e tinham teste negativo eram evacuados de lá. Eu trabalhava na cozinha. Minha irmã era bolsista. Nossos nomes não estavam na lista.

— Meu Deus. E sua irmã morreu no acidente.

Ele balançou a cabeça.

— Alguns de nós sobreviveram ao acidente, incluindo Peggy, minha irmã. Mas ela ficou muito ferida. Então descobrimos que alguns alunos no ônibus estavam infectados.

— Como assim? Você não disse que só quem tinha teste negativo era evacuado?

Ele abriu um sorrisinho sombrio.

— O dinheiro pode comprar um monte de coisas, inclusive um ingresso para sair do isolamento. Os pais ricos compraram a viagem dos alunos infectados. Ou pelo menos foi o que eles pensaram.

— Como assim?

— O Departamento fingiu que estava evacuando os alunos, para manter os pais poderosos felizes, mas a intenção nunca foi que chegassem ao Refúgio. Eles planejaram o acidente.

— Mas a filha do Grant estava no ônibus. Ele deixaria a própria filha morrer?

Sean assentiu.

— Todo mundo é descartável para ele. Mas Hannah, a filha dele, conseguiu escapar. Ela tentou. — A voz dele falhou. — Tentou salvar a gente. Tentou salvar a Peggy.

— Mas não conseguiu?

Ele negou com a cabeça, depois disse, com a voz mais suave:

— Mas salvou a bebê da Peggy.

Meg olhou para ele.

— Peggy estava grávida?

Ele fez que sim novamente.

— De uma menininha.

— O que aconteceu com ela?

— Nós quase conseguimos. Eu, Hannah e a bebê. Conseguimos fugir do ônibus e estávamos tentando achar um lugar seguro. Mas eles nos encontraram. — Meg viu o rosto dele ficar sombrio. — Grant e o Departamento. Ele atirou na Hannah e levou a bebê.

— Por que deixaram você vivo?

— Eu fui o bode expiatório. O impostor malvado que matou os estudantes que o Departamento estava tentando resgatar.

— Eles podiam ter matado você e ainda assim manipular a história — observou Meg.

— Mas é muito melhor poder exibir um cordeiro em sacrifício diante da imprensa. Dar uma cara para o mal. Ouvir as pessoas dizerem: "Culpado."

Meg olhou para Sean. Era *por isso*, pensou. Por isso aquela foto tinha ficado na cabeça dela. Por isso o rapaz gordinho e a linda garota pareceram tão familiares. Meg devia tê-los visto nos jornais ou na televisão. Já fazia dez anos, mas o cérebro era um acumulador.

— Por que não contou a verdade às pessoas?

Sean respirou fundo.

— Porque eu era culpado. E eles estavam com a Eva. Prometeram que iam cuidar dela. Eles me davam notícias, uma chance de vê-la crescer... e eu colaborei, como um mocinho. Eles cumpriram com a palavra. — Ele bebeu mais cerveja. — E eu fiquei esperando o momento certo.

— Para quê?

— Para me vingar.

Ele disse como se fosse a coisa mais óbvia do mundo.

— Como é que você pretendia se vingar estando preso? — perguntou Meg.

Um pequeno sorriso.

— As pessoas acham que você fica alienado de tudo na prisão. Na verdade, você tem acesso a um monte de coisas que as outras pessoas não têm. Os detentos não estão ali porque são observadores inocentes. Eles sabem de coisas. Muitos eram Rems. Consegui muitas informações úteis com eles ao longo dos anos. Descobri como entrar no Refúgio. — Uma pausa. — E descobri onde a Eva estava.

— Como?

— Tem sempre um cara. Onde quer que você esteja: pode ser um cara branco, negro, pode ser até uma mulher. O princípio é o mesmo. Tem sempre *alguém* que manda na parada. Alguém que tem o poder. Você só precisa conhecer o cara.

— E o que você teve que fazer para "o cara" para conseguir essa informação?

O rosto dele ficou sério.

— Você não vai querer saber.

— Talvez eu queira, sim.

— Sério mesmo? Quer saber quem eu tive que chupar, foder e esfaquear para conseguir esse favor?

Meg engoliu em seco.

— Sinto muito.

Sean bebeu mais cerveja.

— Não sinta. Eu fiz o que era necessário. E consegui o que queria. E aí eu ganhei minha liberdade ao ser escolhido para um experimento. E não foi qualquer um. Tinha que ser esse. No Refúgio. Porque é lá que ele está. Grant. O Professor.

— E depois que matar ele, o que acontece?

— Aí eu vou atrás da Eva. Ela tem dez anos agora. Tem que saber sobre a mãe. Conhecer a família.

Meg deu um gole na cerveja. Não tinha tanta certeza daquilo. Mas não era o momento. Tinha mais perguntas.

— E Paul? Por que o matou?

— Paul?

— O policial no teleférico. Era o nome real dele.

— Como você sabe?

— Nós dois tivemos um relacionamento no passado.

Sean a encarou… e então caiu na gargalhada.

— Cara. Pelo visto todos temos os nossos segredos. — Ele ergueu a cerveja na direção dela. — Sinto muito pela sua perda.

— Você não sente e não foi uma perda. Eu não falava com ele havia cinco anos. Mas Paul não merecia morrer.

— Era ele ou eu.

— E Karl?

— Eu não queria que aquilo acontecesse.

— Mas não teve nenhum problema em incriminá-lo.

— Eu não... — Sean balançou a cabeça. — Não era para ter sido assim.

— E *como* era para ter sido?

Sean respirou findo.

— Eu recebi uma informação de que haveria um policial a bordo procurando por mim. De alguma maneira, a informação de que eu estava indo atrás do Professor tinha vazado.

— Como?

Ele deu de ombros.

— Não existe honra entre ladrões, como dizem por aí. O cara estava me dando informações e, ao mesmo tempo, dando informações de *mim* para outra pessoa. Era meio que esperado.

Meg olhou para ele.

— Então você entrou com uma faca a bordo para matar Paul?

— Não. Eu já tinha combinado para implantarem uma faca no teleférico. Eu sabia que seria drogado antes de me colocarem lá. Que tirariam minha roupa e levariam os pertences. Não sabia se conseguiria arranjar uma arma quando chegasse ao Refúgio. Então combinei com um funcionário "parceiro" do Departamento que ele esconderia uma faca em troca de umas drogas que eu tinha conseguido. Joguei a comida e a água que me deram no vaso e fingi que estava apagado quando vieram me buscar. Quando entramos no teleférico, eu examinei todos vocês. Aí descobri quem era o policial. A arma meio que denunciou.

— Paul estava armado?

— Estava.

— E ele estava drogado?

Um pequeno momento de hesitação.

— Estava. Acho que quis entrar na onda ou não recebeu o memorando sobre o que ia acontecer.

Meg sentiu a garganta apertar.

— Você o matou enquanto ele estava apagado?

Sean olhou para ela com uma expressão de ódio.

— Ele teria me matado se tivesse chance.

— Mas não matou, não é? — Meg sentiu a voz falhar e tentou se recompor. — E aí você escondeu a arma e plantou a faca?

— Tive que pensar rápido. Precisava me desfazer de uma faca e esconder uma arma. Minha única opção era jogar as duas coisas fora. Mas aí pensei que a arma podia ser útil, então tive uma ideia. Peguei a fita que tinha sido usada pra prender a faca debaixo do banco, abri o alçapão do teto e prendi a arma lá, imaginando que poderia pegar depois.

Ele continuou:

— Eu estava prestes a me livrar da faca quando a energia caiu e o teleférico parou. Eu fui jogado para o outro lado e o alçapão fechou. Foi quando vocês começaram a acordar. Eu tinha que tomar uma decisão rápida, então enfiei a faca no bolso da pessoa mais próxima de mim, deitada no banco, e fingi que estava dormindo.

Meg foi juntando as peças. Tudo fazia sentido, do jeito que os planos de um louco fazem sentido. Ou talvez não exatamente louco. Só ferido pelo luto e obcecado.

— Você estava com a chave do alçapão desde sempre. Só fingiu que estava trancado.

— Isso.

— Então o Karl foi só um dano colateral. — Ela olhou para ele com mais raiva. — E o Max?

Ele o olhou para baixo.

— Ele já tinha virado um zumbi, Meg.

— E você ajudou a acelerar as coisas.

— Ele era um fardo.

Meg balançou a cabeça, sentindo um gosto amargo na boca.

— Tudo isso só para matar um homem.

Sean a encarou.

— Achei que você entenderia.

— Eu?

— Você perdeu sua filha. Se soubesse que uma pessoa era a responsável pela morte dela e tivesse a chance de matá-la, não faria isso?

Meg abriu a boca para retrucar, mas se deu conta de que não podia, não se fosse honesta. Depois da morte da filha, ela vira uma das médicas que tinha atendido Lily. Estava entrando no carro no estacionamento de um supermercado. Já era tarde da noite, o lugar estava deserto. Meg começara a se aproximar, os punhos cerrados. Naquele momento, tudo que queria era ver o terror nos olhos daquela piranha. Dizer "Isso é pela Lily" e enfiar a porrada nela até a mulher morrer.

Mas alguém a chamou. Um policial que Meg conhecia e estava passando no estacionamento com suas compras. O momento passou. A sanidade foi restaurada. Meg foi embora, entrou no carro e elogiou a si mesma pelo autocontrole. Só que não foi sua consciência que a impedira, e sim uma testemunha.

— Eu compreendo a necessidade de vingança — disse ela para Sean. — Mas não acabaria com meu luto. Lily continuaria morta.

— Não tem a ver com luto — respondeu ele. — Tem a ver com justiça. Para Peggy. E para todos que Grant matou.

— A qualquer preço?

— Tudo tem um preço. Assim como tem sempre um cara. Você só precisa decidir se está disposto a pagar.

— Você ia buscar ajuda para a gente?

Sean revirou os olhos.

— Que ajuda? De onde? Olhe ao redor, Meg. Este lugar foi completamente destruído. Você viu os corpos.

Ela assentiu.

— A princípio achei que você tinha atirado neles. Mas estão mortos há mais tempo.

— Acho que quem parou o carrinho deve ter matado todo mundo aqui também.

— Acha que a pessoa ainda está aqui?

Sean balançou a cabeça.

— Eu dei uma olhada. O lugar está vazio. — Ele lançou um olhar mais enfático para ela. — Ninguém vai vir ajudar a gente, Meg. Aceite, *alguém* queria impedir a gente de chegar ao Refúgio. Em definitivo.

Meg olhou pela janela enorme. A cabine pendurada parecia um brinquedo ao longe.

— Sarah ainda está presa lá.

— Foi escolha dela — retrucou Sean.

— Não posso abandoná-la — disse Meg, um pouco mais desesperada. — Se eu conseguir um equipamento de escalada, de repente posso voltar pelo cabo e tirá-la pelo alçapão.

— Parece muito esforço para salvar uma mulher de quem você nem gosta.

— Eu faria isso até por você. — Meg se inclinou na direção dele. — Sean, por favor. Me ajude. Pode matar quem você quiser depois. Eu até te dou uma mãozinha. Só me deixe tentar fazer a coisa certa agora.

Sean bebeu mais um gole de cerveja.

— Você é uma pessoa melhor do que eu.

— Sou?

Ela viu o conflito no rosto dele.

— Merda! — Dessa vez ele jogou a garrafa de cerveja vazia na janela. Ela quicou sem provocar danos ao vidro reforçado. Ele soltou um suspiro. — Bom, esse foi um gesto inútil.

Ele olhou de volta para Meg.

— Tem uma moto de neve lá nos fundos. Eu ia usar para chegar ao Refúgio... mas provavelmente nós dois cabemos lá.

Meg sorriu.

— Obrigada.

Sean se levantou e então parou.

— Só se pergunte uma coisa, Meg. Quem exatamente você está tentando salvar?

Ela franziu a testa.

— Sarah.

Seus olhos azuis encararam os dela.

— Tudo bem. Pode continuar dizendo isso para si mesma.

CARTER

ERAM TRÊS HORAS DE CAMINHADA MONTANHA ACIMA para chegar à estação do teleférico. Não que fosse muito longe, mas o terreno era íngreme e traiçoeiro. Houve uma época em que as motos de neve possibilitavam um transporte rápido e fácil até lá. Mas já não existiam veículos assim havia muito tempo.

Carter suava e respirava com dificuldade à medida que arrastava o trenó pela encosta da montanha, tropeçando algumas vezes e xingando quase sempre. A neve tinha praticamente parado de cair, mas ainda pairava no ar uma névoa úmida, que se transformava em bolsões densos em algumas partes do caminho, dificultando a visão.

Fazer aquela jornada a pé era complicado. Era fácil se perder, com aquele branco sem fim e os cumes das montanhas todos idênticos. Em alguns pontos, havia despenhadeiros repentinos e a encosta da montanha mergulhava num paredão de pedra.

No meio do caminho, Carter parou para recuperar o fôlego e aliviar a dor nas pernas cansadas. O ar era mais rarefeito lá em cima; ele conseguia sentir o coração e os pulmões tendo que se esforçar muito mais para bombear o oxigênio até os membros. Seu nariz fantasma e as membranas mucosas expostas doíam por causa do frio. Enfiou o rosto ainda mais no cachecol e voltou a caminhar. Por fim, subiu mais uma pequena encosta e a viu: a estrutura cinza e circular da estação do teleférico.

Houve um tempo em que o teleférico trazia os turistas dos hotéis e da estação de trem da cidade para os resorts de esqui mais exclusivos que ficavam no topo da montanha.

Esses resorts já tinham fechado havia mais de uma década. A cidade lá embaixo sucumbira ao crime e à negligência. A maioria dos imóveis estava destruída e inabitável. Mas o teleférico ganhara um novo propósito: virara o único caminho seguro para levar recrutas até o Refúgio.

Construído na encosta da montanha, a estação era um paredão de vidro enorme em formato de semicírculo e oferecia uma vista da floresta e dos vales além. No andar principal ficavam o mirante, o café e a plataforma. Abaixo, uma pequena sala de máquinas abrigava o gerador. Carter tinha quase certeza de que lá também encontraria botijões de gás e uma bateria reserva.

Seguiu em frente, cambaleando e tropeçando pela descida instável que dava na entrada lateral da estação. Lá nos fundos, era possível ver as ruínas do antigo galpão de manutenção, além da carroceria queimada de uma moto de neve velha. Carter engoliu em seco. Suava por dentro do macacão. Não queria fazer aquilo. Mas *precisava*. E não apenas porque Miles ia matá-lo se falhasse.

As portas automáticas do foyer estavam quebradas e meio abertas. Carter apoiou o trenó na parede e deu uma espiada lá dentro. Estava escuro. A neve entrara e se empilhara nos cantos, deixando um rastro de flocos escorregadios pelo chão. Só dava para ver o pequeno e intocado guichê da bilheteria, uma fileira de cadeiras de plástico e, à sua frente, um corredor que dava lá dentro da estação. Um cheiro úmido saía de lá, como se fosse um bueiro sujo.

Enfrentar meus demônios. Toda essa merda.

É, era uma merda mesmo.

Tentando conter a tremedeira, Carter entrou.

MEG

SEAN FOI NA FRENTE. MEG SEGUIU ATRÁS DELE. Deixou que ele pegasse a arma de volta. Também ficou com a dela na mão. Não tinham como saber se o assassino não estaria se escondendo por ali. E ainda não confiavam um no outro por completo. *Quem exatamente você está tentando salvar?* Mas ele era tudo que Meg tinha.

Sean empurrou uma porta de saída de emergência, e eles encararam o frio congelante do lado de fora. Não que estivesse quentinho lá dentro, mas Meg tinha se esquecido do quão forte era o vento no topo da montanha. As rajadas iam para cima deles, roubavam o fôlego, os atacavam e puxavam, como se estivessem tentando derrubá-los montanha abaixo.

Meg se pegou desejando vestir botas de mergulho, aquelas pesadas como concreto, para manter-se firme no chão. Baixou a cabeça e ficou bem perto de Sean, usando-o como um escudo humano ao fazer a curva na estação.

Ali, o vento cedia, sua fúria amenizada pelo paredão cinza do prédio da estação. Meg levantou a cabeça e viu que Sean dissera a verdade sobre uma coisa. Havia uma moto de neve vermelha e azul, com o número "1" gravado no motor, parada na frente de um pequeno galpão com uma placa que dizia *Manutenção*. Os dois foram até lá.

— Está com gasolina.

— Como você sabe?

— Eu chequei.

— Então por que ainda está aqui?

— Encontre o problema.

E, de repente, Meg viu.

— Não tem chave.

Ela olhou para o galpão de manutenção.

— Já procurou lá dentro?

— Não. Achei melhor entrar, tomar uma cerveja e esperar uma mulher chegar e sugerir algo óbvio.

— É o que os homens costumam fazer. — Meg abriu um sorriso gentil para ele. — Não custa nada procurar de novo.

Ela abriu a porta e entrou.

O galpão de "manutenção" obviamente era um depósito de um monte de quinquilharias. Meg logo viu que fim tinham levado as motos de neve 2 e 3. Haviam sido desmontadas e suas várias partes estavam dispostas numa mesa grande de trabalho no centro do cômodo, junto a diversas ferramentas. Ou alguém estava tentando consertá-las, ou usar as peças para outra coisa.

Meg deu uma olhada ao redor. Havia uniformes de manutenção e alguns casacos de esqui sujos pendurados nas paredes, junto com mais ferramentas. Ela vasculhou os bolsos das roupas encardidas. Vazios. À direita estavam dois armários grandes. Meg abriu o primeiro. Lá dentro, havia dois pares de esquis e bastões.

— Você sabe esquiar? — perguntou ela.

— Não muito bem. E você?

— Sou bem ruim, mas acho que consigo percorrer uma pequena distância sem cair.

— Desde que o destino seja para baixo.

— É. Tem isso.

Ela se virou de volta para os armários. Sean se apoiou do outro lado da mesa.

— Você não desiste, não é? — observou.

— Eu achei que tinha desistido. Mas estava errada.

Ela chegou ao segundo armário e abriu a porta.

— Antes que você fique toda esperançosa — disse Sean. — Não está aí.

Meg olhou lá dentro. Havia chaves penduradas em ganchos com etiquetas: *Gerador*, *Depósito*, *Neve 2*, *Neve 3*. O último gancho estava vazio: *Neve 1*.

Meg olhou para ele, alguma coisa a incomodava. E então ela lembrou. *Neve 1*. O chaveiro em seu bolso. *Óbvio*.

— Eu estou com ela — disse Meg.

— O quê?

Ela enfiou a mão no bolso, animada.

— Peguei um chaveiro que estava com o cara morto na sala de controle. Não sabia o que era.

— Você está com a chave da moto?

— Estou!

Ela se virou. Seu sorriso desapareceu. Sean estava de pé, a arma apontada para o peito dela.

— Sabia que ia valer a pena esperar por você. — Ele apontou com a cabeça para a arma que ela segurava. — Coloque com cuidado em cima da mesa.

Meg hesitou.

A expressão no rosto dele ficou mais suave.

— Por favor.

Mesmo relutante, ela colocou a arma em cima da mesa.

Sean estendeu a mão.

— Agora me dê a chave.

— Você nunca ia me deixar ir junto, não é? — disse Meg. — Era só um plano para baixar minha guarda.

— Basicamente.

— E agora você vai me matar.

— Não. Você vai me dar a chave. Eu vou te amarrar aqui para ir fazer o que eu preciso fazer. Depois eu volto.

— Se você não for morto primeiro. — Meg o encarou, desesperada. — O Professor pode até já estar morto, Sean. Já pensou nisso? Pode ter sido tudo à toa.

Ele assentiu.

— Verdade. Mas eu fiz uma promessa para minha irmã. E preciso cumprir. Agora me dê a chave.

Ela tentou novamente.

— Não me amarre. Eu vou congelar aqui. Não vou conseguir ir atrás de você se levar a moto de neve. Por favor?

Sean respirou fundo.

— Adoraria concordar, mas você mesma admitiu. Você não desiste. Acho que tentaria me impedir.

Meg olhou para ele e deixou as lágrimas encherem os olhos.

— É. — Ela deixou os ombros caírem, derrotada. — *Você está certo*.

Ela deu um chute na mesa. Ela tombou e caiu em cima de Sean, que perdeu o equilíbrio. A arma de Meg voou e caiu no chão. Meg a pegou e saiu correndo pela porta, lá para fora, no frio congelante. Olhou para a direita. A moto de neve. Correu na direção dela. Um tiro foi disparado às suas costas, e ela sentiu um golpe no ombro, que tirou seu equilíbrio. Caiu no chão, o ombro queimava. *Merda.*

Sean saiu pela porta. Ignorando a dor no ombro, Meg se virou e disparou uma saraivada de tiros. Um pedaço de madeira lascou ao lado da cabeça dele.

— Porra! — Ele voltou lá para dentro.

Meg conseguiu se levantar e foi meio correndo, meio cambaleando mais para baixo da montanha, onde havia um bosque pequeno de abetos. Ela se agachou atrás de uma das árvores e espiou. Viu a porta do galpão se abrir. Sean a estava usando como escudo.

— Meg! — gritou ele. — Não seja idiota. Não deveríamos estar brigando um com o outro.

— Tudo bem! — gritou ela de volta. — Então me deixe levar a moto.

— Tenho uma ideia melhor. *Você* me deixa levar a moto, e talvez nós dois saiamos dessa vivos.

— Não posso.

— Por quê? Não tem como salvar a Sarah, Meg. E, mesmo se tivesse, sua filha ainda estaria morta.

Ela sentiu a raiva borbulhando na garganta.

— Vai se foder. Você acha que assassinar outro homem vai trazer sua irmã de volta?

— Não, mas acho que vai trazer justiça. Ele merece pagar.

— E se outras pessoas tentarem impedir você? Vai matá-las também? Mais quantas vítimas você vai fazer em nome da justiça?

Um longo silêncio. Meg segurou a arma, os dedos dormentes pelo frio. O ombro latejava, o sangue jorrando sobre o macacão de neve. Muito sangue. *Merda.*

— Meg — disse Sean, num tom de voz mais suave. — Se você tentar ir até a moto de neve, sabe que vou ser obrigado a atirar.

— Digo o mesmo.

Ela o ouviu rir com uma ponta de amargor.

— Então chegamos a um impasse.

— Acho que sim.

Uma longa pausa.

— O que você vai fazer?

Meg olhou para o galpão de manutenção, depois para a moto de neve.

Apenas um deles ia conseguir. Ou nenhum dos dois.

Meg tomou sua decisão. Ela se levantou, circundou a árvore, mirou e atirou. Duas vezes.

A segunda bala atingiu o alvo. O tanque de gasolina da moto explodiu num estrondo ensurdecedor de chamas azuis e alaranjadas. A força e o calor, mesmo de longe, fizeram Meg cambalear para trás, cobrindo o rosto. Sentiu o cabelo chamuscado. Pequenos fragmentos de metal cortaram a parte de sua pele que estava exposta. E então, a segunda explosão a tirou do chão por completo.

A gravidade lançou Meg longe, na descida da encosta nevada, e ela foi rolando cada vez mais rápido para a borda da montanha. Enfiou os pés na neve para tentar desacelerar, lutando para se segurar em alguma coisa. Seus pés escorregaram para o precipício e, nesse exato momento, ela conseguiu segurar uma pequena saliência de pedra.

Meu Deus. Ela ficou ali por um momento, com os pés pendurados no ar. Então, com cuidado, se arrastou de volta para a borda. Olhou para trás. Apenas a descida e mais nada além do céu, o sol se pondo devagar atrás das montanhas. Ele reluzia no teto do teleférico enguiçado ao longe. Enquanto observava, Meg pensou ter visto um pontinho escuro cair da parte de baixo da cabine. *Sarah?*

Meg sentiu algo dentro dela doer e então se apaziguar. Ela virou para o outro lado. A arma estava meio enterrada na neve. Meg pegou e começou a tentar ficar de pé. Com as pernas trêmulas, se levantou, firmou os pés contra o vento, o ombro ainda latejando, a arma em punho. Pronta.

Sean se aproximou em meio à bruma de calor provocada pela explosão. Parecia diferente, o rosto meio distorcido pela bruma, a pele escurecida pela fumaça. Cambaleou pela encosta e parou a uma distância curta, ofegante, segurando a arma meio solta na lateral do corpo.

Ele a encarou, os olhos vermelhos.

— Por quê? Por que destruiu nossa única chance de escapar?

— Alguém precisava impedir você... de ferir mais gente.

— E por que você se importa?

— Porque... — Meg teve dificuldade de encontrar as palavras, quase tendo que forçá-las em meio à dor e ao vento. — Porque se importar é tudo que nos restou. Se paramos de nos importar com a vida, com as outras pessoas... quem somos nós? No que nos transformamos?

Sean balançou a cabeça.

— Eu sempre soube que você era do time dos mocinhos... e vou te contar, é um saco.

Eles se encararam. Um queria morrer. O outro queria vingança. Talvez fosse para terminar assim mesmo. Em sangue e balas.

— Você sabe que vai sangrar até morrer se esse ombro não for tratado — disse Sean.

Meg fez que sim.

— E você está fraco e exausto. Vai morrer de inanição e frio nesta montanha antes que consiga chegar ao Refúgio.

— Parece que nós dois estamos fodidos, então.

— Parece que sim.

Ele a olhou nos olhos.

— Não quero matar você, Meg.

— Eu sei. — Ela levantou a arma. — Eu queria poder dizer o mesmo.

Sean atirou. Uma, duas, três vezes. Meg sentiu as balas perfurarem seu corpo, pequenas erupções de fogo. Ela sorriu. Suas pernas cederam e de repente ela estava caindo. Caindo, caindo.

Uma mão segurou a dela.

Ela se virou. Lily flutuava a seu lado. Não usava mais o vestido amarelo, e sim um branco reluzente, feito de flocos de neve.

— *Tudo bem, mamãe. Eu peguei você.*

Meg apertou a mão da filha.

— Eu sei, meu amor. E eu nunca mais vou soltar você de novo.

As duas se abraçaram. O céu foi passando. O mundo ficou todo branco.

Meg enfiou o rosto no cabelo cacheado e macio da filha.

— Desculpe ter demorado tanto — sussurrou. — Só fiquei meio travada.

CARTER

ELE SEGUIU PELO CORREDOR, as botas levantando poeira do piso de concreto esburacado. O cheiro de esgoto emanava dos banheiros. Ele prendeu a respiração ao passar por ali.

À frente, uma placa quebrada e desbotada na parede dizia *Café e Mirante*, com uma seta para a frente. À direita, um corredor mais curto. Ele entrou. Havia mais duas portas. Na primeira, uma placa onde se lia *Acesso restrito a funcionários*.

Carter hesitou. A sala de controle. Ele abriu a porta.

O cômodo pequeno fora destruído. Cabos arrancados, fios pendurados. Monitores de computador estraçalhados. Os corpos ainda estavam sentados diante da mesa de controle. Não que tivesse sobrado muita coisa deles. Cavidades oculares vazias e bocas abertas sem lábios. Fiapos de cabelo pendiam dos crânios, e dedos ossudos despontavam de dentro dos macacões verdes. Os buracos no tecido eram as evidências de como tinham morrido, com dois tiros nas costas.

Miles era um assassino brutal e eficiente.

Depois do surto de infecções, ele fora até a estação para impedir que outras pessoas chegassem ao Refúgio. Os funcionários não sabiam o que estava acontecendo. Uma tempestade havia interrompido a comunicação. Miles cuidara de cortá-la para sempre. Depois, sabotou o teleférico que estava a caminho, deixando os ocupantes lá para morrer.

Mas ele voltara alguns dias depois... e salvara a vida de Carter.

Miles o encontrara com o rosto enterrado na neve e o corpo em colapso devido à hipotermia e à exaustão, quase morto. Por algum motivo, Miles o carregara até o Refúgio. Por quê? Carter nunca soube. Miles só disse: "Você parecia um sobrevivente. Sobreviventes são úteis."

Carter passara aquelas semanas se recuperando da geladura e da hipotermia em uma das câmaras de isolamento do Refúgio. Miles salvara sua vida, mas, mesmo com seu conhecimento médico, havia pouco que pudesse fazer pelo rosto de Carter.

Durante um tempo, Carter usou uma máscara cirúrgica para cobrir a pior parte da mutilação. Aos poucos, começou a retirá-la com mais frequência. Os outros moradores do Refúgio pararam de reagir com repulsa ao ver seu rosto. E, depois de um tempo, ele também parou.

Carter deu uma última olhada nos funcionários mortos e voltou para o corredor. Virou à direita e seguiu a placa que dava no café e no mirante. No fim do corredor, abriu a porta dupla.

A vista espetacular estava mais embaçada, o vidro do paredão em semicírculo coberto de camadas e camadas de sujeira. As garrafas estouradas dentro da geladeira extinta deixavam no ar um cheiro forte de trigo. Ao desviar das mesas e cadeiras empilhadas, pisou numa garrafa de cerveja quebrada, e então parou diante da janela suja.

O teleférico continuava pendurado lá. Vermelho cor de sangue contra o branco do céu. Enferrujado, destruído pelas tempestades... não passava de uma carcaça. Mas aguentava firme ali. Assim como ele. Um sobrevivente.

Às suas costas, uma bota pisou no vidro.

Ele se virou devagar.

— *Voltando à cena do crime, Sean?*

CARTER

ELA ESTAVA DO MESMO JEITO QUE ELE LEMBRAVA: o cabelo escuro emaranhado e o rosto ensanguentado, mas cheio de determinação. Havia mais sangue no macacão de neve azul. Em diversos pontos, os buracos onde as balas haviam penetrado o tecido.

— Eu realmente não queria te matar.

Meg deu de ombros.

— *Se servir de consolo, era você ou eu.*

— Pois é.

— *E tinha que ter sido eu, óbvio.*

— Você era do time dos mocinhos.

— *Mas não era uma sobrevivente.*

— Você queria me impedir. Eu tinha que encontrá-lo.

— *E agora que o encontrou, o que vai fazer?*

— Eu vou matá-lo.

— *E depois? Como é que isso termina?*

— Termina com ele morto.

Ela abriu um sorriso triste.

— *Pode continuar dizendo isso para si mesmo, Sean.*

E então ela sumiu, diluída na poeira. Não restara nada dela, exceto em sua memória, onde ela vivia com Peggy, Hannah, Lucas, Anya… e muitos outros. Sempre tinha mais. Muito sangue debaixo daquela ponte.

Depois que Meg morrera, ele tinha considerado por um breve momento ir atrás dela precipício abaixo. Mas seu instinto de sobrevivência era forte demais, a necessidade de terminar o que tinha começado era muito grande. Havia chegado até ali. Se de boas intenções o inferno estava cheio, pode crer que o caminho para lá era uma via de mão única. Sem volta.

Ele fora aos tropeços até a encosta da montanha e entrara no galpão de manutenção. O frio já se infiltrava dentro do macacão. Ele sabia que precisaria de mais camadas para ter uma chance de sobreviver. Pegara um dos casacos de esqui imundos pendurados no gancho e vestira. Havia um nome costurado na lapela.

P. Carter.

A certa altura, depois do resgate, Miles tinha perguntado o que era o "P".

Ele sorriu.

— Não importa. A maioria das pessoas me chama de Carter mesmo.

Um novo nome, outra nova vida. Mas uma coisa não tinha mudado. Seu desejo de vingança.

Carter fora paciente. A prisão lhe ensinara isso. Ficou esperando o momento certo, se recuperou, recobrou sua força, aprendeu a viver com o que sobrara de seu rosto. Tinha pesquisado tudo o que podia sobre o Refúgio, tentou se tornar útil e ganhar a confiança de Miles.

E tinha funcionado.

A certa altura, Miles lhe contara a verdade sobre a Câmara de Isolamento 13.

Azar para alguns. Mas, para Carter, um feliz acaso.

Por que Carter tinha esperado treze anos para matar o homem que estava preso lá dentro.

E, finalmente, estava quase na hora.

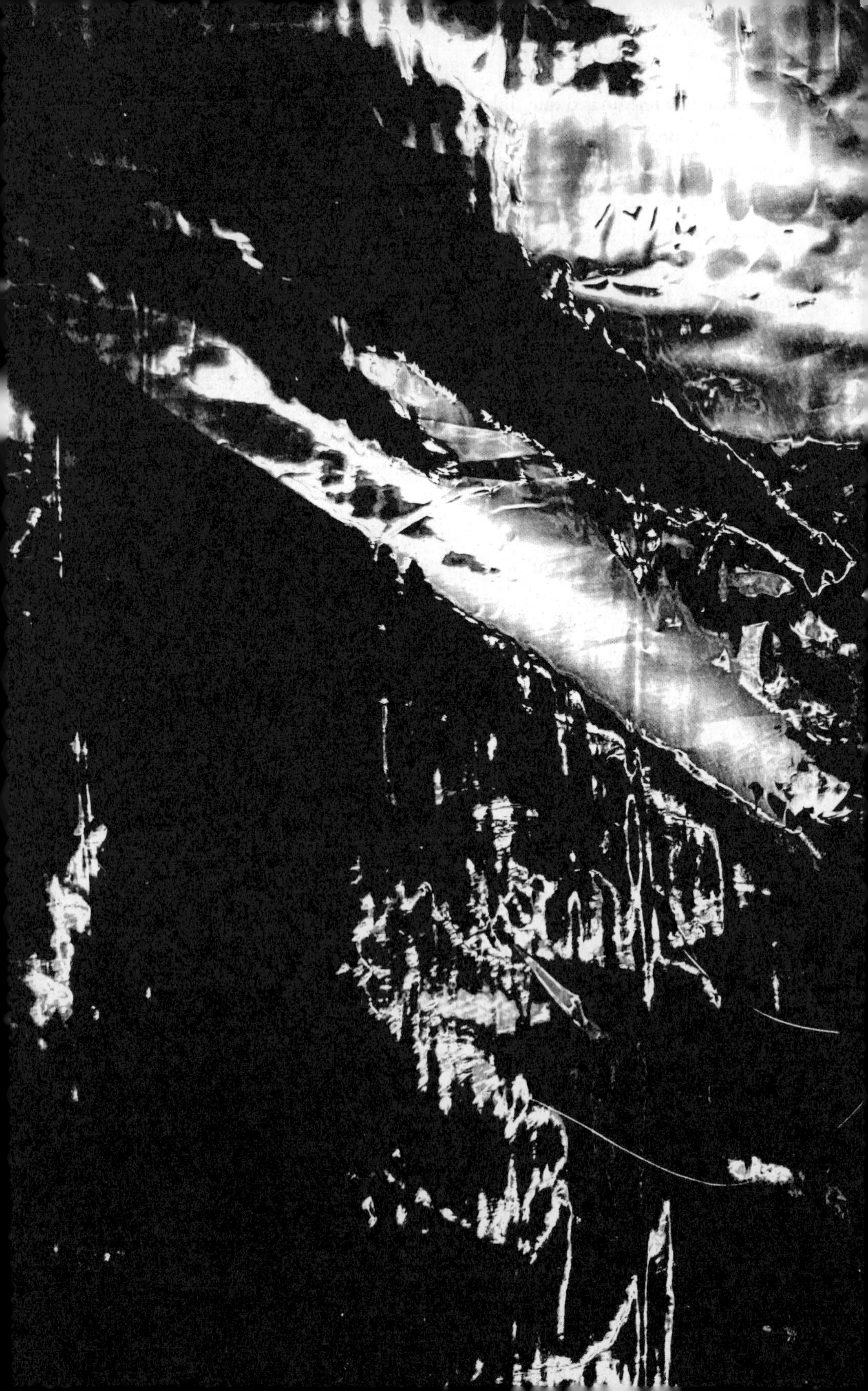

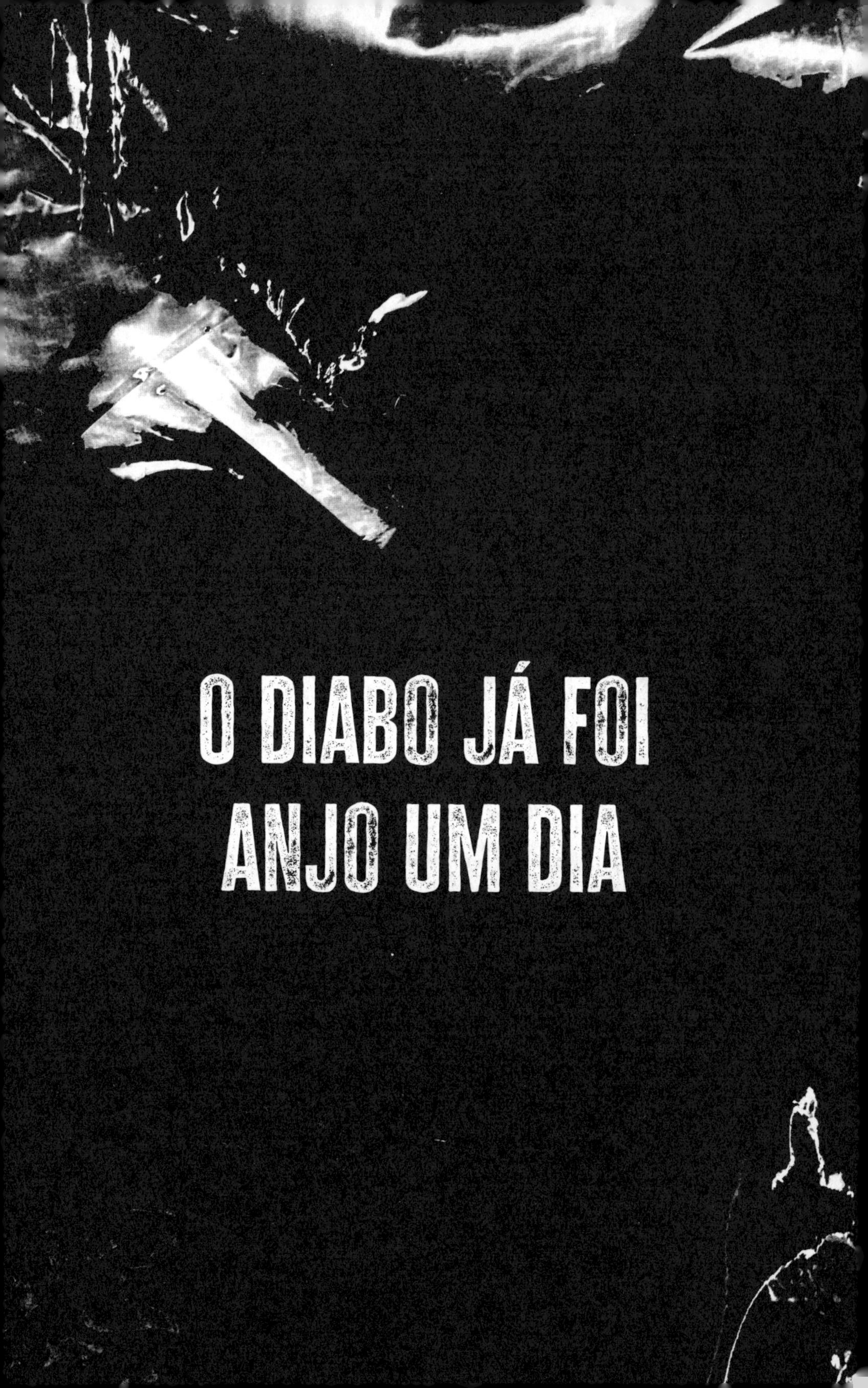

O DIABO JÁ FOI ANJO UM DIA

1

A LUZ DO DIA CAÍA QUANDO CARTER CHEGOU de volta ao Refúgio arrastando o gerador, uma bateria e dois botijões de gás no trenó.

Suava dentro do macacão e sentia um aperto no peito, provavelmente por causa da exaustão e da altitude. Tinha dificuldade de respirar. As pernas tremiam enquanto ele caminhava se arrastando os últimos metros. Não ajudava muito o fato de o vento ter ganhado força de novo, os flocos de neve rodopiando ao redor de seu rosto. Uma nova tempestade estava a caminho.

Ao chegar ao portão, Carter sentiu alguma coisa quebrar debaixo dos pés. Olhou para baixo. Era a antiga placa. Tinha caído do gancho e estava ali, meio enterrada pela neve. Carter se abaixou e pegou.

RETIRO
Propriedade do D.R.I.F.T.
Departamento de Reavaliação de Infecções e Futuras Transmissões

Carter olhou para a placa surrada. E então estendeu o braço e a jogou o mais longe que conseguiu. Cara, como ele odiava aqueles malditos acrônimos.

Ele foi se arrastando até a porta e digitou o código. Não abriu. Tentou novamente. A porta ainda assim não se moveu. Tirou as luvas com os dentes e digitou mais uma vez, caso tivesse feito algo errado. A porta continuou trancada.

Que porra é essa? Carter olhou com raiva para o painel, como se o objeto o estivesse sacaneando de propósito. Será que era o problema de energia de novo? Mas normalmente isso *liberava* as portas. A menos que Welland tivesse feito alguma cagada, o que sempre era uma possibilidade. Irritado, Carter esmurrou a porta com os punhos.

— Ei! Welland! Miles! O teclado quebrou. Podem abrir pra mim?

Ele esperou. Nada. A porta era espessa. Talvez os dois estivessem no porão ou em alguma outra parte do Refúgio. Carter soltou um palavrão e chutou a porta. Porra. Deu um passo para trás e olhou ao redor. Estava cansado e com fome. Precisava entrar. Mas o Refúgio era muito seguro. Não havia como invadir ou fugir.

Carter deu a volta até a parte da frente. Conseguiu ver o azul brilhante da piscina pela janela de vidro. Acima dela, o terraço e a enorme janela circular de vidro da sala de convivência. Deu vários passos para trás e esticou o pescoço. Não conseguia ver o interior, mas... franziu a testa. *As luzes estavam ligadas?* Sim. Com certeza. O que devia significar que a energia tinha voltado ou que Welland consertara o gerador. De qualquer forma, se a energia estava funcionando, por que a porta não abria?

Carter voltou para a porta e ficou olhando. Na verdade, só havia uma explicação possível. Alguém tinha mudado o código. Ele esmurrou a porta novamente, durante um bom tempo, gritou, chutou, fez barulho suficiente para "acordar os mortos", como dizia seu avô. Nenhuma resposta veio lá de dentro.

— Foda-se essa merda.

Ele chegou para trás, pegou a arma e atirou no painel de segurança. A tampa de plástico explodiu; os fios elétricos soltaram faíscas. Carter empurrou a porta. Dessa vez, abriu. Entrou no hall com a arma ainda em punho. Vazio. Silêncio. Abriu a segunda porta com o pé. Se aquilo fosse um erro, ele teria sérios problemas com Miles por ter estragado a porta da frente, mas Carter não achava que tivesse cometido um erro. Havia alguma coisa estranha. Carter quase podia sentir o cheiro da estranheza no ar.

Tirou os óculos e a máscara, se livrou das botas e, em silêncio, se despiu do macacão e o deixou no chão, tudo isso enquanto ainda empunhava a arma. Caminhou devagar e subiu a escada em espiral tentando não fazer muito barulho ao respirar. Ao chegar lá em cima, olhou ao redor, a arma diante de si. Carter sentiu o coração na boca. *Merda.*

No meio da sala de convivência havia um corpo, deitado com o rosto virado para o chão. Corpulento, vestido com uma camiseta encharcada de sangue e uma calça jeans larga, o cabelo bagunçado, uma poça de sangue sob si.

Welland.

Parecia ter levado vários tiros. Carter desejara esse momento muitas vezes, mas, ao olhar para o corpo de Welland, não sentiu qualquer satisfação. Só pena. E certa confusão. Apenas uma pessoa poderia ter sido a responsável. Mas por quê?

Será que Miles descobrira que Welland andava descendo até as câmaras? Matá-lo por causa disso parecia algo extremo, até mesmo para Miles. Talvez Welland tivesse atacado Miles, forçando-o a atirar para se defender. Mas, pensando bem, não se atira nas costas de alguém em caso de legítima defesa. E se Miles tinha mesmo matado Welland, por que o deixara largado ali? Miles odiava bagunça e sujeira.

Carter franziu a testa. Aquilo não estava certo. E ainda tinha mais uma coisa. Dexter. Onde estava o cachorrinho? Carter teve um pressentimento muito, *muito* ruim.

Ele se virou e desceu as escadas de novo. Pensou em conferir a área da piscina, mas seu instinto dizia onde ia encontrar Miles. Lá embaixo, no porão.

Carter foi até o elevador. Mas não apertou o botão de cara. Estava em dúvida. Será que queria mesmo fazer isso? Talvez devesse simplesmente dar o fora daquele lugar enquanto ainda tinha chance. Mas para onde iria? Quinn dificilmente o ajudaria a fugir, e Carter não queria se arriscar lá fora com os Assobiadores e sabe-se lá o que mais se escondesse naquela floresta.

Só havia um caminho.

E definitivamente não era para cima.

Carter chamou o elevador. As portas se abriram imediatamente. Ele entrou e pegou o crachá no bolso escondido da calça jeans. Pressionou-o contra o painel. O elevador deslizou devagar para baixo. Seu coração batia forte. As portas se abriram.

Com a arma em punho, Carter saiu no friozinho familiar do corredor. A luz tinha voltado. Branca, brilhante, estéril. Fazia-o se sentir exposto. Andou com cuidado para a frente, espiando cada uma das salas à medida que passava. Vazia, vazia, vazia. Quando estava quase chegando ao fim do corredor, percebeu um barulho. Uma espécie de grunhido esquisito. Mesmo de longe, sentiu o estômago se revirar. Carter virou no corredor e parou. A porta para as câmaras de isolamento estava aberta. Era de lá que vinha o som.

Carter segurou a arma com mais força e avançou devagar, o coração acelerado. Chegou até a entrada. De lá, viu que as portas de todas as câmaras estavam abertas de novo. *Merda.* Que merda estava acontecendo com os controles do sistema? Era *por isso* que Miles tinha matado Welland? Como castigo?

Ele entrou. O som gutural ficou mais alto. E familiar. Carter viu que a Câmara 3 estava vazia. Ele se aproximou da Câmara 4 já se sentindo enojado e olhou lá dentro.

Caren estava deitada na cama, sedada, praticamente inconsciente. Seu macacão tinha sido abaixado até a altura dos joelhos e o Fornecedor 03 estava em cima dela, com o macacão também na altura do tornozelo, a bunda branca como a neve subindo e descendo com força.

Carter não esperou, não pensou. Foi correndo até lá, agarrou 03 pelo cabelo ensebado, tirou-o dali e atirou no chão. 03 gritou de raiva sem conseguir fazer nada. Carter levantou a arma e lhe deu um tiro na virilha. 03 urrou, se contorceu e tentou segurar aquele borrão de sangue no meio das pernas.

— É? Acha divertido assim, seu pervertido de merda?

Carter atirou de novo e arrancou a rótula esquerda de 03, depois a direita.

O Fornecedor 03 gritava e uivava. O sangue jorrou de seus joelhos estraçalhados e formou uma poça no chão. Ele ia sangrar até a morte, agonizando. Se tivesse sorte.

Carter foi até Caren. Pegou um cobertor na parte de baixo da cama e cobriu seu corpo. Ela piscava. A respiração estava irregular. A pele já estava pálida.

Carter fez carinho em seu cabelo.

— Vai ficar tudo bem. Vou cuidar de tudo.

Mas, se fizesse isso, era o fim mesmo. Não sobraria nenhum fornecedor. Nem para eles. Nem para Quinn.

Foda-se.

Carter colocou o cano da arma com cuidado na cabeça de Caren e puxou o gatilho.

Depois, se virou, chutou 03 na virilha e foi andando pelo corredor.

Só faltava uma câmara.

Carter nunca vira a Câmara de Isolamento 13 por dentro. Aquela era a única porta que não era de vidro. Era branca e lisa, perfeitamente integrada à parede. Se você não soubesse que estava ali, jamais a encontraria. O teclado para entrar também ficava escondido. Assim como para as outras câmaras, apenas Miles tinha o código, e ele o trocava regularmente.

O habitante da Câmara 13 não estava infectado nem era perigoso. Mas era valioso. Um cientista brilhante e implacável. Um homem que acreditava ser capaz de salvar o mundo, e quem entrava em seu caminho virava apenas um dano colateral. Como a própria filha. E a irmã de Carter. Um homem que era tão desprezado quanto reverenciado.

Professor Stephen Grant.

O mundo acreditava que ele estava morto.

Mas Carter sabia que não.

A porta da Câmara 13 estava aberta. Carter entrou. Diante dele havia uma cama de casal enorme. À direita, um pequeno banheiro. À esquerda, uma estante de livros e uma escrivaninha iluminada por um único abajur. Havia alguém sentado. Carter só distinguira uma silhueta e uma cabeça raspada, que brilhava contra a luz.

Levantou a arma e apontou com ambas as mãos.

— Vire para mim, Grant. Quero que veja a pessoa que vai te matar.

A cadeira foi girando devagar.

Carter olhou para o homem sentado. Cabeça raspada, vestido com um macacão azul limpo, apontando uma arma de volta para ele.

— E aí, cara. — Welland deu um sorrisinho. — Surpresa.

2

CARTER FICOU BOQUIABERTO.

— Você não está morto.

— Cara, você é muito observador.

— Mas... — *O corpo. As roupas...* — O cabelo.

Welland passou a mão na cabeça recém-raspada.

— Pois é. Te enganei, hein? — Ele deu uma risada. — Cara, queria ter visto a sua cara quando encontrou Miles.

— Aquele era... *Miles*?

— Aham. Joguei meu cabelo na cabeça dele. Coloquei minhas roupas nele e enfiei algumas almofadas dentro.

— Por que fez isso?

Ele deu de ombros.

— Achei que ia ser engraçado... tipo um presente de boas-vindas.

— Mas... você mudou o código da porta para me prender lá fora.

— É, mas imaginei que você ia dar um jeito de entrar. Você é do tipo persistente pra caralho. — Welland deu um risinho. — E gosto disso em você, cara. Gosto mesmo. Você não desiste. Mesmo com essa cara abominável, continua aqui, tipo um Freddy Krueger de quinta.

Carter continuava de boca aberta, a mente com dificuldade de acompanhar a história.

— Não estou entendendo. Por que você matou o Miles?

— Por que não? Já tinha esperado muito tempo.

— Esperado o quê?

Welland balançou a cabeça.

— Ainda não entendeu mesmo?

Carter precisava pensar logo no que estava deixando passar.

— Entendi que você é um mentiroso — disse. — Contou para todo mundo que trabalhava na manutenção aqui. Mas era só um faxineiro.

O sorriso sumiu.

— Como sabia disso?

— Encontrei seu crachá, com seu nome antigo... Barry Coombes. Acho que você deve ter tentado se livrar dele em algum momento.

Welland assentiu devagar. Depois voltou a abrir o sorriso.

— É. É uma história engraçada, cara. Consegui o emprego aqui pouco antes do surto. Quando cheguei, os macacões de limpeza não cabiam em mim, então peguei um emprestado do cara da manutenção: Welland. Era um cara legal, mas um Assobiador arrancou a garganta dele. Enfim, eles separavam a gente aqui por cores. Cobaias de azul, enfermeiros de verde-claro, médicos de branco, faxineiros de cinza e manutenção de verde-escuro. Quando a merda toda aconteceu, eu me escondi na sala de equipamentos. Miles me encontrou ali, apontou uma arma para a minha cabeça e perguntou se eu conseguia manter o lugar funcionando. O que eu ia responder? Disse que sim e aprendi bem rápido.

— E a mudança de nome?

Ele deu de ombros.

— Sempre odiei a porra do Barry.

Carter olhou para Welland. Simples assim. Uma troca de macacões. Mas, pensando bem, como ele mesmo sabia, os planos mais bem elaborados normalmente não passavam de pura sorte.

— Foi por isso que você não conseguiu ajeitar a energia quando começou a falhar — falou Carter. — Não sabia tanto assim sobre os sistemas.

— Eu sabia alguma coisa. Quer dizer, eu fiz vocês de idiotas por bastante tempo.

Uma outra coisa começou a fazer sentido. Julia.

— E foi por isso que você matou a Julia? Ela veio aqui embaixo quando a energia caiu? Encontrou você?

— Foi. — Welland assentiu. — Aquilo foi uma pena. Eu gostava da Julia. Tinha belos peitos.

Carter franziu a testa.

— Mas não ficou sujo de sangue?

— Macacões, cara. Eu sempre tinha um extra na sala de equipamentos. Vesti um, joguei a Julia na piscina, dei uma limpada no lugar e depois troquei de roupa. Enfiei o macacão sujo atrás de umas coisas na sala até ter tempo de jogar fora. Achei que ia ter que incriminar um de vocês pela morte dela, mas aí o mundo veio abaixo.

— E a faca?

— Miles não me deixava ter uma arma. Pensava que eu era patético demais para lidar com uma. Então eu guardei uma faca. — Ele olhou para Carter, a expressão maldosa no rosto. — Cara, você não tem ideia de quantas vezes pensei em esfaquear todos vocês enquanto dormiam... mas Miles tem o sono muito leve. Achei que não ia conseguir finalizar o trabalho sem levar um tiro.

— E todos nós trancamos a porta do quarto.

— É bonitinho você achar que isso era alguma segurança.

— Como assim?

— Eu podia ser só um faxineiro, mas eu observei e aprendi. Dreyfuss, o chefe da manutenção, tinha um caderno com todos os códigos do sistema anotados. Ele não devia fazer isso, mas gostava de beber e a memória ia para o saco. Depois que ele morreu, eu roubei. Podia entrar no quarto de vocês quando eu quisesse. — Welland deu uma piscadinha. — E pode apostar que eu entrei.

Carter engoliu em seco.

— Então era assim que entrava nas câmaras de isolamento também.

Um vislumbre de surpresa.

— Você sabia disso?

— Caren viu você.

— Ah, Caren com C, que mocinha sorrateira. Não é mais tão arrogante agora.

— Ela está morta.

— Que droga. Tinha uma bela bunda.

Carter sentiu a repulsa dominá-lo.

— Sua empatia é louvável.

A expressão de Welland ficou mais sombria.

— Ei, não vem bancar o mocinho comigo. Sei de coisas sobre você, Carter. Sei de tudo sobre você. Cara, vocês são burros demais. Guardar seus objetos pessoais em "esconderijos". Até o Miles. Sabia que o Miles matou mais de vinte pacientes quando era médico? Guardava as matérias que saíram sobre ele. Ah, e seu grande amigo Nate? Gostava de meninas novinhas. Bem novinhas. Eu encontrei fotos.

Julia se cortava. Caren tomava laxante. E eu sei que Jackson estava combinando com os amigos Rems dele para invadirem o Refúgio e levarem o Professor... — Welland assentiu ao ver a expressão chocada de Carter. — Sim, eu sei tudo sobre o Professor. O gênio incrível que desapareceu e foi considerado morto. Mas *a gente* sabe onde ele foi parar, não é?

Ele abriu bem os braços. Carter ficou olhando.

— Não seja tímido, cara — disse Welland. — Você queria entrar na 13 tanto quanto eu. E seus motivos são bem mais nobres. A coisa toda de vingar a morte da sua irmã e tal...

— Você sabe sobre a Peggy?

— Eu te falei. Observei e ouvi. Encontrei sua foto, vi sua tatuagem. Além disso... — Welland baixou a voz até se tornar um sussurro — ... você fala dormindo.

Ele deu uma risadinha.

— Acredite, esse seu motivo vem do coração. Quer dizer, parece que você matou uma galera pelo caminho, mas foi por amor. Se fosse num filme, as pessoas iam te perdoar. Todo mundo adora um anti-herói, embora normalmente ajude o fato de eles terem a cara do Brad Pitt e não essa aberração aí que você tem.

Mais uma risada louca. Carter se deu conta de que nunca compreendera Welland. Sempre achara que ele era um merda egoísta que não servia para nada. Mas naquele momento tinha certeza de que Welland era totalmente insano.

— Então viemos os dois aqui atrás do Professor — disse Carter.

— Como falei: surpresa.

— Então cadê ele?

— Brincando de pique-esconde.

— Sério. O que fez com ele?

— Nada. Aí é que está a piada. E não somos nós que estamos rindo.

Carter tentou conter a raiva. Precisava se acalmar.

— Do que você está falando, caralho?

Welland soltou um suspiro.

— Ele não está aqui. Ninguém nunca esteve aqui. Olha. — Ele pegou um caderno de cima da mesa e soprou, levantando poeira. — A porra deste lugar está vazio há anos.

Carter foi até a cama e passou a mão sobre o lençol. Nem um amassadinho. E coberto com uma fina camada de poeira. Ele sentiu um buraco se formar no estômago.

— Vazio? Esse tempo todo?

— É. Miles mentiu. Quem diria?

Carter tentava juntar as peças.

— Mas Miles vinha aqui embaixo trazer comida e água.

— Vai ver jogava tudo no vaso.

Carter sentiu as pernas bambearem.

— Grant estava *aqui*. No Refúgio. Antes do surto. Eu sei disso.

Welland deu de ombros.

— Talvez estivesse. Eu nunca vi. Deve estar morto agora.

— Então por que Miles manteve a farsa? Por que disse para a gente que havia um prisioneiro aqui?

— Porque era conveniente para ele — respondeu Welland, como se fosse muito óbvio. — Ele sabia que o Professor era a melhor moeda de troca que existia. Muita gente queria colocar as mãos nele, pelos mais diferentes motivos. Ele não queria que a gente estragasse seu plano de fuga.

Fazia sentido. Ainda mais conhecendo Miles.

— E o que você queria com o Professor? — perguntou Carter.

— Ele era minha passagem pra fora daqui, cara. Quando encontrei o celular do Jackson e descobri o que ele e os amigos Rems estavam tramando, fui falar com ele. Peguei o cara voltando da corrida matinal. Contei que sabia o que estava rolando. Sugeri que a gente podia fazer um acordo e ajudar um ao outro.

— Mas Jackson não comprou a ideia?

— Não. — Welland pareceu ofendido. — Ele me atacou. Aí eu tive que me defender. Foi legítima defesa.

Algumas coisas começaram a fazer sentido.

— Você matou o Jackson — concluiu Carter.

— Era eu ou ele, cara.

— É. Isso me parece familiar.

— Arrastei o corpo dele até a floresta — continuou Welland. — Imaginei que os animais iam encontrá-lo, ou então os Assobiadores.

— Ele não estava morto.

— Ele está vivo?

— Agora não mais. Dei um tiro nele.

Welland deu uma risada.

— Tá vendo? Eu e você somos bem parecidos.

— Não somos parecidos porra nenhuma — retrucou Carter, sentindo a mentira agarrar no fundo da garganta.

E havia mais alguma coisa incomodando lá no fundo de sua mente, mas ele não sabia bem o quê.

— Então, com Jackson fora de cena, decidiu lidar você mesmo com os Rems?

— Isso. — Welland fez que sim. — Ofereci o Professor em troca de uma saída segura daqui e uma bela quantia em dinheiro.

Então a última ligação no telefone de Jackson tinha sido feita por Welland, depois da morte dele.

— Por que deixou o celular escondido no ralo do chuveiro? — perguntou Carter.

— Era o lugar mais seguro. Só eu sabia que estava lá... e se mais alguém encontrasse, Jackson ia levar a culpa.

O filho da puta tinha pensado em tudo.

— E como é que pretendia pegar o Professor? — perguntou Carter.

Welland se inclinou para a frente de leve.

— Vocês todos acharam que eu era burro por não conseguir consertar os atrasos no gerador... mas eu não *queria* consertar. Imaginei que se fossem ficando piores, as travas automáticas iam soltar e eu poderia entrar na 13. A única câmara da qual eu não tinha o código era ela.

Carter pensou a respeito.

— Mas não funcionava assim. Porque a 13 também era a única câmara que não abria durante as quedas de energia. Tinha um gerador extra. Miles conferia todo dia.

Welland balançou a cabeça careca.

— Vou te dizer que isso foi uma baita decepção. Felizmente, toda aquela merda que deu quando os fornecedores se soltaram resolveu muitos dos meus problemas. Caren se infectar foi a cereja do bolo. Eu *sabia* que quando você saísse para ir à estação do teleférico seria a oportunidade perfeita.

— Obrigar Miles a passar os códigos para você, matá-lo e entrar na 13.

— Bingo! Maneiro, né?

— Só que não conseguiu seu prêmio. — Carter sorriu. — E quando os Rems chegarem aqui e virem que você não tem nada para dar a eles, não acho que vão ficar muito felizes.

O rosto de Welland se fechou como o de um bebê mal-humorado.

— Miles era um *filho da puta*. Eu deveria ter imaginado quando ele me deu o código tão fácil. Se já não tivesse matado o babaca, ia lá e matava de novo... dessa vez mais devagar.

A mente de Carter começou a trabalhar. Ele odiava Welland. O filho da puta era um psicopata. Mas naquele momento parecia que eles tinham outros problemas.

— Quando os Rems vão chegar aqui, Welland?

— Bom... a tempestade provavelmente atrasou um pouco...

— *Welland?*

— A qualquer momento.

— *Merda*. A gente precisa sair daqui.

Welland levantou as sobrancelhas.

— A gente?

— Eu sugiro que, por enquanto, a gente deixe de lado os sentimentos homicidas que temos um pelo outro e se concentre em sair daqui vivos — disse Carter, com calma.

Welland pensou a respeito.

— É... acho que você tem razão.

Eles se olharam e os dois abaixaram as armas.

— Tudo bem. A cerca elétrica está quebrada.

— Mas o prédio está seguro.

— Na verdade, não. Eu dei um tiro na tranca da porta.

— Porra, cara! Então os Rems podem simplesmente sair entrando?

— A menos que a gente impeça.

— Podíamos ficar aqui embaixo — sugeriu Welland. — Estamos seguros aqui.

— Por quanto tempo? Quanto tempo levariam para ferrar com os controles do elevador?

Welland deu de ombros.

— Sei lá. Eu era só o faxineiro.

Carter respirou fundo.

— Vamos lá.

Welland ainda parecia hesitante.

— Não tenho certeza.

— Beleza. Enquanto você fica aqui sentado batendo punheta, eu vou lá tentar salvar a minha vida.

Ele saiu em direção à porta.

— Espera!

Ele se virou. Welland olhou para a arma. Então a colocou no bolso de trás do macacão.

— Não acredito que matei todo mundo menos você.

3

ELES FORAM ÀS PRESSAS PELO CORREDOR, passando pelas câmaras de isolamento e pelos laboratórios e escritórios, até chegarem ao elevador. Carter apertou o botão para subir. Quando as portas se abriram lá em cima, os dois sacaram as armas. Carter ouviu alguma coisa. Distante, mas chegando perto. Eles se olharam. Um helicóptero.

— Acho que eles chegaram bem na hora — disse Welland.

— Merda.

Carter subiu correndo as escadas para a sala de convivência. Welland, ofegante, foi atrás dele. Da janela gigante de vidro, via-se apenas o céu cinzento e as montanhas nevadas. Mas o zunido estava mais alto. Bem alto. Como se estivesse em cima da cabeça deles. Carter se aproximou da janela e olhou para fora. Olhou para cima.

O helicóptero cinzento desceu bem diante do vidro.

Por uma fração de segundo, ficou parado ali, como um pássaro cinza gigantesco. O piloto levantou a mão.

— Ei — disse Welland. — Ele está acenando. Talvez...

— Deita no chão! — gritou Carter.

Eles se jogaram no chão e os tiros disparados pelo helicóptero estraçalharam a janela, lançando um tsunami de vidro sobre os dois.

— Meu Deus!

Carter levou as mãos à cabeça, mas ainda assim sentiu as pontadas dos cacos afiados.

— Merda, merda, merda — choramingou Welland.

— Corre. Agora! — disse Carter.

Sem esperar para ver se Welland tinha ouvido, Carter saiu desenfreado na direção da escada. Mais tiros disparados. Ele sentiu o cheiro da pólvora e fez uma careta de dor ao sentir o vidro quebrado no chão entrar pelas meias. Ao descer as escadas, quase escorregou no próprio sangue.

Welland veio meio correndo, meio rolando pelas escadas.

— O que a gente faz, porra? — resmungou ao chegarem ao hall.

Carter se virou. A careca de Welland estava polvilhada de cacos de vidro. Parecia um Hellraiser de baixa renda.

— Vamos dar o fora daqui — disse Carter.

— Mas não vamos sobreviver lá fora.

— E vamos morrer se ficarmos aqui dentro.

Carter calçou as botas e se contorceu ao sentir a dor nos pés cortados. Pensou no helicóptero. O piloto vestido com uma farda verde. As armas. Engoliu em seco e uma constatação brutal veio à tona.

— Não são Rems, Welland.

Pegou o casaco de neve. Não ia ter tempo de vestir o macacão.

— O quê? — Welland estava confuso e em pânico.

— Jackson não era Rem — disse Carter. — Ou, se era, era um agente duplo. Esses filhos da puta são do Departamento.

— Do DRIFT?

— Acertou de primeira.

O que significava que não estavam ali para negociar nem trocar nada. Estavam ali para resgatar o Professor e matar todo mundo. Carter pegou um casaco no cabideiro e jogou na direção de Welland.

— Fique perto do prédio. Vamos dar a volta por trás. A gente se esconde na floresta. E reza para eles não nos encontrarem.

Carter abriu a porta de uma vez. Tarde demais. O helicóptero tinha pousado na área plana que ficava em frente à cerca elétrica. O zunido das hélices parou. Três caras de farda já estavam fora do helicóptero e corriam na direção deles. Todos com fuzis na mão. *Merda*.

Carter olhou para sua pistola. Daria no mesmo se fosse uma arminha de água. Nunca conseguiriam chegar aos fundos do prédio sem serem interceptados.

— Estamos mortos, cara — murmurou Welland.

Pela primeira vez, Carter não discordou.

Começou a levantar os braços. Até que ouviu outro barulho. O chiado agudo de motores. Ele se virou. Três motos de neve se aproximavam montanha acima em alta velocidade. Jimmy Quinn e seus filhos. Deviam ter visto o helicóptero e perceberam que iam perder a galinha dos ovos de ouro.

As motos derraparam em cima do helicóptero, levantando neve e uma saraivada de tiros de fuzil. Dois dos caras do Departamento cambalearam, o peito vermelho, e tombaram no chão. O terceiro atirou de volta e acertou um dos filhos de Quinn, que caiu da moto. O veículo vazio rodou várias vezes e o atropelou quando ele tentava se levantar. Mais uma leva de tiros, e o tal filho ficou no chão, a neve pintada de vermelho.

Carter e Welland se agacharam atrás da porta, sem ousarem se mexer, enquanto as balas voavam. Mais homens armados desceram do helicóptero. Quinn gritou e os bombardeou com mais tiros, atingindo um deles nas costas. O filho número 2 desceu da moto e arrancou a cabeça do segundo, e então deu um salto em comemoração. Mas a vitória não durou muito. Uma saraivada de balas vinda do helicóptero o levantou do chão, as pernas tremendo, e abriu seu torso como se fosse uma piñata. Suas entranhas explodiram numa massa fumegante, e ele caiu no chão.

Depois disso tudo, o piloto obviamente desistiu. As hélices zuniram de novo. O helicóptero começou a se levantar. Quinn foi atrás dele atirando como um maníaco, a arma cuspindo todas as balas. Elas atingiram a hélice. O zunido diminuiu. O helicóptero oscilou no ar, subindo e descendo, enquanto o piloto tentava desesperadamente manter o controle. Depois, com um guincho ensurdecedor, as lâminas pararam de vez. O helicóptero começou a rodar em espiral cada vez mais rápido, e então bateu na encosta da montanha, explodindo em chamas.

Carter abaixou a cabeça e, com a mão, protegeu o rosto do calor da explosão, que chamuscou seu cabelo mesmo a muitos metros de distância. Depois de alguns segundos, quando achou que já não havia perigo de seus olhos derreterem, abaixou a mão e olhou para cima.

Apenas um homem permanecia de pé. O macacão de neve branco salpicado de vermelho. O capuz de pele sobre a cabeça. Óculos alaranjados como se fossem os olhos gigantes de um inseto. Jimmy Quinn.

Ele marchou em meio à carnificina, pisando nos corpos, com o fuzil empunhado. Ao redor, chamas e fumaça.

— Merda — murmurou Carter, perguntando-se por que não tinham saído correndo quando tiveram a chance.

Quinn entrou pelo portão e tirou o capuz da cabeça.

— Soltem as armas, rapazes.

Obedientes, porque não tinham muita escolha, Carter e Welland jogaram as armas na neve.

Quinn assentiu.

— Cadê o Miles?

— Está morto — respondeu Welland.

— Ótimo. Me economiza o trabalho de matar ele.

— Sr. Quinn... — começou Carter.

— *Cala a porra da boca!*

Carter fechou a boca bem rápido.

Quinn olhou para eles, irritado.

— Nós tínhamos um acordo. Vocês me davam o plasma. Eu deixava vocês viverem aqui quietos. Em paz.

— Eu sei...

— Essa porra aqui parece ter alguma *paz* para você, Carter?

Carter balançou a cabeça.

— Não...

— Vocês trouxeram o Departamento *para cá*. Para a *minha* porta. E agora meus filhos estão mortos.

— Sinto muito — disse Carter, desesperado. — Se nos der outra chance...

— Se quiser outra chance... — Quinn levantou a arma — ... reze pra existir reencarnação.

O som de um tiro ecoou no ar. Sangue e massa cinzenta explodiram do meio da cabeça de Quinn. Seus olhos se arregalaram, surpresos, e ele caiu de joelhos e depois de cara na neve.

Um vulto queimado e escurecido estava de pé atrás do corpo caído de Quinn. O piloto do helicóptero. Ou o que tinha sobrado dele. Saía fumaça da pele esturricada. Mesmo a distância, Carter sentiu o cheiro ligeiramente adocicado de carne cozida.

— Meu Deus — resmungou Welland. — Ele parece a porra de um tronco queimado.

Eles ficaram olhando quando o piloto levantou a arma e apontou para a própria cabeça. Puxou o gatilho. Um clique vazio. Tentou de novo. Seus olhos encontraram os de Carter. Ele o encarava desesperado com seu rosto derretido e disforme.

— Atira nele — disse Carter para Welland.

— O quê?

— Faça uma coisa boa pelo menos uma vez na vida. *Atira nele.*

Welland abaixou e pegou a arma. Mirou e disparou um tiro. Acertou o peito do piloto. Ele cambaleou, mas não caiu.

— De novo.

O segundo tiro derrubou o piloto. Ele se contorceu e então caiu no chão e não se mexeu mais.

Welland franziu o nariz.

— Isso foi brutal.

— É. — Carter assentiu. — É uma boa palavra para descrever.

Ele pegou a própria arma e colocou no cinto. Os dois olharam ao redor. Havia uma dúzia de corpos espalhados pela neve manchada de vermelho. O cheiro de sangue, pólvora e metal quente obstruiu as narinas de Carter. Uma fumaça preta e densa emanava do helicóptero abatido, e o combustível quente do motor tinha derretido a neve da encosta, deixando a montanha verde de novo. O ar reluzia de tão quente. Depois do som das hélices e do tiroteio, o silêncio era ensurdecedor.

— O que fazemos agora, cara? — perguntou Welland.

— Tudo bem. — Carter respirou fundo várias vezes e tentou pensar. — Primeiro, vamos nos livrar desses corpos. Vão atrair predadores. O incinerador vai ter que trabalhar bastante.

— É. — Welland coçou a cabeça, meio constrangido. — Por falar nisso...

— Nisso o quê? — disse Carter, irritado.

— O incinerador não está funcionado.

— *Como assim?*

— É um amontoado de ferro velho. Dreyfuss sempre disse isso.

Carter tentou manter a voz calma.

— E quando foi que *parou* de funcionar?

Welland ficou pensativo.

— Bom, está mais para nunca *começou* a funcionar, na verdade. Pelo menos não direito. Quer dizer, soltava um pouquinho de fumaça, mas queimar corpos mesmo, nada.

— *O quê?* — A raiva subiu até a garganta de Carter. — Então o que você fazia com os corpos?

— Simplesmente jogava fora. Na floresta, ali nos fundos do incinerador. Nenhum de vocês nunca foi lá, nem Miles. Ele não gostava de sujar as mãos. Imaginei que os animais iam comer ou eles iam acabar apodrecendo depois de um tempo.

Por um momento, Carter se perguntou se tinha ouvido errado.

— Você está jogando corpos *infectados* na floresta desde a tomada de poder?

— É. Basicamente.

E isso explicava os crachás. Os Assobiadores deviam ter encontrado. Era isso que haviam tentado dizer a ele? Que os corpos estavam lá atrás? Que eram um risco para todos eles? Será que estavam tentando... ajudar?

— E os seis níveis de infecção? — perguntou ele.

Welland revirou os olhos.

— Qual era o pior que podia acontecer? Um lobo ou urso come os corpos, depois um caçador os mata e come a carne. Ele morre. Grande coisa.

— *Ou* ele vende a carne para o Quinn — disse Carter. — *Nós* compramos a carne do Quinn, Welland.

Ele deu de ombros.

— Eu sei. Por isso que sou vegetariano, cara. — Ele fez uma careta. — Embora a soja me deixe com *muitos* gases.

Carter o encarou. Sentia a fúria borbulhando em seu interior.

— O que foi? — perguntou Welland.

Carter balançou a cabeça.

— Acho que estou me dando conta de que agora somos só nós dois. Presos aqui. Juntos. Por sei lá quanto tempo.

— É.

Uma pausa. Os dois se olharam e estenderam a mão para pegar as armas ao mesmo tempo.

Welland conseguiu primeiro. Apontou o cano para o rosto de Carter.

— Acho que este lugar é pequeno demais para nós dois.

— Também acho.

— Antes de eu te matar, queria que você soubesse que é feio pra caralho, cara.

— Obrigado.

Welland puxou o gatilho. Carter fechou os olhos.

Nada aconteceu. Ele os abriu de novo.

Welland puxou o gatilho mais uma vez, depois outra. Nada além de cliques vazios.

— Que porra...

Carter sorriu.

— Acho que você deu pelo menos quatro tiros nas costas de Miles. E acabou de desperdiçar os dois últimos no cara queimado.

Os lábios de Welland tremeram quando ele entendeu o que estava acontecendo.

— Não. Por favor. Não me mata, cara. Podemos trabalhar juntos. Eu posso ser útil.

Carter pensou a respeito.

— Acho que pode ser mesmo. Mas a questão é a seguinte — ele apontou a arma para Welland — eu te odeio demais, *cara.*

Deu um tiro na cara dele. O cérebro de Welland explodiu pela parte de trás do crânio. Ele caiu duro no chão.

Carter soltou um longo suspiro. Passara três anos querendo fazer aquilo. Depois de tudo que acontecera, cercado por toda aquela morte e destruição... a sensação ainda era boa demais.

Olhou para a carnificina lá atrás. Que confusão. Sem o incinerador, não conseguiria se livrar dos corpos. E deixá-los ali era pedir para ter problemas. Lobos, ursos, Assobiadores. Era provável que Carter conseguisse instalar o gerador, restabelecer a energia, talvez até mesmo consertar a cerca elétrica. Mas com a janela quebrada, o Refúgio ainda ficava vulnerável. Quanto tempo levaria para que outros helicópteros do Departamento aparecessem, ou algum comparsa de Quinn?

Não. Ele não podia ficar. Mas para onde iria?

E então teve uma ideia. A estação do teleférico.

Tinha abrigo, instalações. Se ele levasse o gerador e a bateria de volta, teria energia. Carter certamente podia acampar lá por um tempo. Outra coisa lhe ocorreu. As motos de neve de Quinn. Ele tinha transporte. Aquilo ia facilitar muito a ida até lá. Talvez pudesse ir até mais longe. Carter ouvira falar de acampamentos remotos onde a infecção não chegara. Era uma possibilidade. Sempre havia possibilidades. Só precisava procurá-las. A sorte e a frieza tinham levado Carter até ali. Talvez ainda pudessem levá-lo para mais longe. Talvez até de volta para Eva.

— Acho que foi bom enquanto durou, não é? — Carter olhou para Welland. — Mas novos começos e coisa e tal. Só eu e eu mesmo de novo.

Ele deu uma risada. E então ouviu um barulho. Um latido. Carter se virou e na mesma hora aquele emaranhado branco e marrom de pelos veio correndo do Refúgio.

— Dexter! — Carter sorriu. — Achei que você tinha fugido. Estava se escondendo lá dentro? Eu entendo. Vem cá!

O cachorrinho pulou nos braços dele e encheu seu rosto de lambidas fedorentas. Carter riu e fez uma careta ao mesmo tempo.

— Cara, seu bafo está cada dia pior, mas, neste momento, é o melhor cheiro que já senti.

Dexter balançava o rabo vigorosamente, o corpo se contorcendo para todos os lados.

— Tudo bem, tudo bem. Calma, amigo. — Carter o colocou no chão. — Vamos lá. Vamos pegar suas coisas.

Dexter ganiu e trotou ali perto, olhando para Carter com expectativa. Ele levantou a sobrancelha.

— *Sério?* Precisa ir passear agora?

Dexter correu até a cerca e voltou. Mais um choramingo.

Carter balançou a cabeça.

— Tudo bem, tá certo. Vamos dar uma volta.

Dexter latiu e saiu correndo para a lateral do Refúgio. Carter foi se arrastando pela neve atrás dele. O ar ainda tinha um cheiro forte de munição, calor e morte. E, ainda assim, ao olhar para o alto, ele via alguns trechos azuis entre as nuvens. A temperatura estava um pouquinho mais alta. Até parecia que a neve começava a derreter de leve sob seus pés. *Depois da tempestade, o degelo*, pensou ele.

Virou na lateral do prédio e procurou por Dexter. Não o viu.

— Dexter?

Nada. Olhou para baixo. As marcas das patas de Dexter iam até a cerca que limitava a propriedade e de repente sumiam. Que estranho. Carter se agachou. De perto, ele viu. Havia um buraco na cerca. Era pequeno, mas dava para Dexter se esgueirar. *Caramba*. Dexter estava saindo escondido.

— Dexter? — chamou Carter de novo, e ouviu um latido distante vindo das árvores. Revirou os olhos. — Tudo bem, eu vou até aí.

Ele saiu pela cerca preta e seguiu em meio à floresta. Parecia mais escuro ali dentro. Foi caminhando pela trilha, respirando com dificuldade. À medida que os pinheiros rareavam e davam lugar à clareira, Carter viu o formato retangular cinza e sinistro do incinerador bem à sua frente.

Aquilo era o mais perto que já havia chegado dele. Welland tinha razão. Nenhum deles nunca ia até ali. Para quê? Havia muito espaço dentro do Refúgio. Quem ia querer ficar passeando perto do lugar onde queimavam os corpos?

Só que Welland *não tinha* queimado os corpos.

Carter parou. Teve um mau pressentimento. Ou talvez fosse porque sentia que algo estava realmente *cheirando* mal. Um cheiro doce e meio rançoso. Carne podre.

Ele ouviu um farfalhar e deu um pulo de susto. Dexter e algo branco saíram debaixo da vegetação rasteira.

Carter deu uma risada que virou uma tosse. Provavelmente eram aqueles malditos pinheiros irritando sua garganta.

— Isso aí, Dexter. Vou acabar tendo um ataque do coração por sua causa.

Dexter latiu e largou algo no chão.

— O que encontrou aí, garoto?

Carter deu um passo à frente. Dexter imediatamente agarrou de volta aquela sua descoberta empolgante — provavelmente um graveto ou um animal morto.

Carter franziu a testa.

— Não, cara. Não vou correr atrás de você para pegar. Solta.

Dexter mostrou os dentes.

— Ei. — Carter falou com a voz mais firme. — Solta. *Agora.*

Dexter olhou para ele meio tristonho e depois soltou seu prêmio. Carter se agachou... e na mesma hora recuou.

— *Meu Deus!*

Era uma mão humana. Praticamente só os ossos, mas ainda com alguns vestígios de carne e músculos.

Antes que Carter pudesse pegá-la, Dexter agarrou a mão e saiu correndo de volta em meio à vegetação. *Que saco.* Carter foi atrás, por entre as árvores, desviando de galhos e arbustos com folhas afiadas. Suava por baixo do casaco pesado e respirava com dificuldade. Talvez devesse ter ido à academia com mais frequência, como Caren com C. Devia ter feito um monte de coisas. *Devia, podia. Aquilo não significava nada. Ninguém nunca te contou, Carter? O diabo já foi anjo um dia.*

Ele correu em meio a um trecho denso de vegetação. O incinerador apareceu bem diante dele. Uma caixa cinza de metal enorme, com um cano alto de chaminé saindo do topo. Dexter fez a curva na lateral e desapareceu nos fundos. Carter hesitou e depois seguiu, relutante, atrás do cachorro.

Atrás do incinerador, o chão cedia e formava um declive natural. O cheiro rançoso estava pior ali. Muito, muito pior. Dexter olhou para Carter, feliz e ofegante, depois foi descendo o declive.

Carter cobriu a boca e o nariz com o casaco, o estômago revirado. Com as pernas pesadas, andou até a beira do fosso. Olhou para baixo.

Alguns galhos tinham sido arrastados até ali para tentar disfarçar a cova rasa. Mas Carter conseguiu distinguir o amontoado de corpos em processo de decomposição.

Alguns, como os de Nate e Julia, ainda eram discerníveis. Outros não passavam de esqueletos, os ossos amarelados e crânios envoltos em farrapos.

Era ali que Welland os jogara.

Na floresta, ali nos fundos do incinerador.

O que ele tinha na cabeça? *A porra dos seis níveis.* Meu Deus, até Carter sabia dos riscos da exposição a corpos infectados, e Welland devia ter jogado o quê? Uns dez ou mais deles ali. Por quanto tempo permaneciam infectados? Por quanto tempo o vírus resistiria dentro de um fosso de praga como aquele?

Enquanto Carter observava os cadáveres, o braço de Julia se mexeu. Carter deu um pulo para trás e reprimiu um grito. Dexter saiu de baixo da axila dela carregando um pé. Depois se deitou e começou a roer um dos dedos podres, muito satisfeito.

Carter sentiu o estômago vir à boca.

— *Meu Deus,* Dexter. Não é à toa que você está com esse bafo...

Ele parou. E então se deu conta, como se tivesse levado uma martelada na cabeça.

Levou a mão à face. Pensou em todas as vezes que a língua áspera e fedida de Dexter deslizara por todo o seu rosto, enchendo-o de saliva.

Olhou de volta para o fosso de corpos. Corpos *infectados.*

Pensou naquela tosse, na respiração difícil, no suor.

— *Merda.*

As pernas de Carter cederam, e ele caiu sentado de repente no chão frio.

Depois de um momento, começou a rir. Riu até a barriga doer e ele não conseguir mais respirar. Secou a testa suada. Caramba, estava quente. *Ahá.* Óbvio que estava. O que vinha depois — o delírio ou os olhos vermelhos?

Olhou para Dexter, que mastigava os dedinhos fedidos.

— Vou te falar, cara. Morrer por causa das lambidas de um vira-lata com fetiche por pés não era bem o epitáfio que eu tinha em mente.

Dexter olhou para cima, a língua rosada para fora, e então balançou o rabo.

— Tem razão — concordou Carter. — Podia ser muito pior.

Ele se levantou.

— Vamos lá, amigão. Vamos pra casa.

QUATRO DIAS DEPOIS

CARTER PAROU DIANTE DO PRECIPÍCIO.

O vento soprava forte no topo da montanha. Seu corpo estava coberto de suor. A tosse estava pior, seca, insistente, destruindo as delicadas membranas de sua garganta. Seus pensamentos estavam febris, assim como seu corpo. De vez em quando, ele se sentia consumido pela raiva.

De manhã tinha dado um tiro em Dexter. Não podia deixá-lo sozinho.

Estava na hora.

Carter considerara outras maneiras, mas parecia adequado voltar para aquele lugar. Naquele último momento. Para se juntar aos outros.

Olhou para a frente, para a carcaça enferrujada do teleférico. Pensou no ônibus capotado. Nas pessoas que tinham lutado para sobreviver ali dentro. Todas já mortas àquela altura.

Será que tinha valido a pena?

Talvez. Talvez não. Era possível fazer essa pergunta a respeito da vida de qualquer um. O que eu alcancei? O que fiz neste pequeno período no mundo? Deixei uma marca permanente, boa ou ruim? Ou fui simplesmente uma pequena pegada na neve, que logo será obliterada pela próxima tempestade?

No fim das contas, havia apenas um dia após o outro. Alguns bons, alguns ruins. Momentos de prazer inesperado e períodos de luto insuportável. Para cada ação, uma reação. Para cada momento de sorte, um golpe de azar aleatório. Para tudo de bom, algo ruim. O diabo já foi anjo um dia.

Carter se virou de costas para a queda. Havia um grupo de vultos parados a pouca distância dali. Fantasmas? Assobiadores? Carter já não tinha certeza. Passado e presente pareciam se fundir. Os vivos e os mortos se tornavam um só. Peggy estava lá, e outros que ele reconhecia. Meg, Hannah, Lucas, Miles.

Uma figura alta que vestia uma capa com capuz feita de pele de animais deu um passo à frente. A mesma figura que entregara os crachás do lado de fora da cerca do Refúgio. Ele tirou o capuz. Os olhos vermelhos como sangue, o rosto fino e branco como um esqueleto. Mas Carter o reconheceu.

Grant. O homem estendeu a mão esquelética. Acenava como se fosse a Morte. *Venha conosco.*

Carter sorriu. Então ergueu a mão, levantou o dedo do meio e... deu um passo para trás.

Logo antes de cair, percebeu que a encosta da montanha estava vazia.

Sentiu o ar frio passar por ele. Memórias, rostos, vidas passadas. Pareceu durar uma eternidade e um milissegundo. O tempo se tornara irrelevante. A gravidade se tornara irrelevante.

Quando enfim aterrissou no chão, Carter não sentiu os ossos se espatifarem ou seus órgãos pulverizarem. O cérebro já estava desligando, apagando as luzes.

Carter deixou a vida. Obrigado e adeus.

Estava deitado sobre uma pilha de gelo, pernas e braços abertos, um anjo de neve perfeito. As retinas que já não funcionavam encaravam o céu azul intenso. A tempestade tinha passado.

Quando o primeiro corvo pousou e cutucou seu olho com o bico, ele não piscou.

Mais tarde, durante a noite, apareceriam predadores maiores. Na manhã seguinte, já não haveria nada além dos vestígios de uma carcaça.

Uma semana depois, um caçador atiraria num lobo. Um animal de aspecto doente, mas carne de lobo era tão boa quanto qualquer outra para alimentar sua família.

Pouco depois, o caçador ficaria doente e morreria. E depois toda a sua família. E então os amigos da família.

E por fim todos os corvos cairiam do céu.

A SEIS MIL QUILÔMETROS DALI

— ENTÃO, VOCÊ ENTENDE POR QUE ESTÁ AQUI?

Ela assentiu.

— É aqui que ficam os filhos de pais que morreram ou foram mandados para as Fazendas.

— Não gostamos de chamá-las assim.

Ela deu de ombros, segurando o pingente prateado pendurado no pescoço.

— Fique à vontade.

O homem olhou para ela sem qualquer gentileza.

— Mais especificamente, entende por que está *aqui*, falando comigo?

— Acho que apareceu alguma coisa nos meus exames?

— Exatamente. — Ele olhou para um pequeno tablet em cima da mesa. — Me fala de novo, por quanto tempo ficou cuidando dos seus pais depois que foram infectados?

— Uma semana, mais ou menos.

— Você não foi vacinada?

O rosto dela ficou tenso.

— Você tem as minhas informações aí. Sabe que meus pais eram antivacina.

Ele deslizou o dedo sobre a tela.

— Sua resposta imune é impressionante. — Ele olhou para ela. — Queremos que fique aqui para fazermos mais alguns testes.

— Quer me transformar num rato de laboratório?

— Vai ter seu próprio quarto, entretenimento, a comida que quiser. Privilégios que os outros jovens aqui não têm.

— Eu não quero.

Um pequeno sorriso.

— Você parece acreditar que tem escolha.

— Eu tenho.

— Sério?

Ela levantou o pingente. Os jovens ali tinham sido autorizados a trazer um item pessoal para o abrigo.

— Isto era da minha mãe. Bom, ela era minha mãe adotiva. É tudo que restou dela.

— Que bom que guardou uma foto...

— Não é uma foto. — Ela abriu o pingente e tirou uma pequena ampola com um líquido vermelho lá de dentro. — É o sangue dela.

A expressão do homem se tornou de pavor.

— O sangue *infectado* dela — concluiu a garota, e fingiu que ia jogar nele.

O homem se encolheu na cadeira.

Ela riu.

— Está preocupado que sua preciosa vacina não vá te proteger?

O homem engoliu em seco.

— Guarda isso.

— Não. Primeiro você vai tirar suas roupas e colocar devagar em cima da mesa.

Ela acenou com a ampola para ele de novo. O homem começou a tirar a camisa.

— O que pretende fazer? — perguntou ele.

— Amarrar você com seu cinto, vestir este adorável macacão verde, pegar as chaves do seu carro e seu crachá e dar o fora daqui.

Uma risadinha.

— Boa sorte com isso.

— Nossa, obrigada. Agora tire a roupa.

O segurança mal olhou para o carro que saía pelo portão. Sorte que o pai a ensinara a dirigir naquela velha caminhonete. Mas era improvável que sua sorte durasse. Isso nunca acontecia. Logo, logo os alarmes soariam. O pessoal do Departamento iria atrás dela.

Ela pisou fundo no acelerador. Não tinha muito tempo. Precisava voltar para sua antiga casa primeiro. O plasma e os remédios ainda estavam escondidos lá.

A mãe nunca explicara quem enviava os pacotes nem por que ela os guardava, mas ficou agradecida. Seriam uma moeda de troca bem útil.

O plano era largar o carro e pegar a antiga bicicleta de trilha do pai. Assim, poderia se deslocar fora da estrada. Ainda não sabia exatamente para onde estava indo. Talvez acampasse na floresta ou encontrasse algum imóvel abandonado onde dormir. Daria um jeito. Sempre dava.

Seus pais nem sempre haviam sido gentis, mas a ensinaram a ser forte.

Ou talvez ela tivesse herdado isso da mãe biológica.

Eva sorriu, os olhos azuis brilhando. Ela era uma sobrevivente.

AGRADECIMENTOS

TIVE A IDEIA PARA ESTE LIVRO NO OUTONO DE 2019. Vendi para o meu agente como um triplo mistério do quarto fechado/*thriller* de horror pós-apocalíptico. Na época, ninguém tinha ouvido falar de Covid e a ideia de uma pandemia global ainda pertencia ao universo da fantasia.

Avançando para a primavera de 2021, quando efetivamente me sentei para escrevê-lo, o mundo já tinha mudado. Muitos aspectos da minha ideia tinham se transformado em algo assustadoramente real, e eu me perguntei se alguém ia querer ler um livro com a temática de uma epidemia viral, por mais ficcional e distante ele parecesse.

Não teria achado estranho se meus editores pensassem o mesmo.

É por isso que gostaria de agradecer a Penguin Michael Joseph, Ballantine, minha maravilhosa agente Maddy e meus editores perfeitos, Max e Anne, pelo apoio inabalável que deram a esta obra. Podiam ter tentado me convencer a mudar a abordagem ou segurar o livro, mas não fizeram isso, algo pelo qual sou eternamente grata. Uma menção especial para Anne, cuja reação inicial ao ler o primeiro rascunho foi: "Uau. P*ta que pariu!"

Foi nesse exato momento que eu soube que o livro era bom.

Em última instância, acabei descobrindo que *precisava* escrever esta história. Ela me deu a chance de me soltar criativamente de um jeito que eu nunca tinha feito, além de ajudar a liberar muita coisa reprimida. O livro narra muitos acontecimentos, mas, em sua essência, é sobre perda e sobre como nos apegamos à esperança e à humanidade quando nos vemos diante de situações terríveis.

(Ok, resolvida a parte séria.)

Obrigada, como sempre, a Neil, o marido, grande apoiador, suporte técnico e primeiro leitor. Também a minha filha maravilhosa, Betty, por ser destemida, engraçada e, mais importante de tudo, gentil. Não existem outras duas pessoas com quem eu preferiria ficar presa numa cabine de teleférico.

No lado prático, gostaria de agradecer a Claire Hall, da JG Coaches, em Heathfield, que organizou tudo e me liberou para bisbilhotar seus veículos. Um obrigada especial a Nathan Petty, que me mostrou os ônibus e me explicou com muitos detalhes o que era verossímil ou não no meu enredo. Alguns autores visitam locais exóticos para fazer pesquisa. Eu visitei banheiros de ônibus.

Além disso, muito obrigada a meus revisores e preparadores de texto, que tiveram a tarefa nada invejável de vasculhar o livro em busca de erros de digitação e continuidade. Também às equipes de marketing, design e todo o pessoal que basicamente me deixa bem na fita!

A todo mundo na Agência Madeleine Milburn: vocês são brilhantes. Obrigada a Liane e Valentina por negociarem os direitos estrangeiros e organizarem viagens com minhas editoras ao redor do mundo. Obrigada também à Hannah pelo trabalho incrível com os direitos para TV.

Obrigada aos meus amigos autores pelas risadas e por ouvirem meus desabafos. Todo mundo precisa de um lugar seguro onde pode falar besteira à vontade.

Um agradecimento imenso, mais uma vez, a vocês, leitores queridos, e eu sinto muito que tenha havido um intervalo tão grande entre os romances. Espero que tenha valido a pena.

Nunca fui de gostar de fazer a mesma coisa várias vezes. É por isso que tive tantos trabalhos ao longo da vida. É a mesma coisa com a escrita. Este livro se afasta dos romances anteriores, e o próximo também vai ser algo completamente diferente. Porque essa é a alegria de escrever: pode levar você a qualquer lugar — passado, presente, futuro. Você pode criar mundos inteiros na sua cabeça e brincar com eles. É um pouco como ser um deus, mas com menos punições e mais chá com biscoitos.

Falando nisso, vou lá tomar uma xícara.

Foi um prazer. Vejo vocês em breve.

Estou pensando em ir para o Alasca...